江西省高等学校重点学科建设项目资助课题"20世纪中国文学'艺术出路'典例研究"(项目批准号:12XD007)最终成果

赣南师范大学学术著作出版基金资助项目

赣南师范大学中国语言文学省级重点学科资助项目

明湖文丛

20世纪中国文学"艺术出路"典例探微

罗克凌 ◎ 著

中国社会科学出版社

图书在版编目(CIP)数据

20世纪中国文学"艺术出路"典例探微 / 罗克凌著. —北京：中国社会科学出版社，2017.5

ISBN 978-7-5203-0558-7

Ⅰ.①2… Ⅱ.①罗… Ⅲ.①中国文学–当代文学–文学研究 Ⅳ.①I206.7

中国版本图书馆CIP数据核字(2017)第126503号

出版人	赵剑英
责任编辑	陈肖静
责任校对	刘　娟
责任印制	李寡寡

出　　版	中国社会科学出版社
社　　址	北京鼓楼西大街甲158号
邮　　编	100720
网　　址	http://www.csspw.cn
发 行 部	010-84083685
门 市 部	010-84029450
经　　销	新华书店及其他书店

印刷装订	北京市兴怀印刷厂
版　　次	2017年5月第1版
印　　次	2017年5月第1次印刷

开　　本	710×1000　1/16
印　　张	16.5
插　　页	2
字　　数	281千字
定　　价	75.00元

凡购买中国社会科学出版社图书，如有质量问题请与本社营销中心联系调换
电话：010-84083683
版权所有　侵权必究

自　序

　　20世纪中国文学"艺术出路"是一个庞大的学术命题，我没办法全盘把捉作系统的论述，在读书、思考与研究过程中，我试着抓取文学"艺术出路"这面巨网的几个纽结，通过典型文学个案的全息性钩稽呈展，给出一个并非面面俱到的探索性答案。

　　本论著共分为四章，分别以丰满的文学个例剖解方式深入诠释了四对文学命题元素，即"神秘"与"神圣""惨剧"与"悲剧""生活"与"生命"以及批评引路方向上的"误读"与"正解"。作为"艺术出路"的一个导引性归途，著者认为20世纪中国文学要实现一个内涵式的接续发展，只有从"神秘"走向"神圣"、从"惨剧"走向"悲剧"、从"生活"走向"生命"、从"误读"走向"正解"，才可能重续芹藻荣光，正扬文学贵气。

　　第一对文学命题元素："神秘"与"神圣"。"神秘"就是写"奇"，"奇"包括了奇怪的见闻、奇特的现象、奇异的事物、奇观的景象，除了罕见、特殊之义，"奇"尚有奇谲、奇诡的意思，往往用来指常人一般耳闻目睹之外的荒诞事物和超现实的人物行迹；而"神圣"则是一种出于对某种神性、神灵、神恩、神迹、神祇抑或"神圣者"超然而神往的崇高、威严、超验、永恒之感觉，它是主观情志"奇"酿的仙灵之心酒。中国作家的创作作品擅长大面积对"神秘"进行穷形尽色的铺染，却鲜有作家孜孜注情于一种"神圣"宗教情怀体认的。文学创作从"神秘"走向"神圣"，将是20世纪中国文学第一个"艺术出路"所在。论著第一章"从'神秘'走向'神圣'：寻根小说'景象描写'新路"将有深明的论述。

　　第二对文学命题元素："惨剧"与"悲剧"。伟大的作品无一例外都追求悲剧精神。没有悲剧精神，美的艺术便失却了撼漾心魂的恒久生命"魔符"；没有悲剧精神，美的艺术便失却了戟刺灵台的崇高净化力。中国的文化是刘小枫所谓的"乐感"文化,"乐感"的强势便无可避免会引致中国文学作品悲剧精神的"缺席",以致中国作家写"悲剧"最后往往会写成"惨剧",情节固"惨",却无法引发悲悯的神性摄照。文学创作从"惨剧"走向"悲剧",将是20世纪中国文学第二个"艺术出路"所在。论著第二章"从'惨剧'走向'悲剧':'民族秘史'《白鹿原》新论"将有详切的阐述。

第三对文学命题元素:"生活"与"生命"。20世纪中国作家的创作指向总归不离"形而下"的"生活"和"形而上"的"生命"。"生活"是指人的一种社会秩序规约下的活动,它是动态的,惟其动态,方显真实;它又是"天地不仁"的命运符咒,惟其"无知无识",方露悲情。而"生命"则是一种形而上想象的生气与力量表现形式,惟其"天上主义",方显美丽;它又是一种对实象"生活"脆弱萎黯的补偿与弥合,惟其"多情"流幻,方露"天边外"的精神遥响。中国作家的文学创作大部分比较粘着于"生活"层面的刻写,却少有"生命"层面的开掘。文学创作从"生活"走向"生命",将是20世纪中国文学第三个"艺术出路"所在。论著第三章"从'生活'走向'生命':沈从文'创作机杼'新说"将有透彻的剖述。

第四对文学命题元素:"误读"与"正解"。这对文学命题元素关涉的对象不是搞文学创作的作家,而是文学批评界的文学批评家。文学批评界的"失语"与"误评"将是文学创作界一个导引性"旗帜"灾难,最近"文评界"的"恶评""酷评""贿评""歪评"不断,好的作品得不到拔擢,坏的作品得不到规训,以致中国文学导引的"即视"前景一片"冷硬"与"荒寒"。文学批评从"误读"走向"正解",将是20世纪中国文学第四个"艺术出路"所在。论著第四章"从'误读'走向'正解':老舍《小坡的生日》新释"将有剀切的析述。

目　录

第一章　从"神秘"走向"神圣"：寻根小说"景象描写"新路 …… (1)

第一节　寻根小说神圣"宇宙情怀"的难产 …………………… (1)
　　一　当代文学创作的生态语境 …………………………… (1)
　　二　宇宙情怀中的"神秘"与"神圣" …………………… (2)
　　三　寻根小说中的"神秘"景象描写及其艺术出路 …… (4)

第二节　"神秘"景象描写的文学渊源 ……………………… (6)
　　一　古典文学"神秘"谱系钩沉 ………………………… (6)
　　二　现当代文学"神秘"流程考镜 ……………………… (12)

第三节　寻根"神秘"与中国"天人合一" ………………… (18)
　　一　自然"神秘"中的天人合一 ………………………… (18)
　　二　寻根"神秘"中的传统艺术"失语" ……………… (23)

第四节　寻根"神秘"与西方宗教、魔幻 …………………… (33)
　　一　寻根"神秘"中的宗教崇高之失 …………………… (33)
　　二　寻根"神秘"中的魔幻庄严之失 …………………… (45)

第五节　"神秘"与"神圣"的文化审美考辨 ……………… (56)
　　一　"神秘"景象描写的现实观照 ……………………… (56)
　　二　"神圣"宇宙情怀的终极之维 ……………………… (63)

结语 ……………………………………………………………… (70)

第二章　从"惨剧"走向"悲剧"："民族秘史"《白鹿原》新论 …… (74)

第一节　人物形象的悲剧精神 ………………………………… (74)
第二节　小说共场的文化意识 ………………………………… (80)
第三节　"人文立场"的历史感 ……………………………… (88)

第三章 从"生活"走向"生命":沈从文"创作机杼"新说 …… (95)
  第一节 沈从文"生活"与"生命"的现实变奏 ………… (96)
  第二节 种族中"人"的"生活"与"生命" ………… (98)
  第三节 乡族中"人"的"生活"与"生命" ………… (102)
  第四节 军族中"人"的"生活"与"生命" ………… (104)
  第五节 城族中"人"的"生活"与"生命" ………… (107)
  第六节 女族中"人"的"生活"与"生命" ………… (110)
  结语 …………………………………………………………… (113)

第四章 从"误读"走向"正解":老舍《小坡的生日》新释 …………………………………………………… (117)
  第一节 为什么是"后殖民"文本? ………………………… (118)
  第二节 哪来的新加坡"本土意识"? ……………………… (120)
  第三节 反"东方主义"还是"东方主义"? ……………… (123)
  第四节 有大中华"文化殖民"吗? ………………………… (126)

主要参考文献 ……………………………………………………… (131)

附录 …………………………………………………………………… (133)
  理论篇 ………………………………………………………… (133)
  作家篇 ………………………………………………………… (175)
  作品篇 ………………………………………………………… (214)

第一章 从"神秘"走向"神圣"：寻根小说"景象描写"新路

第一节 寻根小说神圣"宇宙情怀"的难产

一 当代文学创作的生态语境

消费领步，欲望先行，在一个毫无文化生殖力、大批量平庸复制生产精神"类象"垃圾制品的"文化工业"后现代年代，中国当代的文学市场可谓一片乱糟糟的五光十色。而原来素以"崇高"精神旗帜昂扬标榜的纯正文学，也不幸在"商业化媚俗"地毯式平面轰炸的"深度"瓦解市场洪流中呛水，尝到了史无前例的比青杏还酸苦的命运滋味。一方面浅薄至极的通俗文学大行其市，获得了大批包括批评家在内的同样是浅薄至极的文学界所谓"观念之陈涉"者流手舞足蹈、弹冠相庆嘉年华般狂欢的激赏；另一方面形成强烈精神姿态对照的是一些拳拳服膺于传统完美经典的理想浪漫派无奈屈膝的黯然落魄与痛心疾首。两派锋镝所向，便有雅文学"媚俗"（如《废都》）和俗文学"媚雅"（如《白鹿原》）两股折中"变种"合流的生发，在市场化包装的强势促助下也曾虚假繁荣一时，直到人为技术性炫博的文学操作黔驴技穷，整个文学之"七宝楼台"便顷刻难以为继，轰然倒坍，最后可悲地掩没在一片为人所不齿的"黑流"与"黄流"并涌的文学粪污中。

在这样一个人文价值风雨飘摇、剧乱嬗变性的文化语境中，中国当代文学界之纯精神诗性坚守者可谓寥寥无几，更遑论有大家风范、大家气象的大师级作家横空问世。寻本探源，"当代文学之所以迟迟无法产生具有世界意义的伟大作品，一个重要原因就是由于作家对社会生活的把握还仅仅局限在现实性的层面上，因而其作品就很难对读者产生那种形而上的启示力量"①，中国当代作家群中公认的"圣手翘楚"，其作品或佻碎，或奇崛，或枯淡，或流俗，或诡诞，尽是贫血小气，毫无大家之风，全然没有一种文学性生发的崇伟"哲学"意义和"深度"力量，即"文学根底上的贵族精神所决定的文学的形而上的本质特征"②。如此文脉断流，芹藻无光，不由得我们一方面无比缅恋先逝文学大师的幽情壮采和旷志高怀，另一方面更是殷切热望当今文学大师的光荣降生。而大师级作家既要有奥博谦冲的学殖修养，又要有新锐隽拔的敏感天才，既要有忧心诚切的人文关怀，又要有见血见肉、无比彩富的生活历练，四者合一方能化合、涵泳出一种深沉渊永、涵天负地的人文宇宙情怀，也只有将这种人文宇宙情怀浸心内化，才能津润出艺术上精粹圆美、情思上灵动优雅、意味上高远深长的文学佳制杰构。当代作家的文学创作缺失的正是这样一种大气而渊静的宇宙情怀，而宇宙情怀的匮乏直接导致了伟大精神作品的难产。

二 宇宙情怀中的"神秘"与"神圣"

什么是宇宙情怀？宇宙情怀是一种精神"小我"（个体）融入精神"大我"（世界，亦即宇宙）的神圣心灵感知状态，诚如黑格尔所言："世界与个体仿佛是两间内容重复的画廊，其中的一间是另外一间的映象……前者是球面，后者是焦点，焦点自身映现着球面"③，用汤因比的话来说则是："处于人类精神的意识之下的渊底的终极层，实际上与横亘整个宇宙底流的'终极之存在'（即宇宙生命）正相吻合"④。宇宙情怀要求人对人自身及身外宇宙的思考建基于把人放在大宇宙情境中作心灵化照察，进而追求、寻觅一种人在宇宙中的本真性生命价值及生存意义：面向浩瀚宇宙，省视深眇人心，个体的灵魂与宇宙的灵魂水乳交融，"内宇宙"与"外宇宙"相契合、相浑化，从而激发出一种内在超越式的精神升华感，这种升华感隶属于生命原初崇高质的人类性永恒，因而它是人文情愫范畴里的一种终极、无限的庄严心理体验。宇宙情怀既是一种文学理念，也是

---

① 苏宏斌：《文学本体论引论》，上海三联书店2006年版，"导言部分"第6页。
② 刘勇、尚礼：《20世纪中国文学研究·现代文学研究》，北京出版社2001年版，第76页。
③ 黑格尔：《精神现象学》上卷，贺麟、王久兴译，商务印书馆1962年版，第203页。
④ ［英］汤因比、［日］池田大作：《展望二十一世纪》，荀春生、朱继征、陈国梁译，国际文化出版公司1985年版，第20页。

一种文化理念,中国的"天人合一"是宇宙情怀,印度的"梵我同一"是宇宙情怀,日本大和式禅境的幽玄"物哀"是宇宙情怀。宇宙情怀一旦在文学作品中精妙体现,往往能够"产生一种符咒似的暗示力,以唤起我们感官与想象底感应,而超度我们底灵魂到一种神游物表的光明极乐的境域","让读者在'无名的美的战栗'中,去参悟宇宙和人生的奥义"[①]。彼时人灵中有宇宙神灵的感应,神灵中有尘世人灵的呼吸,外在空间(宇宙空间)与内在空间(心理空间)全息共生,文学宇宙情怀便在人、天精神"间性"(对话、交互性)中诞生。

宇宙情怀的精神内核是"神圣",因了"神圣",文学描写中的宇宙情怀往往格外有一种动人心目的飞升超荦力量。而文学"神圣"有时是在文学"神秘"中诞育的,如果艺术把握不好却极易流入秘异、诡怪的非理性漩流而不自觉地偏离了携带"宇宙情怀"感愫基因的"神圣"正途。在我们习成的语义使用传统中,由于"神秘"与"神圣"往往不曾做严密的区分界定,文学景象描绘中的"神秘"一词语义通常很含混、很模糊(尤其是宗教"神秘主义"的用语),有时单指秘异、秘怪,有时又指神妙、神圣,而更多时候则兼有奇异、神圣两种内涵。有学人曾将"神秘"分为"天堂的神秘"与"地狱的神秘"两类,其实仍然不过是将"神秘"与"神圣"混为一谈的结果,然而事实上按照《现代汉语词典》的解释,"神秘"是指"使人捉摸不透的、高深莫测的","神圣"是指"极其崇高而庄严的、不可亵渎的",两者内涵水火冰炭,分庭抗礼,是没有过多的暧昧语意绞缠的。按照德国基督教神学家鲁道夫·奥托的说法:"'神秘'一般指某种玄奥、隐秘、不为人知但通常为自然的东西,并不或几乎并不包含超验意义上的'神圣'这层意思"[②]。从某种意义上说,"神秘"就是写"奇","'奇'包括了奇怪的见闻,奇特的现象、奇异的事物、奇观的景象,除了罕见、特殊之义,'奇'尚有奇谲奇诡的意思,往往用来指常人一般耳闻目睹之外的荒诞事物和超现实的人物

---

① 梁宗岱:《谈诗》,转引自温儒敏《中国现代文学批评史》,北京大学出版社1993年版,第218、219页。

② [德]鲁道夫·奥托:《论"神圣"》,成穷、周邦宪译,四川人民出版社1995年版,"中译者序"第7页。

行迹"①;而"神圣"则是一种出于对某种神性、神灵、神恩、神迹、神祇抑或"神圣者"超然而神往的崇高、威严、超验、永恒之感觉,它是主观情志"奇"酿的仙灵之心酒。

就"神秘"与"神圣"的精神关联而言,我们似乎可以这样表达:神圣灵怀建基于心对宇宙自然的神秘体验,神秘体验对于神圣灵怀的萌蘖生成助用不啻阳光雨露对于草木万物的熙育,这种神秘体验是一种"炫耀的暗昧",亦是一种"静默的低语"。"神圣"在"神秘"的土壤里长大,有"崇高"阳光的抚照,带"虔诚"雨露的滋养,它是"奇"文化"情感升华"做的一个"庄严""优美"的梦,它是"神秘"之草籽结出的一朵哲学的花,"神圣"具有超言说性、知悟性、暂现性、被动感验性(威廉·詹姆斯语)等特点,它是"神秘"的最高价值,即"神圣"是"神秘"圣化蒸华出来的精神光辉。准此观之,为了方便引用起见,本文"神秘"二字加上引号特指"神圣"的对立说明面,即取秘异、秘怪的单纯意思,而论文援引注释中但凡出现"神秘"字眼的,其内涵界说则应该根据语境具体分析,不可胶柱鼓瑟一概而论。

三 寻根小说中的"神秘"景象描写及其艺术出路

众所周知,现代化的历史进程在某种意义上是一个理性"祛魅"("魅"指宗教形而上原始思维之"神魅")的渐变过程,文学一度捆绑在理性现代化的舟车上扬波前进,"忧世"却非"安魂",付出了不应有的精神主体内在层面本体论审美"脱水"的代价。随着新时期"政治移心""文春"解冻的到来,文学领域"祛魅"向"含魅"的精神返祖开始得到了文界同仁久违而热切的深衷认信,于是一大批镌染"返魅"神秘色彩的文学作品应运而生,寻根小说便是其中最具代表性的一支。寻根小说"神秘"情思的回流,借用学者谭桂林的话来解释:"一是中国文学的巫诗传统的影响,这种传统使中国作家在个人气质上容易进入穿越时空、等齐生死、泯灭物我的思维状态,因而在题材的取舍、情节的构设等方面就不免对与这种思维状态很吻合的鬼怪精灵产生浓厚兴趣。二是时代精神的反拨所致,如前所言,时代的主流精神是祛魅,但是在20世纪中

---

① 方正耀:《中国古典小说理论史》,华东师范大学出版社2005年版,第115页。

国思想文化的发展中，祛魅精神是越来越与机械唯物主义认识论结合在一起的，这种结合使得世界祛魅的启蒙工作隐伏着一个严重的危机，这就是在世界日益明晰化的同时，世界的丰富性也在被简约，世界日益被认知，但世界的意义维度却越来越狭窄。正是在这样一种悖论的启示下，一些具有先锋意识的中国作家对时代的祛魅主题产生了怀疑，并且在对含魅事物的描写上由昔日严峻的启蒙话语走向宽容的多元话语"①。

寻根作家钟情于文学的"返魅"，"神秘"叙写自然成了他们创作理念的不二法门。"神秘"叙写包括"神秘"叙事和"神秘"描写两大块：前者关注的是写"神秘"，"神秘"作为一个对象内容直接构成故事因果关系情节的一部分；后者关注的是"神秘"描写，亦即创作技巧层面怎样文学"神秘"化的一个过程。而"神秘"描写又分为两个方面，一方面是"神秘"景物的描写；另一方面是"神秘"现象、"神秘"状况的描写。显而易见，本文所指的"神秘"景象描写其实也就是"神秘"描写的两个方面。寻根小说中的"神秘"叙事十分显豁，因而得到了许多学人不约而同的研究关注，这种研究关注其实是现象表浅的，说到底"神秘"叙事仅仅是一个文学"写什么"的问题，研究深度明显不够。相对而言，文学"怎么写"才是文学的机轴关键所在，而恰恰是在这方面创作界和研究界都显得十分低能的"弱情""弱智"，这不能不说是中国当代文学界的一大缺憾。寻根小说除了"神秘"叙事的铺张，当然也有"神秘"景象描写的渲染，在某种程度上寻根作家"神秘"叙事的创作理路也直接或间接影响了"神秘"景象描写的艺术发挥，加之中国作家对小说景象描写一贯的不自觉和似乎先天的"弱能"，无可避免地导致了寻根小说"神秘"景象描写大面积的陈陈相因和"流产"失败。

毋庸置疑，寻根走向"返魅"是一种文学灵性彰显的胜利，遗憾的是剑走偏锋，寻根小说的"返魅"情结大体偏颇走向了为"神秘"而"神秘"的魔祟、迷信之"魅"，而相对忽略了其神圣、智信之"神"的另一内在本真维度。就深在智慧而言，文学的终极必将走向哲学；就人格心灵而言，文学的终极必将走向宗教；就内实底蕴而言，文学的终极必将走向历史。作为艺术出路，从"神秘"走向"神圣"——回归宇宙情怀，

---

① 谭桂林：《百年文学与宗教》，湖南教育出版社2002年版，第307—308页。

中国古典式和谐自足美的"天人合一"（哲学高度之优美的"神圣"）、西方皈依式伟大艰难美的宗教情怀（宗教高度之崇高的"神圣"）和拉美魔幻式肃重忧憝美的历史庄严（历史高度之庄严的"神圣"）三种神圣审美范式为寻根小说"神秘"景象的描写开照了艺术的引路神灯。本文致力于研究新时期寻根文学小说创作中关于"神秘"景象描写的艺术缺失，剖析毫厘，擘肌分理，理论可能地为其艺术描写的合理完善提供一条富有建设性的理性、坚实之路，同时也为"三信"（信仰、信心、信任）危机的当下社会精神情状文学性地注入一针崇高的精神信仰疗魂强心剂，使此岸、世俗的人性在彼岸、神圣的文性中获得精神灵性净化的修复与永升。

第二节 "神秘"景象描写的文学渊源

要为寻根小说"神秘"景象描写进行文学精神历史溯源，我们不得不关注两个极其重要的文学系统：一个便是"神秘"小说学系统，另一个便是"神秘"诗学系统。

就体裁而言，同体裁的小说对后来小说创作的历时、直接影响自不待言，就小说乃一门语言的艺术而言，诗语（诗歌语言）以其高度的凝练性、含蓄性、蕴藉性和极境的形而上审美思境对小说语言艺术炉火纯青的陶熔和锻造无疑也是决定性至关重要的。诗是文学的灵魂，"一切文学艺术到了最高境界都必定是诗"[①]，这里的文学不仅包括小说和诗歌，也包括散文和戏剧，小说中的诗化情调、散文中的诗性语言、戏剧中的诗式意境（参照王国维《宋元戏曲考》的说法），归根结底全是"诗"的。换言之，诗不仅是语言艺术的源头，亦是语言艺术的极境（包括语言文字的细节推敲处理和整体"文心""文韵""文气"的培酿升华）。准此观之，对"神秘"小说学和"神秘"诗学两大文学系统进行致密的钩沉与考境其实就是十分详切地为寻根小说"神秘"景象描写的文学渊源作深度的流脉梳理。

一 古典文学"神秘"谱系钩沉

（一）古典"神秘"小说学系统

就古典"神秘"小说学而言，早在古小说的滥觞《左传》里就有很

---

① 杨匡汉：《20世纪中国文学经验》，东方出版中心2006年版，第551页。

多神秘暗示因素的预兆性叙写，这些预兆或托于智者的言论，或寄于梦境，或寓于天象，除此之外，"《左传》中还记述了大量的占卜释梦和神异传闻……更是充满神秘色彩，仿佛志怪小说"①。鲁迅先生经典的《中国小说史略》曾经明晰地梳理了神秘主义与传统小说的关系，"中国本信巫，秦汉以来，神仙小说盛行，汉末又大畅巫风，而鬼道愈炽；会小乘佛教亦入中土，渐见流传，凡此，皆张皇鬼神，称道灵异，故自晋讫隋，特多鬼神志怪之书"②。唐之传奇，"源盖出于志怪，然施之藻绘，扩其波澜，故所成就乃特异"③。由此可见，神秘主义叙事在中国文学中是源远流长的。"神秘"描写在中国古代小说中出现得最为频密的是在神怪小说中，按照学者林辰的定义：神怪小说"即演述神、仙、佛、妖、鬼、怪及其神功、异能、仙法、妖术以折射社会生活的小说。唐前称'志怪'，宋人称'烟粉灵怪，神仙妖术'，近现代杂称'志怪''灵怪''神魔''神怪'"④，其构事内容大抵都"稽神语怪，事涉不经"，与历史小说、世情小说共同构成了波澜壮阔的古代小说史的三大主要源流。由于神怪小说以神怪形象和神怪情节为皮肉血骨，因而洋溢着一股浓郁的神秘主义气息。神怪小说约莫有五大体系⑤：天人感应的神仙体系，演绎的是道教羽化飞仙的逍遥"神秘"，如吴承恩的《西游记》；幽冥世界的鬼魅体系，演绎的是地狱冤魂恶鬼的阴森"神秘"，如托名东方朔的《神异经》；变化莫测的妖异体系，演绎的是物妖兽魅的精怪"神秘"，如蒲松龄的《聊斋志异》；空灵虚幻的魂梦体系，演绎的是阴阳魂鬼的梦幻"神秘"，如李昉的《太平广记》；法力无边的僧佛体系，演绎的是因果报应的僧释"神秘"，如刘义庆的《幽明录》。由此观之，中国古典小说的神秘叙事十分发达。

中国神怪小说的"本事"⑥起源是原始神话，神怪和神话在古典中国文化精神叶脉中是紧密相连的，明代胡应麟就认为集原初神话之大成的《山海经》是"古今语怪之祖"，道出了神怪小说的神话渊源。神话对于

---

① 袁行霈：《中国文学史》（第一卷），高等教育出版社1999年版，第92页。
② 鲁迅：《中国小说史略》，上海文化出版社2005年版，第34页。
③ 同上书，第60页。
④ 林辰：《神怪小说史》，浙江古籍出版社1998年版，第1页。
⑤ 参见林辰《神怪小说史》的分法。
⑥ "本事"是指文学作品主题所根据的原始故事情节底本。

志怪小说的影响直接而重大，用杨义的话来讲，"神话携带着民间信仰和神祇崇拜，刺激了小说写作中山妖水怪、花精狐魅的幻想，与其后的宗教思潮相混合，使志怪书代不绝编，并且衍化成神魔斗法的奇观"①。而文学"神秘"空气最为原始、最为浓厚的志怪小说起于汉魏六朝，"汉魏六朝蔚然成为大宗的志怪小说，渗透着'万物皆灵'的原始思维，是一种极具初民性和浓郁的神秘主义色彩的文学形式。可以说，它是儒学'不语怪力乱神'和史学'至《禹本纪》《山海经》所有怪物，余不敢言'《史记·大宛传》语之后，以虚构叙事文体补了古民神话传说散佚的课"②，这些志怪小说脱胎于《山海经》，而"万物有灵"的原始思维却是一以贯之的，包括"天人感应、阴阳灾异、五气变化和幽明互通等一连串神秘观念"③，其中典型的作品有旧题曹丕的《列异传》，旧题陶潜的《搜神记》和王嘉的《拾遗记》，这些作者"多是信方术的文士或有文采的方士。方术的虚幻境界带来了想象的自由感，而文采修养又使典籍的叙事技巧渗入描写的肌理，志怪小说便以此为出发点，出入于灵异思维和民间传说中，打开了我国古代小说神奇幽秘的新境界"④。由于汉魏六朝政治黑暗，社会板荡，生民危殆，人生无常，那时的人们神经显得异常的纤脆，便只有寄寓神鬼异事中寻求精神麻醉的慰安，神话的世俗化与鬼话的人情化便是显证，志怪小说是那时候的"乱世人在生存极限的边缘上，以审美形态追求神秘的生命补偿"⑤，这种生命补偿是在诡异的幻想中完成的，"经以人情，纬以神秘，乃是志怪幻想的精髓所在。"⑥志怪小说往往"以神秘主义幻想，变异时空，沟通幽明，出入人仙境界，无不折射着人对世局乱变和死生无常的焦虑以及欲求。它是人对命运的充满恐惧、迷惘和遐思的一次反省"⑦，所有种种无不说明六朝志怪小说是"神秘"文学开花的荦荦大者。此后唐宋传奇体神怪（如洪迈编纂的《夷坚志》），宋代话本体神怪（如《京本通俗小说》中的《碾玉观音》），明代章回体

---

① 杨义：《中国古典小说史论》，人民出版社1998年版，第12页。
② 同上书，第111页。
③ 同上书，第117页。
④ 同上书，第114—115页。
⑤ 同上书，第121页。
⑥ 同上书，第125—126页。
⑦ 同上书，第135页。

神怪（如许仲琳的《封神榜》），明清文言体神怪（如纪晓岚的《阅微草堂笔记》），都承袭了六朝志怪的衣钵，将"神秘"叙写踵事增华，将"神秘"气息发扬光大。

就"神秘"思想文化渊源而言，先秦有幻怪奇谲的神话本源，汉代今文经师妖篡儒学杜撰出妖妄谶纬之说，佛家迷信空无，道家耽溺虚无，空无、虚无皆迷幻，它们对后世的影响，用学人方正耀的话来说："一是形成社会普遍迷信，或相信冥冥之中有控制人类的神灵，或相信人能超越自然而永恒；一是形成厌世虚无观念，或相信苦渡今生以求来世，或相信享乐今生而纵欲放荡。就是这种思想文化氛围，产生了许多神仙鬼怪的传说，影响了小说家，给幻奇小说创作提供了适宜的气候和肥沃的土壤"①。"幻奇"即"神秘"的代名词，"幻奇理论不仅仅根植于荒诞的学说和神话传说故事的创作，而且还根植于非一般事物的认识和记载。由于自然科学的不发达，当时人们对一些非一般的自然现象、生物现象、动物现象，尚感困惑，不能作出科学的解释，而仅凭直感记录，认为是奇异的事物，不可思议，从而唯心地归结为神灵的创造力量或是祸福降临的征兆……这些凿凿有据的现象，因无法解释而被涂上了神幻的色彩，人们于是将它与虚无缥缈的荒诞故事混为一谈"②。本文论述的是"神秘"景象描写，似乎与"神秘"叙事言说体式关系不大，其实大谬不然，所谓"意在笔先""以心运文"，中国作家一旦有了这种潜在"神秘"集体无意识的沦肌浃髓，就无往而不"神秘"，叙事如此，描景亦然。对此杨义有比较精当的释解："带点神秘色彩的所谓'意君''心王'一类概念，就表明'意'和'心'对各种行为规范，包括叙事行为规范，具有先行、运作，甚至君临、主宰的功能，这种'意'和'心'是带有中国文化行李的"③。"神秘"就像一束怪异的光焰，在具有吊诡文化魂灵的中国古代小说中苍莽地阴飞，却很难逼燃烛照出崇高"神圣"的明火来，诚如曹文轩先生所指出的那样，"在中国的神秘文化中，神话相对于鬼话并不发达。鬼话在中国神秘文化中是大面积的。《搜神记》中的故事，大多并不为神话，而是说鬼的。后来的《聊斋》更是一串鬼话。袁枚的《子不语》数十万

---

① 方正耀：《中国古典小说理论史》，华东师范大学出版社2005年版，第28页。
② 同上书，第30页。
③ 杨义：《中国古典小说史论》，人民出版社1998年版，第559页。

言，说神的少，说鬼的多。而说到的神也大多为'乱神'，仍带着鬼的色彩，神秘，并不神圣"①，神话与鬼话文化分量的悬殊对比从某种程度上征示了古代小说"神秘"叙写中更多的魔祟、迷信特质。

（二）古典"神秘"诗学系统

中国古代小说的"发育"生长可谓迟缓，而古典中国却是诗"天堂"的国度，中华民族以一种近乎炉火纯青的灵慧感悟为人类世界光辉呈献了一席独异而绚美的诗文化珍宴。"这种文化，既不同于东方其他各民族的宗教玄想，更不同于西方各民族的理性思辨，而是注重人的感情的抒发并进而达至物我和谐、物我合一的审美境界，这种文化就其本性与特质而言，便是一种诗性文化"②。在这种诗性文化最本源的承载样体中国古典诗歌中，有一片奇胜的神秘主义风景被优美地开拓，秘意与神境相融相织，神秘与神圣携手同行，中国古诗将一种独具中国特色的神秘主义审美艺术情感淋漓尽致地抒发得尽善尽美。"《诗经》作为中国诗史上的第一部诗集，其神秘主义蕴含主要表现在它的基本方式——赋、比、兴，尤其是'兴'（包含了赋、比）的运用以及这种运用所赖以依循的人神以和、心物交感的自然神秘主义哲学观念上"③，由于温柔敦厚的教化色彩，现实主义发轫诗篇《诗经》的神秘意蕴来得婉曲而雍容，"秘"少"神"亦少，然而其表现手法之一的"兴"，作为一种原初宗教观念内容向艺术形式的呈示积淀，展现了其原始神秘属性的本真内涵。就像学者毛峰所说："'兴'作为由'宗教兴象'向'审美兴象'过渡的历史积淀的过程，表明诗歌艺术发展的关键性的一步——兴的产生，恰恰是在宗教的神秘光辉的照耀下迈出的。这样，在后世看来只是一种形式美而无内容意义的兴，根源上却具有复杂深隐的想象内容与宗教观念的神圣含义"④。"兴"从对自然的神化开始起步，附伴着一种神秘性的喻征联想，直觉、感性地审美观照外在世界并与之心融相渗，最终臻达一种近乎巫术宗教性质的宇宙情怀。准此观之，"中国古典诗的本源也是神秘体验，这种神秘体验与西方重主观体验不同，而是注重对客观万物中的神秘意蕴作静观鉴

---

① 曹文轩：《二十世纪末中国文学现象研究》，作家出版社2003年版，第148页。
② 毛峰：《神秘诗学》，台北扬智文化事业股份有限公司1997年版，第40页。
③ 同上书，第52页。
④ 同上书，第54页。

赏，进而营造一个与之相融合的富于神秘韵味的诗的境界"①。

如果说《诗经》的神秘体察在于"兴"的主观情志与造化自然的超融"自失"，《诗经》以后，"第一次尝试将自然兴发引向超自然的世界，从而起身向另一度空间（纯幻想世界）飞升、遨游的是中国第一个伟大诗人，也是世界诗史上的第一个伟大诗人——战国时期的楚国人屈原"②，屈原著《楚辞》，《楚辞》与《诗经》并称，花开两朵，各表一枝，它开创了浪漫主义骚风骚体的源脉，也开启了诗性神秘主义的另一伟大源流。《楚辞》"神"丽而"秘"浓，灵巫气氛漫天飘舞，比比皆是，"无论是《离骚》中对神仙境界的向往与遨游，还是《九歌》中《湘君》《湘夫人》《山鬼》对神女、精灵鬼怪的神秘刻画，还是《天问》对宇宙神秘所做的大胆质问与哲理思索，这一切把中国诗的神秘主义由诗经的沉潜深隐一变而为直接描绘与抒写"③，如果说《诗经》只有神秘底蕴的话，那么《楚辞》则开辟了一种神秘境界，"这一境界打开了中国诗的幻想空间，使执著于现实的中国诗获得了一种超现实的神秘之美，这一境界后来以'游仙诗'的方式和'神仙境界'的追求给后代诗人以深刻的影响"④。

诗歌比及魏晋，玄言诗开始蔚兴，陶渊明以一种玄远、冲静的情怀将神秘诗性引向悠妙高淡，"即不对超自然的神秘境界作苦苦的追索，而是对蕴含于大自然中的无限奥秘做静美的观照。从而达致物我交融、物我合一的审美状态"⑤。表面上看，魏晋玄言诗的神秘意味最为简淡，然而惟其简淡，方显深蕴。幽玄、理辨的哲思与澹荡、清妙的情味相掺相渗，营造出一派宇宙浑然的神秘的幽微。"魏晋玄学的兴盛标志着我国神秘主义哲学由直观描述向理论思辨的系统研究前进，其有无、言意、名实之辨等给中国古代文学理论对文学的本质与形式的认识以极其深刻而玄妙的影响"⑥。古典诗歌的鼎盛黄金期当属唐朝，唐诗无疑是中国古典诗歌史上树立的一座最高峰，它以高洁、空灵、雅妙的瑰玮境界光彩照世，雄视万

---

① 毛峰：《神秘诗学》，台北扬智文化事业股份有限公司1997年版，第58页。
② 同上。
③ 同上书，第58—59页。
④ 同上书，第61页。
⑤ 同上书，第62页。
⑥ 同上书，第64页。

代。此后的宋、元、明、清诗都是它的末流翻版或补充集成，总体上未逾越其惊采绝艳、光英朗练的艺术高度。对此学者毛峰有过切中肯綮的分析："如果说由诗经发端的心物交感的自然神秘主义与楚辞发端的神人交合的超自然神秘主义是中国诗歌发展的两条神秘主源的话，那么唐代灿若群星的众诗人则更受佛教尤其是禅宗的深刻影响。以禅喻诗，成为当时普遍的美学标准和审美境界追求，反映了唐朝儒道佛合流的哲学趋势和美学趋势"[1]。就精神气质观照，大部分唐诗中充满了丰沛、鲜润、深玄的禅心、禅灵、禅神、禅思、禅慧和禅悟，"禅是东方美的极致。中国诗的特有的宇宙观念——心物之神秘交感、互渗与融会变成'万物的自行演出'，禅悟穿透这一切现象、因果、语言之尘埃而直逼生命的本质和那不可言喻的神秘之美"[2]。有了"禅"意的泅浸灌注，唐诗的神秘美感才会如此地悠远高妙，回味无边。中国古典诗的神秘之美，处处体现其形构的神秘意境之中，而神秘意境的优美极致便是达至宇宙情怀的灵境、化境和神境的高度，亦即"超脱人间现实之外的神秘忘我境界，进而表达人心中最深的不可名状的幽思"[3]，在这种宇宙情怀神秘的幽思中，灵动的兴象妙韵如粲玉涌泉般不择地而出，幽渺朦胧，精微隽永，飘忽玄妙，咀味无穷，而这正是中国传统古典"天人合一"审美艺术神韵的真谛所在。一切景语皆情语，一切情语皆诗语，"情不虚情，情皆可景；景非滞景，景总含情""情景名为二，而实不可离。神于诗者，妙合无垠。巧者则有情中景，景中情"[4]（王夫之语），神秘诗学对"神秘"景象描写的艺术指导作用不可谓不深且巨，遗落或者轻忽传统神秘诗语的精神造诣挖掘，"神秘"景象的艺术描写大抵只会陷入偏陋孤执的"野狐禅"泥淖而不能自拔。

二　现当代文学"神秘"流程考镜

古典文学有深郁的神秘文化根源，现当代文学亦有剪不断的神秘文化传承，如果对神秘文化简单扬榷，我们会有这样宏观的识察："在人

---

[1] 毛峰：《神秘诗学》，台北扬智文化事业股份有限公司1997年版，第66页。
[2] 同上书，第67—68页。
[3] 同上书，第73页。
[4] 参见王夫之《古诗评选》（卷五）及《夕堂永日绪论·内篇》。

类古代思想史与文学史上，神秘主义是一股始终新鲜的泉流，时显时现，但无时不在人类思想史与文学史的土壤中浇灌着美丽而奇异的花朵。而中国20世纪的文化在文化领域中倡扬科学主义与理性主义，因而宗教神秘首当其冲成了新文化的批判对象。直到20世纪80年代，中国文学的风貌开始发生极为重要的变化：从政治主位转型到文化主位，神秘主义的回归可以看作这一转型的重要标志之一。应该说20世纪80年代作品中神秘主义的属性已发生了微妙的转化，科学和理性的发展使它已不可能再以人们描述和探索世界的主要方式出现，它的认识价值已弱化，在这种弱化过程中，其审美价值却大大增强，并因此获得了复归的勇气与力量。"[1] 下面着重就现当代时期中国小说与诗歌的"神秘"变轨史衍述之。

（一）现当代"神秘"小说学系统

我们说古典文学向现代文学的转变是一个质的飞跃，其"神秘"景象抒写的精神面貌无论在小说抑或诗歌领域都呈现出换天改地的新景象。现代白话小说是在"五四"文学革命的春风里成长的，由于"五四"精神自始至终贯串着一种科学的尊严，因而古典小说中那些神秘怪诞之谈被彻底贬为陈独秀所倡"三大主义"陈腐糟粕批判对象，理所当然遭到了决绝的"腰斩"清理，神光鬼火的东西在现代意识觉醒的白话文小说中是无法入流的。诚如学者毛峰所说："中国社会近代化的过程是向西方学习的过程，西方理性主义与功利主义的传统投合了当时中国人的'科学崇拜'（所谓'从西方请来赛先生'），而西方社会更强大的维系力量——宗教信仰与神秘主义传统却没有引起国人的兴趣"[2]。就理性主义而言，海外学者夏志清有这样的观点：中国"儒家的知识分子都是理性主义者，但自古以来，他们同一种敬天的原始宗教，或是同释道二门都搭上一些关系；即使后世的理学家，处世接物都流露出一种宗教感，并非完全信赖理性。现代中国人已摈弃了传统的宗教信仰，成了西方实证主义的信徒，因此心灵渐趋理性化、粗俗化了"[3]。诚然，科学理性或工具理性独占鳌头

---

[1] 曹茂兰：《神秘主义在新时期小说中的回归》，《株洲师范高等专科学术学报》2003年第4期。
[2] 毛峰：《神秘诗学》，台北扬智文化事业股份有限公司1997年版，第130页。
[3] 夏志清：《中国现代小说史》，复旦大学出版社2005年版，第322页。

地遮蔽了时人对"神秘"体验的超验想望，于是乎"神秘"在"普罗米修斯"式的启蒙与救亡时代主题的双重变奏中没能拥有光明正大的市场，"神秘"在"为人生"和"为艺术"的洪亮性情声响中也没有争得体面光鲜的地位，"神秘"在意识形态色彩显豁的左翼"真理"世界里更是惭愧得无地自容。

即便如此，用学者曹文轩的话来说，古代志怪小说的传统"直到现代文学也未中断。周作人'谈狐说鬼'曾被看成是颓废与堕落，但在热烈接受科学风气的现代文学史上，并未能断绝此风，只是20世纪50年代之后的社会主义文学，才与它完全脱清干系。在唯物主义独主天下之时，妖魔鬼怪，魑魅魍魉，皆被逐出了文学，从此，使'志怪'传统归于断裂"①。除了传统志怪小说的现代挣扎，还有一支闪现"神秘"残影之光且在现代文学史上有一定规模影响的小说便是乡土写实小说，乡土写实小说可谓是当代寻根小说的前身"鼻祖"，它们共有的精神脉络便是"地域色彩"的显豁追求，其文学宗旨依然是"启蒙"，即揭出乡土（主要是农村）荒愚的病苦，以期引起志士仁人精神疗救的注意，因而所取乡村多为荒昧野暗，所讲风俗多为阴冥野蛮，所述人物也多为惨冷凄森，创作手法也多有安特莱夫式的阴冷情结，由此暗色渲染的乡土小说难免包裹着一股神秘主义的"伤寒"味，总算为"神秘"艺术幽灵的栖身找到了一块附骥的难得土壤。此外，"饮过恒河圣水的奇人"许地山惯于多采浓厚异域情调以及遍撷光怪佛学意象，使它的小说也多有一点"并不可怕的神秘感与并不可畏的神圣感"（陈平原语）。

"神秘"式微，"神圣"之形而上也将皮之不存，毛"难能"附。五四的第一份杂志《新青年》在"强国、新民、铸魂"实利主义、"救亡压倒启蒙"集体精神意识的强势规引下，猛烈批判"灵学"，不给神圣"形而上"予喘息之机，借用学者王晓明的话说："《新青年》刊登的大多数文章，都惊人地表现出同样的务实倾向，几乎就没有谁能把眼光放开一点，想得再'玄'一点，也很少有人表现出对于形而上学的兴趣"②，迁流曼延，直接导致了新文学小说中"神圣"情愫的难产。如果说"神秘"

---

① 曹文轩：《二十世纪末中国文学现象研究》，作家出版社2003年版，第148—149页。
② 王晓明：《一份杂志和一个"社团"——重评五四文学传统》，选自王晓明主编《二十世纪中国文学史论》修订版上卷，东方出版中心2005年版，第193页。

小说叙事的幻奇神怪"本事"几乎在现代小说中绝产，神秘诗学的圣洁精神因子却在现代小说京派一脉中得到了艺术很内在、很完美的传承，从废名到沈从文，从沈从文到汪曾祺，还有萧红、萧乾、孙犁等散文化抒情小说的"丹青妙手"们，共同将中国天人合一的"神圣"景语、宇宙灵怀抒写得或朴讷，或清纯，或静美，或细丽，而沈从文的《边城》更无异一首中国神诗至矣尽矣的绝唱，将中国精神特色的"盐溶涵化"宇宙心灵表达到了近乎缥缈幽清的极致。

　　新中国成立以后，小说中的"神秘"思素被认为是"封建遗毒"通统予以扫灭净光，这一个时期的"中心作家"普遍以为："凭借着'先进的世界观'，作家能够正确地认识、把握客观生活和人的生命过程的'本质'和'规律'；他们所实践的革命和文学，正是体现了并阐释着这一发展规律的。因而不存在'本质化'的悖谬情境，也不可能会有神秘、不可知的领域。明确的目标感和乐观精神，必然是他们作品的基调"①。小说中的政治化"神圣"仅仅是一种"阶级纯洁"乌托邦狂热的幻想，"十七年文学"大抵就是在这种"意志狂热主义"和"先验唯心主义"悬空的乌托邦文化激情想象中度过的。"十七年"过后是"文化大革命"，"文化大革命"近乎惨绝人寰的"十年动乱"写下了文学艺术史上最凋冷、最荒芜、最"隆冬"的一页，此期间的"神秘"更是被划归"四旧"（旧思想、旧文化、旧风俗、旧习惯）遭罹了最"铁血"的凌迟处死，而极端民粹炮制的工农兵偶像"神圣"作为一种道德主义意识形态"类神性的时代精神"，充其量也不过是精神假花无"香"绽"金"。诚如洪子诚先生的分析："为了达到'工农兵''占领文艺阵地'的目的，与1958年一样，破除文艺的'神秘性''特殊性'是十分必要的。在创作上，对于直觉、艺术天赋、灵感、感悟等非理性的成分在理论上加以批判，加以最大限度地缩减，使写作、阅读、观赏都成为一种有'理'可循的'透明化'行为，成为可以分解、按部就班进行操作的过程"②，"'直觉'导致'神秘'，而'神秘'阻碍了工农兵对文艺创作批评的掌

---

　　① 洪子诚：《中国当代文学史》，北京大学出版社1999年版，第31页。
　　② 洪子诚：《关于五十至七十年代的中国文学》，选自王晓明主编《二十世纪中国文学史论》（下卷），东方出版中心2005年版，第160页。

握,也阻碍了政治美学化的这种转化,也显然违反了无产阶级文艺的清晰和透明的美感规范"①。

显见,为了维护无产阶级文学"清明的纯洁性","神秘主义艺术体系"遭到冥顽的毁灭性批判、抵制根本不足为奇,只有等到新时期思想寒流冰释解冻,"神秘"之思才开始蠢蠢欲动,重焕生机。对此学者樊星有这样新视野的识察:"到了20世纪80年代,'志怪''传奇'的传统开始悄悄地复活。这种复活与福克纳、加西亚·马尔克斯的影响很有关系。福克纳和加西亚·马尔克斯利用神话、传说、梦幻去表现美国南方生活和拉丁美洲神秘人生的写法既唤起了中国作家的'寻根'冲动,也唤起了中国作家的神秘文化记忆"②,然而由于盲目浅稚的跟风,"寻根"一度演绎为变相的"猎奇"。在"眼球经济""读图时代"的疯狂蛊惑下,为图视觉上炫心的刺激,许多作家堕弃艺术操守,狂色渲染"神秘"怪魅图景,可谓无所不用其极,而优美神圣之魂却被"后现代"解构之刀砍削得支离破碎,再也融摄不进他们要"重新洗牌"的顽执心眼。用陈晓明的话来说便是:"'神秘'不再是生存隐含的不可测定的内在深度,也不是生命期待无限切近而不可企及的永恒归宿,'神秘'如同叙述人的一副面具,或是叙述过程中散发出的诡秘气息——它是生存可以承受之轻"③,于是新时期寻根小说中大面积关于"神秘"之写的文学处理便开始出现了许多艺术失真、失深、失善、失美的问题欠失。

(二) 现当代"神秘"诗学系统

关于现代诗中的神秘精神,由于受"五四"大开放西方非理性思流泥沙俱下的冲击,反而出人意表地得到了近乎"百花齐放"的倡扬。鲁迅一部拥有魔圈一般神秘主义诗境的《野草》,呕心点燃了幽邃的神秘之火,而"更自觉地向神秘主义靠拢的诗人则有冰心、梁宗岱、宗白华、朱湘、冯至、徐志摩、汪静之、刘半农等。郭沫若的《女神》更是以泛神论的神秘主义为核心,表达了凤凰涅槃的宗教般的信心"④。就新诗风

---

① 洪子诚:《关于五十至七十年代的中国文学》,选自王晓明主编《二十世纪中国文学史论》(下卷),东方出版中心2005年版,第161页。
② 樊星:《当代文学新视野讲演录》,广西师范大学出版社2007年版,第215页。
③ 陈晓明:《无边的挑战——中国先锋文学的后现代性》,广西师范大学出版社2004年版,第201页。
④ 毛峰:《神秘诗学》,台北扬智文化事业股份有限公司1997年版,第133页。

质而言,"东方神秘主义以其宁静柔美的品格渗入了冰心、宗白华等人的泛神论诗学世界观;而以其对乌托邦的狂热追寻的泛神论宗教世界观则溶入了郭沫若等豪放诗人的作品"①,现代诗歌不管如何抒写与演绎,几乎可以说都含有"神秘"思流的映现,而继接现代新诗遗风余绪的中国当代诗歌也从新创化了"天启神谕"的"神秘"普罗米修斯之炬,诚如学者毛峰的分析:"如果说'五四'以来的中国新诗大多在不自觉地向神秘主义这一诗的本质靠近的话,那么朦胧诗以来的中国现代诗真正开始了向神秘主义的热烈追求。这种追求一方面是重返世界诗歌总秩序的热望所致,另一方面更是重新体认作为东方神秘主义源头之一的中国诗性文化的巨大价值。朦胧诗以模糊的语言意象和朦胧的诗意美感首先动摇了实用主义与教条主义束缚下的中国诗坛,新生代诗更以其大胆而艰苦卓绝的探索大大加快了中国诗向神秘主义迈进的步伐。某种神秘的天启寄寓于外部世界的清风徐徐吹来,使新生代诗人将诗的瞬间超越化而为'全民族精神重建'的庄严使命"②。朦胧诗的"朦胧"神秘,新生代诗人的"逃避与超越"神秘,共同将"神"之灯与"秘"之镜挽扣在当代人心灵的裤腰带上,完成了一场簇新的神秘圣水的洗礼。在这场空前的神秘精神洗礼中,渴望语言成为祈祷,渴望诗歌成为精神极地的灵魂之舞,海子、骆一禾、戈麦等诗人甚而为此诗心"殉美","渗透在他们作品里的生命意识,超越了以个体为特征的生命存在,成为囊括宇宙万象,是大地、天空、诗人共同创造和拥有的,并用心灵去感知和倾听的一种神启"③,从而为世纪末留下了最后一祭诗性神明的宇宙忏唤,也留下了神秘主义天空下最悲烈、最壮丽的绝唱与绝响。

就横向共时的文化参照而言,学人周保欣有这样的察见:"作为世界性的文化现象和思想潮流,神秘主义在西方已然形成蔚为大观的诗学体系。从古希腊的命运悲剧,到中世纪的宗教神秘主义艺术,乃至近现代西方浪漫主义、直觉论、表现论、象征主义、存在主义美学以及拉美魔幻现实主义文学等,自始至终氤氲着浓厚的神秘主义色彩。相比较而言,中国的佛教、道教和民间鬼神文化中也蕴藏着丰厚的神秘主义成分,并且文学

---

① 毛峰:《神秘诗学》,台北扬智文化事业股份有限公司1997年版,第137页。
② 同上书,第145—146页。
③ 陈思和:《中国当代文学史教程》,复旦大学出版社2004年版,第365页。

中从来就不乏神秘主义描写"①。准此观之,中国既有"神秘"描写的丰厚文学精神资源,也有"神圣"理念迈越浩渺时空的心灵穿透,既有本土化的"优根",也有异域性的补益,然则当代寻根小说中的"神秘"景象描写何以轻慢"宇宙情怀"而走向艺术"迷途",它们的正当艺术出路又何在,我们试将详尽探讨之。

第三节 寻根"神秘"与中国"天人合一"

一 自然"神秘"中的天人合一

通过上面对"神秘"景象描写的文学精神溯源,我们可以很清楚地看到,中国传统古典文学中始终存在一种诗性的宇宙情怀,即"天人合一"。"天人合一"的文化审美理念指的是人与宇宙自然的同源共在以及同构亲和,这种文化亲善潜质也直接构筑了中国人审美之维的本初原动内驱力,"当西方古代由于痛感天(自然、宇宙)的压迫,导致对天的敬畏而衍生出后世发达的宗教文化之时,古代中国人却一般地认天人为和同关系。在文化思维和文化情感方式上,中华民族似乎在其连续不断的'记忆'里,一直保留着它源于远古的文化经验,中国人把其在远古人与自然'原始的友善',从最遥远的时空一直带到了文明时代,用马克思的话来说,中华民族似乎难以割断人与自然'共同体的脐带'"②。这种一开始便追求"神人以和"的民族集体无意识,成为"天人合一"审美哲学运演的先声与雏形,同时也构筑了中华审美文化性格中最显豁的一维。学者杨匡汉在其主编的《20世纪中国文学经验》中有过这样的解析:"'天人合一'反映了中国人文精神中特有的宇宙本体哲学……人可与天地合其德,与日月合其明,与四时合其序,乃至与鬼神合其凶吉。由于天与人均被视为生生不已的生命,所以强调文化——文学不能和自然相阻隔,人文生命不但不应该与自然生命相背,而且要足以丰富自然生命"③。"天人合

---

① 周保欣:《当代审美思潮中的神秘叙事》,《安徽师范大学学报》(人文社会科学版) 2005年9月第5期。

② 朱立元:《天人合一——中华审美文化之魂》,上海文艺出版社1998年版,第4页。

③ 杨匡汉:《20世纪中国文学经验》,东方出版中心2006年版,第541页。

一"作为中华审美文化的灵魂,实践于文学艺术,很自然便陶熔出文学景象描写中神秘之维中国式神圣的宇宙情怀,我们姑且称之为"天人合一"式的古典宇宙情怀。从神秘体验中升华出神圣宇宙情怀,中国的"天人合一"艺术可谓源远流长且登峰造极,《红楼梦》与《边城》以其精湛的艺术表现形式十分优美地诠释了自然"神秘"中的神圣性"天人合一",从而很好地实现了"宇宙情怀"这种文学精神与生命智慧的大放异彩。下面结合古典小说《红楼梦》与中国现代小说《边城》的文本分析与中国当代寻根小说中"神秘"景象描写的不足作参较,进而指出新时期小说艺术精神品质不应有的传统遗失。

(一)《红楼梦》的"神圣"宇宙情怀

"宇宙之大著述"[①]《红楼梦》之所以旷古瑰奇在于它"天书"与"人书"的灵弦合奏,在于它天寰与人寰的诗意对接,它以一种明心见性宇宙大境界的宏丽视境观照并非世俗意义上而是超越意义上的悲剧人生,从而蒸华出一朵"天人合一"艺术之花,精邃而深挚,幽郁而永恒。宇宙大意境,生命大禅境,借助慧极八方的"天眼"俯瞰人间苍渺"无立足境",在人不过是尘宇一粒埃尘的"大观眼睛"中透浸大彻大悟之宇宙情怀,使得《红楼梦》无语不寰悟,无景不天穹,全然是"天人合一"人间大宇宙的形象偈语之演释。诚如王国维先生所言:"对宇宙人生,须入乎其内,又须出乎其外。入乎其内,故能写之。出乎其外,故能观之。入乎其内,故有生气。出乎其外,故有高致"[②],凡俗的现实世界与神秘的幻象世界充满灵性、灵动地嫁接,酝酿出一重琪花瑶草仙幻且灵心诗魂透穿的神伟的洞天,从而赋予小说精神上尤异超拔的仙灵品素。

杨义在其《中国古典小说史论》中分析到,"《红楼梦》的特点是在再平凡不过的意象中加进某种神话素,宛若点石成金,使这种自然物和神话素相综合的意象,成了关连天道与人事的具有浓郁的象征性甚至神秘色彩的审美构件"[③]。"顽石"可以幻形入世成"灵玉",便是"天"的品格与"人"的品格的混成;灵河岸"绛珠还泪","天"情昭显;"太虚幻境"本神衍之物,却有人间物事灵谶的关怀;《好了歌》、《金陵十二钗》

[①] 注:王国维在《〈红楼梦〉评论》中对于《红楼梦》的评谓。
[②] 王国维:《人间词话》,哈尔滨出版社2006年版,第84页。
[③] 杨义:《中国古典小说史论》,人民出版社1998年版,第492页。

图册判词、《红楼梦十二曲》等超现实的神话素意象幽灵般统领着故事人物的"天数"运命纠结,无可逃遁;"忽喇喇似大厦倾,昏惨惨似灯将尽""好一似食尽鸟投林,落了片白茫茫大地真干净",在惊心、神秘的景象描喻中震心透视着一种"宇宙天命"神圣、灵变的征兆和预感。"天感"哲学具象到心景交融的描摹,则其匪夷所思的神秘力量中自有不可思议的神圣灵愫滋育、潜长其间,从而蒸融出一片内在伟美、无限的天地情怀,梦幻般的诗情画意。

试举一例,《红楼梦》第二十六回写道:

> 这林黛玉秉绝世姿容,具稀世俊美,不期这一哭,那附近柳枝花朵上宿鸟栖鸦,一闻此声,俱忒楞楞飞起远避,不忍再听。正是:花魂点点无情绪,鸟梦痴痴何处惊。①

王国维在《〈红楼梦〉评论》中说:"善于观物者,能就个人之事实,而发现人类全体之性质"②,黛玉脱俗秽之溽,秉天地灵华,兰心蕙质,仙态灵姿,她的一声动情的呜咽花鸟都为之愀然动容,"不忍再听",这是怎样一种心物感应的宇宙情怀!正所谓"诗人必有轻视外物之意,故能以奴仆命风月。又必有重视外物之意,故能与花鸟共忧乐"③,人之喜、怒、哀、乐、怨,喷放在宇宙这个"精骛八极,心游万仞"的大环境中去营造、去抒写、去消融,便有每一人性的举止言谈都与一种超验的宇宙精神进行微妙的磁心对话。人性的东西突入宇宙,环拥宇宙,浸化宇宙;宇宙的精神辐射人心,烛照人心,渗透人心。将宿鸟栖鸦人格化,将柳枝花朵心灵化,是"万物皆灵"原始信念的一个艺术表达,花可以有魂,鸟可以有梦,它们作为黛玉灵魂情绪的一个物象上的同情倒影,鲜活而灵切地皴染了主人公灵心慧性的泪哭的神秘魔力,让我们感受到了崇高而多情的宇宙气息的氤氲。

---

① 曹雪芹、高鹗:《红楼梦》,人民文学出版社1982年版,第372页。
② 王国维:《〈红楼梦〉评论》,选自王国维《王国维文学论著三种》,商务印书馆2001年版,第24页。
③ 王国维:《人间词话》,选自王国维《王国维文学论著三种》,商务印书馆2001年版,第43页。

此外，在曹雪芹以诗化、生命化的眼光描绘的大观园里，每一处物景似乎都有与之相匹配的个性化人物情怀回音上色的烙印。黛玉入住潇湘馆，是因为独"爱那几竿竹子，隐着一道曲栏，比别处幽静"，暗合了她清美慧静、孤芳自赏的高洁品性。"宝玉眼中潇湘馆'凤尾森森，龙吟细细'，黛玉心中的'竹影参差，苔痕浓淡'；以及衬托绛珠还泪的'疏竹虚窗时滴沥''已教泪洒纱窗湿'等一系列的'雨滴竹梢，更觉凄凉'；直至后四十回中那个感秋悲往之夕，'只听得园内的风，自西边直透到东边，穿过树枝，都在那里唏哩哗喇不住的响。一会儿檐下的铁马，也只管叮叮当当的乱响起来。'这错落有致的竹影苔痕、风声雨点，形成了一个诗意空间，在这种人化了也诗化了的空间之中，人的生存形态、情感方式和命运走向都与自然的动静，进行着幽深玄远的交流"①，这种宇宙式体察的情灵交流诠释的是传统"天人合一"文化心理背景下的直觉审美思维方式，表现的是艺术上"人化的自然"与"自然的人化"的空音水影般的唯美交糅，而"这种所谓情景交融、物我交感、氤氲互生、圆融无碍，才是'人化'的最高境界"②。在"天人合一"文化精神的毓育下，《红楼梦》的宇宙整观和圜道审美内涵体现了一种生命化的诗性精神，而正是这种诗性精神的点化才引导了"神秘"之物事向"神圣"之境界的艺术提升，物我为一，天人相合，物我和谐，神人亲善，人与自然，主观与客观，内在与外部，水乳交融，若合符契，这便是神圣宇宙情怀的奥义所在。

(二)《边城》的"神圣"宇宙情怀

将谐美的"天人合一"古典宇宙情怀传承光扬并臻达神境的现代小说家要属沈从文，沈从文是一位用"纯生命"创写"纯艺术"的情灵粹美得令人忧愁的京派作家。他的湘西化外世界可谓明净而浏亮，幻梦而神奇，由于有一种"人类爱"的温情光芒抚照着湘西那块原始神秘的边地，沈从文的作品才蒸馏出清澈空灵的"神性美"甜醉蜜浆来。诚如作家所说："一个人过于爱有生一切时，必因为在一切有生中发现了'美'，亦即发现了'神'。必觉得那个光与色，形与线，即是代表一种最高的德

---

① 杨义：《中国古典小说史论》，选自杨义《杨义文存》（第六卷），人民出版社1998年版，第500页。

② 王又平：《新时期文学转型中的小说创作》，华中师范大学出版社2001年版，第40页。

性，使人乐于受它的统治，受它的处置。人类的智慧亦即由其影响而来。""美固无所不在，凡属造形，如用泛神情感去接近，即无不可见出其精巧处和完整处。生命之最高意义，即此种'神在生命中'的认识"①。沈从文有一种生命神性的理想，即要在宇宙神庙里供奉"优美、健康、自然"的人性，他以抒情诗的笔调绘制了一幅幅田园色彩、牧歌情调的乡地风情图，"在描写湘西社会特殊的'光和色'中，沈从文小说充分地展示了由闭塞而保留原始清新感和神秘感的民间风情，尤其是展示了把节日娱乐和宗教仪式融为一体的带点神话意味的奇异风俗，从而丰富了我国小说的生活轸域和审美内涵。"② 其作品中既有陶渊明式的闲适冲淡，又有屈原《九歌》式的幽艳缥缈，的确是"一颗千古不磨的珠玉"（刘西渭语），而最为出彩的要算沈从文怀乡情愫深切到极致神圣感的《边城》了，它将作者的一种神性、诗意的宇宙灵怀表现得淋漓尽致，戚婉动人。《边城》融乡情风俗、人事命运、自然景致为一体，完美齐契地和谐，浑然一体地化接，"韵味隽永的笔墨，绘出的是未被工业文明分解的'天人合一'的民俗境界"③。

  小说几乎没有一切戏剧转突的情节葛藤，演绎的也不过是一场几乎无事的悲剧：主人公翠翠爱上船总次子傩送，傩送兄长天保先向翠翠提亲，于是两兄弟赛歌决亲，天保自知唱不过，坐船出走，不幸葬身河腹，傩送千里寻尸，故事在傩送"也许永远不回来了，也许'明天'回来！"的开放性结构中戛然而止，留下一个无比荡气回肠的想象空间。诚如学者杨义的评价："这是一出愁绪缥缈的人间情爱悲剧，然而在这些人性皆善、性自天然的人群中，辨不清社会的制度和文明的梗阻。它充满着原始人类阴差阳错的神秘感和命运感，自然安排了人的命运，人无怨无艾地顺乎自然，融乎自然，组成一种化外之境的生命形式，组成一首曲终奏雅的人性抒情诗"④。里面既有浑融神秘气息的弥漫，也有神圣生命人性的讴吟，更有宇宙人生悲剧性的体验与审视，一切尽在朴野自然中涵养泯化。我们

---

① 沈从文：《美与爱》，选自沈从文《沈从文选集》（第五卷），四川人民出版社1983年版，第178—179页。

② 杨义：《中国现代小说史》（中），选自杨义《杨义文存》（第二卷），人民出版社1998年版，第632页。

③ 同上书，第627页。

④ 同上书，第626页。

说"返朴归真的人生倾向,往往伴随着吟咏自然的文学趣味。沈从文以逍遥恬适的胸襟,与大自然幽静雅秀的光和色相对,物我移情,笔底呼唤着翩然欲出的山水灵性。这种自然感受带有泛神论气息,笔墨趋于情景交融,心物浑一的境界,勾摄出自然界庄严淡远的'神性'和微妙亲切的'人情',飘忽着难以渗透的诱人的幻美"①。他笔下的人物似乎也是山水自然钟灵毓秀的结晶,"相中色,镜中象"一般莹澈无痕,新雅清净,天然朴洁。试举一例,《边城》写道:

> 为了住处两山多篁竹,翠色逼人而来,老船夫随便为这可怜的孤雏拾取一个近身的名字,叫作"翠翠"。
> 翠翠在风日里长养着,把皮肤变得黑黑的,触目为青山绿水,一对眸子清明如水晶。自然既长养她且教育她,为人天真活泼,处处俨然如一只小兽物。人又那么乖,如山头黄麂一样,从不想到残忍事情,从不发愁,从不动气。②

这简直就是一首"天人合一"的绝妙好诗,诗情朴茂,行云流水。人物与自然生物在近乎音乐般的曼妙笔致中音乐般地有机融渗,共同弹奏着一阕宇宙生命圆融律动的清歌。"这里看不出翠翠五官四肢的清晰线条,线条消融在周围的青山绿水、翠竹黄麂之间了。她有肤色,有眼神,有奔跑与停留的姿势,但更深的印象是她天真秀逸、羞怯中见娴雅的气质,是她如鱼戏水地融合于大自然之中的诗一般的神韵"③,那种古典式的人、景交融宇宙情怀的描写盈美"澡雪"得令人心旌飘曳、情骀神怡。

二 寻根"神秘"中的传统艺术"失语"

如果说《红楼梦》与《边城》的神秘情愫充满神性色彩,那么当代寻根小说的"神秘"心结却只能说是"群魔乱舞"。寻根小说作为当代文

---

① 杨义:《中国现代小说史》(中),选自杨义《杨义文存》(第二卷),人民出版社1998年版,第641页。
② 沈从文:《边城》,北岳文艺出版社2002年版,第13页。
③ 杨义:《中国现代小说史》(中),选自杨义《杨义文存》(第二卷),人民出版社1998年版,第640页。

学神秘潮的嚆矢，神秘元素在寻根小说中可谓比比皆是、斑斓多姿，然而正像学人王慧灵所说："神秘色彩在寻根小说中的大量出现并不是偶然的，而是一种必然现象。在寻根文学出现之前，中国当代文坛正是现实主义一体化格局已难以为继、文学期盼多元局面出现的时候，作家们对以往创作观念与文学审美意识规范化、样板化日益不满，厌恶重复雷同，不愿随波逐流，因而积极寻求新的创作出路，力求在艺术上有新的突破。"①无论是韩少功之巫楚湘西、郑万隆之黑龙江鄂伦春、贾平凹之三秦商州、李杭育之葛川江，还是阿城之云南边域、李锐之黄土吕梁、郑义之太行山麓，扎西达娃之本土西藏……无不彰显着一股蛮荒异域、标新立异的"神秘"本色，然而就"神秘"描写走向"神圣"描写的艺术向度而言，却无疑参差不齐，实在让人不敢恭维。

（一）"天人合一"中的"有"与"无"

通过上节的介绍我们清楚地知道，对于宇宙情怀的诗性抒写，古、现代文学都有十分精彩的典范作品演绎呈现，而当代文学却分明要逊色许多。当代作家中最具道家超脱情怀的作家要属贾平凹，贾平凹的散文写得也够空灵净妙，颇得"天人合一"艺术神韵的妙谛真传，然而作为寻根文学的一员力将，在寻根小说的"神秘"景象描写中却没有把这种圆美的艺术真传贯彻其中，这不能不说是一个莫大的遗憾。具备"道"形而上之逸才，却为了在猎奇的文化寻根期待中令人炫心地出彩，媚俗地将审美真知抛向爪哇国而拾起往奇僻辣心处使力的牙唾，以致最后恶俗平面化的平庸，这不仅是一次理论无知的艺术退化，更是精神境界功利化贫血的堕落。贾平凹的寻根小说多镌烙"神秘"色彩，就景象艺术描写而言，"神秘"倒"神秘"得似乎无可指摘，却永远没有那股形而上、神圣天启的伟力，永远没有精神本体化终极的叩问与眷注，永远没有"无限"升华的心灵体验浮出"文化根"的地表，这种缺失现象委实让人扼腕寒心。我们知道："中国传统的文化基石命题是'天人合一'，由于'道'的形而上观念的形成而走出了朴素的万物有灵、巫术智慧的感事阶段。只有在形而上的洗涤中，才可能在人的心灵最深层建筑起纯粹的哲学宫殿，从而达到'天人合一'的新的境界"②。贾平凹的"天人合一"在哪里，我们

---

① 王慧灵：《寻根小说中的神秘色彩探析》，《江西社会科学》2006年第4期。
② 朱立元：《天人合一——中华审美文化之魂》，上海文艺出版社1998年版，第535页。

且看其《商州初录》里的"神秘"景象描写:

> 而在悬崖险峻处,树皆怪木,枝叶错综,使其沟壑隐而不见,白云又忽聚忽散,幽幽冥冥,如有了神差鬼使。山崖之间常会夹出流水,轰隆隆泻一道瀑布。潭下却寂寂寞寞,水草根泛出的水泡,浮起,破灭,全然无声无息。而路呢,忽儿爬上崖头,忽儿陷落沟底;如牛如虎的怪石仄仄卧卧,布满两旁;人走进去,逢草只看见一顶草帽在草梢浮动,遇石,轻脚轻手,也一片响声,蚂蚱如急雨一般在脚面飞溅。[①]

一般而言,艺术创作通常有三个境界,下境为"有中生有"(再现),中境为"无中生有"(表现),上境为"有中生无"(象征),从"有"(有限)与"无"(无限)这对古典审美范畴来看,如何实现对"有限"的超越从而在自身达到与"无限"合一的境界,如何突破"有限"的心理与物理碍阻与"无限"进行精神契合的亲密对话,将是"天人合一"文学表达的最大考验。上面一段描写中只有"怪""幽""冥""鬼"等神秘字眼的飘烁闪动,这属于对"有"(有限)的惊怪心理化的描摹,通过刻意营造一种异怪的景象氛围,与"无"(亦即心灵涵化的"天")保持着敌视、恐惧的疏离感,于是峻崖"悬险"而不伟岸,树"怪"云"鬼"而不亲人,潭水死寂而不灵动,路、石吊诡而不神明,蚂蚱凶急而不壮伟,这些都是背离形而上"无限"神思的拙劣艺术后果。拥有宇宙灵怀的作家"对于自然界上至日月星辰,下至一草一叶,无不殚精竭虑,体察入微",而且"能够从破碎中看出完整,从缺陷中看出圆满,从矛盾中看出和谐,换言之,纷纷万象对于他只是一体,'一切消逝的'只是永恒的象征"[②]。只有将主体与客体的对立情绪解体,天人归一,才有圣洁宇宙情怀的萌芽,"对立一旦消除,就使主体与对象合而为一、心灵所悟的无限就可以毫无障碍地得以在艺术对象中倾泻、同一,主体倾泻的本身

---

① 贾平凹:《商州初录》,选自贾平凹《猎人集》,人民文学出版社2006年版,第269—270页。

② 梁宗岱:《李白与歌德》,转引自温儒敏《中国现代文学批评史》,北京大学出版社1993年版,第219页。

就喻示着一种自由,这是在艺术创作中的无限"①,艺术创作中自由的无限恰恰保证了精神升华、心灵所悟"无限"的艺术彰显。

(二)"天人合一"中的"实"与"虚"

"实"是指艺术作品中真实可感的直接的艺术形象,"虚"除了有含蓄、省略、空白、留白、虚拟的意思外,"还可以指与作品中所表现的直接形象相对的创作者寓于这些形象之中及这些形象之外的人类情感因素"②。就文学中的景象描写而言,只有化景升情,虚实结合,才能造就艺术品位上"天人合一"的高妙境界。就哲学意蕴而言,"实大致指客观事物本身,虚则是以不同方式依赖于作为主体的人而'存在'的事物。虚与实相结合的要求,也就是人与对象世界即人与天结合的要求"③。且看郑义《老井》中的"神秘"景象描写:

> 白日里色彩绚烂的群山,在晚暮中泛着单调的黑暗。那些好看的山石、树木、村舍、花草都隐去了……耸峙的群峰,宛若一群群硕大无朋的怪鱼,紧迫着孤岛。在黑沉沉的大海中沉着地游弋。那一个个高高耸起的背脊,抖动着,沉浮着,透露出一丝儿阴险与冷漠……④

这段描写只有"黑暗""阴险""冷漠"等实密的"神秘"意象沸反盈天,而没有任何艺术留白,更谈不上所谓升华了的人类情感因素的浸透。作者绘形绘影状摹老井村群山冷怖的面容时,惊骇之情自然是溢于言表,然而却没有任何"圣而化之"的超越情怀寓于其中,"化"在这里除含有"变化"之意外更有"天人合一"精神逾越的内涵,这种精神逾越便是一种"虚"境。要做到虚实相生,就要做到"天"与"人"的"泯然皆契,无间可伺",宗白华说:"以虚为虚,就是完全的虚无;以实为实,景物就是死的,不能动人;唯有以实为虚,化实为虚,才有无穷的意味,幽远的境界"⑤。然而除了神怪事物的精意铺排,除了秘怪情绪的幽

---

① 朱立元:《天人合一——中华审美文化之魂》,上海文艺出版社1998年版,第556页。
② 同上书,第559页。
③ 同上书,第573页。
④ 郑义:《老井》,选自郑义《远村集》,人民文学出版社1986年版,第464页。
⑤ 宗白华:《美学散步》,上海人民出版社2005年版,第70页。

暗渲染，如果没有人对于宇宙本体的理解和领悟的情心灌溉，那么上面文字所有的林林总总皆还属于客"实"的范畴，还没有完全达到与灵"虚"圣化同体，包括单调黑暗的群山，包括怪鱼，包括孤岛，包括黑沉沉的大海，包括阴冷群峰的背脊，虽然呈现的视景不无作者压抑、载心的情流传递，却远未达至含蓄蕴藉、气韵生动的神圣光明的优妙"虚"境。

（三）"天人合一"中的"形"与"神"

狭义而言，"形"与"神"单指人之"形神"，就"天人合一"宇宙视界而言，它更指向世间万汇。"神"在人则为精神，在物则为（生）气，从"人之有神"向"物之有神"的泛神衍化，潜蕴的正是"天人合一"艺术精神的催发力。就文字起源来说，"'形'，《说文》注'象也'，韦昭《国语·越语》注：'体也'。'形'有形象、形体两种意思，既指二维平面，又指三维立体。'神'，本为象形字，'象电耀曲折'，古人见先天之电象，神秘莫测，以为它有支配天地万物的作用，于是，便把它作为顶礼膜拜的对象，殷周时加上'示'旁成为'神'字，有天神、神灵、神秘等意思"①，只有形神合成灵明、圆明之境，审美艺术才生逸品，且看郑义《远村》的描写：

> 两人合抱的大杨树，直端端地指向天空，把暗绿色的树梢溶进黎明时分的灰蓝。晨风偶尔刮起，在枝头摇得一阵哗哗碎响。风声间歇，又可以听到路旁溪水潺潺的声音。清凉的空气，带着股子浓浓的、潮润润的青草味。人未起，而夜里鸣叫的虫兽又睡了，于是群山静静的，诱人思忆……②

小说题为《远村》，标示的是一个荒僻神秘的所在。上面一段关于远村的"神秘"景象描写，可谓有"形"无"神"，恬淡得拙劣，呆板得苍白，只好比一个高级中学生稚浅的习作，光有"形"之匠气，而毫无"神"之师心，我们不能不摘抉其绘写艺术的纤嫩与低幼，文气失"神"则有如"枯槁"，细心品咀便直似嚼蜡。此段景象描写中我们首先看不到

---

① 朱立元：《天人合一——中华审美文化之魂》，上海文艺出版社1998年版，第582—583页。

② 郑义：《远村》，选自郑义《远村集》，人民文学出版社1986年版，第123页。

物之"神"的存在，杨树直指天空，风刮枝叶碎响，都是一些平板的固在大自然的平面搬演，我们看不到生命力的"神"扬，顶多有几分寒碜的神秘感，也丝毫引不起任何宇宙灵怀的惊醒。风声水声，平平淡淡；青草味的空气，单单调调；人未起虫兽睡，自自然然。我们看不到大自然张突勃郁的"生气"骨血，一切都是静物的死躺，即便静景的死呈也闻不到其腐烈的"尸气"，倒仿佛撒了冰凝的漂白粉麻血剂，没有哪怕一点艺术"活力"的气息，"形"之甜俗满溢有余，"神"之灵虚空瘪不足。"形神的结合在艺术中不能由形象自身来完成，它必须通过主体的心手，因此，形神结合的审美创造过程还包括客观物象与主观情趣的统一，也就是说，形神结合的过程同时是一个天人合一的审美创造过程"[①]。而在这段景象描写中，作者物之"神"没有很好地体现，人之"神"同样可谓凤毛麟角，遁隐无踪，只后面一句"于是群山静静的，诱人思忆……"涉"人"的描写，也依然没有人心中"灵神"内化的显扬，而只不过是"人"外在的逻辑式的轻描淡写，因而是谈不上什么艺术神采的。要做到"天人合一"，就必须做到形神融契，而要做到形神融契，就必须"以独特敏感的审美之心去直观那深存于自然人生的内在本质，然后通过恰当的艺术形式把'真'表现出来。这种表现不注重对外在形体的精细描摹，只注重对自己与天地融为一体时的独特心境体验。而欣赏者也只能在天人合一的状态中遗形会神，才算真正把握了中国艺术的真谛"[②]，小说的艺术描写亦当如是，通感宇宙，圆融自足，化同自然，精神超脱，形神一体，甚而遗形会神，由时空之无限遐想生命之无限，神逸而明和，表现一种更浑寥、更深廓的宇宙意识，方是大家气范的高逸之品。

（四）"天人合一"中的"象"与"意"

《周易·系辞下》有云："古者包栖氏之王天下也，仰则观象于天，俯则观法于地，观鸟兽之文与地之宜、近取诸身，远取诸物，于是始作八卦，以通神明之德，以类万物之情[③]。可见"'象'原属于天，取'象'便是从'天'而获取可以抵达人和的'意'，使'象'与人世之间万物

[①] 朱立元：《天人合一——中华审美文化之魂》，上海文艺出版社1998年版，第594页。
[②] 同上书，第605页。
[③] 姬昌等：《全本易经》，北京出版社2006年版，第352页。

之情合一，即物生于象前，象源于物意"①，这里的"物意"便是"万物之情"。万事万物原是亘古、常态、恒定地自在存生的，它们为眼所发现、摄照便开始着人为之色彩，也即人心中之"象"，借言辞发抒变成文中之象，文中之象所含蕴的情感因子是"意"，两者合成便叫"意象"。"这'意象'借象之力量与人之心灵的应和，淡化其形成中的各种中介物，便顺畅地成为一个整体。意便不是单纯的意，象本来就不是单纯的物，因象附有'天'之色彩，又有人为因素，'意'则有'天意'又有'人意'，二者合一便是'天人合一'的最基本的表现了"②，且看贾平凹《小月前本》中的"神秘"景象描写：

> 河湾的大崖，黑得越发庄重。当夕阳斜斜的一道展开在河面上，波光水影就反映在了崖壁，万般明灭，是一个恍惚迷离又变幻莫测的神奇妙景。成千上万只居住在崖洞时里的鸽子，为着那奇异的光影而激动，便焦躁不安地在河面上搅动起一片白点，白点慢慢变灰，变黑，再就什么也不复辨认，只存在着"咕咕""唧唧"的烦嚣。③

这段描写光有"象"却不成宇宙情怀的"意象"，因而便没有成就艺术上的"天人合一"。大崖可以"黑得""庄重"，波光水影可以"变幻""迷离"，鸽子可以"激动""焦躁不安"，鸽声可以"烦嚣"，这些尽是"人意"张狂的浮露而没有"天意"静穆的包融。象融源于"天"，这"天"是指大自然，即从大自然中取象，而"天意"则是一种人所知解的宇宙意识，它是"人意"的一种升华感悟。"'意'必须传达'天意'与'人意'，方可与'象'真正地融为一体；意之所在便是意象的所在，意象便是'天人合一'，'天人合一'是'意'与'象'的终极形态"④。作者企图用奇诡的笔触将读者引入一个"神秘"兮兮的暗角，在那里解剖其内感的焦狂不安以及惊颤的惶躁，由此产生的"意象"只是一堆伪浪漫的混乱，而真正的意象合成则是"情景合一、物我无间的'天人合一'

---

① 朱立元：《天人合一——中华审美文化之魂》，上海文艺出版社1998年版，第608页。
② 同上书，第609—610页。
③ 贾平凹：《小月前本》，选自贾平凹《贾平凹集》，海峡文艺出版社1986年版，第1页。
④ 朱立元：《天人合一——中华审美文化之魂》，上海文艺出版社1998年版，第610页。

境界。这种境界唯有在'虚静'状态下才能达成。当作家排除了一切内在干扰后,'清和其心,调畅其气',虚而待物,才能凝神观照天地万物,心灵超越时空局限,自由地驰骋于物象之际"①,作者心不澄明,"神秘"之象自然达不到神圣"天意"的高度,因而是不足为训的。意、象的天然有机统合是为"意境",国学大师王国维将其分为两类,即"有我之境"与"无我之境","有我之境,以我观物,故物皆著我之色彩。无我之境,以物观我,故不知何者为我,何者为物"②,以此作为圭臬,上面的景象描写属于典型的有我之境,处处沾染了作者心理上恐惧骇怕的情思色调。按照学者温儒敏的评释:"王国维在区分不同的审美特质时,认为'无我之境'比之'有我之境'更属上乘,因为'有我之境'是人工巧合,可以明显感触到作者的情绪或匠意,比不上'无我之境'那样浑然天成,主客观因素的互相交融渗透,很难剥离分辨"③。因而从意境层面而言,上面景象描写的艺术格调明显不高当属下乘之列,归根结底还是作者对于意象境界理解的偏失。

关于"天人合一"的意象境界,以往学人曾有过精切的阐述:"它既有外在形态,仿佛可视可闻,置于读者眼前,又仿佛充满了丰富多彩的生活内容,一一展示了出来;又有一定的内涵,读者由此景此状可生出'文外之情',充分展开联想的翅膀,任思绪在广袤的宇宙中飞扬;同时这两方面又是相互结合,互为一体的。在这种情景下,'意象'本身也消失了,创作者与接受者共享着这从具体(形而下)到抽象(形而上)的升华过程,宇宙万物不仅仅局限某物某象,而是处处充满了活泼泼的生机,人与物之间的自然纽带重新结起,天与人之间的障碍亦不复存在,纯然一幅其乐融融的'天人合一'的理想场景"④。而上面有关大崖景象的状写便失之嚣乱、不和谐。在具体创作手法中,妙景神奇的营造应该是"不着一字,尽得风流",而作者不去悉心造"波光水影""神奇妙景"之境,却在文字中直接代言"波光水影"是"神奇妙

---

① 朱立元:《天人合一——中华审美文化之魂》,上海文艺出版社1998年版,第612页。
② 王国维:《人间词话》,哈尔滨出版社2006年版,第3页。
③ 温儒敏:《中国现代文学批评史》,北京大学出版社1993年版,第18页。
④ 朱立元:《天人合一——中华审美文化之魂》,上海文艺出版社1998年版,第613—614页。

景"，可见其艺术造诣的低糙，"所谓'意象已出，造化已奇'，指的是作品里的意象即将出现时，诗人所要表现的自然已神奇不已，处处是一片妙不可言的审美世界；意象是一种贴近自然、深得自然心灵的意象，所以才会有'水流花开''清露未（日希）''犹春于绿，明月雪时'的奇异感觉；这种感觉便是人与自然心灵的真正交融"①，单粹的"神秘"追求本能地拒斥着人与自然的和融，而意象交融的浑然天成却是意境的神圣极品，"唯有意融于象，在主体心灵中反复浸染渗透，超越主体心灵而超越意象本身之时，意境便产生了；它们共同的趋向均是以象为中介，以意为催化剂，于宇宙万物中求得和谐满足，即'天人合一'"②，贾平凹小说中天地描写的"神秘"只有在浑成的意象中溶融才可能滋育神圣的宇宙之光。

（五）"天人合一"中的"静"与"空"

作为不多的特例，寻根小说中也有体现中国古典艺术"天人合一"神圣宇宙情怀的"神秘"艺术描写篇章，阿城的某些作品就是其中最为瑰杰的典范。现摘取其《峡谷》中的一段"神秘"景象描写作分析：

> 峭壁上草木不甚生长，石头生铁般锈着。一块巨石和百十块大石头，昏死在峡壁根，一动不动。巨石上伏着两只四脚蛇，眼睛眨也不眨，只偶尔吐一下舌蕊子，与石头们赛呆。③

"天人合一"神性的艺术表现精神特质可以用两个字来概括：静（静默）与空（空白）。"静"即老子所谓"大音稀声"，静默之深阔包天覆地，让人在一种沉邃惊敬的无言无声中体悟到寰宇万汇"群动"之神圣；"空"即老子所谓"大象无形"，换句话说，"空阔，亦即辽远的空白，乃是平面上的崇高"④，空茫之玄远无边无垠，让人在一种悠展不尽的旷渺

---

① 朱立元：《天人合一——中华审美文化之魂》，上海文艺出版社1998年版，第619页。
② 同上。
③ 阿城：《峡谷》，选自阿城《遍地风流》，作家出版社1998年版，第3页。
④ ［德］鲁道夫·奥托：《论"神圣"》，成穷、周邦宪译，四川人民出版社1995年版，第81页。

心域里体味到宇宙广袤"万境"之崇高。诚如宗白华先生在其《美学散步》中所言，中国"天人合一"文化包蕴的内在精髓是一种"深沉静默地与无限的自然、无限的太空浑然融化，体合为一。它所展示的境界是静远的寂寞的"[1]。上面的描写可谓是一幅太古空静的传神写意照，寂淡幽远的"神秘"绘景仿佛有一个深在的宇宙涵纳其间，尤其是四脚蛇的"与石头们赛呆"这一艺术绝笔，更是淋漓尽致地诠示了中国"道"文化所追求的个体生命与道、与天相融通、相氤氲精神的"言外之意、弦外之音、象外之旨"艺术气质。借用学人王又平的话来说，阿城"以静来表现宇宙的空旷、博大，以虚来表现宇宙的永恒、深邃……通过静、虚创造出一种无限空旷、永恒的宇宙感，正是为了使人去领悟那无以言之和无以形之的道之所在"[2]，"特别是体验'心冥空无'时那种是非不系于心、爱憎不栖于情、忧喜不留于意的毫无系着的无滞无累境界和那种触类是道、大化流行、生命萌动而宇宙无言的恬静自然境界"[3]，在"静"的无声与"空"的无限中阿城艺术地发现了大自然深处最神圣的宇宙华严本相，这就是"广摄四旁，圜中自显"的艺术境界，即"使心灵和宇宙净化，又使心灵和宇宙深化，使人在超脱的胸襟里体味到宇宙的深境"[4]，阿城艺术追求的理想空间是一种"离一切相"而"惟体清净"的画中无画的孤冷的清空。

综上所述，寻根小说的"神秘"景象描写大体走向了一味耽溺于为"神秘"而"神秘"的"文化酱缸"而相对背离了其艺术表达上的终极之思与神性之维，从而将古典《红楼梦》大寰宇、大生命的精神关切，将现代《边城》"天人合一"的审美追求等东方式神圣的传统宇宙脉息忘却丢失，不可避免地堕入审美上"嗜怪猎奇"的平庸，这不能不说是当代文学"神秘"景象描写中最败笔、最悲心的缺憾。

---

[1] 宗白华：《美学散步》，上海人民出版社2005年版，第250页。
[2] 王又平：《新时期文学转型中的小说创作潮流》，华中师范大学出版社2001年版，第68页。
[3] 葛兆光：《体验与幻想——宗教经验对中国文学的渗透》，选自陈平原、陈国球主编《文学史》（第一辑），北京大学出版社1993年版，第283页。
[4] 宗白华：《美学散步》，上海人民出版社2005年版，第147页。

第四节 寻根"神秘"与西方宗教、魔幻

一 寻根"神秘"中的宗教崇高之失

（一）东、西方文学宗教"神秘"之比较

关于文学景象描写的"神秘"品格质素，东、西方呈示的风调各不相同，然而却一律深深打上了隐性深层的本原性思想文化烙印，西方文化思想的基因图式与中国恰乎呈相反态势，"中华古代文化，贯串着一条'天人合一'的红线（虽然各派各家对'天人合一'的具体理解有种种不同）；而西方文化从古希腊到近代，却基本上走着一条'天人相分'的路线，而且这种'天人相分'，主要体现为主客二分的认识论"[1]，主客二分的思想模式，很自然会把现象界与本体界区分对立开来，实际上也就为此岸世界与彼岸世界、现世与来世的两极划分提供了精神根据，而这正是神学宗教衍生的观念土壤，就像知名学者所讲："任何宗教都以笃信并崇拜超自然的神灵为本质特征，而这须有一个前提，即把经验的此岸世界与超验的彼岸世界划分开来。宗教虚构的上帝、神、天国、来世等，都属彼岸世界，与此岸世界间有着不可逾越的鸿沟。因为西方文化中很早就有主客二分导致的此岸与彼岸两个世界之分，所以宗教发展得也早，人们的宗教意识也很强烈"[2]。

比较而言，中国的审美文化大抵含蕴太多的道德人伦色彩，用学者王本朝的话来说："汉语里用'天'而不是'神'或'上帝'来指称它（彼岸世界）的存在，'天'既是神圣的又是自然的，既是社会的又是宇宙的；既有超人性也有世俗性，既有精神性也有自然性；既是世界呈现的样子，又是它何以如此的原因；'天'既是创造者，又是整个被创造的世界"[3]。而西方的审美文化却近乎满是宗教气息，"西方社会从古希腊开始，宗教精神就较强烈；罗马时代欧洲犹太教的地位被基督教所取代，长达一千年的中世纪，基督教成了最高统治，其权威甚至超过了王权。在宗

---

[1] 朱立元：《天人合一——中华审美文化之魂》，上海文艺出版社1998年版，第31页。
[2] 同上书，第79页。
[3] 王本朝：《20世纪中国文学与基督教文化》，安徽教育出版社2000年版，第173页。

教的统治下,一切文化,包括艺术、审美文化在内,无不具有强烈的宗教性,浸染了浓重的宗教气息。甚至到了近现代,科学获得了长足的发展,但西方艺术、美学中的宗教精神仍然很强烈"①。除了在文学作品中大量挪用宗教主题题材外,除了在艺术美学理念中大量充溢宗教的神秘主义外,更为重要的是有一种神圣的宗教感情和使命感在艺术作品中流荡,诚如蒋孔阳先生所说:"西方则有一种宗教的感情,他们把宗教当成一种信念、一种寄托、一种处身立世的精神……有了这样的宗教信念,一个人的生活和工作,就具有一种神圣的责任感""希腊的艺术家,觉得他们是在代神立言;十八、十九世纪的欧美作家,很多都有一种责无旁贷的使命感和责任感……这和他们的宗教精神,是有某种联系的"。②

反映在对自然景象的审美描写中,中国偏向宁和、谐美,相对而言,"自然的崇高美、恐怖美、怪诞美等比秀美更多地进入西方的审美视野。从博克到康德,对自然界的秀美感受都较迟钝,也举不出多少例子,但对暴雨雷电、惊涛骇浪等'数学'与'力学'的崇高美,却感受颇深,并从美学上作了重要的概括。18世纪浪漫派诗歌中,也多有对大自然荒凉、冷漠、恐怖的体验与描绘。19世纪雨果首次把'怪诞'与美并列引入审美范畴。这些都表明,在西方,人对自然的审美关系中对立因素大于和谐因素"③,这正是中国"天人合一"亲和文化与西方"天人相分"对立文化在审美形式上最大的差异。尽管如此,由于有一种宗教感的心理支持,与中国式古典的"天人合一"宇宙情怀相对应,西方文学艺术在对关于"神秘"景象描写的审美处理上,同样有一种神圣宗教感的西方式宇宙情怀的出现。学者朱光潜有言:"中国人的'神'的观念很淡薄,'自然'的观念中虽偶杂有道家的神秘主义,但不甚浓厚。中国人对待自然是用乐天知足的态度,把自己放在自然里面,觉得彼此尚能默契相安,所以引以为快……西方人因为一千余年的耶稣的浸润,'自然'和'神'两种观念常相混合。他们欣赏自然,都带有几分泛神主义的色彩。人和自然仿佛是对立的。自然带着一种神秘性横在人的眼前,人捧着一片宗教的虔诚向它

---

① 朱立元:《天人合一——中华审美文化之魂》,上海文艺出版社1998年版,第112页。
② 蒋孔阳:《美学新论》,人民文学出版社2006年版,第476—477页。
③ 朱立元:《天人合一——中华审美文化之魂》,上海文艺出版社1998年版,第121—122页。

顶礼"①。

什么是西方宗教的虔诚？首先得明了宗教的本质内涵，用鲁道夫·奥托的话来讲，宗教指的是"人的一种创造，目的是为了满足人的心理的或社会的需要并且也是这些需要的产物，坚持宗教自身活动的独立性，是对某个'全然相异者'这一超验实在的应答。相应地，人就不应自大，而就谦恭，不应以主人的身份对世界发号施令，而应以受造物的身份与其他存在者和平共处，努力倾听来自更高存在的呼声。这看似人的丧失，实乃人的得获"②，由此看来，宗教感可以表达为一种对"完全相异者"（通常是人格化的灵神）既畏惧又神往的崇高而圣洁的超越情愫。西方式的宇宙情怀拥有一种博大深沉、激扬超莘的宗教境界，"以超时空、超现存、超人类的高度去俯瞰人间"③，从而使文学的精神质素获得了深广、伟大、永恒的不朽价值，"神秘"之鸟也因此展翅高翔在"神圣"的天寰，沐浴宇宙宏壮之光耀，实现生命美恋的激震。

曹文轩先生对宗教的意义曾作这样的说明："宗教的意义在于使人们的灵魂得到净化，在于人们获得生存的勇气和足够的乐观主义精神，在于养育悲天悯人的情怀，在于改变恶俗的人间世界，还在于精神的审美"④，而文学艺术的表达恰恰成就了宗教精神审美具像化的最佳途路。就文学化宗教而言，东、西方有不同的表达理路，西方"'创造—堕落—救赎'影响下的基督教文学传统，形成独特的'神圣情怀—幽暗意识—盼望精神'取向；而中国文化传统没有不同层面的'创造—堕落—救赎'问题，有的是人与自然同一的观念，人生而为'自然之子'，人在与宇宙自然的神秘感应中升华着根植于自然的美好人性，并带着巨大眷恋渴望重返自然之母的巨大子宫，追求'天人合一'到'如沐天恩的心境'，此乃同一层面上的超越。这就形成了中国文学'自然情怀—光明意识—追忆精神'合一的精神取向"⑤。西方文学中"原罪性"的宗教感浸淫是一以贯之的，而中国却不然，谭桂林、龚敏律在其《当代中国文学与宗教文化》中解

---

① 朱光潜：《文艺心理学》，安徽教育出版社1996年版，第129页。
② ［德］鲁道夫·奥托：《论"神圣"》，成穷、周邦宪译，四川人民出版社1995年版，"中译者序"第6页。
③ 毛峰：《神秘诗学》，台北扬智文化事业股份有限公司1997年版，第30页。
④ 曹文轩：《二十世纪末中国文学现象研究》，作家出版社2003年版，第143页。
⑤ 齐宏伟：《文学苦难精神资源》，江西人民出版社2008年版，第4页。

释道:"从大的思想文化背景上看,中国现代文学本来是最不适宜于宗教因素生长与发展的,其一是因为现代新文化建立的一个基础是科学精神,而科学有史以来就是宗教的对立面,五四新文化运动所倡导的反封建迷信曾经是新文学是重要主题之一。其二是因为唯物主义的历史观与认知论伴随着马克思主义在中国逐渐成为主流意识形态,以唯心主义为其认知基础的宗教意识在思想文化领域中的空间也就愈见狭窄。其三是因为20世纪的中国动荡不安,风云乍起,政治启蒙与民族救亡两大尖锐的社会主题促使着这个时代的优秀知识分子踊跃投身于时代的政治激流中,却很少有时间有兴致与自我的心灵进行对话,因而也就很少为宗教意识的渗透提供机会"[1]。

然而任何文化现象都不可能是绝对的"铁板一块",如果一分为二辩证地看,在中国"20世纪的上半叶,为生存而进行的变革与战争使得民族长期地处在救亡的精神状态中,没有足够的时间与兴趣来关注人与宇宙根本问题对话的内在需要,而在20世纪下半叶由于意识形态将唯物主义的认识论定为一尊,以唯心主义为根基的宗教话语则不可避免地退居到了社会的边缘。但是,宗教文化以其博大精深的根基,用一种潜隐的方式仍然影响着文学的精神品位与素质,一百年来始终未曾断流"[2]。也就是说,20世纪的中国文学并非完全没有宗教精神,"中国文学在儒家文化的制约下愈来愈板结干枯的时候,恰恰是处于在野地位的宗教文化为中国文学的更新和转化提供了新鲜的思想资料。甚至可以这样说,中国文学之所以具有如此丰厚深刻的内涵,如此独特悠远的韵味,宗教文化因素的渗透融入是功不可没的"[3],只不过西方式的那种文学神圣宗教感比较稀弱罢了。

宗教与神秘常常是相伴相随的,"宗教的产生根基于人与神的对话诉求,根基于人对彼岸世界的形而上的冥思,而神与彼岸世界是不可用逻辑与人生的日常经验来证明的,所以,凡宗教无不在理论与实践修炼上体现出程度不同的神秘性"[4]。在一种暗昧的神秘灵氛中,不管东方还是西方,用学者葛兆光的话说:"无论何种宗教,在追寻人生的终极意义,使心灵

---

[1] 谭桂林、龚敏律:《当代中国文学与宗教文化》,岳麓书社2006年版,第4页。
[2] 谭桂林:《百年文学与宗教》,湖南教育出版社2002年版,第241—242页。
[3] 谭桂林、龚敏律:《当代中国文学与宗教文化》,岳麓书社2006年版,第3页。
[4] 同上书,第69页。

获得抚慰这一点上都是一致的，但是途径却各不同。基督教由于将自己视为丧失了存在坠入深渊的负罪者，这使得信仰者心中充满了负疚与自卑的渺小感，由于将三位一体的上帝视为最高精神、最善道德、最尊神灵的集中表现，这使得信仰者直接面对上帝而产生崇拜感，由于肯认我与上帝、人与天堂的距离，使信仰者在上帝面前发生敬畏感"[1]，这种说法无疑具有一定的合理性，基督教以外，其他宗教也自有其表达神圣潜念的各种信仰体系，比如萨满教的"万物有灵"，比如喇嘛教的"山林水鸟皆念佛法"等。寻根小说创作者中并不缺乏具有宗教意识情结的作家，然而其作品总体而言却不尽如人意。就"神秘"景象描写而言，信奉萨满教的寻根作家郑万隆惜乎将"神性"极端处理为萨满"魔性"，敦崇楚风巫教的寻根作家韩少功憾乎由庄严走向了吊诡的滑稽。当然也有艺术超逸的例外，西藏寻根作家扎西达娃就在藏传佛教（即喇嘛教）圣洁精神的沐浴下诗性地坚守了永恒的生命之魂。

（二）张承志小说中的宗教"神秘"

信奉宗教的寻根小说作家还有亲尚哲合忍耶教（伊斯兰教的一支）的张承志，他的大部分作品中都洋溢着一种近乎崇高、神圣的宗教气息，然而因其精神品位上固有的某种"大海潮音，作狮子吼"似的炫鬻式道德激情、激愤，使得其在文本细节的处理上来得火浪冲天般人为拔高地突兀，整体观感上反而有一种不着地气的类似"海市蜃楼"般高高缥缈的形而上教化色彩，这种硫酸性的热情让读者不易恬然内化、感动地接受，这不能不说是一处显豁的艺术软伤。诚如曹文轩先生所言，"张承志的神秘主义，是充满激情的……他对宗教的理解是偏执而又深透的。他在《心灵史》中所宣扬的哲合忍耶式的皈依与忠于宗教的精神，由于它的极端化，已引起人的疑惑与疑虑"[2]。在他的寻根小说中，关于大自然"神秘"景象描写的处理也明显镌上了这样感情稍带胀肿浮夸的烙印，使得其文本蒸映的"神圣"之光炫目得毕竟有些虚假矫情。

下面对照波兰作家显克微支《灯塔看守人》中关于大海的描写与张承志《北方的河》里面关于黄河的描写作一番艺术比较，借以廓清情感

---

[1] 葛兆光：《体验与幻想——宗教经验对中国文学的渗透》，选自陈平原、陈国球主编《文学史》（第一辑），北京大学出版社1993年版，第280页。

[2] 曹文轩：《二十世纪末中国文学现象研究》，作家出版社2003年版，第145页。

皈依式宗教在文学"神秘"中东、西方不同处理的歧异路数,以及寻根小说由此得以可能汲取的宝贵艺术经验教训。

老人的眼光所及,完全是远远的一片神秘而可怖的黑暗。但这遥远的黑暗好像在向着光亮奔来。长排的浪头一个接一个地从黑暗中翻滚出来,咆哮着一直扑奔到岛脚下,于是喷溅着泡沫的浪脊,在灯光中闪耀着红光,也看得清了。潮水愈涨愈高,淹没了砂礁。大洋的神秘的语声,清晰地传来,愈加响亮,有时像大炮轰发,有时像森林呼啸,有时又像远处人声嘈杂,有时又完全寂静;既而老人的耳朵里,听到了长叹的声音或者也像一种呜咽,再后来又是一阵猛厉的大声,惊心动魄。

当着四周这些异常单纯而伟大的景色,这老人已消失了他的一己的感觉;他的存在已经不再是一个人,而是逐渐与周围的云天沧海融为一体了。如果问他的周围之外还有些什么,他是一点都不得不知道的,只是无意识地有些感觉而已。他就仿佛这些天、水、岩石、塔、黄金色的沙滩、饱满的风帆、海鸥、潮汐的升降——全都化合作浑然一体,成为一个巨大的神秘的灵魂;而他仿佛就沉没在这个神秘中,感受着这个自动自息的灵魂。他沉没在这中间,任其摇荡,恬然自忘其身;于是在他的逼仄的生命中,在这半醒半睡的状态中,他发现了一种伟大得几乎像半死的休息。(选自显克微支《灯塔看守人》)①

他看见在那巨大的峡谷之底,一条微微闪着白亮的浩浩荡荡的大河正从天尽头蜿蜒而来。蓝青色的山西省的崇山如一道迷蒙的石壁,正在彼岸静静肃峙,仿佛注视着这里不顾一切地倾泻而下的黄土梁峁的波涛。大河深在谷底,但又朦胧辽阔,威风凛凛地巡视着为它折腰膜拜的大自然。

他抬起头来。黄河正在他的全部视野中急驶而下,满河映着红色。黄河烧起来啦,他想。沉入陕北高原侧后的夕阳先点燃了一条长云,红霞又撒向河谷。整条黄河都变红啦,它烧起来啦。他想,没准

---

① [波兰]显克微支:《灯塔看守人》,施蛰存译,选自《20世纪外国小说读本》,浙江文艺出版社2002年版,第66、69页。

儿这是在为我而燃烧。铜红色的黄河浪头现在是线条鲜明的,沉重地卷起来,又卷起来。他觉得眼睛被这一派红色的火焰灼痛了……在梵高的眼睛里,星空像旋转翻腾的江河;而在他年轻的眼睛里,黄河像北方大地燃烧的烈火。对岸山西境内的崇山峻岭也被映红了,他听见这神奇的火河在向他呼唤。(选自张承志《北方的河》)[①]

1. "神圣"道德感的迷狂

上面关于大海的描写与黄河的图绘都来得异乎寻常地"神秘",字里行间同样磅礴着异乎寻常的"神圣"情氛,前者的"神圣"似乎沉潜得有些内敛,后者的"神圣"却燃烧得分外地张皇,内敛和张皇本来只是文本需要,属风格殊异问题,并不关涉艺术格调的高低,然而只要我们悉心对"神圣"作一番审美层面的检视省察,还是可以发现二者艺术处理上的细微差别。"神圣"作为美学领域的一个解释范畴和情感评价范畴,与宗教体验的"神圣"心感是同一的。它首先得排除功利主义规训下硬性楔入的"理性"要素,即"神圣"派生在伦理学领域中已经"图式化"了的道德上极致完善的所指内涵。审美上的"神圣"并不是伦理道德完善的"神圣",而是一种无可言说的宗教心灵的"神圣"。《北方的河里》选用大量掀雷决电、感官刺激式的拟人化词汇和比喻来涂染一种奔沛的豪情,其实正如学者吴晓东所指出的那样,这些文学语言"有很多是自古以来存积下的语言'污垢'。语言越文学化,比喻用得越多,'污垢'就越多。这些'污垢'上'负载着大量的伦理主义'。虽然我们运用一个比喻是想把话说得生动,或出于文学性、审美性的考虑,用罗兰·巴尔特的话说,使物有了'浪漫心',其实是人的抒情本性的反映;但是潜在的倾向则是一种伦理倾向和意识形态倾向"[②]。张承志对于北方黄河的咏唱便带有一种文化道德上的倾恋情根,很明显这是一种文化上寻找中华文明"优根"的光荣谕示,如果我们把黄河母亲河作为中国精神喻象的指代符号关联起来,那么张承志对于黄河这条"神奇的火河"的无上赞美几乎完全可以上升到其爱国主义道德激情迸涌的层面。陈思和在其主编

[①] 张承志:《北方的河》,选自张承志《张承志作品精选》,长江文艺出版社2006年版,第69、75页。

[②] 吴晓东:《从卡夫卡到昆德拉》,生活·读书·新知三联书店2003年版,第248页。

的《中国当代文学史教程》中对此有过类似的分析:"在《北方的河》中,主人公'他'的心灵中充满了躁动和震颤,他以现代人的信念向世界发出生命自由前行的呐喊,在象征着民族文化传统的大河的奔涌中获得力量,而大河在他那一往无前的精神追求的映衬下,也体现出了更加深厚广阔的内涵"①,然则一旦艺术表达的"神圣"与道德"神圣"羼和在一起,其灵魂审美的酵素便很自然地会严重缩水,文本呈示的"黄河"神秘景象的"神圣"油彩便只能用这样的话来形容:假得非常豪迈。而《灯塔看守人》中神秘大海流漾的"神圣"并没有道德伦理上丝毫的挂连掺水,它是一种纯粹灵魂宗教的"神圣",它"只能在心中激起、被唤醒,就像'出自精神'的每一东西必须被唤醒一样"②,因而更加接近艺术审美极致的本真堂奥。"写家不但使我们感觉到他所描写的,而且使我们领会到宇宙的秘密。他不仅是精详地去观察,也仿佛捉住天地间无所不在的一种灵气,从而给我们一点启示与解释。哈代的一阵风可以是:'一极大的悲苦的灵魂之叹息,与宇宙同阔,与历史同久'"③,显克微支的一排浪同样让我们感觉到了宇宙灵魂的呼吸。

2. 审美"受造感"的麻木

作为宗教徒,张承志与显克微支本能地都会有一种内在宗教情感的精神附体,很自然他们也会把这种内在宗教情衷浸化到作品当中去,这种内在宗教情感是在一种对"完全相异神秘者"的庄严崇拜中得以完成的。而正如德国基督教神学家鲁道夫·奥托所说:"在崇拜中首先遇到的,无疑是那些以较弱形式存在于其他经验中的很熟悉的感受,诸如爱戴的感受,信任的感受,爱的感受,依托的感受,卑微的感受,以及献身的感受"④,这些感受还仅仅只是一种精神特质上与宗教情感相类似相仿的心理经验,而真正的审美性宗教情感则包括"受造物"对"造物主"既畏惧又神往的两种微妙心悸,鲁道夫·奥托将之称为"受造感"或"造物

---

① 陈思和:《中国当代文学史教程》,复旦大学出版社2004年版,第280页。
② [德]鲁道夫·奥托:《论"神圣"》,成穷、周邦宪译,四川人民出版社1995年版,第9页。
③ 老舍:《景物的描写》,选自吴福辉编《二十世纪中国小说理论资料》(第三卷)(1928—1937),北京大学出版社1997年版,第431页。
④ [德]鲁道夫·奥托:《论"神圣"》,成穷、周邦宪译,四川人民出版社1995年版,第11页。

意识",也就是"一个受造物所具有的感受,与那个高踞万物之上的权能相比,这个受造物自感卑微渺小、等同虚无"①。"受造感"表达的是对于某个具有超常力量与绝对权能的对象的膺服和虔敬以及一种深自鄙薄的谦卑暗示。对此学人葛兆光有过研析:"卑微的自我通过对庄重神圣的模仿和严肃美好的想象达成对心灵的拯救,在这种宗教的经验中人们得到'解脱',也创造了基督教世界的宗教文学,一种以敬畏的心情赞美崇高与神圣的文学"②。

  结合上面两个文本进行分析我们可以发现,《灯塔看守人》里的"受造感"表现得尤异地高妙与深细,很显然显克微支对于"老人"那种近乎精确内在反省的宗教敬畏之情是了然于心的,并且作者将它描摹得可谓妙手琼心,淋漓尽致。而《北方的河》里面隐含作者对于"受造感"的体察则明显不足,作品中的"他"对北方黄河有一种居高临下自负俯视的姿态,如"整条黄河都变红啦,它烧起来啦。他想,没准这是在为我而燃烧",这种与内在宗教情感近乎相反的"出奴为主"的想望制动大自然的精神优越心是张狂而无畏的,我们说"要'心中保持某种神圣的东西'就意味着要以一种特殊的畏惧之情(不可错当作任何普通的害怕)去把它隔离开来"③,而作者对于黄河雄奇的崇仰并没有一种魔力般宗教内在畏惧心怀的战栗,这种战栗并非是"血凉",也不等同于"毛骨悚然",在《灯塔看守人》"老人"那种催迫性"惊心动魄""伟大得几乎像半死的休息"中我们是能够真切感受到的,其实也就是宗教"受造感"的艺术转化,"受造感"只有在心魂充满惊愕活力的战栗颤抖中去叩开"无明""寂静"的深渊之门才能激发出某种神性的崇高,而张承志在直接经验到的、本然可以激发畏惧的黄河"不可接近性"和"不可抗拒性"威严面前并未毓生卑微、渺小、惊敬的心绪触触,因而也就无法倾听到永恒永在的神秘圣歌和内在灵魂无边的低语。无疑,作者对于黄河审美性"受造感"的艺术表达理解得既不深透,也不到位,从而造成了文本意蕴

---

  ① [德]鲁道夫·奥托:《论"神圣"》,成穷、周邦宪译,四川人民出版社1995年版,第12页。
  ② 葛兆光:《体验与幻想——宗教经验对中国文学的渗透》,转引自陈平原、陈国球主编《文学史》(第一辑),北京大学出版社1993年版,第281页。
  ③ [德]鲁道夫·奥托:《论"神圣"》,成穷、周邦宪译,四川人民出版社1995年版,第16页。

上"神圣性"品度的浅尝肤受。

3. 内在"超越感"的缺失

在神圣宇宙情怀近乎超验的艺术"圣爱"包融中，内在"超越"感无疑是一种十分重要的文学精神品质。"内在"意味着人与外物的冥契一体和同命呼吸，万物内在于我心，我心与万物共游翔。万汇着我"移情"之色彩，我在万汇"内模仿"中具象生命。"超越"则意味着内在灵魂的飞越，它并不必然表示一种心灵激情高飞的举念与姿态，恰恰相反，它有时更在一种沉潜的宗教性卑微认信中审美地完成对"此岸生命"高贵的超越。《灯塔看守人》中"当着四周这些异常单纯而伟大的景色，这老人已消失了他的一己的感觉；他的存在已经不再是一个人，而是逐渐与周围的云天沧海融为一体了"，"老人"与大海通体浑化，大海的神秘景象只通过"老人"内在且深在的精神感验来呈现，而并没有成为外在作者的"摄像机"一般零情度的机械拍照，"沙滩""风帆""海鸥""潮汐"的升降也就是老人"沉没在这中间，任其摇荡，恬然自忘其身"的"自动自息"灵魂的升降。老人并没有精神冲动性的飞扬，甚而可以说有倍感消极的沮丧，然而"在他的逼仄的生命中"，他却发现了一种"伟大"，这就是伟大的超越情怀。张承志《北方的河》，无论是目之所及"神秘"的"峡谷""大河"，还是"崇山""波涛"，都是一种外在英雄式的浓笔墨"粗心"观照，而没有一种敏感的内在情感的灵心细腻"体化"：黄河在主人公"全部视野中急驶而下"，这里的视野只是肉体"眼目"冲击的视野，却并没有灵魂"心目"的潜情参与；"整条黄河都变红啦，它烧起来啦"，黄河烧的是它色彩的绚红，却并没有在作者内在灵台沸腾地激烧；"铜红色的黄河浪头""沉重地卷起来，又卷起来"，卷起来的是大自然形相的壮观与撼丽，却并没有同时卷起作者"内宇宙"的神圣。"人类真正的美不是在完成自然的美的时刻，而是在完成价值的美的时刻"[1]，用学者温儒敏的话来说，"'力'之美主要并不表现为浮泛的夸张、粗放、强烈、横肆之类，更应体现为'一种内在的自由与选择'，通过心智调控达到'抑扬高低皆得其宜'，体现在形神之间的均衡、集中与和谐"[2]，张承志对于内在性的艺术剥离，同时也导致了其超越性价值的不再，表面上

---

[1] 潘知常：《反美学》，学林出版社1995年版，第147页。
[2] 温儒敏：《中国现代文学批评史》，北京大学出版社1993年版，第222页。

看涌动的确乎是臻于热烈的激情飞越,而事实上如果作一种形而上生命的内在审视,便会发现这种激情飞越的精神情态只不过是一种表浅浮露的外在肉心的激动,而并非是具有灵魂深度的内在"超越感"的升华,正是作者这种内在"超越"感艺术体认的不足直接造成了其文本"神圣"品度无可挽救的贫弱。

(三) 史铁生小说中的宗教"神秘"

有宗教信仰的作家往往容易将一种内化于心的宗教情感泅浸文学作品的灵奥肌理,而没有宗教信仰的作家也并非不能具有某种虔敬的宗教情怀,寻根作家史铁生就是其中文学宗教感精神倾向最为突出的一位。按照威廉·詹姆斯的说法,宗教只不过是"各个人在他孤单时候由于觉得他与任何种他所认为神圣的对象集中保持关系所发生的感情、行为和经验"[①],换用学者葛兆光的话来讲:"对于信仰者来说,哲学或神学常常只是次要的东西,而情感与经验——情感是宗教信仰的动力,经验是宗教信仰的心理过程——才是宗教的灵魂,一种信仰与其说是理智的选择不如说是感情的皈依,一种宗教与其说是思考的结果不如说是经验的感受,人要寻找终极归宿与心灵快乐的深层需求无须逻辑的论证便会附着于某种对象,这对象是有是无是神是人,这并不重要,因为在皈依的感情力量驱动下,经过皈依的沉思、想象、体验、模拟等心理过程,信仰者已经得到了信仰应给予的一切承诺"[②]。

史铁生并非现实中的宗教徒,然而他"以人的尊严,以人的勤劳和勇气,供奉神约,沐浴神恩,以此走向神圣光辉的神性人格,为迷失在物欲和魔性中的人们指引了一条通向心灵天国的神性之路。因此,史铁生虽然不是一个严格意义上的宗教徒,但他却可称作当代中国文坛最具宗教精神的精神圣者"[③],他的《务虚笔记》无疑充满了浓郁的宗教情操色彩,处处映现了一种无比丰沛的宇宙意识心意律动,海外学者夏志清对中国文学曾经有这样武断的评价:"中国文学传统里并没有一个正视人生的宗教

---

① [美] 威廉·詹姆士:《宗教经验之种种》,唐钺译,商务印书馆2002年版,第28页。
② 葛兆光:《体验与幻想——宗教经验对中国文学的渗透》,选自陈平原、陈国球主编《文学史》(第一辑),北京大学出版社1993年版,第279页。
③ 谭桂林、龚敏律:《当代中国文学与宗教文化》,岳麓书社2006年版,第143页。

观。中国人的宗教不是迷信,就是逃避,或者是王维式怡然自得的个人享受"①,这句话如果用在作家史铁生身上无疑是十分尴尬的。《务虚笔记》中有这样一段"神秘"景象的描叙,我们可以真切地感受到作者的艺术笔触是何其的庄穆与慈柔:

>   整整那个秋天,整整那个秋天的每个夜晚,我都在那片树林里踽踽独行。一盏和一盏路灯相距很远,一段段明亮与明亮之间是一段段黑暗与黑暗,我的影子时而在明亮中显现,时而在黑暗中隐没。凭空而来的风一浪一浪地掀动斑斓的落叶,如同掀动着生命给我的印象。我感觉自己就像是这空空的来风,只在脱落下和旋卷起斑斓的落叶之时,才能捕捉到自己的存在。②

这是一种神秘式的宗教超绝文学体验,幽独的"我"仿佛从洪荒宇宙中胎化,饱富命运感的落寞情流也仿佛从洪荒宇宙中孵育,终极的形而上梦思更是飞浮联翩,连带"神秘"的幻声幻象也在心灵宗教的琴音伴奏下甜蜜得格外神性温柔。诚如曹文轩先生所言:"史铁生一直很在意宗教境界。他的人文精神是常笼罩在神秘的氛围之中的,而正是在这神秘的氛围之中,使他更深刻地体味到了人文精神的博大与无与伦比的审美价值……他浸润于这种神秘的氛围,领略着孤独、悲悯、神圣以及一种富有尊严感的生命境界。世俗退隐于视域之外,形而上的情感流动于字里行间"③,这种"形而上的情感流动"恰恰是文学中宗教灵感表现的最根本之处,它在于对终极实在的幽意体会,"当文学家运用宗教经验去沉思体会那终极的、神圣的宇宙之'一',去企望想象那尊严的神明的宇宙之'一'时,他的心境、思绪、情感会涵盖那些语词、句式或主题,使语言形式到主题内容呈现出准宗教的色彩"④,史铁生便是沐浴在一种准宗教的"心灵月光"里细腻婉美地描画了一幅准宗教光色的心灵图景,"写作

---

① 夏志清:《中国现代小说史》,复旦大学出版社2005年版,"中译本序"第13页。
② 史铁生:《务虚笔记》,上海文艺出版社1996年版,第8—9页。
③ 曹文轩:《二十世纪末中国文学现象研究》,作家出版社2003年版,第145页。
④ 葛兆光:《体验与幻想——宗教经验对中国文学的渗透》,转引自陈平原、陈国球主编《文学史》(第一辑),北京大学出版社1993年版,第285页。

在他那里,是对个人精神历程探索的叙述,但叙述的意义又不限于个人:'宇宙以其不息的欲望将一个歌舞炼为永恒。这欲望有怎样一个人间的姓名,大可忽略不计'(史铁生《我与地坛》)。对于'残疾人'(在他看来,所有的人都是残疾的,有缺陷的)的生存状况、意义的持续关注,对于欲望、死亡、痛苦、人的孤独处境等的探索,使他的小说有着浓重的哲理意味和宗教感"[1],这种"哲理意味和宗教感"的艺术醇化实现了文学宇宙宗教情怀可喜的真挚性突破。换言之,史铁生拥有一种诗人瓦雷里所谓的"宇宙的觉识"——"一个类似宗教情绪寄托的和谐的生命启示"[2],作家"以最真实的人生境界和最深入的内心痛苦为基础,将一己的生命放在天地宇宙之间而不觉其小,反而因背景的恢宏和深邃更显生命之大"[3],这不能不说是文学界一个值得欢欣鼓舞的艺术进步。

二 寻根"神秘"中的魔幻庄严之失

寻根文学在中国的蔚兴导源于拉美魔幻现实主义文学世界性胜利的伟大影响和震撼,由此带来的是魔幻现实主义"神秘"因素在文学场域中的大肆渲扬和涂染,而中国也亦步亦趋开始了其最狂热也是最拙劣的平面化"轰炸"模仿。1985年作为名副其实的文学"方法年",魔幻现实主义文学技法无疑属于其中最受光宠、璧爱的一支,然而遗憾的是中国作家仅得其皮相,大都为"抱草瘟"式的粗制搬演,结果硬是将作品率然引向批量复制的表浅平庸,给当代文学的独创、原创艺术视景发展造成了无可挽回的导向性灾难。中国寻根小说中"神秘"景象描写的空穴来风、胡编乱造以及得其形不得其神的苍白古怪的魔幻式表现也开始了其背弃中国本土传统文化精魂近乎最歇斯底里的拙陋表演,这种表演仿佛将牛角寄植到马首上滑稽可笑,纯然是抽尽血色的干尸要跳的一场无根无魂的冥狂"斗牛士"舞。检视这种极为盲乱的文学现象悲剧,我们有必要探察理清一下拉美魔幻现实主义的精神品质元根,从而得到理性的文学艺术认知。

拉美文学的精神母体应该是美国以南所有美洲地区那片神奇土地上最原始的草昧土著文化,即印第安文化,这是一种铁打烙印、血浓于水的精

---

[1] 洪子诚:《中国当代文学史》(修订版),北京大学出版社2007年版,第275页。
[2] 温儒敏:《中国现代文学批评史》,北京大学出版社1993年版,第220页。
[3] 陈思和:《中国当代文学史教程》,复旦大学出版社2004年版,第341页。

神史符，即使是后来延续三百多年的殖民宗主国文化的侵染浸淫也最终无法褫夺其民族文化基因的原色原味，拉美魔幻现实主义的炫丽开花便是其最光鲜的显证，一方面确凿地印实了古代印第安文学的"元根"生命强力，另一方面也使人们了解到拉美魔幻现实主义是有历史精神滥觞的。显而易见，潜蕴于魔幻"唇齿"间并从中焕发、流漫的独异之神秘主义文学丰采也自有其固有的悲郁历史情味，因而是不能随便移植嫁接的，否则难免要闹牛唇不对马嘴的笑话。如果没有印第安土著文学的原生性血养津润，拉美魔幻现实主义就不可能光辉享誉成功，"二十世纪拉美文学引起世界文坛注意，魔幻现实主义超越欧洲现代派文学而轰动一时，它们的特色，它们的吸引力都和土著文学分不开。它们特殊的艺术魅力主要来源于土著文学。印第安文学不仅使吸收了欧洲现代艺术技巧的拉丁美洲文学具有自己独特的风格、色彩，更进一步，将印第安神话、迷信、传说和现代意识流，超现实主义的夸张、异化、象征手法巧妙地结合在一起，打开了艺术的新天地，使现代派文学艺术大大发展了"[①]。准此观之，中国的小说如果邯郸学步般也"魔幻式"大轰大嗡地依葫芦画瓢，淡化乃至淡忘属于自己的固在精神文化谱系神话传统，那么从"魔幻"图景中蒸煮出来的所谓"神秘之音"难免会变调聒耳，而寻根小说中的"神秘"景象描写，却似乎正是这样很不幸地"以身试法"迈进了万劫不复的误区泥潭。

（一）韩少功创作的"神秘"之失

19世纪70年代以后，随着欧洲资本主义霓梦的破产以及拉丁美洲对欧洲"理想王国"的幻灭，本土拉美人掀起了一股以自然主义和民族主义为嫁合点的地方主义文学狂潮，这股狂潮也即后来拉美魔幻现实主义的一个基础前奏。吴守琳在其编著的《拉丁美洲文学简史》中说："拉美魔幻现实主义与欧洲超现实主义、荒诞现实主义不同的基本特点在于魔幻手法和地方迷信意识、传说、神话结合起来。如果没有地方主义对大自然和人物神话式的描写，把真实和迷信、神话传说融合起来，就不可能像魔幻现实主义能那么虚幻、离奇、引人入胜，又那么逼真地反映现实，把通过虚构反映真实发展到那样的高峰。它不是凭空掉下来的，它基于民族文

[①] 吴守琳：《拉丁美洲文学简史》，中国人民大学出版社1985年版，第57—58页。

学，是民族文学和欧洲现代艺术的巧妙结合"①。地方主义作家通常惊慑于原始大自然的魔威，通过对热带森林、草原、暗莽等神秘景象的描写，结合本民族曾经发生过的历史遭劫，两者相生相克般表达出作者沉烈痉痛的暗色历史情怀，其中以哥伦比亚作家何塞·欧斯塔西奥·里韦拉的"大地小说"《草原林莽恶旋风》最为著名。"地方主义作品最突出的特点是夸大、膜拜大自然的威力，这方面的典型代表是里韦拉笔下的热带大森林，它集中了大自然的神秘力量，而人则成了这种不可控制的巨大力量的牺牲品"②，下面摘录其中一段关于大自然的神秘景象描写，试与韩少功的寻根小说《女女女》中"神秘"景象描写作比照。

啊，森林，寂静的妻子，孤独与雾霭的母亲呀！什么恶运把我带到这绿色的监狱来当俘虏？你的枝叶搭成的楼阁像巨大的拱顶压在我的心头，插在我的希望和天空之间。久违的天空，只是在黎明黄昏、朦胧惨淡的时刻，你的树冠起伏摆动时，我才隐约可能想像到你的广阔无垠。黄昏，出现在山岗上的亲爱的星星，你哪儿去了？太阳下山时金黄、绯红的云彩，有如天使的罗衫，为什么不在你的拱顶飘摆，多少次我的灵魂叹息着，透过你的绿色迷宫，憧憬着远方，太阳把云彩成紫红色，那边有我的家乡，有忘不了的平原，积雪的山峦，我仿佛看见自己在山峦的顶峰之上。月亮会在什么地方升起它沉静的银白色的灯塔？是你，绿色的监狱，剥夺了我亲切的视野，代之以单调的烟灰色。黎明的晨光经过这里，但永远照不透你潮湿怀抱中浓密的枝叶。③（选自里韦拉《草原林莽恶旋风》）

在一片肥厚的山里，有很古的蓝绿色河流，有很古的各色卵石。据说以前河边都是翳暗的林木……现在，这道小长城当然死掉了，仅偶尔有几截隐隐约约的墙基废墟。几块披着褐色枯苔的砖石，像生了锈，不怀好意地悄悄蹲伏，被割手割脸的茅草淹没。还有几条土墩，

---

① 吴守琳：《拉丁美洲文学简史》，中国人民大学出版社1985年版，第239—240页。
② 同上书，第256页。
③ 里韦拉：《草原林莽恶旋风》，转引自吴守琳编著《拉丁美洲文学简史》，中国人民大学出版社1985年版，第257页。

不再扛顶砖石,被风雨磨得浑浑圆圆的,像牙齿脱落以后的牙龈。①(选自韩少功《女女女》)

两者皆为小说故事情绪渲染的自然烘衬背景,同样有对于神奇大自然入心的艺术体验,同样有一股遏抑不住的秘异情感滂沛的展现薄发,然而通过比较我们可以发现:

第一,里韦拉的笔触韵律优美有如散文诗,对于"绿色监狱"森林的诅咒,对于天空、云彩、月亮、星星的无边向往,都浸渍着浓郁深切的情流,神秘婆娑的"文叶"里透满了神圣情怀的汁液;韩少功的笔触则显得滞涩机械,像文字本身描写的一样,"神秘"之硬情来得"古""枯""死""锈","不怀好意",纯粹是典型的为"神秘"而"神秘"。

第二,里韦拉对森林刻肌刻骨的描写是有历史情境的,"森林出现在拉丁美洲作品中不是个人的奇想和意愿,而是历史事实。美国从经济上侵入拉丁美洲,狂热地寻找橡胶,便是这一历史事实的背景"②。20世纪初,美国浸淫拉美,在世界各地大量、广泛地建立种植园,强迫工人到森林中开采森林"血液"——橡胶,"绿色地狱"森林便成为拉美很多现代"奴兽"工人的黑色监狱,"森林像张开的血盆大口,吞食被饥饿、绝望驱赶到它口中的人们"③。由此可见,里韦拉的"森林"一方面呈示其荒寂、阴寒、虐待狂本色的毛骨悚然"神秘"面相;另一方面作为一种人格化的象喻,也无情地批判了帝国主义资本家丧心病狂鱼肉拉美民众的非人剥削和压榨行径。自然与民族、历史非常深刻、生动地结合,使"森林烘炉"冒蒸的"神秘"诡气格外寓示了一种别样鲜明的历史庄严。而韩少功的"神秘"景象描写却没有本真历史的涵质,或者说历史涵质极其无意义地苍白,即便其中并不缺少"据说"等历史字眼的自我表述。《女女女》充其量虚构了一个古怪得可以的蛮野村落,然后演绎了一位"神秘"得可以的幺姑传奇,用寻根作家郑万隆的话来说:"作品中的人物,看不到'他们'作为一个自然的人、一个历史的人、一个社会的人那种独特

---

① 韩少功:《女女女》,选自韩少功《韩少功北门口预言集》,江苏文艺出版社2003年版,第109页。

② 吴守琳:《拉丁美洲文学简史》,中国人民大学出版社1985年版,第259页。

③ 参见里韦拉《草原林莽恶旋风》。

的、深厚的文化底蕴，因此，也就看不到这种文化底蕴所形成的人物形象的在一定历史条件下的内涵，也很难达到应有的历史高度。寻其原因，则在于作为一种具有人生力度和历史纵深感的美学追求，作者缺乏对文化背景清醒的认识，对传统文化心理结构的理解，起码也是在文化问题上存在简单化的倾向"[1]。除了满纸炫博的"神经质"荒唐话，《女女女》实在没有什么"文化寻根"的意义和品位所在。而作为附庸其上的"神秘"景象描摹，由于缺乏历史、文化灵魂的饱满情感支撑，恰像是皮影戏中机械木偶的投影，因而是没有灵魂的"神秘"，斧凿而干枯，刻板而矫作。

(二) 李杭育与王安忆创作的"神秘"之失

作为拉美"爆炸"的"一场文学地震"，哥伦比亚作家加西亚·马尔克斯的《百年孤独》无疑是这场地震中开出的一朵最为惊天骇俗的奇葩，其"真正的历史和神话、鬼怪穿插起来，真真假假，假假真真"[2] 魔幻手法淋漓的运用可谓达到了炉火纯青的地步，"艺术上说，其故事荒诞离奇，扑朔迷离，现实与梦幻交织，充满魔幻、神奇色彩，不失为一部魔幻现实主义的经典作品"[3]。扑朔迷离的魔幻艺术图景里自然有怪诞神秘景象的恢宏铺张，然而这种铺张并非单纯扁平化的铺张，而是充满了无限精神隐喻的内在象征，"字里行间透露着作者对人的孤独和愚昧、民族的孤独和落后的思考、讽喻和忧虑"[4]。小说中最后描写了六世孙布迪亚和姑妈乱伦生下一个带猪尾的孩子，一方面确实有近亲联姻会生怪胎的现实科学经验依据，而意旨象征的却是哥伦比亚远僻地区居民文化观念的愚陋；小说中写到老布恩迪亚曾孙女雷梅德斯披被单被一阵天风刮走离逝人间，意旨象征的是"俏姑娘"的她"根本不是这个世界上的人"的永远纯洁的出世的孤独；小说中还描写了形形色色具有象征意味的黄色事物，如小黄花、黄蝴蝶、黄玫瑰、黄荞糊、金黄色的衣服、金黄色的马、金黄色的钱币和金黄色的小金鱼等，伴随着这些"黄色幽灵"出现的是人类潘多拉魔盒里各种各样不幸灾殃的降临，如死亡、衰败和病患等，征示渲染的

---

[1] 郑万隆：《中国文学要走向世界》，《作家》1986年第1期。
[2] 吴守琳：《拉丁美洲文学简史》，中国人民大学出版社1985年版，第362页。
[3] 刘国屏、于心文：《世界文学名著导读》(下)，百花洲文艺出版社1996年版，第1566页。
[4] 同上书，第1567页。

往往是一种阴郁死闷的外在环境和人物心境，小说中小黄花接二连三的神秘描写便隐含了布恩迪亚家族的凌替衰亡，且看下面"小黄花"的描写：

> 稍迟一些，木匠给死者量棺材尺寸时，看见窗外下起了细微的黄花雨。整整一夜，黄色的花朵像无声的暴雨，在市镇上空纷纷飘落，铺满了所有的屋顶，堵塞了房门，遮没了睡在户外的牲畜。天上落下了那么多的黄色花朵，翌日早晨，整个马孔多仿佛铺了一层密实的地毯，所以不得不用铲子和耙子为送葬队伍清除道路。①

学者陈晓明曾经有言："文学乃是一个民族的精神自传，是历史的圣书，是人类激动不安的灵魂启示录"②，《百年孤独》里小黄花的象征意味非常浓酽，在不可思议漫天弥地黄花飞洒制造的离奇噩象中，预示了从缩影马孔多小镇到原始哥伦比亚乃至到整个拉美精神历史的全盘终结，小黄花为属于蛛网尘埃的历史愚昧、孤独报丧送葬，也为明天"一个崭新的灿烂似锦的、生机盎然的乌托邦"的构建（见加西亚·马尔克斯：《拉丁美洲的孤独》）吹响了精神信仰上嘹亮胜利的历史法螺。总而言之，《百年孤独》里的神秘景象描写处处眷注着的是一种象征隐喻的灵魂启示，而中国的寻根小说做的却远远不够，且看李杭育和王安忆下面的描写：

> 民国廿三年初夏葛川江流域淫雨成灾，五月末一天凌晨，被四方大水围困了七天七夜的同兴城的三万市民，几乎同时听到了一种叫人莫名惊诧的"沙沙"声。这声音好象来自城外，又恍惚近在身旁，低悠悠的，却惊动了千家万户。有人听着象春蚕吐丝，细声缓语，绵绵无尽；而另一些人听来却比两块碎瓷片"叽叽"摩擦还要刺耳、揪心。……惊恐、凄厉的哭叫象晴天霹雳，往空荡荡的巷里街外散去，叫那些醒着发呆的市民心里一阵阵发毛。女人求男人莫出门，大人叫孩子莫出声……直到天亮，人们才明白夜里出了什么事。他们起

---

① ［哥伦比亚］加·加西亚·马尔克斯：《百年孤独》，高长荣译，北京十月文艺出版社1984年版，第133页。

② 陈晓明：《无边的挑战——中国先锋文学的后现代性》，广西师范大学出版社2004年版，第425页。

早出门时发现，全城各处都爬满了螃蟹。①（李杭育《人间一隅》，选自《最后一个渔佬儿》）

七天七夜的雨，天都下黑了。洪水从鲍山顶上轰轰然地直泻下来，一时间，天地又白了……茅顶泥底的房子趴了，根深叶茂的大树倒了，玩意儿似的。孩子不哭了，娘们不叫了，鸡不飞，狗不跳，天不黑，地不白，全没声了。天没了，地没了。鸦雀无声。不晓得过了多久，象是一眨眼那么短，又象是一世纪那么长，一根树浮出来，划开了天和地。树横漂在水面上，盘着一条长虫。②（选自王安忆《小鲍庄》）

同是神秘之物极为反常的艺术渲染，结合对照上文关于《百年孤独》"小黄花"的分析，我们可以发现：李杭育的"神秘"景象描写失却的恰恰就是一种象征隐喻的历史灵魂和内蕴力量。作者标题为《人间一隅》，展现的亦是人间一角同兴城螃蟹攒集"倾城"而动的神秘奇观，原本只是一种奇观的近于新闻报道式的现实展览，却被作者写得魔气冲天，神哭鬼叫，其写作意旨明明通向一个边陋小城民间文化景象的顾恋和怀视，却大张旗鼓不合时宜极尽"鬼魅"夸张之能事，"就其本身而言，也许是一种具有想象力的变形艺术的具体展开，但放到整个小说中去，就显得非常地突兀，非常地不协调，与整篇作品在艺术风格上和思想意义上有脱节之感……这种变形的展开是突如其来的，没有根基的"③。作者的艺术处理一则缺乏文化隐喻深度而显得雷声狂雨点嫩，与后文平实欢赏的气氛极不和谐地冲突脱轨；二则也因为与整个文本恋乡怀旧心境大距离的龃龉而别扭地呈现出一种描写方法上中了邪似的莫名乖张，正如韩少功所言："'寻根'不是出于一种廉价的恋旧情绪和地方观念，……而是一种对民族的重新认识，一种审美意识中潜在历史因素的苏醒，一种追求和把握人

---

① 李杭育：《人间一隅》，选自李杭育《最后一个渔佬儿》，人民文学出版社1985年版，第59页。

② 王安忆：《小鲍庄》，选自《1985中篇小说选（1）》，人民文学出版社1985年版，第349页。

③ 阎真：《百年文学与后现代主义》，湖南教育出版社2003年版，第122页。

世无限感和永恒感的对象化表现"①，李杭育这种纯粹往"神秘"处大落墨的处理不能不说是画蛇添足的败笔，茅盾先生早在《关于乡土文学》中就说得深刻："单有了特殊的风土人情的描写，只不过像看一幅异域图画，虽能引起我们的惊异，然而给我们的，只是好奇心的餍足。因此在特殊的风土人情而外，应当还有普遍性的与我们共同的对于运命的挣扎。一个只具有游历家的眼光的作者，往往只能给我们以前者；必须是一个具有一定的世界观与人生观的作者方能把后者作为主要的一点而给予了我们"②。

如果说李杭育失却的是"神秘"生活叙写中的隐喻历史灵魂，那么王安忆失却的便是"神秘"故事背景叙写中的现实意义灵魂。如果细心阅读，我们对寻根小说约莫总有一个差不离感性的印象，那就是许多寻根小说的故事背景设置都偏好地定位在一个毫无人间感的上不着天、下不着地的离奇"神秘"所在，像是一朵风化了的历史"假花"，我们既无从追溯其时间的真诚存在，也无从索觅其空间的人间气息，倒仿佛就是一具巫信的大脑分泌出来的干枯历史"木乃伊"，找不到任何鲜莹灵润艺术真实的意义依据。文学理想的"真"是由生活的"真"升华出来的感情真诚，而并非与现实毫不相干的瞀乱情绪团，就像曹文轩先生所讲："理想不等于是空想，空灵不等于是空虚，想象不等于是迷幻。可以认为真不为美，但却不可完全否定真实。升腾必须源于现实，理想之鹞翱翔蓝空，必然有线牵引于大地，若不然就会跌落于尘土。沙上之塔，空中楼阁，只表现才智之士的梦幻，不敢直面人生，逃向荒野，也无意去表现人生的广度和深度的浪漫主义，是无意义的"③。《小鲍庄》故事背景的设置便有一种"恍如隔世"的历史玄虚感：一场"神秘"的黑雨，一场"神秘"的洪水，加上一片"神秘"泛滥成灾的世界末日荒村景图，既不是西方"诺亚方舟"的大水，也非中国"大禹治水"的大水，或者说两者模棱皆可，总之是任心臆造的一个既不关涉历史深在灵魂、也不关涉现实意义痛痒的"神秘"精灵狂欢派对的梦想加工厂。借用学人路文彬的话来说，这种寻

---

① 韩少功：《文学的"根"》，《作家》1985年第4期。
② 茅盾：《关于乡土文学》，转引自茅盾《茅盾论中国现代作家作品》，北京大学出版社1980年版，第241页。
③ 曹文轩：《中国八十年代文学现象研究》，北京大学出版社1988年版，第215页。

根小说对于"文化历史的考古发掘,其动机首先不是为了去说明历史本身,而是从中精心制造出审美/审丑意识层面的震撼,以使人们在感动中自动陷入对于历史普遍性的思考……因此,在他们的许多文本里,历史的时间性经常是不明确的,而人物亦往往是以体现某种文化质地的象征性身份在场的,至于他/她的历史背景则同样模糊暧昧"[1]。故事虚拟的时空构景如若一味极尽历史漂白"神秘"想象之能事,就不可能呈现出历史生命庄严"内爆性"的炸心震撼力,倒仿佛魔术师轻佻耍弄的一个艺术魔盒,起先里面"神秘"的东西可以精彩纷呈炫美地漫天飞舞,待至表演"尘埃落定",魔盒里终归空空如也,一无所有,我们便会油然滋生一种被诳骗的失落感,平心静气一琢磨,蓦然感悟到魔术那玩意儿空幻得毕竟与真实的血肉人生隔了一层,才惊心地想起了它的蒙魂"造假"。

(三) 张炜创作的"神秘"之失

寻根小说张炜的《古船》被誉为中国当代的《百年孤独》,作为一本魔幻现实主义观念复制的文学样本,自有其小说史上磨砺发轫之首功,然而毕竟属舶来品的移植摹仿,撇开作者艺术水准不说,单是一种文化语境上的天壤殊异,就足以导致精神主体化艺术氛围层面不伦不类的尴尬。参照《百年孤独》的神话传说,且看《古船》下面一段关于神秘景象描写的铺染:

> 老河道边上还有一处处陈旧的建筑,散散地矗在那儿,活像一些破败的古堡。在阴郁的天空下,河水缓缓流去,"古堡"沉默着。一眼望去,这些"古堡"在河岸一溜儿排开,愈来愈小,最远处的几乎要看不见了。可是河风渐渐会送来一种声音:鸣隆、鸣隆……越来越响,越清晰,原来就是从那些"古堡"里发出来的。它们原来有声音,有生命。但迎着"古堡"走过去,可以见到它们大多都塌了顶,入口也堵塞了。不过总还有一两个、两三个"活着",如果走进去,就会让人大吃一惊:一个个巨大的石磨在"古堡"中间不慌不忙地转动,耐心地磨着时光。[2]

---

[1] 路文彬:《历史想像的现实诉求》,百花洲文艺出版社2003年版,第208页。
[2] 张炜:《古船》,人民文学出版社1987年版,第2页。

首先显而易见的是，《百年孤独》中魔幻色彩浓重的神话传说的大肆引进、渲染为小说添增了如许神奇的神秘风采，然而这些神话传说却都有其本土化文化基因的心理支持。借用以往文学史的评价：《百年孤独》"作者的魔幻手法大多和当地的神话、传说、迷信、习俗有关，和当地人的意识分不开……主要的是以很多神鬼、迷信来烘托农村落后面貌和愚昧迷信的气氛，表现当地习俗，用印第安神话来反映当地现实的精神面貌，因而有它独特的创造和情趣"[①]。小说中老布恩迪亚因为邻居嘲弄的讥讽而将他杀死，此后死者的鬼魂便日夜纠缠不休，多年后冤魂受不了阴间"另一种死亡的逼近"决定去找死前的布恩迪亚叙旧，结果两个冤家冰释前嫌，幽明言和。刘国屏、于心文在其主编的《世界文学名著导读》中有过这样的分析："关于这类鬼魂幽灵的描写，小说中多处可见。这种描写是魔幻现实主义作家惯用的手法。在作家们的笔下，往往人鬼不分，生死无别，人可以死而复生，鬼可以从阴返阳，扑朔迷离，古怪稀奇，充满魔幻色彩。但是这种描写并非捕风捉影，也不是无中生有，实际上这是印第安民族的一种古老观念。在他们看来，生死之间并无绝对界限，死亡是生命的继续，人死魂不死，亡魂可以回家探亲与亲朋叙旧。这种观念虽带有迷信色彩，但在拉丁美洲民间早已根深蒂固，作家把它写入作品也就顺乎自然，不足为怪了"[②]。

比照而言，《古船》中"古堡"的文化意象无疑属于西方，中国关于鬼魂的传统文化意象并非没有，恰恰相反，丰富得惊人，蒲松龄的"聊斋"就足以与西方的"古堡"相媲美比肩。遗憾的是作者似乎对中国传统的"神秘"文化意象不感兴趣，而抱定"月亮也是外国圆"这么一种前结构艺术心理期待视野，导致"洋味"十足的逼冲，用学人杨增和的话来讲，寻根作家大抵"对历史神话缺少虔诚的、非功利的、自由审美的还原或再造，许多寻根作品保留民间的原初荒蛮与愚昧，使读者自己从现实与历史的疏离中去阅读那份沉重的记忆"[③]。此外文本中"一个个巨大的石磨在'古堡'中间不慌不忙地转动，耐心地磨着时光"这样的描

---

① 吴守琳：《拉丁美洲文学简史》，中国人民大学出版社1985年版，第363页。
② 刘国屏、于心文：《世界文学名著导读》（下），百花洲文艺出版社1996年版，第1571页。
③ 杨增和：《民族文学：精神家园的迷失与守望》，《中国文学研究》2008年第1期。

写也似乎是《百年孤独》中"时光好像在打转转"、布恩迪亚家族成员孤独耐磨时光之"影响的焦虑"的无能、仿拟的毫无新意的翻版。探究其文场"落魄"的根源，学者曹文轩看得清楚："西方人历时性的旷日持久的文学实验，中国人共时性地相识了，并在强烈的'追赶''创新''走向世界''与世界扯平'这一连串的强劲的欲望驱动下，忙不迭地进行着西方人的那些曾投入了大量人力、智力与时间的实验……但因时间的短促、经验的不足、人心的浮气、修养的匮乏而显得质量较为低下"①，作者摒弃传统而拾人牙慧，如果没有"媚外"倾向的嫌疑，也完全可以证明其原创力的匮失，马尔克斯魔幻的原创"独象"一经反复雷同的文学翻炒，也就变成了拷贝式的干瘪"类象"，其鲜灵的质素消失殆尽，就像被千遍咀嚼、已然寡淡无味的泡泡糖。

真正深刻的影响永远是自身精神潜力的解放，《古船》中的神秘景象描写理应结合作家熟识的"场域性"精神文化资源写自己民族特有的神话、习俗文化心像及由此映照的迷信意识、精神面貌，只有这样才有独异个体化文学景象世界的创生。我们知道"魔幻现实主义的产生绝非偶然，地方主义代表作中对热带森林神话的描写，堂娜·芭芭拉这样半神半鬼人物的塑造都为魔幻现实主义埋下了伏笔。卡尔洛斯、富恩特斯的理论，'神奇的真实'阐明真实本身就是神幻莫测的，真实本身就是奇迹。他说：到了中国就如同到了一个神奇世界，中国的孙悟空、牛郎织女、孟姜女都是'神奇的真实'，艺术家就要写这个神奇的真实"②。只有写这种"神奇的真实"，寻根作家才能获得艺术精神上源头活水的挚乳，张炜对于"古堡"这个外来文化意象的挪用无疑背离了这种"神奇的真实"，它不是中国本土文化精神的忠实反映，它没有创制中国文化生命深秘处的象征森林，而不过是拉美魔幻现实主义文学中国仪式化运动迟步的回声。"取法乎上，仅得其中；一种失去了文化主体性的文学，不可能有真正的原创性"③，在西方人看来，这段"古堡"神秘摹仿的"文化焊接"非但无甚新奇，而且近乎变相地拙劣，由此宣告了一切惯于嫁接的平面化文学复制品的失败。

---

① 曹文轩：《二十世纪末中国文学现象研究》，作家出版社2003年版，第9页。
② 吴守琳：《拉丁美洲文学简史》，中国人民大学出版社1985年版，第363页。
③ 杨匡汉：《20世纪中国文学经验》，东方出版中心2006年版，第743页。

第五节 "神秘"与"神圣"的文化审美考辨

一 "神秘"景象描写的现实观照

从"神秘"走向"神圣",回归宇宙情怀,是在一个艺术灵韵消亡的文化语境中文学思性的必然、明智选择。现实中本真的生活固然可以无边地消费性审美,而文学艺术则必须具有精神救赎的诗性品质担当。"深度消失"和"意义终结"的后现代理念虽然在某种程度上充当文化英雄为人性从野蛮宗教、伪善道德和功利政治"理式"的枷锁束缚中获得"解放"和"轻松"做出了建设性的可取贡献,然而其走向感性碎片化的极端消解姿态也为当代的艺术审美带来了"失重"和"虚无"的堕落阴霾。我们知道文学亦即人的精神主体学,其既要有人文精神的光辉闪烁,更要为人性的圆美修复和精神"本真可能性"的丰富开拓擎亮一盏全新文化价值秩序立建的精神导航明灯,寻根小说是中国"文化寻根"运动中极为重镇的一环,其立意在于精神文化的健康"造血",而中国作家现实创作的情状却让我们大为忧心。小说中一种近乎人云亦云的"神秘"鬼气(噱头)与当代小说其他型类作品中的"性"(枕头)与"暴力"(拳头)等审丑因素的夸炫构成了当代文学中一道十分刺目、极具诱惑力的畸态景观,而这样的浅俗"走读"文学无疑是没有任何伟大出路的。

(一)"神秘"景象描写的"非理性化"回潮

随着文学理性"代言"("国族寓言"与"宏大叙事")时代的结束,新时期文学非理性"自言"("个体化叙事")思潮渐渐开始"面向大海,春暖花开","就一般的理解,非理性主要指一切有别于理性思维的精神因素,如情感、直觉、幻觉、下意识、灵感等;也指那些反对理性哲学的各种非理性思潮,如唯情论、意志论、生命哲学、无意识论、直觉论、神秘主义、虚无主义、相对主义等"①,文学"神秘"之音自然属于"非理性"森林天籁的反响。长期以来,现代化理性王国一度主宰着人类文明进程的精神架构,而非理性作为一种负向"愚暗"的意符标志长久被功

---

① 朱德发等:《20世纪中国文学理性精神》,上海人民出版社2003年版,第15页。

利、势利地打击沉埋,这是一种不平衡的认识偏见,"实际上,非理性无论是作为一种人的内在性精神结构,还是一种认知方式,几乎与理性同时被人们所察觉,其历史几乎与理性同样悠久,只是其意义长期被理性所遮蔽而没有像理性那样全面展开而已"①,只有直到20世纪晚近理性无所不能的神话遭到崩然破灭引起人们广泛的质疑和挑战,非理性的合法性才开始受到应有的足够重视。"传统的科学理性远远不足以认识整个世界,尤其不足以认识人类无限丰富复杂的精神文化世界"②,经过历史时间的沉淀,现代理性逐渐暴露出它固有的消极局限性一面来,理性社会成为一种压抑人类精神的反文明异己力量。在无与伦比逼闷的机械理性摧残压力下,追求内在真实的作家们强烈渴望拥有灵润、直感的呼吸,他们开始追慕一种纯净的原始神秘,与僵化理性导致的病态文明做精神立场上决绝的告别,寻根文学的"神秘"景象描写正是在这种语境下产生的。

理性的世界终归是一个清明的世界,现代人心安理得、万分乐天地浸淫在理性世界的清明光辉里,沾沾自喜,甚或自以为是,却根本"不理解'理性主义'(它已毁坏了人们回应超自然象征和观念的能力)在多大程度上把自己置于灵魂的'地下世界'的怜悯之中。他把自己从'迷信'(或他所相信的什么)中解放出来,但在此过程中,他已经丢失了自己的精神价值。他的道德和精神传统已经瓦解,这是他为这种全球性的茫然和崩溃所付出的代价……我们已经剥去了所有神圣和超自然的东西,再也没有什么东西是神圣的了"③。文学创作作为一种事关塑造人类灵魂的精神性关照工程,"理性"的确为之带来了蓬勃少有的清明色彩,但专制的"理性"往往会扼杀文学的灵性和灵感,尤其是一旦被某种意识形态(包括政治的和商业的)所钳制利用,其制造的文学性灾难是难以估量且不言而喻的。就像学者朱德发所说:"排除了非理性思维的创作,就像是制作一只蝴蝶标本,符合蝴蝶的认识性功能,但缺乏了生命和灵气,永远都只能是'标本',供分析、研究用,而不是审美的了。我们长期以来都不敢谈,不愿谈非理性思维,否认文学创作的非理性思维的性质,这样也就

---

① 朱德发等:《20世纪中国文学理性精神》,上海人民出版社2003年版,第583页。
② 朱立元:《当代西方文艺理论》,华东师范大学出版社1997年版,第6页。
③ C. G. Jung, *Man and His Symbols*, New York: Dell Publishing, 1968. 转引自 [美] 大卫·艾尔金斯《超越宗教》,顾肃、杨晓明、王文娟译,上海人民出版社2007年版,第234页。

从根本上否定了文学创作的特殊性，从而也就否定了文学的创造性特质"①。

神秘作为非理性思维的一叶，它"是人类所独有的一种感觉，是人面对宇宙奥秘时的谦卑与敬畏，是人沐浴在自然之流中的欣喜与腾跃，也是人类自觉地在心灵中为一切不可知者留下的一片充满生机的空白。人们之所以把这种感觉命名为神秘，是因为人们最终把宇宙大化的奥秘归源于神的意志……宇宙的奥秘是神的荣耀，宇宙越是玄妙，越是不可知，就越是显示出神的博大与渊深，也就越是激发起人与神对话的欲望。正是在这一意义上，神秘体验的产生归根结底不过是人与神对话的一条独特的通道"②，因为它可以洞穿生命世界的微妙本质，而神秘思维在文学中的正向艺术运用，更是能为一个体化的文学经验世界带来深弘奇丽的珠光灵彩。文学的审美思维通常附丽于一种非概念、非逻辑的情感、想象、直觉的创化，而创作中的神秘性正是这种创化应有的结果，准此观之，神秘非理性致思方式在寻根小说中的回潮应该是具有一定文学内在合理性的，但如果只是单粹地为"神秘"而"神秘"，甚而滥恶、低浅、浮表、俗闹，则另当别论。

（二）"神秘"景象描写的媚俗化倾向

新时期以降，当代文学的审美范型发生了翻天覆地的变化，"一方面，纯文学的市场越来越小，许多文学期刊被迫改版或者停刊；另一方面，商业化的包装与炒作带来的利益导向又驱使许多作家走上了媚俗之路"③，当代作家的审美诉求相应地也在一种审美权力机制的裹挟下做出了被动而仓促的调整。艺术"倾向于越来越不关心具体可感的有形对象，而只是成为在观众的身上激起一系列生理和心理变化的催化剂"④，经济与审美的合谋造就了寻根小说"神秘"景象描写荒诞化、粗鄙化的畸趣迎合，席勒当年"审美救世"的宏愿在后现代混杂、表演性的"无我""无深度"解构中几乎遭到了毁灭性的破产，精神人性从而再次面临闪电

---

① 朱德发等：《20世纪中国文学理性精神》，上海人民出版社2003年版，第594—595页。
② 谭桂林：《百年文学与宗教》，湖南教育出版社2002年版，第284页。
③ 樊星：《当代文学新视野讲演录》，广西师范大学出版社2007年版，第126页。
④ ［英］爱德华·卢西·史密斯：《1945年以后的现代视觉艺术》，陈麦译，上海人民美术出版社1988年版，第16—17页。

式分裂的危机。文学艺术在多大程度上能够修复人性往往取决于我们的作家在何种程度上能够对一种彼岸化立场的虔恪坚执。理性现代化"去蔽""祛魅"（祛除宗教—形而上学的神魅）的蹬跫脚步在当代文艺畛域似乎得到了应有的反思（比如审美现代性的提出），寻根小说"得历史风气之先"开始掀起了"返魅""含魅"的"认祖"狂潮，然而令人遗憾的是冲动有余，矫枉过正，它们捐弃了"魅"之智信的神性与神圣菁华，却走向了"魅"之迷信的神秘与吊诡的烂尾泥塘。大部分作家有意识或无意识地都受到了一种尖新小说理念（即"选择比创造更重要，小说的意义就在于它没有意义"）的"熏、提、浸、刺"，于是才有了大量浅俗"神秘"细节文本之欲望单向度的媚俗掘进与盲从。什么是媚俗？用美学家潘知常的话来说："媚俗就是不择手段地讨好多数人，为取悦于对象而猥亵灵魂，扭曲自己，屈服于世俗。换言之，只要是为他人活着，为他人所左右，并且为他人而表演，其生存就是媚俗的"[①]。在一切艺术都产业化、商品化、消费化的当今社会，消费审美文化成为经济关系"座架"下斑斓社会景观的呈现样态。小说作为商品，既是审美，更是消费，"整个审美创作—生产中的'经济理性'原则：对'市场前景'的忧虑、考量和精确的算计利用贯串到审美生产的每一个环节，内化为整个审美生产的自觉的尺度和要求"[②]。寻根小说中的"神秘""脱裸"成为商业卖点，"神秘"得愈是惊悚人心、想落天外，便愈是能够商业盈利、炒作"飘红"，仿佛消费社会的审美生产就是"极大地趋向于挑逗、炫耀和引诱，趋向于对感性需求的极度开发、利用和满足，趋向于制造热点、跟风赶潮和大规模的舆论作秀"[③]，我们从寻根小说的"神秘"景象蜂拥中略略可见一斑。学人周保欣有这样敏锐的识察：

> 有的作家对于神秘主义并没有多少感同身受，他们对于神秘主义的好感，主要来自西方和拉美现代文学的影响，尤其是马尔克斯、博尔赫斯、福克纳、海明威等经典作家的影响。因此，文学创作中的神秘主义描写尚处于模仿阶段，生吞活剥，生搬硬套，把神秘主义题材

---

① 潘知常：《反美学》，学林出版社1995年版，第16页。
② 余虹：《审美文化导论》，高等教育出版社2006年版，第149—150页。
③ 同上书，第150页。

"时尚化",为神秘而神秘,使神秘主义丧失了其本来的鲜活。……有的作家则是在商业化写作中,为了题材上的"出新"而装神弄鬼,作品的神秘叙事与其说是文学叙事表达的需求,不如说是市场化写作中对大众阅读心理的一种自我揣摩[①]。

毫无疑问,这样的观察评断是有其客观依据的。审美本来是一种人生意义的深心领会和价值追思,大部分寻根小说作家却放弃了精神价值探究和文化优化的高品位追求而成为名副其实聪明的"拾垃圾者"。"这是一种美学的自我放逐:总是处在无边的自我焦虑之中,害怕遭到市场的拒绝的焦虑,就干脆讨好社会以取媚"[②]。"神秘"描写的媚俗化姿态造成了"神秘"描写艺术的平庸,如果说某些"先行者"的创作初衷还在于一种对现存平板文学秩序的"本能冲动造反逻各斯",那么现状的文本实践则几乎开始丧失它的宣泄性反叛力量,就"像一只泼尽了水的空碗,徒落下一个反叛的外壳,其原有的刚健的震惊力萎缩成花哨浅薄的'时尚',它借以哗众取宠的实验性和超脱感也日益琐碎无聊,甚至艺术试验形式也成了广告和流行时装的符号象征"[③]。在"文化失范"的审美时代,媚俗化的作家也由此丧失了知识分子最后诗意的英雄主义崇高立场。

(三)"神秘"景象描写的奇诞化追尚

寻根小说大面积嗜痂有癖的"神秘"述说何以似乎可以通约化地大一同走向愈益奇诞丑怪的浓彩描写路数,除了一种全然消解政治意识形态桎梏的先锋抗议姿态自负而决绝的"英雄性"摆立外,当然还有审美层面俄国形式主义所谓"经疏离再认知"陌生化文学绘写策略的疯狂逾分使用,诚如王德威所言"我们对某一社会的生活经验,或好或坏,往往日久生习,也因此逐渐失去洞烛细微的审美或认知能力。好的作家能以别出心裁的方法,重新装点我们习以为常的事物,以期使读者由'闻新'而'知故'。大陆小说的频出怪招,无非刺激我们迟钝的感官,使我们面

---

① 周保欣:《当代审美思潮中的神秘叙事》,《安徽师范大学学报》(人文社会科学版)2005年第5期。
② 潘知常:《反美学》,学林出版社1995年版,第31页。
③ 朱立元:《当代西方文艺理论》,华东师范大学出版社1997年版,第366页。

对原不该等闲视之的社会现实"①。作为一种审美技术手段,将"神秘"描写高度陌生化处理向"奇诞"形态掘进本也无可厚非,然而剑走偏锋地轻忽形式之精神内蕴而一味追求浮浅表象突兀有加的惊异、怪诞效感则无论如何也算不得上达的高明。

学者周保欣说:"一些作家对神秘主义缺乏必要的哲理思辨力和艺术化解力,表现出对神秘文化的无选择认同,把一切神秘主义包括民间粗鄙形态的神秘文化,统统视为民族瑰宝,津津有味、夸大其词地加以文学描写,对神秘主义缺乏必要的提炼……有的作家不是在审美层面把神秘主义熔铸入作品形象体系和小说叙事语境中,而是把它理念化……使神秘主义成为一种非文学力量,悬置在作品之外"②。我们说这样的评论并非毫无真实依据,"神秘"的怪诞化文学处理其实反射了大部分寻根作家潜藏在心底的欲望或忧惧,他们既有志业上"语不惊人死不休"的天才狂想膨化欲望,又有唯恐文学经济价值商业化卖点不够悚心诱心的潜意识现实忧怕,二者"合谋",烘逼交煎,遂铸成"神秘"景象描写诡谲烂漫的莘莘奇观。诚如有学者所指出:"'寻根'小说在大张旗鼓地炫耀民族文化'地域性'特色的同时,也一度趋向极端,竭力开采民间文化中病态、落后的风俗习传,暴露出'窥阴癖'及'露阴癖'的可疑嗜好"③。这种艺术观象大都膜拜一种新奇炫目的"变异之美",而相对忽视了一种超逾感官对个别事物表相的执迷而上升到灵魂美洞见的"恒在之美"。"变异之美"有的只是变异、差异、断裂、偶然、碎片、吊诡的个趣以及粗糙感官的耽溺,充其量只不过是一种审美"生理性的内分泌"(尼采语)。"变异之美"拥抱的是审美肉体的"走火入魔",却没有审美灵魂的"养心"逾越,这是一种彻底屈心的文化投降,投降的正是向纯粹感官刺激突进的当代主导性审美"羊癫风"。诚如学者余虹所言,"在这种审美文化中,'崇高''优美''典雅''高贵''静穆''幽远''淡泊''神圣''和谐''永恒'等传统语汇失效了,取而代之的是'爽''酷''飙''新''奇'等语汇;传统的沉思性审美静观消失了,取而代之的是感受性审美

---

① 王德威:《想像中国的方法》,生活·读书·新知三联书店1998年版,第376页。
② 周保欣:《当代审美思潮中的神秘叙事》,《安徽师范大学学报》(人文社会科学版)2005年第5期。
③ 路文彬:《历史想像的现实诉求》,百花洲文艺出版社2003年版,第218页。

猎奇"①。这种审美猎奇心向造生的"神秘"文学景致的审美力注定是脆弱且不会长久的，就像抽马桶的厕水循环，来也匆匆，去也匆匆，读者视网神经在速食化、走马灯般感受瞬间新奇后留下的大抵只是无法再次激动的"反胃"虚空，而绝对不会有刻肌刻骨的神圣精神的永恒轮回。

（四）"神秘"景象描写的平面化堕落

当代寻根小说作家对"神秘"景象描写的心慕手追可以归因于一种嚣浮的世俗化审美情结的泛滥。世俗化就是要砍断"美与神圣"的血脉关联，使一切形而上的诗意光晕归于消黯。由此，肉体失却神性之光成为赤裸裸生物本能的狂乱动物性图像拼盘，物事失却神性之光而在典雅和敬畏的审美对立面丑陋啸咏"神秘"之尸。"在世俗化的语境中，审美事物的符号性质发生了根本改变，它不再指向某个不可见的、形而上的神性存在，而只指涉自己"②。

中国诗人于坚曾经提出一种"拒绝隐喻"的洞见宣言，他认识到在当下的今天任何隐喻式的写作都是一种吃力不讨好的矫情妄想，这里的"隐喻"也就是一种神性艺术思维的深度模式。的确，如果打消那种一心只萦恋古典情怀的保守性"浪漫的偏见"而对现实真切的文化环境做不戴任何有色眼镜的检视，我们便可以发现："现代性进程的世俗化在切断了事物与神性存在者的形而上关联之后，事物与神性存在者之间的隐喻关系就解体了"③。"神秘"只是"神秘"本身，它仅指向"意义放逐"的平面化，而不再指向任何诗化的深度，用学者陈晓明的话来说："因为没有真正进入无穷性的深度，因而没有植根于生存论的真正的神秘，神秘并没有和生存的终极归宿达到统一，神秘仅只是对历史和文化的探究最后遗留的一些不可知的观念或意识……神秘随着深度的瓦解而漂浮于叙述之中——神秘被'轻化'了"④。

除了在世俗化的维度上"拒绝隐喻"，切断一切现实存在与神性存在的隐喻性关联，"神秘"描写还在审美形象的"拟象化"维度上，"切断

---

① 余虹：《审美文化导论》，高等教育出版社2006年版，第330页。
② 同上书，第318页。
③ 余虹：《审美文化导论》，高等教育出版社2006年版，第319页。
④ 陈晓明：《无边的挑战——中国先锋文学的后现代性》，广西师范大学出版社2004年版，第197页。

了形象与现实存在的再现性关联，审美活动被引入纯粹形象之自我指涉的平面"[1]，"拟象"（simulacrum，也译为"类象"）是法国学者鲍德里亚提出的一个与传统的"形象"概念相区别的一个经典词汇，"拟象概念建立在形象与现实的拟真关系上，简单地说，拟象看起来像真实，却不是任何现实之物的摹本，现实也不是它的原本""拟象在传统意义的真、假之外，它是一种'超真实'，一种超越于传统真实之外的存在物，一种由机械或模型生产并可以大量复制的存在物，它没有原本"[2]。寻根小说大量千篇一律雷同式的不见原创痕迹的"神秘"景象堆垛，就仿若一幅幅光怪陆离、让人目不暇接的电子游戏虚拟屏幕版图，人人都可以轻易从中分取一杯"审美"之羹。如此一来，"在放弃了隐喻性的深度追求和现实再现的追求之后，当代审美文化的意义空间越来越平面化和虚幻化了，或者说，精神性意蕴的空气越来越稀薄和拟真化了"[3]。无疑，寻根小说"神秘"景象描写的平面化是一种写作才能上无能的堕落，就像美学家潘知常所言："在以大众传播媒介为载体的当代美和艺术中，原本消失了，创造也无从谈起；审美的魔力不复存在了；作品的展示价值超过了作品的膜拜性质。例如在传统的美和艺术之中，你可以给玫瑰无数个名字，但'玫瑰的芳香依旧'，但大众媒介就不同了，它制造出无数个玫瑰的类象，更逼真、更美丽、更完美，但却不再有芳香了"[4]。有鉴于此，为文学健康生存计，明智的艺术抉择无疑是力倡"平面"回归"深度"，"神秘"回归"神圣"，这种文学精神策略当然也并非只是消极、机械地审美复古与回归传统，而是一种自觉的、反思性的后形而上学时代文学精神的理性建构，要优美，要崇高，要庄严，这是文学生命水的净河，唯其如此，才可以在美的神圣的王座面前顶礼。

二 "神圣"宇宙情怀的终极之维

人类跨入 21 世纪，回顾展望，总结省思：文明的两极性平衡似乎遭到了前所未有的历史性紊乱挑战，一方面物质性本能欲望腐殖般急剧地膨

---

[1] 余虹：《审美文化导论》，高等教育出版社 2006 年版，第 326 页。
[2] 同上书，第 324 页。
[3] 同上书，第 326 页。
[4] 潘知常：《反美学》，学林出版社 1995 年版，第 192 页。

胀，愈演愈烈；另一方面，精神性灵魂圣化的滋养则日益"软骨"虚空，"心"灾丛生。学人阎真对此有比较灵清的见地："这是一个相对主义的时代，相对主义解放了人们的思想，取消了绝对性与神圣性，却又在不觉之中将人们置于万劫不复的精神绝地，精神性绝望和悲观已经成为普遍的时代情绪，生存的根基被连根拔起，或者说被物化"①。客观而言，社会文明历时渐进的发展的确促助了圆满人性"复位"的进化空间，物质欲望的哺育使"人成为人"更具有了肉体生物性存在的可能，然而精神性"内宇宙"的悲剧性疏忽却使越来越多的地球同族沦为灵魂被蠹蚀、异化的可怕"空心人"。早在一百年前，鲁迅先生在其发表的《文化偏至论》②中便有这样近乎预言的先知性洞见：

  诸凡事物，无不质化，灵明日以亏蚀，旨趣流于平庸，人惟客观之物质世界是趋，而主观之内面精神，乃舍置不之一省。重其外，放其内，取其质，遗其神，林林众生，物欲来蔽，社会憔悴，进步以停，于是一切诈伪罪恶，蔑弗乘之而萌，使性灵之光，愈益就于黯淡③。

  正是在这样一个严峻的人性极化"躁郁"关头，我以为有必要提出一个"人类精神生存战略"的惊警构想，通过这种内心世界的精神革命来帮助人类共同渡过每一次隧道状态般的漫漫灵魂黑夜。如果说时下文化生态理念的倡举为天、地、人外部融溶的和谐做出了建设性意义的关注贡献，那么对于人类精神性内在健康和谐的强调则无疑是我们当前格外应该眷顾的文化主题。真正的作家，作为担负人类灵魂引领、慰藉与塑造神圣使命的最为切近的人文工作者，在这样一个"山雨欲来风满楼"的历史岌岌精神崩坍之"刀口浪尖"（尤其是转型期中国的作家），不为或者说不能为"人类精神生存战略"奉献自己的绵薄之力将是其人生最可耻的

---

  ① 阎真：《百年文学与后现代主义》，湖南教育出版社2003年版，第296页。
  ② 注：鲁迅的《文化偏至论》作于1907年，最初发表在1908年8月《河南》月刊第七号，署名迅行。
  ③ 鲁迅：《文化偏至论》，选自鲁迅《鲁迅全集》（第1卷），人民文学出版社1981年版，第53页。

失败。学人齐宏伟在其《文学苦难精神资源》中说:"一个世纪来,中国作家跟着西方思潮或反西方思潮的思潮跑,甘愿把自己的头脑贡献出来当别人的跑马场,作家的心灵缺少和时代的距离感,缺少深沉的历史感,耐不住长久的寂寞,现世感太强,功名心太重,终极关怀意识太弱"[①]。这些文场现象似乎都与一种"生命不能承受之轻"的后现代意识重度的无形"侧蚀力"有关。后现代对人类永恒性普遍"理式"的解构颠覆如果说自有其某种价值矫正合理处的话也决计不适于文学这片滋养、耘植心灵苗圃的诗意家园,文学是人学,它的终极意义在于修善人性、完善人心和改善人生,只要你还是人,只要你还有人性的灵魂,那么文学将不死,文学之树将万古长青,高品质优秀文学中的灵性精魂遗传因子将历历永恒地在人们亘古长存的记忆中辉耀。就像学者张德厚所说:"艺术家的个体生命不能孤立存在,而是与社会、人群乃至整个宇宙息息相通,因此,这个生命、它的自我意识以及激情和人格在相当的程度上就属于社会、属于人类并弥漫于宇宙——与全体生命融合着;当它化作作品的生命时,作品的生命也就有了这种'人类性'——这就是作品的最深层意蕴"[②],本文"宇宙情怀"的提出与推重便是要让这枚文学精神中的神圣"舍利"重绽其久违的心理"原型潜能"之璀璨星光。

(一)神圣宇宙情怀的文学精神境界

通过上节对寻根小说中"神秘"景象描写的文化审美观照,我们明白了其之所以粗疏、庸劣的多层次促因缘由;而通过本章前三、四节关于"神秘"景象描写艺术出路的详尽探讨,我们也知道了只有从"神秘"中汲取"神圣"的精神因子,游目骋怀于宇宙情怀之中才是艺术接临崇伟高深的正道,具体到文学境界便是前文所标示之神圣的优美(天人合一)、神圣的崇高(宗教情怀)以及神圣的庄严(历史魔幻)。那么什么是文学境界呢?用学人侯文宜的话来说,它首先指的是"文学意义上一种超越俗常达致弘深造诣的精神境地、景象,也是文学创造活动所追求的一种理想旨归"[③],它还是"一种创作的境界,也是一种人生的境界。对生命意义的探索,在很大程度上也就是要追寻创作的意义本身、追寻人生

[①] 齐宏伟:《文学苦难精神资源》,江西人民出版社2008年版,第291页。
[②] 张德厚:《文学美学》,吉林大学出版社1988年版,第368页。
[③] 侯文宜:《当代文学观念与批评论》,中国社会科学出版社2007年版,第81页。

的意义本身。所以，真正的文学行为不是'游戏''发泄''时尚''名利'所能涵盖的，而是一种神圣与崇高的生命活动方式，它包含着作家的全部喜怒哀乐和对价值与信念的永恒追寻"①。宇宙情怀便是一种上善的文学境界，它的博大，它的幽邃，它的玄远，它的深情，它的对于纯净精神的栖守，它的对于美善灵魂的超越与升华，都不是贫血的"神秘"滥欲描写所可比肩的。

文学境界的生成需要一种文学精神的撑持，同样用侯文宜的话来解释："所谓文学精神，主要即指一个作家所应具有的纯正高远的文学情怀、文学理想、文学操守、文学追求。它是一种关注人的情感、精神世界或困境、问题、出路的精神，是一种提问——一种向我们的经验、生活、灵魂发问的忠直态度，是一种给人们以寄托、抚慰和启迪的精神"②。宇宙情怀的陶就靠的便是作家一种把自己也全然烧在里面的内在神圣品位与力量，其间既要有悲天悯人的深沉渊静人间情怀，也要有怀拥大宇宙自然的灵魂激情与深度，既要有可与日月争光的至诚高节和美懿德素，也要有抵拒俗尚污丑诱惑的真勇意质。换句话说，也就是把"全人格都陶融于当境，让'感觉、经验、想象灌入物体'，让'宇宙大气'透过心灵，达到物我交流、默契，同时赏玩自然与灵府无尽藏的玄机与奇景"③，惟其如此，才能成就宇宙情怀的真粹圆美，才能成就宇宙情怀的浩然品境。"新一代写作者及其追随者由于滋长出的后现代主义态度，丧失信念和神性乃是无可奈何的价值取向，企图用卑琐平庸的小市民趣味来冒充'后现代主义'则更显无济于事。不管人们对'信念''神性'如何定义，文学写作永远要有不可屈服的内在精神"④，寻根作家文学内在精神涵养的明显不够，理所固然导致了其文本"神秘"景象描写文学境界的低劣不高，而只有皈依神圣宇宙情怀才是他们登攀文艺精神巅峰的不二法门。

英国著名作家乔伊斯曾说："现代人征服了空间，征服了大地、征服了疾病、征服了愚昧，但是所有这些伟大的胜利，都只不过在精神的熔炉

---

① 侯文宜：《当代文学观念与批评论》，中国社会科学出版社2007年版，第84页。
② 同上书，第77页。
③ 温儒敏：《中国现代文学批评史》，北京大学出版社1993年版，第221页。
④ 陈晓明：《无边的挑战——中国先锋文学的后现代性》，广西师范大学出版社2004年版，第423页。

中化作一滴泪水"①，如果没有内灵精神境界的滋培与提升，现代人只会在"伪灵"与"假魂"的沉沦式狂欢中"娱乐至死"。海德格尔也曾经讲过："人之为人，总是对照某种神性的东西，来度测自己"②，上天慷慨地赐予人一种内在的伟大神性禀赋，这种禀赋便成为人杰之秀与宇宙之殿相通达往来的人格桥梁和精神驿站，对此印度诗哲泰戈尔有过深注："它最大的贡献在于它能够唤起我们真正的不朽感，使我们得到一种完美的感觉。完美的境界常象征性地寄托在永恒性的人格上，以此启发个人对这种理想的热爱，并启发个人去实现这种境界"③。人类具有无限高尚优美的本质力量，这种本质力量是人类内在神圣性的返影折光，在象征层面，对于真、善、美的向慕、祈尚，对于这种向慕、祈尚理想的宗教式虔敬和宝重，都幽曲体现了宇宙情怀净化、升华"小我"的生塑之功，说到底这正是神圣宇宙情怀最为理想的文学精神境界。

（二）神圣宇宙情怀的诗意超验品度

神圣宇宙情怀是一种类似宗教而又超越宗教的神秘主义诗意"巅峰体验"（人本主义心理学家马斯洛语）。宇宙情怀的旨归在于追求一个普遍心灵的意义世界，因而它也可以说是一种心灵宗教情怀。这种心灵宗教情怀每个人都可以拥有之，而并非只有清规戒律的教徒（基督教、伊斯兰教、佛教等教派的入教信仰者）才能荣膺。作为人的终极关切精神，但凡灵魂体悟能够上升到宇宙高度者，都可以诗意地栖居"宇宙情怀"的澄明之境，孳乳"宇宙情怀"之神光。在我们深灵魂、潜意识的根柢处固在地存有一条自由流淌的精神滋养之溪流，如果虔心祈唤，爱愿之为信仰，每个人都可以畅饮到自己那掬原始纯净的生命圣水，宇宙情怀便是生命圣水中最为宝贵的一滴。由于体制化的宗教把精神圣水用锁链的篱笆给密封圈围，由此造成的假象是：似乎世俗人永远也不可能得获那种神圣超验的情感。然而事实上作为一个外宗教中人或非宗教中人，我们同样可以拥有一种内在的对某种"神圣者"的精神性终极信仰，宇宙情怀将文学家对于"神圣者"超自然的神性感念与思悟给圆美地蒸融、体现出来，

---

① ［英］乔伊斯：《文艺复兴运动文学的普遍意义》，《外国文学报道》1985年第6期。

② ［德］海德格尔：《人，诗意地安居》，郜元宝译，广西师范大学出版社2000年版，第76页。

③ 倪培耕：《泰戈尔集——在徘徊中思索》，上海远东出版社2004年版，第5页。

使每一位有情心共鸣的读者心中应时升涌一轮"神圣者"光照的太阳。就内在本质而言，宇宙情怀首先建基于一种超越性精神取向的信念，它可以"一沙一世界，一花一天堂"，也可以"掌中存无限，刹那成永恒"，它游离于宗教规训之外而又备具拥抱"神圣者"的圣心情操，它相信存在一种"神秘"未见的微妙性"更多"[1]，并且认为可以通过亦幻亦梦的感官联系表现出来。由此，宇宙情怀便具有了一种本体论（深度的存在）超验的维度，这种超验维度是在一种威廉·詹姆斯所谓隐性秩序的信念中完成的。显而易见，宇宙情怀的内核基质是一种朝拜"神圣者"的精神性，这里的"神圣者"既可以是生命的自然，也可以是生命的上帝，还可以是生命的人类历史，换句话说，诚如美国大卫·艾尔金斯在其《超越宗教》中所言："神圣者是精神性准则中的一个根本组成部分。它是我们的终极关怀、首要真理和内在求索的恰当对象。神圣者是通过这些生命的体验揭示出来的，这些体验触及了灵魂，并让我们充满尖锐、惊奇和敬畏的感觉。灵魂在哪里被神圣者所唤起、滋养和触动，哪里就有精神性。在这些瞬间，一个人潜在的终极关怀有可能显现出来，意识到自身，并向生命真正重要的东西提出要求"[2]。

此外，文学中的宇宙情怀还通过一种诗性的审美观照形式表现出来，它既不同于干枯、烦琐的学院派讲义说教，也不同于故作荒谬、"神秘"的梦魇呓语，相反，宇宙情怀通过艺术情感胃液的神圣濡化，使遭逢"神秘际遇"的精神溪流优美、崇高而庄严地流淌，流出一片深静而瑰奇的诗意天地，穆远而永恒。正如英国宗教哲学家唐·库比特所说："神秘主义作品是诗性的创造，它并不听命于宗教法，并不遵循教义神学，并不从内心服从于权威，相反，神秘主义者以自己的书写，创造新的文本，体验人和神的融合"[3]。

（三）神圣宇宙情怀的深在人文向度

人文，简而言之，就是以人为本的文化意蕴体系，其关联的母题包

---

[1] 注：威廉·詹姆斯使用"更多"（the More）这一词来形容那些超越可见世界、超越我们所能表达和定义的东西。

[2] ［美］大卫·艾尔金斯：《超越宗教》，顾肃、杨晓明、王文娟译，上海人民出版社2007年版，第29页。

[3] ［英］唐·库比特：《后现代神秘主义》，王志成、郑斌译，人民出版社2005年版，"译者序"第3页。

括人本主义、人道主义、人性主义、人权主义、人格修养、礼教文化等多层面的内容，指涉的精神向度则涵盖人的尊严、人的价值、人的自由、人的信仰、人的智慧、人的解放等多个观念辐射领域。人文如果赋予其一个理念系统便是人文主义，而人文主义的中心主题主要包括发现"人"之灵智潜能和激发"人"之灵智创能两大块。感性而言，"人文主义只是一种感觉，一种对人的生命真实理解以后所产生的感觉……随之而来的就是光、美、爱、灵魂，还有和人的尊严连在一起的铮铮作响的音乐声"①，其旨归在于使完美人性的心理力量达至最圣洁庄严的"火与光的爆炸"，从而完成"心的语言"（卢梭语）的壮丽抒写。人文应该有两面，一面亮色、显在地活跃着，张扬、奋勃着青春性的高贵生命力，一面忧郁、忧患地沉潜着，审视、叩思着人性命运悲剧的存在。宇宙情怀的人文向度无疑指向后者，它是一种深在的人文精神（人文精神即"存在于人类文化活动中的行为规范与价值诉求的总体指向"②），它在静思默察、凝思静虑中顾注和眷望人类的前途与希望、命运的无常以及人性博强不屈的涵容力量，它唤醒个人内心中沉睡的神的声音，在高尚、爱、同情、勇气、善良、宽容等美德心性织就的波状感见天光里舞跳一海自由的崇高和谐。

　　就人文广度而言，宇宙情怀能"超越人生，邀游于天地之间，纵览万象变幻，给苦涩的人生以希望，使有限的生命无涯。沉溺于感性苦乐的心难以企及，静观默悟的人终嫌冷傲。但它不是对偶像的膜拜，而是对理想的追求和拼搏。所以是精神的精神，激情的精髓"③。宇宙情怀坚荷着人性的担当，包容着人性的荏弱，净化着人性的暗恶，护弼着人性的精神飞升，由此扩充了人文的襟度，强固了人文的韧度，掘进了人文的深度，熨暖了人文的温度。诚如英国阿伦·布洛克所言："任何形式的人文主义若与相信宇宙中存在一个比我们自己伟大的力量并可以指望它给我们帮助这一信仰相结合，我们的处境就会比——借用伯特朗·罗素的话来说——

---

①　朱孝远：《人文主义和人的复兴》，选自《北大讲座》编委会编选《北大讲座》，北京大学出版社2003年版，第2页。

②　谭桂林、龚敏律：《当代中国文学与宗教文化》，岳麓书社2006年版，"总序"第2页。

③　张德厚：《文学美学》，吉林大学出版社1988年版，第188页。

听任人类依靠自己的力量在一个冷漠或敌意的宇宙中保持这些价值观这样的处境要强得多"[1]，神圣宇宙情怀便是宇宙中存在的这"一个比我们自己伟大的力量"，它为人类文化世界带来一片绿色的精神想象憩息地。它是无情命运的宇宙大情，是被异化心灵的憧憬和呼吸，它是人文"天堂"的慰安，是人类荒凉歧路终极归宿的寄心。"人的有限性注定了他在根本上是无知而盲目的，他必须虔诚地聆听神性的启示，意识到自身的限度而以神性尺度来度量自身才能避免因自身狂妄的过失"[2]。宇宙情怀正是一种谐和人性与神性的精神组合，它剔除"小我"情怀，发现一种更具真实感的精神"大我"，这种精神"大我"生生不息，恢廓浩大，长存不朽，由而营造出一个流动、感召的苞括万汇、覆焘千容的灵魂磁场般的生命大同理想，用印度诗哲泰戈尔的话申述之："在这种大同的理想下，它发现了生命的永恒，以及爱的无边。这种大同理想并不只是一种主观的观念，而是一种焕发生命力的道理。不管它是以哪种头衔来称谓，也不管它是以哪种形式来象征，这种大同意识永远是属于精神性的，而我们所奉献于它的真理就是我们的宗教。这种大同精神静待着我们的历史来揭橥，静待着我们的精神力量来发扬其光辉"[3]，这便是渊默宇宙情怀的人文谛义。

除此之外，宇宙情怀还有一个重要的人文精神质素便是"敬畏"之心，无论是"天人合一"，还是在自然景象中寄予宗教情怀或历史庄严，无不是对自然生命的一种深深的敬畏，"人越是敬畏自然的生命，也就越敬畏精神的生命"[4]，越敬畏精神的生命，便越具有一种对人文信念的责任感和使命感。神圣宇宙情怀以其深在的人文向度在文学的土壤里播种爱的希望与畅想，从而给全人类世界带来了无尽的艺术美馨香。

结　　语

寻根小说得"文学性"历史风气之先，首先第一个甩开新时期以来

---

[1] ［英］阿伦·布洛克：《西方人文主义传统》，董乐山译，生活·读书·新知三联书店1997年版，第248页。

[2] 朱立元：《当代西方文艺理论》，华东师范大学出版社1997年版，第150页。

[3] 倪培耕：《泰戈尔集——在徘徊中思索》，上海远东出版社2004年版，第4页。

[4] ［法］阿尔贝特·施韦泽：《敬畏生命》，陈泽环译，上海社会科学出版社2003年版，第132页。

"伤痕文学""反思文学""改革文学"残留的"宏大叙事"政治意识形态"代言"思想包袱,开始了"回到文学自身"最本在的写作,但由于是与一贯十分强大的"国族寓言"叙事传统精神脐带割裂式的文学"断奶","模仿西方"遂成为大多数作家近乎唯一的精神资源选择,寻根小说中"神秘""魔幻"文学景象大面积的平面化复制便是显证。加之后新时期以来"深度瓦解""能指狂欢"思潮风习的浸染,寻根"神秘"更是在一种"虚无主义"的矜奇立异中堕入了"精神暗夜与信念荒原","几乎没有人能够否认,传统的作为美与艺术的强大基础的神圣感、超越感几乎全然不复存在,美和艺术正在告别传统并毫不犹豫地走向消费。过去美与艺术所展示的是'优美''崇高''悲剧',现在美和艺术所展示的却是'荒诞'与'丑';过去美和艺术是以激烈的方式亵渎现实,现在美和艺术却是以更为激烈的方式亵渎自身"[①],而要化解这场令人心忧的艺术现实危机,文学"神性"浴火重生的呼吁与缔建无疑是我们目下最好的选择。

寻根小说是乡土小说在当代的延承式发展,理所固然自有其艺术良规的渊源借镜,就乡土小说的文学"神性"而言,丁帆教授在其专著《中国乡土小说史》中曾有过比较精辟的论述:

> 神性色彩是部分现代乡土小说的又一美学基调,它使部分乡土小说充满了浓郁的史诗性、寓言性和神秘性。神性色彩的形成与特定地域的自然物象、普泛化的自然崇拜、隐秘的历史和虔诚的宗教信仰密切相关。首先,道家所追求的"天人合一"境界,在特定地域民族的日常生活中被世俗化和仪式化。人们依附在大自然的统摄下,通过与自然的默契来感应自然的启示,从而形成普泛化的自然崇拜,使人与自然的关系抹上神秘色彩。其次,对种族或家族起源、部族纷争、民族融合等遥远而神秘的历史和被岁月尘埃湮没的记忆的摹写,往往成为一种具有神性色彩的地域乡土历史的叙事模式。那些反复出现的"废墟"意象、身世隐秘的孤独行者、亘古不衰的英雄史诗、隐藏在历史尘埃深处的古堡和宫殿,抑或一个祭祀的场面,都被蒙上了奇

---

① 潘知常:《反美学》,学林出版社1995年版,第5页。

诡、隐秘的色彩。这不仅仅是特定地域的乡土小说获取历史沧桑感的一种手段和策略，也是一种无法回避的历史存在和渗入骨骼的烙印，"地方色彩"和"风俗画面"往往因此获得深邃而神奇的历史感。再次，宗教因素对于乡土小说的渗透，也使其表现出浓厚的神性色彩①。

"神性"既是一种精神品质的体现，又是一种文学深度的标识，文学"神性"在鼓励"文化渎神和信仰悼亡"的诸神退隐、"虚无"泛滥、商品经济贩卖盛行的文学现代化同步进程中决计不能有任何"精神降解"。当代寻根小说作为现代乡土小说新时期的嫡裔嗣响，理所当然只有将其"神秘"景象描写予以深度灵性化处理：包括"人化"（"所谓'人化'，即把自然理解为一个可解人意，与人声息相通的世界，在这里，自然与人有着圆融无碍的和谐，自然透着温情，人依恋着自然"②）、"神化"（"所谓'神化'，则是把自然理解为一个不言不语、神秘莫测，具有崇高感的威严世界"③）和"象喻化"（所谓"象喻化"，本文指"历史象喻化"，即一种"意识到的历史内容"，亦即把自然理解为给予了深度历史内涵浇铸的象征隐喻世界，这个象喻的世界满溢着一种沉潜、庄严的精神思索）三个面向方度，才能上升到哲学优美神圣、宗教诗性神圣与历史庄严神圣的宇宙情怀高度。

神圣的宇宙情怀深深地扎根于全人类的文学精神历史生活中，只要人类存在，这棵大树就生机勃勃地活着。古往今来，观中览外，概莫能殊。屈原的"天问"是宇宙情怀；庄子的"天地与我并生，而万物与我为一"是宇宙情怀；司马迁的"究天人之际"是宇宙情怀；曹雪芹的"悲凉之雾，遍被华林"是宇宙情怀；泰戈尔提出"人神合一""以爱为出发点求得人与神的结合，求得一个'人格'的人与'无限人格'的结合"④，是宇宙情怀；冰心承其灵魂衣钵，宣说："我是自然的婴儿，卧在宇宙的摇

---

① 丁帆：《中国乡土小说史》，北京大学出版社2007年版，第25—26页。
② 王又平：《新时期文学转型中的小说创作》，华中师范大学出版社2001年版，第40页。
③ 同上书，第41页。
④ 郑克鲁：《外国文学史》（下册），高等教育出版社1999年版，第282页。

篮里。"① "宇宙是一个大生命，我们是宇宙大气中之一息。江流入海，叶落归根，我们是大生命中之一叶，大生命中之一滴"②，同样是宇宙情怀；沈从文"神在生命之中"是宇宙情怀；郭沫若"泛神便是无神。一切的自然只是神的表现，自我也只是神的表现。我即是神，一切自然都是自我的表现"③，亦是宇宙情怀；歌德"与宇宙的神灵为友"是宇宙情怀；海德格尔"诗意地栖居""意味着与诸神存在，接近万物的本质"④，归根结底也是宇宙情怀。从魔性的"神秘"过渡到诗性的"神圣"，恰是寻根小说"神秘"景象描写的艺术正路，撮其要，也就是对于一种文学"宇宙情怀"的精神坚守。

一言以蔽之，集终极性（深度）、永恒性（效度）、超越性（高度）、无限性（长度）、人类性（质度）、普遍性（宽度）、世界性（广度）于一体的宇宙情怀是一种融宇宙心志、宗教情操、历史忧愁、人文关怀、忧患意识、悲剧精神以及诗性眷注在内的精神涵量浩瀚而深远的心灵化有机系统（亦即艺术心理复合体）。脚踏大地，眼望星空，我们从宇宙情怀中收获无限的爱善、新美和深真，这种宇宙情怀也只有大师级的艺术灵魂才能涵泳浸化。"宇宙"即普遍的永久性，"情怀"即内在的亲切性，"宇宙情怀"乃两者的合一。我们从陈子昂的《登幽州台歌》、张若虚的《春江花月夜》、曹雪芹的《红楼梦》、鲁迅的《野草》中看到了这种宇宙情怀，我们从列夫·托尔斯泰的《战争与和平》、歌德的《浮士德》、泰戈尔的《吉檀迦利》中看到了这种宇宙情怀，文学作品只有具备了这种玄远高深且情思上可以煦暖整个世界的宇宙情怀，艺术才会绽闪"天葩"之光，芸芸众生才可以在这样的作品里收割终极的慰爱与希望之麦草，人性才由此得获上达而优善的灵美修复，精神人格才最终得以回归最智慧、最神圣的"内宇宙"和谐。寻根小说中的"神秘"景象描写也只有在"秘"中寻"神"，从"神秘"走向"神圣"，回归懿美、邃远的宇宙情怀，其创生的艺术价值庶几才可以与天壤同久，万世其芳，共三光而永光！

---

① 参见冰心《繁星·一四》。
② 参见冰心《再寄小读者·通讯四》。
③ 郭沫若：《〈少年维特之烦恼〉序引》，选自严家炎编《二十世纪中国小说理论资料》（第二卷）（1917—1927），北京大学出版社1997年版，第206—207页。
④ 朱立元：《当代西方文艺理论》，华东师范大学出版社1997年版，第150页。

第二章 从"惨剧"走向"悲剧":"民族秘史"《白鹿原》新论

第一节 人物形象的悲剧精神

中华民族自古就有一种"天行健,君子以自强不息"的顽韧坚忍品格,"愚公移山""精卫填海"等神话传说的衍生便是此种本质力量精神的确证。在生命情势遭罹灾殃威迫之机,在生存景遇饱受残酷命运摧残之时,内心无暇去体受遽然而来的痛感和惶惧,而是孜孜地、勇然地乐观与之对峙抗衡,这便是刘小枫所称为的"乐感",即"对现世生命的执着追求,是儒道两家的共同愿望。就精神意向而言,这种愿望体现为把现世生命的快乐感受作为精神在世的基础","乐感"的强势便无可逃免引致悲剧精神的"缺席",因为"乐"的质素里生就不了"悲"的基因,"乐"的体认心性无法引发悲悯的神性摄照。

伟大的作品无一例外都追求悲剧精神,"我如果不曾惹他们哭,自己就不能笑;如果惹了他们笑,自己就只得哭"(参见柏拉图文艺对话集《伊安》),"之所以如此推崇悲剧精神,是因为艺术的生命实质在于美,但是作为审美者的人类生命的有限性,以及其审美愿望的永恒性,包括美本身的脆弱性,已经注定结成了永远无法拆解的矛盾"[①],没有悲剧精神,美的艺术便失却了撼漾心魂的恒久生命"魔符";没有悲剧精神,美的艺术便失却了裁刺灵台的崇高净化力。作品中一个人死了,读者也抛沙般落泪了,并不决然意味着作者有了悲剧精神,不幸主题的构拟里如果没有人类命运普世人文关怀价值的视境照察,如果没有原罪感般宗教情怀的心的

---

① 路文彬:《视觉时代的听觉细雨——20世纪中国文学伦理问题研究》,安徽教育出版社2007年版,第175页。

第二章 从"惨剧"走向"悲剧":"民族秘史"《白鹿原》新论

"灵水"的洇渗,如果没有"怜悯与恐惧的混合情感体验"(亚里士多德语)的主动浑化,悲剧便是蹩脚的"伪悲剧",灵心升华的惠风的翅膀便不会在你我胸次润泽清甜扑飞,卑琐依然卑琐,孱弱仍贯孱弱,精神的葱翠青春永世黯淡,圣洁的盈盈灵光萎入无边的恶之"黑洞"迷霾。归根结底,悲剧精神的缺失乃命运感匮乏所致,中国人对于外在的苦厄雄压,视之蔑如,充满张狂而迷妄的"实用理性"虚荣。儒学准宗教的匮缺神权制束、并不内化性虔敬的算计式"缩水"信仰,常使"慎独"飘然,俨然一具浮奢的木乃伊饰品,无须本真戒惧,头上三尺的神明也并不必然公平施显灵威。对于严肃而穆秘的命运,中国人常鄙然视为假想的犯侵其益利的敌对化障碍,不屑荒诞英雄西绪弗斯式的光荣"愚举",却满是堂吉诃德式的可怜"豪动"。儒学入世的情志指向摒弃了对命运感的诉求认同,便降格沦为乏失震动灵魂之翼的心叶的苍然枯凋。我们说"命运感就是对于宿命的亲和,昭示的是神权之下的无可奈何心理,它承认人是被命运捕获的,谁也逃不出命运的网捉。在命运之网里,人无法抗争只能挣扎"①。因了命运感,"人的体验和欲望还有想象和理解,会取消所有不同的界限,会让一个人从他人的经历里感受到自己的命运,就像是在不同镜子里看到的都是自己的形象"②。中国人天然的对命运感的冷漠或放逐情绪转映其作品中,便是艺术精元的高度"贫血"。淘滤了命运感,悲剧精神便无从显现,作品人物就扁平得像一只干瘪的苦橘,越是刻意铺染悲意浓哀,便越发戟刺不了读者的崇高悲剧快感,倒仿若一场并不高明的闹剧,让人直磣得发慌。

《白鹿原》中朱先生的悲剧,应该是儒家传统文化的悲剧。就其性格塑造而言,并不艺术丰满,而只是一个标签符码,枯干地诡秘地写满了各种貌似忠正的僵化理念的范条。晴烈麦收时节,家家忙于扬场晒麦,唯独其老先生脚穿泥屐,被众人哂笑,直到暴雨光临,冲走了别家的麦子,朱先生古板、做作而倨傲的虚荣心才在此扬名。既有良知良能却故作孤绝高深,徒然让乡亲无辜遭劫,实非儒学精神所倡,后来一系列迂腐的出奇之举更是让人啼笑皆非。由此观之,其日后被人刨坟也应属报应,但此间并

---

① 路文彬:《视觉时代的听觉细雨——20世纪中国文学伦理问题研究》,安徽教育出版社2007年版,第177页。

② 余华:《活着》,上海文艺出版社2004年版,第11页。

无悲剧韵味，缺乏美学"诗的正义"，"悲剧人物的灾祸如果要引起同情，他就必须本身具有丰富内容意蕴和美好品质，正如他的遭到破坏的伦理理想的力量使我们感到恐惧一样，只有真实的内容意蕴才能打动高尚心灵的深处"（参见黑格尔《美学》），朱先生本身的罪恶却满满"几箩筐"，对于身处性奴隶地位的田小娥不表同情却作"同谋犯"；对郭举人、庞克恭欺侮妇女也能欣然闭眼；对于女儿死灭的婚姻苛以"道统"的箍束和精神的戕残，漠视个体生命的本质价值臻于近乎残忍的田地。作为宿儒文化的代表，作为"白鹿"的化身，他的一生充满传奇，他的死却并没有引起我们怜悯和恐惧之感。"艺术的要务在于它的伦理的心灵性的表现，以及通过这种表现过程而揭露出来的心情和性格的巨大波动"（参见黑格尔《美学》），而朱先生却能预知未来，他内心郁勃着一股自信非凡的雄强勇力，他根本不相信森严的宿命而被作者非常滑稽地处理成未卜先知，他只凭内心执着的儒家情怀毫无怯懦地磊然济世或超然修身，却全然没有对于个体自身生命逻辑的宝重和情感体认，全然没有对于命运的虔诚屈从妥服情结，全然没有以敬畏之心去契合命运之神作精诚"绝望之反抗"。儒家知识分子大抵都是"达则兼济天下，穷则独善其身"，入世时鄙夷人间一切威权，浩然堂正，无所畏葸；出世时则遁隐五湖，妻梅友鹤，脱离社会关怀坐而论道，这种"内圣外王"心性之学拒斥对于神的拥心皈依，或则贸然突入现世，或则凄然蜷归私怀，完全没有悲美的生动。朱先生的描写使其成为白鹿原上一个滑稽得吊诡的孤胆英雄，"阳具长而粗"地显征了荒唐般的可怜可笑，哀伤的悲剧情味被人为"蒸馏"得所剩无几。

　　朱先生的死由于偏多诙谐喜剧的成素反而冲淡了悲剧的情愫，《白鹿原》女性的悲感描写却似乎可圈可点。小翠的死能勾起我们对她的道德同情，却无法唤生我们对她的审美同情。王家未过门的小翠听凭内心生命主体活力之流的招引，爱上了憨厚老实、技艺高超的三伙计芒儿并且主动表示欢愉之情，不料妒意横发的二伙计向王家告"污"，王家恶霸非但不"休"反而执意娶入家门，在疯蛮蹂躏掉小翠清白贞操后反诬其"不贞"，并骂街扬丑，使得小翠断了生存活路而不幸自缢"套死"。乍一感，我们似乎有些许同情的心绪痒动，却丝毫不会有满心悸颤的悲凉沦肌浃髓。"博克认为人靠同情的纽带联系在一起，同情给人的快乐愈大，同情的纽带就愈加强，在最需要同情的地方，快感也最大；而在情境最悲惨时，也最需要同情。"① 小翠的悲剧确乎值得我们道德上纯然的同情，包办婚姻的残酷，被"合法强奸"后反遭唾耻的蒙羞，礼教习伦容不得"不贞"妇女存生的烈日般严威的毒逼，种种不幸让我们激生的是对外部社会世界的道德仇恨和谴责，而没有对于小翠自身心性"内宇宙"理解尊重的悲感体认情怀，这也是作者情感流注厚度不丰的败笔，为什么小翠对于芒儿的爱恋不多做一些微妙情心的灵魂深度的开掘，由此加深读者对于小翠笃真、挚沉情性上更为撼感的肯认与理察呢？为什么小翠竟泥塑木雕般屈认从嫁王家而丝毫没有强烈不情愿的驳抗、恶感情绪的褐露和表发，丝毫没有对芒儿爱之心的惊天地、泣鬼神海裂天崩般的深狂缠恋和绮美痴怨？奴性地驯顺情境即使以最后之烈死来冲销捂盖也根本不足以想当然地换取读者本来可以撩魂惊心的眼泪和凄悯怅触。为什么"断定自己今生今世甭想在杂货王家活得起人了"② 便要从容自缢？作者显然也只是将其作为变相的"干枯"的"代号"，而根本没有尊重一个人作为一个鲜活的主体在人类命运面前完全可以凄美活下去，在神的悯性观照下完全可以貌似消极地担承惨厉苦厄而并不失崇高意味地淬砺人性深邃的悲美。死倒是干净利落，却没有不得不死可是为了某种生活的真义勇诚存活下来得益加打动戚悲而绵弱的怆感人心。真正的悲剧"英雄"不是为了自己的安身立命之寄而愿意轰轰烈烈死去，而是为了使自己在命运之网中能够更加绝美地凄烈挣扎而愿意卑贱地活着。关于小翠的描写，至少在此三个意义层面的关注上，无可奈何地呈示了作者悲剧精神的匮缺。

相较而言，冷大姐的悲情形象来得生新尖奇，同样是被礼法制度残害的生灵之艺术形象，读完以后，苍凉悲悯恐栗之意流却甚为令人铭感萦心，"怜悯是由不应遭受的厄运而引起的，恐惧是由这人与我们相似而引起的"③。一个生动的女人"萎缩成皱褶的抹布"④，钝重窒息的社会压抑迫使她精神分裂发了疯，从她嘴里无意识吼出的原始畸欲该是怎样的动魄惊心；一个女儿竟然硬生生被其父活活毒死，这种野蛮的情景更是令人悚心骇目。抱着一具婚姻空壳，既无情爱，又无性爱，礼教闺范和生理需求

---

① 王攸欣：《朱光潜学术思想评传》，北京图书馆出版社1999年版，第195页。
② 陈忠实：《白鹿原》，人民文学出版社1993年版，第75页。
③ 亚里士多德：《诗学》，陈中梅译，商务印书馆出版2005年版，第27页。
④ 陈忠实：《告别白鸽》，湖南人民出版社1998年版，"序言部分"第1页。

的双重戟刺，把冷大姐正常的人性神经生生地脔割碾碎，而异化到一种变态的性臆想中去，在"淫疯病"癔症发作时悲怆地发出抗诉式的呼喊——"我有男人跟没有男人一样守活寡。我没有男人我守寡还能挣个贞洁牌，我有男人守活寡倒图个啥？"①，惊采绝艳地显现出伟大心灵力量的分裂与和解的那种动作，把人性深处最本真的、心幕底下最清凌的话语发抒得格外抖颤人心，"没有任何东西像真情的流露得当那样能够导致崇高；这种真情如醉如狂，涌现出来，听来就犹如神的声音"（参见［古罗马］朗吉弩斯《论崇高》）。作者把"透视的光线投射在人的无意识深层，惊异地揭示内投于心的压抑残损，在人无知无能的情境中扭曲成恐怖的攻击性，而且释放出来的能量对人类文明构成巨大的破坏性"②。这可以说是冷大姐最绝望的心语，也是冷大姐最阴惨的独白，生命虽然业已伤逝，然而人，当且仅当作为一个人的意志、情志、心志却与日月天地同光同在，"永恒的意志与生命在悲剧中并不因为悲剧主人公的毁灭而受到影响，悲剧人物之死只不过像一滴水重归大海，或者说个体重新融入生命力量的原始统一性。我们在悲剧中体验到超脱个性化原则的自由的快感"③。冷大姐之所以带给我们挥之不去的浓烈悲剧快感是因为其展示的人类意志是不能被命运摧折的，"人并不是生来就要给打败的，你尽可以毁灭他，却永远也打不败他"（海明威语），在正常的现世中野性清新如旷野的风一样饱泽狂飙的生命欲望是抑压不住的，即使扭曲它为一个非正常的"精神病"形上真实世界，依然宛如猛蹄突奔的熊熊野焰，炽燃的是充盈无限生机的蓬勃欲求。在命运无情的笼罩下，任何胜利都是失败。"但命运可以摧毁伟大的人，却无法摧毁人的伟大崇高。悲剧之所以能使人振奋，使人不沉湎于悲观，就是因为它表现了人类的生命力，激发起我们的生命力感和努力向上的意识"④。尽管作者运笔轻描淡写，粗疏单薄，冷大姐的形象却能唤醒我们最大量的本能潜在生命能量的喷薄溢涌，"生命感受到某种震荡和威胁同时又没有在实际上受到威胁所产生的惊叹和崇敬

---

① 陈忠实：《白鹿原》，人民文学出版社1993年版，第64页。
② 颜敏：《破碎与重构》，《创作评谭》1997年第3期。
③ 亚里士多德：《诗学》，陈中梅译，商务印书馆出版2005年版，第201页。
④ 同上书，第205页。

的快感"① 浸透我们的心骨，尤其是父亲毒杀女儿的情境更是让我们恐惊唏嘘不已，就悲剧精神而言，以上并不经意的炫心笔致为《白鹿原》抹上了尤为壮美的可贵一笔，"它们在带来死亡的罪恶的惨痛中由之获得那永不捐弃人类的善良的慰藉"（参见［英］锡德尼《为诗辩护》）。

《白鹿原》里最富生色的一个人物要属田小娥，她是白鹿原上"罕见的漂亮女人"②，由于某种不能自已的"感情失控"（陈忠实语），诞生了这朵生命力旺盛的鲜丽而狂野的"恶之花"。她是罂粟，诱人的气息使人心醉；她是鸩毒，甘美的浓香致人死命。她曾经炫丽地开过，可惜昙花一现；她曾经善良地爱过，可惜难逃惨劫；她亦曾经狂纵地隳堕过，却要为这个人间留下地狱鬼最后一缕干净的清芬。这样一个被命运凌侮无助得叫人泫然泪下的女子，本来可以被形塑成一个具有伟岸悲剧精神美的生动模像，却不料因失却了悲剧崇高感神采的晖光而显得黯然灰蒙，在白鹿原的夜空闪耀了几滴流星的异彩后便残没于灰黑的俗尘大海，没有镌铸下"一面哭泣，一面追求着的人"（巴斯卡语）完全可以瞬间永恒性的神光。"崇高感是一种间接引起的快感，因为它先有一种生命力受到暂时阻碍的感觉，马上就接着有一种更强烈的生命力的洋溢迸发，所以崇高感作为一种情绪，在想象力的运用上不像是游戏，而是严肃认真的，因此它和吸引力不相投，心灵不是单纯地受到对象的吸引，而是更番地受到对象的推拒。崇高感所生的愉快与其说是种积极的快感，毋宁说是惊讶或崇敬，这可以叫作消极的快感。"③ 命运使田小娥不幸沦为郭举人的性享乐对象，她敢于将"性奴隶主"采阴补阳的干枣从阴户中拿出而抛泡在自己屙下的臊尿里以示生命权利的凛然不可亵渎；为了摆脱"连只狗都不如"的非人生活敢于与倾恋的黑娃狂情欢媾以示生命权利黄金般的天然重贵，这里彰扬的人性崇高的巨力是无与伦比的，生命活力的阻抑反而使其以更强的生命能量泄散开来，悲剧的精神在这里得到了最刺目的元气淋漓的酣畅射发。及至被鹿子霖诱奸，再至转而利用色姿握拉白孝文的生殖器将其拖向万劫不复的堕落泥淖，光彩的田小娥便莫名其妙地"死"了。我们说鉴于其时的情势，田小娥被诱奸一次本也无可厚非，人性的黯淡与脆弱毕

---

① 王确：《西方文论选读》，东北师范大学出版社2004年版，第104页。
② 陈忠实：《白鹿原》，人民文学出版社1993年版，第97页。
③ 朱光潜：《朱光潜全集》，安徽教育出版社1987年版，第297页。

竟比比皆是，但往后与鹿子霖"性战场"上的乐此不疲，却感觉失去了行文可能性发展的依据，俨然成了《金瓶梅》的现代拙劣翻版，有的只是情欲的泛滥和宣泄，田小娥被空穴来风地纯生物自然主义化了。对于"性政治"复仇意识的情节安排，更是让人纳闷得一塌糊涂，牵强得要了"性格逻辑"的老命。作者无疑非常得意忘形地把读者的眼球引入到几席赤裸裸的性交吸毒筵宴的享用上去了，在有声有色的"性"欢宴中，露骨的龌龊下流技法简直可以逼平任何"下半身"写作的"木子美"们，而田小娥的本然心性却招致了惨无人道的磔杀腰斩，我们看不到含情的"报复"心态的展露，我们看到的只有俗滥淫肉的推销，这是作者的不幸，亦是田小娥的不幸。一会要与黑娃同甘共苦，其良善可哀；一会又与鹿子霖、白孝文打缠得昏天黑地，其恶丑可憎；一会又同情起被自己肉弹斫丧得不可救药的白孝文；一会又往鹿子霖脸上乖伪撒尿，就仿若一个疯子演了一场畸变的荒诞戏，光怪陆离得叫人匪夷所思。崇高感没了，悲剧快情也随之消弭。"田小娥本来是一个很有艺术特色与社会内涵的人物……由于作者在描述这个人物时，切入的视角和分寸感的把握都有所欠缺"，因而"人物的命运际遇虽然能给人某种阅读的刺激，但本来可以具有的意蕴内涵却比较弱小，确为遗憾"[①]，倒是后来田小娥附身于鹿三体躯的"鬼魂"的凄怆独白，把一度隐没的人性崇高感又拨云见日开来，漾发出一隅残烂的悲剧美的荧然回光。

小说《白鹿原》人物塑造之悲剧精神有得有失，却因为文学命运感的创作意识忽略，一味"惨剧"刻写，不重"悲剧"雕心，从而呈现出小说人物朱先生、小翠、冷大姐、田小娥以及白嘉轩等悲剧艺术情味普遍寡淡的文本遗憾。

第二节　小说共场的文化意识

（一）新儒学文化的图释

翻开《白鹿原》，中国传统的精邃文化气息扑鼻掩面，而尤以儒家文化为重镇渊薮。儒家文化亘古以来便是华夏族人的生命心脉，几千年源远

[①] 林为进：《朴素自然　内蕴丰实——读白鹿原》，《当代》1993年第5期。

流长，绵延不息，铸就了其古慧凝重的国格、以伦理道德智慧为精神内核的民族格和"清明安和""内圣外王""修齐治平"的人格的"文化心理结构"（李泽厚语）定位。《白鹿原》载负着浓墨重彩的本土文化精魂，对传统的安身立命之学进行了新的小说诠释，像一堆残垣废墟间开出的一簇簇绚烂的野菊花，金荧荧地跃跳着生命力顽刚悍强之火。就文化层面而言，《白鹿原》似乎是现代新儒学的开启者梁漱溟思想的一个形象图解。

梁漱溟认为中国的儒家文化"向内用力"，属于第二文化路向（"以意欲自为调和持中为其根本精神"），因为儒家文化是一活的生命存在，因此必须对它怀有"同情"和"崇敬"之心。《白鹿原》正是本着"同情"和"崇敬"的文本态度去看待儒学的。然而受制于"文明早熟""理性早启"，在"西洋人大多向外作理会而发达了工具"时，"中国人多向里作理会而涵养了生命"。"理性"（道德智慧）早启，便阻遏了"身育"（物理用力的发达），转而延滞了"心育"，即"理智"（"理智者人心之妙用"，民主、科学为其结果）之创化。儒家文化以伦理为本位，"修己安人""职业分途"，并无明显的阶级对立。白鹿原亦写成一个宗法统治的内部谐和的士、农、工、商社会，只因外来政治势力的袭扰才变得鸡犬不宁。中国人推崇的是仁义德性文化而非工具知性文化，"话不一定拣好的说，事情却能拣好的做"，朱先生、白嘉轩的善行义举、嘉德懿言都是最好的道德楷模的文本注解。梁漱溟认为儒家文化的元精神是健康纯正的，但由于新文化运动的"自毁"（全盘西化俄化）而归于失败，朱先生（儒家文化的象征）的儒学真传后继无人（新学的克伐冲击导致闭馆，最后一个弟子竟是土匪，仅存的土匪弟子也被莫名处死，从此儒家文化"食尽鸟投林，落了片白茫茫大地真干净"），死后坟茔被刨，便是文化失败例证的演绎。梁漱溟同时指出了儒家文化由于畸催的早熟品性而大胆承认其固有的"真欠缺"：

第一便是老衰性。"中国文化本来极富生趣，比任何社会都有过之无不及，但无奈历史太久，传到后来，生趣渐薄，此即所谓老衰性。""贞洁"文化的苛酷迫使小翠自尽，冷大姐发疯，唯一一个不睬"伤风败俗"的女子田小娥也被其公公活活捅死。这种"原初亲切的自发行为"在白鹿原上"老衰"搬演时，便成了不折不扣的"吃人礼教"。

第二便是幼稚性。"中国文化实为一早熟文化，然而形态间又夹杂着一些未成熟的东西，此谓幼稚性。"儒家文化以伦理为本位，伦理精神原本利于家族内部"乐和"的维系而间接造利于社会"礼序"的稳常，然而却因此牺牲了生命自由的利益个体性。且不说婚姻包办活活扼杀了个人的幸福如冷大姐者，更遑论追求意志自由的个体遭到父不认子（鹿子霖不认鹿兆鹏、鹿三不认黑娃）、父不认女（白嘉轩不认白灵）的亲缘决裂的孤危处境。长子辈间、夫妇间的人伦隶属关系无异于主奴关系，残忍的人性压制在《白鹿原》中得到了生动的体现。

第三便是不落实。"中国文化由于是从心发出来的，因此和从身体出发，很合于现实的西方文化不同，不免理想多过事实。"白嘉轩责斥鹿三不应该偷偷摸摸处死儿媳，自问青天白日平生没做过一件暗里亏心事，然而事实上他年轻时却非常高明地骗过鹿子霖一块"风水宝地"；郭举人发现黑娃与其妾通奸后明里仁义放他走暗里却找人结果其性命；鹿子霖嗾使田小娥拉白孝文"下水"，待其父笞责白时却假惺惺地带头跪地求情，这些都是"挂羊头，卖狗肉"的勾当，表里不一，所有的"不落实"只不过以谁掩蔽得更加高明来假饰"落实"罢了。

第四便是落于消极亦没有前途。"梁漱溟指出：人类文化应是利、力、理三者循环并进，而以理性决定一切。但中国文化由于是理性早启，只积极于理，而不积极于利与力，于是虽然成就了一伦理社会，然而经济和政治均不发达，陷于消极，失其应有之发展进步，乃至整个文化都'多见有消极乏味'，而'亦再没有什么前途'。"①就经济层面而言，朱先生的生计哲学是"房要小，地要少，养个黄牛慢慢搞"；就政治层面而言，朱先生则采取消极漠视的态度，将国共分歧定性为"鳌子""公婆之争"，"无论是谁，只要不夺我一碗苞谷糁子我就不管他弄啥"；对于在瘟疫期间用石灰消毒的鹿子霖，指斥为"说洋话办洋事出洋党"，儒家文化不可避免走上经济落后、民主消黯、科学萎靡的末路，便是其自有的悲哀。

第五便是国家意识和民族观念的游离。"梁漱溟认为中国人因有家族生活，而缺乏社会集团生活，因而没有培养出社会生活所需要的公共观念。"②孙中山称之为"凝滞民族"，对传统儒家家族文化的痼弊洞若观火："中国只有家族主义和宗族主义，而没有国族主义。中国人对于

---

① 以上引文参见《梁漱溟学术思想评传》，北京图书馆出版社出版。
② 王玉林：《〈白鹿原〉论稿》，新星出版社出版 2000 年版，第 76 页。

家族和宗族的团结力非常大，往往因为保护宗族起见，宁肯牺牲身家性命，至于说到对于国家，从没有一次具有极大牺牲精神去做的。"① 在日寇猖獗横行时，白嘉轩没有任何民族关切的念心，无论在鹿兆海葬礼前后，始终都没有任何积极抗日的言动。"九一八"事变后朱先生也是毫无亡国危机感的，好不容易出于一时民族义愤率关中群儒发表《抗日宣言》决定身体力行，可是稍遇挫折便心槁死灰，一头栽进书院，从此不问世事了。

总而言之，新儒学文化在《白鹿原》中得到了最尽情的也是最全面的形象展映。

（二）性文化的渲染

除了儒家文化自始贯终的浸淫以外，《白鹿原》情采飞扬炫鬻最多的要属性的描写。诚如孟繁华所言："性，在这里已不仅仅是感官刺激的手段，同时它是驱动小说'秘史'情节发展的主要缘由""白鹿原陷入了巨大的性的情绪之中，性成了一个伟大的神话，逃出劫数的人在白鹿原已屈指可数了"②。性文化已然成了当代大多数作家商业情愫的宿命，尽管他们未必认肯，美其名曰为"尽性美"的生命灵光的展览，然而事实上，抽掉了"性"事，整部作品便会萎蔫得索然无味。金惠敏说："《白鹿原》《废都》（包括有意或无意的作者）的制作者绝对是商战的高手，他们以严肃文学作挡箭牌，遮护了地摊文学所充斥的性、色情……今天的《白鹿原》《废都》是为性而轰动，是诱发读者性幻想的轰动。它们的轰动都不是文学的轰动。"③《白鹿原》一上场便以白嘉轩连娶七房老婆及与她们千姿百态的"性技淫巧"上镜，先声夺人地把捉住读者心灵的那个本性渴望窥"性"探"欲"以求发泄的部位，然而对于塑造白的性格却几乎无关痛痒，此时擘开情节的性事描写纯粹出于香火传承，凸显的是性的生殖功能，包括后来白孝义的借种，亦是此种"不孝有三，无后为大"理念为"性"起之凭依；田小娥热力四射、如火如荼的性的勃发是追求生命的最大化的享乐欢愉，是一堆艳丽的垃圾窝里生长出来的毒蘑菇"红

---

① 孙中山：《三民主义》，选自孙中山《孙中山全集》，人民出版社2002年版，第617页。

② 孟繁华：《〈白鹿原〉隐秘的消闲之旅》，《文艺争鸣》1993年第6期。

③ 张学正：《1949—1999文学争鸣档案》，南开大学出版社2002年版，第484页。

舌"的恣情狂舞；白孝文对老婆"稀得更欢"的耽溺以及对田小娥温柔乡的沉醉是一种麻痹性的堕落媾欢，企图在性欲的满足中摆却荒凉人性的牵缠而着意颓废忘却尘世；至于老和尚、碗客对妇女的霸淫则是一种兽性的炫耀，他们并非借"性"事麻醉，恰恰相反，他们要在性的尽欢中体现自己豪狠的夸狂的自信力；鹿子霖倚仗乡约的威权诱奸田小娥，既有鹿子霖"性"的征服性质，又有田小娥"性"的商业性质（欲想通过色权交易达到为黑娃求情目的）；性的政治功能主要体现在田小娥诱惑白孝文身上，这里田小娥的"复仇"动因似乎有些勉强暧昧，而鹿子霖"借刀杀人"的"性政治"报复功能则是显而易见的；鹿子霖搞出一打私生娃，其性的放纵功能有些人生游戏的玩味；到了白灵与鹿兆鹏这里，其性事的绘摹则纯净得无瑕，这是因为它建基于爱情交流之上，性行为的功能主要是为了表达精神圣洁感的升华。《白鹿原》还有许多畸态的性文化展现，如白嘉轩带倒钩毒精的生殖器；田小娥在戏台下用手去抓白孝文的阳具；白孝文不脱裤子硬挺一脱裤子就阳痿的怪症；田小娥性戏时尿鹿子霖一脸骚尿；郭举人吃的采阴补阳枣；朱先生"本钱"的"那样粗那样长"；"淫风病"；"稀得更欢"；"敞口子货"；"棒（蚌）槌之会"，种种"非常"的性奇观和性术语给《白鹿原》性文化的炫博扬采平添了不少摇曳不息的诡丽情姿和腾宕无止的骇心殊趣。

（三）爱情文化的缺失

中国人的爱情文化从来就很蹒跚，往古的爱的神话虽然可以"长命无绝衰"，可以哭倒长城，却根本没有让活着的他者也跟着一起"哭倒长城"的神祇般的伟壮感动力。我们只会喜性地呐喊着将其当作搞笑式的夸张和稚弱的嘲讽谈资，却未曾能够将一份挚笃的情的体认衷怀内化心髓，让每一个人浸淫着一种神圣的崇悲感、带着心性永恒的个性化的哀丽去为生命庄严祈告爱的神性天堂的凄美。我们都心心念念憧憬完美的爱情，却"没完"地在爱情的"井"里面怎么也"冲"不出去，"不是将其当成个人理想的乐观想象，便是把它作为社会规范的道德隐喻"。古代的含蓄湮没了激情；近代"道德化的身体"拒斥了性爱文明；现代理念化的信仰把爱情"寻租"给事业；当代由于功利的清醒意识要么《不谈爱情》，要么在商业的《废都》上把爱情当成一场低劣秽亵的游戏，狂欢般沉沦到阿鼻地狱。

爱情在《白鹿原》中同样苍白得让人呕血。白灵与鹿兆鹏、鹿兆海间的情恋瓜葛算是所谓的"闪电的光彩"吧,然而其可怜兮兮地蜷缩在《白鹿原》一书中却灰黯得似乎靡费了不少墨水不必要的红烈的血色涂描。白灵是一位让人可怜(含鄙视味)而非令人怜悯(含崇敬味)的女性。大革命期间由于共同的志向与鹿兆海走到了一起,阴差阳错不期然地兆海出"共"入"国",而白灵恰好倒了个颠,于是乎信仰的裂痕导致了爱情的危机。面对兆海一往情深的表爱,白灵像只冷猫一样给予了最刻毒的嘲弄:"你该不是从月亮上刚下来吧?城里的枯井几乎天天都有活人被撂进去,你却在这儿抒情。"① 白灵的爱受着政治信仰的"魔咒",毫无血性地成了"集体共名理念"刀俎下的鱼肉,当她被拥入共产党鹿兆鹏的胸怀时也许她幻想的是在享受党的胸怀的温暖如春,而鹿兆鹏的抚爱也不过是替党和集团完成抚爱白灵的神洁使命罢了。"如此喜剧化地将爱情处理成了从理性出发的理想化选择,而根本无意理睬命运的注视"②,白灵成了情感上走马灯似的枯干的"行尸走肉",依属了"共党"后似乎连"国党"分子最凝情的深眸竟也抵代不了"共党"最僳佻的一瞥。这种符号式的戕贼本真人性的最窳劣的爱情模式被作者竟写得那么浓情依依,实在叫人不可思议。

鹿兆海开始倒执着得有点"周冲"式的"天边外"味道,虽然作者并无意将其开掘得深透明朗,其设计也仅出于作为鹿兆鹏一个负面的比照,然而好歹还算个"痴心汉",就着"爱就爱了,爱与被爱都是一种极致的幸福"的"情感信仰",其发誓永远守候白灵,白灵嫁人就终身不娶这种诗意生命形而上的唯美追求,倒委实把我们的心旌掀震得瑟瑟有声,当我们正期待一幕"我死了,没有爱我的人;但是我感到满足,因为我有了我爱的人"(西巫拉帕《画中情思》吉拉娣那语)的动人场景上演时,陈忠实却跟我们开了一个最吊诡的玩笑,在鹿子霖家境人丁最寒芜之时,一个女人却抱来了鹿兆海的最后一脉"亲骨血",鹿兆海终究还是违迕了他终身不娶的初衷,这种"纸花式"的爱情褪色让鹿兆海变成了一个善变的伪君子,先前所谓忠贞的爱誓便彻头彻尾地反讽了其爱情的全部纤残和苍弱,镜花水月的爱情终竟流产夭折了。

鹿兆鹏有爱吗?也没有。他起初似乎能够尊重自己的主体意志,不是

---

① 陈忠实:《白鹿原》,人民文学出版社1993年版,第128页。
② 参见路文彬《悲剧精神的缺失——中国小说批判之二》。

自己的所爱坚决撤弃，然而给冷大姐带来的直接后果却是逼使其发疯，这种没有人性、人道情怀的冷酷的男子无论怎么标榜道德高尚会懂得爱吗？答案当然是否定的。出人意表的是，作者居然把他对白灵的爱写得发昏章第十一，"浓得化不开"，真可谓异想天开得无边离谱。"在面临三角恋爱的选择时，我们小说中的主人公常常会做出礼让的崇高姿态。他们压根没有认识到爱情是两个人对于命运的共同承担"①。因为白灵是弟弟兆海的初恋，兆鹏也表现得"正人君子"极了，可最后还是拜倒在她的石榴裙下，最要命的是两人深情缱绻几天转而迫势分道扬镳后居然情爱"人间蒸发"，从此再也没有彼此间海誓山盟的余音遗响。兆鹏在西去战斗中死去，似乎也算为"爱人"（党）献身，白灵被活埋枯井，同样牺牲于"爱人"（党）的误会之下，在理性观念面前，作为生命的个体都本能地消却了自己有血有肉的痛感本色。白灵和兆鹏与其说"在寻找一个能同自己一同承担命运的自由恋人，倒毋如说是在寻找一个可以实现自己的理念的被动替代品"②，这样的爱情策略跟20世纪五六十年代的爱情抒写模式几乎如出一辙，在当代文学的语境下爱情布局依然在走往旧时代陈腐的迷踪套路，显示出作者附丽窠臼的高度的平庸。《白鹿原》除了这三人间的漂白的恋情，便空空无所观也：父辈们都是"鸡奸"式无爱的婚姻，黑娃与田小娥之间本来可以作为一张发酵本真爱情的首选画布，却被作家涂抹得乌七八糟、斑驳不堪。作者爱情文化的"弱智""弱情"导致了《白鹿原》作为一部皇皇五十万余字巨制的最要命、最尴尬、最明显的如橡般的硕大败笔。

（四）宗法文化的浸濡

悠古漫长的农耕文明孳生了中华民族一种浑厚深凝而自足的特色文化，即血缘宗法制文化。"《白鹿原》在中国新文学史上第一次正面描写家庭伦理，给'孝'以神圣意义，给家庭以神圣意义"③，因其伦理道德内在自觉的凝聚力和感化性，在泱泱民族文化的洪漫流衍中起到了稳定社会秩序的"内功"维系作用。"由一个先祖的子孙团聚而成的家族，因其经济利益和文化心态的一致，形成稳定的，往往是超越朝代的社会实体，

---

① 参见路文彬《悲剧精神的缺失——中国小说批判之二》。
② 同上。
③ 郑万鹏：《中国当代文学史》，北京语言大学出版社2000年版，第212页。

成为社会机体生生不息的细胞"①，这些"亲亲"相爱的细胞能使家族内部和睦共生，即使偶然出现内讧外乱也自有神奇的自净能力能够"化干戈为玉帛""一家有吉，百家聚之，合而为亲。生相亲爱，死相哀痛，不会聚之道"②。这种充满人伦感情色彩的"讲和谐、重秩序、讲仁义"的宗法文化对于白鹿原世道人心的矫正和精神健康重建起着不可或缺的重大作用。朱先生倡行的"导之以德，齐之以礼"的《乡约》精神使"白鹿村人一个个都变得和颜可掬文质彬彬"，白鹿村顿然风清弊绝，夜不闭户，路不拾遗；在以族产补济破产家庭的"善"的宽仁情怀导引下宗法文化并未忘记对"恶"的行为的膺惩：赌徒手浸开水、烟鬼灌大粪、淫奸者刺刷抽脸皮，其惩恶劝善、匡归礼序的精神感召力是无与伦比的。但由于高度的"早熟"保守性，宗法制亦对社会心理硬性揳入了一种野蛮的威逼和迫压。族规纲纪直接将田小娥的有生之路"赶尽杀绝"，宗法残酷观念成为害死田小娥的阴狠罪魁。由此可见，作者似乎并没有给这种宗法文化添上光明理想的色衣，像巴尔扎克以保皇党的立场描绘其贵族阶层的没落倒坍一样，陈忠实也在唱一曲无尽的伤悼挽歌。"他既在批判，又在赞赏；既在鞭挞，又在挽悼；他既看到传统的宗法文化是现代文明的路障，又对传统文化人格的魅力依恋不舍；他既清楚地看到农业文明如日薄西山，又希望从中开出拯救和重铸民族灵魂的灵丹妙药"③。"德业相劝，过失相规，礼仪相交"的宗法精神每每碰壁，"乡约"石碑的被砸，朱先生坟墓的被掘，黑娃"脱胎换骨""学为好人"后的被处死，都十分微妙地预示了宗法文化不可避免零落陵夷的困境悲哀。然而其爱土恋家，敬神拜祖的文化魂髓，重新收归洗心革面的白孝文、黑娃的宽容性，却宛若宗祠里腾腾紫香青烟的温馨颤袅，极富家族文化亲和力地给孤寞的灵魂飘浪者留下了最后一座可依归宿的"精神家园"。

（五）其他文化的交构

《白鹿原》除了以上文化的浓色镌染，另外还有地域文化的密纬锦织、谶灵文化的魔幻再现和恋母文化的活灵展剖。陕西关中，渭河平原，八百里秦川，故都圣地，风光无限。麦子扬花，油菜干荚、原坡棉柳、白

---

① 冯天瑜：《中华文化史》，上海人民出版社1991年版，第201页。
② 陈忠实：《白鹿原》，人民文学出版社1993年版，第223页。
③ 雷达：《废墟上的精魂——〈白鹿原〉论》，《文学评论》1993年第6期。

鹿传说、《乡约》正风、鸡毛传帖、法官捉鬼、敬神拜庙、六棱塔镇妖、棒槌之会、"活成人没活成人"……白鹿原的地貌、历史、生态、农产、经济、道德、人情、俚语、风俗、生活情状等等皆在此一一得以清晰呈现；白鹿精灵神现白鹿原；"白狼"传说惊悚白鹿村；神鹿化身关中大儒，生前能够处事如神，死后亦且料事如仙……种种灵异谶兆，漫天弥地，为白鹿原罩上了一层玄秘、幽穆而离奇的宿命情彩；黑娃靠在他老婆高玉凤身上叫"妈"，朱先生死前伏在朱夫人怀里也叫"妈"，恋母情结寄植深固，恋母文化迷狂张扬，象征诠释着关中儿女对中华母体文化——儒家文化的沉沉依恋和拳拳痴爱，白鹿原不"死"，"妈"根情致永在！

　　一言以蔽之，《白鹿原》多重文化灵魂的蒸蒸气魄腴美地构筑了"白鹿原"精神全部具体的丰富性，其文化意识强化得近乎斑斓多姿、淋漓尽致！

第三节 "人文立场"的历史感

　　文论界新近"新历史主义批评"方法盛行，其根本特征是"冲破文学而跨向历史学、人类学、政治学、艺术学乃至经济学等广阔社会生活领域"[1]，以"一种文学与历史、文本与语境结合的独特方法""展开了辐射式'外部'研究，在'边缘'处境中发出了自己独特的'历史与意识形态、权力话语'的声音"[2]，而文化诗学则包含了人本主义、审美心理学、阐释学、精神分析、原型批评以及当代文化理论和信息媒介文化的跨学科内涵意义，新历史主义文化诗学批评则是两者有机的结合。《白鹿原》是一部在新历史主义崛起背景下诞育的巨制，"描写的是我国关中地区白鹿原白、鹿两家几代人的人生命运和复杂的纠葛，以及这块黄土地自清末民初直至解放前夕近半个世纪'一刻也没有消停过'的家庭争斗和各派政治势力间的风云变幻"[3]，它已然"不再是一部单纯的政治史，同时也是一部经济史、文化史、自然史、心灵史"[4]。用新历史主义文化诗学批评方法去穿透《白鹿原》的历史感，无疑是熨帖和剀切的。

---

[1] 参见金元浦《走向新历史主义：接受美学的转向》。
[2] 朱立元：《当代西方文艺理论》，华东师范大学出版社1997年版，第411页。
[3] 张学正：《1949—1999文学争鸣档案》，南开大学出版社2002年版，第477页。
[4] 同上。

第二章 从"惨剧"走向"悲剧":"民族秘史"《白鹿原》新论

《白鹿原》是在文化"寻根"思潮崛起的大语境中诞生的。"寻根文学"寻找民族之根、之本、之源,挖掘民族传统优秀文化中的精华、精髓、精义,是致力于跨越历经两次文化历史灾难而造成文化的断层断裂带现象的"返祖归正",是"释放现代观念的热能,来重铸和镀亮""民族的自我"①,具有强烈深沉的民族文化意识。在其发展流程中也曾出现了一些歧路式的变种:一味追求荒僻蛮野的亚原始意味生存状态的"复古",陷入地域文学偏窄的迷狂,因而丧失了最基本的清鲜历史感品质与风味。此类作品大多"离开历史唯物主义的观点,热衷于展览某种奇异的生存方式和生存状态,即使不是胡编乱造,亵渎历史和现实,那也不能算真正完成了文学使命"②。然而,有了历史骨架的描写也并不意味就具备了历史感,"所谓历史感,无非是说,要把历史的现象,真正作为历史的,而不是眼前的现实的或超时空的永恒的现象来认识和研究"③,共时维度而言,它既不属于无产阶级革命集团主义主流立场("第一种真实"),也不属于"着力消解崇高抑或神圣历史存在"的解构历史反主流立场("第二种真实"),而是超越阶级集团视角的人文立场("第三种真实")。《白鹿原》拒绝了"元历史"(海登·怀特语)的圈套,正是"第三种真实"写作实践的典范。"'元历史'广义上指历史哲学,尤指'思辨的历史哲学'。其方法论原则是力图建立一套阐释原则框架,以说明历史发展的进程和规律。因此,在元历史理论的强光照射下,历史不再是非连续的、偶然的事件展开,而是在阐释理论下连续的、必然的发展演进。于是,对'作为整体'的人类历史提供一个自圆其说的解释模式,从而为历史进程的'整体'提供一种'意义'并展示一种总方向,就成为元历史的根本目的。"④《白鹿原》民族历史的展现没有和盘承继元历史言说的衣钵,其"所触摸到的历史不同于正统的教科书……独特的历史叙述汇集成极富内蕴的苍茫人生与诡秘的历史世界,寓言式地表达了作家对生活世界及自我的理解"⑤,历史在《白鹿原》那里,"体现的主要是一种

---

① 洪子诚:《中国当代文学史》,北京大学出版社1999年版,第321页。
② 参见蒋守谦《强烈深沉的历史感——评中篇小说〈瀚海〉》。
③ 支克坚:《关于历史感》,《中国现代文学研究》1985年第4期。
④ 朱立元:《当代西方文艺理论》,华东师范大学出版社1997年版,第408页。
⑤ 参见颜敏《颓败的历史景观:新历史主义小说》,载《破碎与重构》。

源自情感层面的关怀。对于历史的深情回眸,已经不再是出于对已逝重大时事的单纯迷恋,而实在是因为它纠结着个人命运的沉浮起落"①。"民族历时生存状况""时间距离的冷静""既排除了现实喧嚣的心态也便于主体文化性的介入"②。然则《白鹿原》人物的历史感却形塑得并不尽如人意,而对于文化的历史感呈现,作者却无疑保持了一种十分清醒的自觉。

与祖辈那种仅仅将性事当作生殖生理需要、结婚纯然出于一种家庭义务相比,白灵与鹿兆鹏的尊崇主体性的恋情婚爱显然具有了进步历史质感的鲜明特征。受新思想的洗礼,白灵和鹿兆鹏都依次背叛了自己的家庭,在投身革命的浪潮中实现了灵与肉的双重契合。对于没有灵的、没有爱情的、不道德的旧历史合婚,展示了新历史特质的前进性情感成素。"情感是主观的东西,但却又不是脱离历史土壤而凭空存在的东西,有什么样的历史条件就有什么样的情感素质和情感方式,历史在不断前进,人的情感素质和情感方式必然要相应地发展变化"③。白嘉轩的两性信仰只止于其母"女人不过是糊窗户的纸,破了烂了揭掉了再糊一层新的"歧视女性说教,连娶七房老婆心安理得,丝毫无任何道德负罪感;鹿子霖遍地风流,"通奸"出几打"干娃",非但恬不知羞耻,反而相当欣慰自豪,洋洋得意。落到年轻一代,白灵尊重自己的主体心灵感受,拒斥了鹿兆海的单方面求婚;鹿兆鹏情恋意识上则自省、自尊,对白灵怀有高度的责任感。两相比照,作者将具有历史合理性的情感发展内质表发得泾渭分明而毫无机械斧凿感,历史于此得到了情感的灿烂"闪光"。

至于其他人物的塑造则显然相形见绌了。朱先生只是儒家文化的一个幽灵式的超验符码,"缺乏人间气和血肉之躯,他更像是作者的文化理想的'人化',更接近于抽象的精神化身"④,作者没有将朱先生"人的内存在投射在历时的动态过程上",因而镌雕不出多少丰厚的历史感来,反而更多的只是一种"状诸葛之多智而近妖"(鲁迅语)的情味。尊崇的人

---

① 路文彬:《作为修辞的历史感——"新历史主义"小说之后的历史叙事》,《文学评论》2004年第2期。

② 参见颜敏《颓败的历史景观:新历史主义小说》,载《破碎与重构》。

③ 参见蒋守谦《强烈深沉的历史感——评中篇小说〈瀚海〉》。

④ 雷达:《废墟上的精魂——〈白鹿原〉论》,《文学评论》1993年第6期。

物一旦神话仙圣化，个体的内灵禀性即刻殒失活人的本然生气，历史的嬗变对于他而言似乎没有任何心性心智上的冲击和影响，恰恰相反，他能从历史中超绝蝉蜕，"指点江山"，在一种主导姿态的先见的历史驾驭中纵横捭阖，运筹帷幄，他"是不以时间为序的，时间无论如何都不能改变他，而且时间的观念也不能应用到他身上"①，他超越了时间，战胜了时间，解构了时间，在对时间的颠覆性自信中消泯了人性的历史感。一个失却历史真实感的人物无疑是没有精神征服力量的，愚弄历史，历史终究反向愚弄，最理念化的人物恰恰是最扁平蹩脚的。白嘉轩作为族长，将白鹿原囿于一个自足的"微型邦国"，对于历史的变迁，他是持抵制态度的，不管外面的历史怎样天翻地覆，他只在小天地的道德的宗教式幻想中执迷，历史在他身上的烙痕并不显化也并不深刻。然而逃遁历史的人并非不可以描写出其丰美的历史性，原因只在作者没有开掘人心微妙而富赡的低徊、挣扎和痛苦情境，而将他孤立地简单平面化了，成了僵冻了所指的"空洞能指"，傀儡贫乏气满天飞。白孝文作为一个个人主义的政治投机家，历史感本来可以表现得尤为显豁，却因为作者的丑化叙述策略而自然地阉割了历史感在其身上的附着。白孝文一生只听凭私欲的遣策，前期放浪形骸，后期混迹于社会政治，既非出于国家观念，亦非出于政治信仰，只是无原则猪拱食般餍足一己私利。为个人发迹他先是投机保安团，政治势力失利后又惶然投机政治对手，如果刻画成功，完全可以与肖洛霍夫《静静的顿河》中的主人公相媲美，可惜作者下意识的"爱憎分明"，葬送了一个历史感本来可以醇化深精的小说人物形象。黑娃的历史感培塑大抵与白孝文相仿，只不过一个负面，一个正面罢了。我们说过分恨一个人恨"死"了历史感，同样的，过分爱一个人也会把历史感给爱"晕"了。一直野性不能自持的黑娃，入农协、闹祠堂、砸"乡约"、烧族谱、习旅暴动、落草为寇、杀人放火、剪径劫财，一入保安团，娶个知书达理的秀才女儿便迅疾"学为好人"，成为朱先生弟子中最后的一个也是最好的一个，其性格的历史延展突兀得有些"脚尖离地"，"空穴来风"。沿波讨源，便会发现作者的用意只是出于对他一直所钦仰的儒家文化趋善力量的神话化罢了，却在相当程度上削弱了人物形象逼真丰沛的历史感。就婚恋

---

① 弗洛伊德：《弗洛伊德后期著作选》，上海译文出版社1986年版，第29页。

历史而言，我们说白灵与鹿兆鹏的进步情感特质的历史感是鲜丽明豁的，然而涉足政治身份层面：《白鹿原》将共产党白灵、鹿兆鹏的人物形象醇美化，而将国民党鹿兆海的人物形象消黯化，则无疑是当下元历史叙述中权力话语意识的自觉灌输，若以此为圭臬，其历史感的塑雕则明显大打折扣了。

"《白鹿原》以白鹿镇上白、鹿两家三代人的人生经历，反映自20世纪初叶直到20世纪70年代的民族历史。从懵懵懂懂的辛亥革命'反正'，到城头变幻大王旗的军阀混战；从国共合作与分裂，到激昂悲壮的驱寇抗战；从三年艰苦卓绝的解放战争，到沸反盈天的文化大革命"①。整个中华民族的历史通过白鹿传说上溯到终古世纪，一直漫衍到现当代，借凭白鹿原人物命运的多维起伏展画勾勒出历史清晰的本真面廓。白鹿原的历史既不是当下元历史色镜涂照中的再造品，亦非与世隔绝永恒实在体的岿然不动，它在一种生活化文化化的时间流衍中定格为生动的过去，让历史的真相尽可能更接近真理地逼肖还原，尽可能迫入历史背景的"具体性和易近性"。我们说"一切历史都是当代史"（克罗齐语），"纯粹逻辑的历史呈现，即历史生者的信仰承诺"②，"只能是依据自己的历史性经验而进行的现时推断抑或想象"③，这是对的，此处所指的还原性无疑是相对的，是对于现时理念侵逼的伪篡性和僵化禁锢封闭的超保守性的矫正和修葺，让我们在相对身临其境的体验中感悟历史原真性的淋浪活泛图景风貌与群像生机，既不失之功利，又不失之玄虚，本真情界自有其可贵的"第三种真实"。

《白鹿原》只有"反正"字眼，并无"辛亥革命"的说辞，首先便剥脱掉现代话语的不自觉入侵，而彻底还原为乡土风俗味醇浓的民间话语，"理性主体呈现所谓历史本身真实"的不置可否，显示出作者的去政治化立场。"反正"过后"白狼"猖獗，"龙一回天，世间的毒虫猛兽全出山了"，辛亥革命的神圣意义被历史本相化事实给自然炮烙；"没有皇帝了，往后日子可咋过"，本土乡民厚重的"奴在心者"情结也历历可

---

① 王玉林：《〈白鹿原〉论稿》，韩国新星出版社2001年版，第221页。
② 蒋荣昌：《历史哲学》，巴蜀书社1991年版，第352页。
③ 路文彬：《作为修辞的历史感——"新历史主义"小说之后的历史叙事》，《文学评论》2004年第2期。

触，其叙写只"把历史当作不断向偶然开放的人类生存活动的历时运演"①，无讽无褒，客观历史情状中自有其内在诠解说词。听闻鹿兆海中条山"就义"，朱先生摧肝裂肺，第一次"双手掩脸哭出声来"，具有反讽意味的是鹿兆海是在内战中被红军击毙的，历史本然的戏剧性夙命跃然纸上，让人惊奇的同时，更多的是一份真实的会心理解的怆凉体认。国共之争，历史自有公允评说，朱先生却能"拒绝认同教化世界的精神建构"，将其喻为"鏊子""公婆之争""窝里咬"，说："我观'三民主义'和'共产主义'大同小异，一家主张'天下为公'，一家倡扬'天下为共'，既然两家都以救国扶民为宗旨，合起来不就是'天下为公共'吗？为啥合不到一块反倒弄得自相戕杀"②，作者借朱先生之口，撇弃先入为主的主流或者反主流集团主义阶级立场说辞，在中正的描写笔致中放逐了"先验"，"不是从党派政治观点、狭隘的阶级观点出发，对是非好坏进行简单评判，而是从单一视角中超出来，进入历史和人、生活和人、文化和人的思考，对历史进行高层次的宏观鸟瞰"③，从而达到了对历史最超然的叙述。白灵在肃反中被自己人活埋，朱先生死后墓坟被红卫兵刨挖，白孝文当上了共产党执政下的一县之长，所有这些情节饱蘸的历史感都不能不说相当逼真，作者并没有为所谓"历史的英雄"谋得应然更好的运命，亦未对所谓"历史的无赖"制造十八层地狱，让他永世不得超生。一切的一切都忠诚于本真、原真、本然的叙写，让历史的凝重在实然中大放异彩，"以个体无常的命运历史替代社会必然性的历史，以日常生活中的随机性与不确定性替代理性社会的规整性"④，进而"逼进人类生存的本相，搅动理性阀限之下的非理性淤泥和集体无意识的文化沉淀，为完整的人提供并不完美的艺术例证"⑤。至于共产党伟岸、国民党猥琐特征的写作姿态的摆立，似有"妥协当下"假借现实眼光审视之嫌，而朱先生死后"折腾"谶言的现实兑现，则超越时空显得有些喜剧化的油滑与空疏，毋庸置疑，两者的历史感都被人为先验地斧削得灵气尽失，诚然遗憾之极！

---

① 畅广元：《冷静客观地审视历史——浅议〈白鹿原〉的历史观》，1993年4月26日《陕西日报》。

② 以上引文引自陈忠实《白鹿原》，人民文学出版社1993年版。

③ 参见朱寨《一部可以称之为史诗的大作品——北京〈白鹿原〉讨论会纪要》。

④ 参见颜敏《颓败的历史景观：新历史主义小说》，载《破碎与重构》。

⑤ 同上。

《白鹿原》作为"独具丰厚的史志意蕴和鲜明的史诗风格"[1]的巨著，给中华民族波澜壮阔的辉煌历史注入了文学史上活的生命和灵魂，虽然不无瑕疵，然而其历史感的沉烈情怀却是一以贯之的。历史感就像一团殷血吐艳的苦寒花，在荒墟般的白鹿原上璀璨开绽，萦萦依依，富丽而馥郁！

---

[1] 白烨：《史志意蕴·史诗风格》，《当代作家评论》1993年第4期。

第三章 从"生活"走向"生命":沈从文"创作机杼"新说

作为一个"建筑人性神庙"的作家,沈从文时常为人类的远景而凝眸,一方面自有其"生活"深切感验的沉忧隐痛浸渍其间,另一方面也是对其表相"生活"的心灵内面性避遁与超越,借以达臻一种近乎瑰色憧憬的理想"生命"愿景,沉潜,陶醉,并省思,"生活"与"生命"相谐,"生活"与"生命"又相悖,沈从文在一种对两者人文思考的"张力"中完成了其艺术"合力"的结构,从而彰显了其文本作品人生形式魅力的新异与多方。"在沈从文的生命诗学中,'生命'是一个关键词,与之相对应的是'生活'一词,两者都具有特定的内涵。在沈从文论及到生命的文字中,往往是把'生命'与'生活'作为一对范畴对举的,形成一种互文与对照关系"[①]。然而"生活"与"生命"并不从来谐和,"生活"是指人的一种社会秩序规约下的活动,它是动态的,惟其动态,方显真实;它又是"天地不仁"的命运符咒,惟其"无知无识",方露悲情。而"生命"则是一种形而上想象的生气与力量表现形式,惟其"天上主义",方显美丽;它又是一种对实象"生活"脆弱萎黯的补偿与弥合,惟其"多情"流幻,方露"骨质疏松"。具体而言,"'生活'是指包括人的衣食住行和人类自身繁衍生息在内的所有行为以及与之相关的生存环境和人类关系,概而言之,是人类行为与生存环境的总和;'生命'则是特指存在着的人类个体与群体,具有自然性与社会性的双重特征"[②]。沈从文一面尽力同"生活"作战,一面又非常看不起自己某些作品中的卑俗"生命"格调,为此曾经甚至大声疾呼过:"我的作品是为一个仇敌

---

① 吴投文:《沈从文的生命诗学》,东方出版社2007年版,第118页。
② 同上书,第121页。

而写的，永远为了仇敌而动笔，仇敌是什么？就是'生活'"①。沈从文以"生活"为墙面，以"生命"为扶梯，两相倚靠，孤心爬攀，摘星看云，"夜""静""生""灯"②，尽是对"人"（人性）浓情的观释和凝情的求解。"如果说，沈从文那么多不同文体的创作是'磨盘'，那么人性则是'轴心'，离开它，作家的笔就无法转动"③。纵观其所有创作，我们可以归纳出他对"人"这个精神主体五重构合共同体的文学想象，即种族、乡族、军族、城族与女族，"人"在"五族"中畅然地徜徉游泳，分别有作者悲喜各样的风景参透，然而"生活"与"生命"像两只棱射"灵"色的目睛，全彻地将沈从文"文学"作为"人学"的全部心质生命内涵表览无遗，我们得而可以了然沈从文最深在、最本在和最内在的"文心"。以作品结撰的历史时间为经，以两圆"目睛"为纬，在"五族"艺术想象的立体空间中进行一种"人性""位格"画板的涂塑，沈从文创作审"美"生命的心绪图谱便清昭可揭。

第一节　沈从文"生活"与"生命"的现实变奏

沈从文生于僻远自足的湘西世界，可谓"清风吹不起半点漪澜"。当"五四"狂飙的余波尾焰点触这座边城蛮地时，沈从文还是一个士兵，度着近乎"人类童年期"的原始心态生活。看杀头，也不格外觳觫地惊惧，甚至伴着一种耍戏样孩童的天真，猛踢"尸头"三五脚，从中寻求一种并非"生活"残酷印象的乐趣，直至凭着乡下人固拗的精神勇气走入北京，"开始进到一个永远无从毕业的学校，来学永远学不尽的人生"时，他才知性地发现以往生活贫简、荒陋的全部血腥之处，也才懵懂地开始做起一个要求"生命"精粹圆全的梦来。初到北京的他，以一种"生命"尊严的顽强气性，要度"生活"四面楚歌的"寒冬"。一个连新式标点都不知晓的"愣小子"，一个想上大学却在应考中对国学"一问三不知"的"傻小子"，一个住在储煤间（沈从文自嘲"窄而霉斋"）、冬天以单棉衣

---

① 沈从文：《知己朋友》，选自沈从文《沈从文全集》（第6卷），北岳文艺出版社2002年版，第402页。
② 《夜》《静》《生》《灯》都是沈从文单篇小说的题名。
③ 吴立昌：《沈从文——建筑人性神庙》，复旦大学出版社1991年版，第114页。

作被的"穷小子",要开始阅读、熟习"社会"这本大书了,要"把自己跌进一个陌生世界里去明白一切"①,并且雄赳赳、气昂昂想望以一种朴素单纯的"生命"态度来成就一个呆头呆脑"乡下人""专业作家"的伟梦了,揆度其本真的心志:为的却是年轻人明天庄严、合理的"生活"。"我既然预备从事写作,就抓住手中的笔,不问个人成败得失,来作下去吧。"② 最促迫棘手的事当然是"应付生活",虽然本可以向居住在北京的表亲和远亲请以援手,但"乡下人"内在"生命"蛮勇的顽韧气分拒绝了这种"嗟来之食"不体面的诱惑,就算有一顿没一顿,就算赶场朋友熟人中做不速的食客,也在"生活教育"中自得其乐,赢得了最本在"生命"圆实吁求的怿悦。

在自学苦读的磨砺中沈从文有了第一篇稚拙"习题"的"尖兵"问世,从此便一发不可收拾,对于创作"生活","乡下人"宁愿在章法外失败,也不愿在章法内成功,这种逼心不挠的理念正是其对艺术"生命"天然崇奉的守执。度过为教学而粗率"标新立异"一大堆东西的小说"习题试验",沈从文从最亲魂的本土沅水流域获得了艺术极致的灵心妙感,《边城》便是以"生命"生花之笔素绘湘西自然人情"生活"式样最美丽、最成功的斩获。命运女神的眷顾并没有戛然休止,当教授了,成作家了,名誉如日中天,爱情也喜获丰收,"生活"对沈从文迟到的爱激发了他文学"生命"最粹美的潜能,《湘行散记》在向"黑俏"新妇灵魂甜语的真与梦的编织中散发出一种对一草一木具象"生活"无比温情、温暖的感动,这就是"美丽得令人忧愁"的"生活"与"生命"水乳交融的诗。经逢革命与抗战社会生活大背景的转捩,思想有些"顽固保守"的沈从文"似乎当真变成了一个自办补习学校中永远不毕业的留级生"③,他看到了真实的凄惨、悲壮的死亡与牺牲,却永远不明白记住了"时代"却忘了"艺术"的"差不多""平均数"文学作品与这种时代"生活"精神的伟烈到底是否完全一体化"生命"天然的和谐,虽然在《湘西》中也在为"生命"圆美的梦做着"生活"堂吉诃德式的道德努力,虽然在《长河》中也在为"生命"圆美的梦做着对"新生活运动"无情嘲弄

---

① 沈从文:《沈从文文集》第十一卷文论,花城出版社1984年版,第6页。
② 沈从文:《沈从文小说选》(上册),人民文学出版社1993年版,第2页。
③ 同上书,第4页。

的抨击,然而一旦政治"红色"闪电把他并不宽容地拘勒暴挞,他的"生活"即刻病瘁,他的"生命"也跟着委顿,一个寄注"野"与"梦"的诗意传奇溘然徂逝,只有等到埋醉于《中国古代服饰研究》的精神春天代偿气候时,沈从文的"生活"庶几重获灵动,因了永不灭熄、"跛者不忘履"的内在诗情,沈从文曲线救"心",将"生命"沧桑擎起,"可以说,他的前半生的文学创作和后半生的文物研究,都是源于他的艺术个性,源于他的经历,实属同一个艺术家生命流程中的两条支流。他用自己的生命,或用文字去创建一个艺术世界,或去研究那颜色、丝线、青铜、泥土、木石所组成的物质文化世界、物质艺术世界"[1],虽然大概只不过是灵魂上一个"美丽而苍凉的手势"。

几乎像所有艺术家一样,沈从文过着一种内在的双重生活,"所谓艺术家的双重生活,就是指他们过的一种双重身份、两种人物的生活。他们生活于现实世界,又生存于自己构想的艺术世界"[2]。"现实"是"生活"的,而"艺术"是"生命"的,沈从文穷力于"用人心人事作曲",孜孜矻矻为"生活""生命"疲癃鏖战,仿佛永远在灵魄上"训练自己达到将来更完全"。当我们忆起沈老晚年对自己一生怀忆反顾的话语:"我生命中虽还充满了一种童心幻念,在某些方面,还近于婴儿情绪状态,事实上人却快八十岁了。近三十年我的写作生命,等于一张白纸,什么也没留下。事实上却并不白白过去"[3],我们总会为这个创作了如许"孤独的纪念碑式"作品的善良老人"相当长,相当寂寞,相当苦辛"、在"生活"与"生命"之间离奇故事一般坚卓营求的一世唏嘘不已。

第二节 种族中"人"的"生活"与"生命"

《月下小景》:由于有两种少数民族的血液在沈从文身上流淌(沈从文的亲祖母为苗族,其母亲为土家族,他身上混合着汉族和少数民族的血液),沈从文对于势卑位弱的少数民族种族(主要指苗族)之文学呈现便有了格外复杂历史生命记忆、文化心理意识悲悯的倾心,朱光潜分析其

---

[1] 贺兴安:《楚天凤凰不死鸟——沈从文评论》,成都出版社1992年版,第188页。
[2] 同上书,第11—12页。
[3] 沈从文:《沈从文小说选》(上册),人民文学出版社1993年版,第6页。

《边城》时说到它"表现出受过长期压迫而又富于幻想和敏感的少数民族在心坎里那一股沉忧隐痛"①,《月下小景》也是这种表现的鲜明一例。少数民族与汉族的道德文化博弈在沈从文的创作中同时也便有了精神指向上"是丹非素"的情感用武场,从某种正确的立场而言,"沈从文家乡的边区居民和部族人民能够引来典型的青春和活力,引来超越西方文化和中国旧知识阶级的僭越的文明力量"②,这在其小说《媚金、豹子与那羊》中体现得尤为清澈的分明:

> 地方的习惯是消灭了,民族的热情下降了,女人也慢慢的像汉族女人,把爱情移到金银虚名虚事上来了,爱情的地位显然已经堕落,美的歌声与美的身体同样被其他物质战胜成为无用的东西。(《媚金、豹子与那羊》)

作者将"女人也慢慢的像汉族女人"作为褒贬意指上近乎奚落式的诅咒,将少数种族纯真、圣洁的自足德性崇尚为至高无上精神图腾般的"社会集体想象物"来抵制汉文明任何方际自尊上的污渎。这种种族上的二元对立态度自然也涵盖于作者另一对重要的精神范畴之中:即"生活"与"生命"。从某种意义而言,在沈从文的文学世界里,汉族便是追尚"生活"的代表,而少数种族却是追求"生命"的典范,"生活"里尽是卑猥的物欲利害计算,而"生命"却可以铸造高贵的多方品格。有了这种人性文化的两相参照,作者的冰炭爱憎情怀便如白雪一样了然。诚如我们所知,湘西是一座"历史"从来"不动心"问津的"边城",而"边城"里的少数民族聚落更是不开化"边城"的"边地",就像《月下小景》中所描述:"傍了××省省境由南而北的横断山脉长岭脚下,有一些为人类所疏忽、历史所遗忘的残余种族聚集的山寨。他们用另一种言语,用另一种习惯,用另一种梦,生活到这个世界一隅,已经有了许多年。"③虽然文化原始落后,然而这个残余的种族却有一个本族"英雄人"追赶

---

① 朱光潜:《从沈从文先生的人格看他的文艺风格》,《花城》1980年第5集。
② 金介甫:《沈从文传》,符家钦译,国际文化出版公司2005年版,"引言"第5页。
③ 沈从文:《月下小景》,选自沈从文《沈从文小说选》(上册),人民文学出版社1993年版,第396页。《月下小景》一节后面文本引文皆选自此(第396—409页),以下不予赘注。

日月的传说，英雄为了本族人未来的辽长幸福突然有一个伟大的愿心冲动——意欲征服主管日月运行的神，"勒迫它们在有爱情和幸福的人方面，把日子去得慢一点，在失去了爱，心子为忧愁失望所啮蚀的人方面，把日子又无能为力得快一点"，最后"人虽追上了日头，却被日头的热所烤炙，在西方大泽中就渴死了"，在这种近乎悲壮的神话义举中征示了这个少数种族一种雄强伟岸的生命力梦想。形成文本音乐协奏的是，有了"英雄"的神上祖先，便自然会有"英雄"的人间后代，在"无盗贼，也缺少这个名词"的本地方土人中就有这么一对"人性与自然契合"的痴情美丽好儿女——寨主独生子傩佑和他的少女恋人。在温柔清莹的一派月光底下两情人喁喁蜜语，正享受着"生命"纯然绽放的幸福与感动无边。这种爱情"生命"的绽放是通过"走马路"①恋媒的唱歌完成的，就像作者在其另一小说《龙朱》中所诠释：

  一个男子不能唱歌他是种羞辱；一个女子不能唱歌她不会得到好丈夫。抓出自己的心，放在自己爱人的面前，方法不是钱，不是貌，不是门阀也不是假装的一切，只有真实热情的歌。……一个多情的鸟绝不是哑鸟。②（《龙朱》）

这与汉族人的实用理性势利情欲迥乎不同，女孩唱道"身体要用极强健的臂膀搂抱，灵魂要有极温柔的歌声搂抱"，"他们的口除了亲嘴就是唱赞美情欲与自然的歌，不像其余的中国人还要拿来说谎"③，这便是××族最"健康放荡"、波希米亚式的爱情宣言。然而少数种族也有少数种族原始落后的戕残人性"生命"的习俗，即按照"××族人的习气，女人同第一个男子恋爱，却只许同第二个男子结婚""第一个男子因此可以得到女人的贞洁，就不能够永远得到她的爱情"，××族人以一种宗教

---

① "走马路"是与"走车路"相对立的一种婚恋追求方式。走车路，即托媒人向家长提亲，一切由家长做主；走马路，即采取以歌传情方式，由男女两方自己做主。这种对立在本质上，是金钱与爱情、婚姻自由与丧失婚姻自由的对立。
② 沈从文：《龙朱》，选自沈从文《沈从文小说选》（上册），人民文学出版社1993年版，第45页。
③ 沈从文：《七个野人和最后一个迎春节》，选自沈从文《沈从文小说选》（上册），人民文学出版社1993年版，第75页。

般"信托"的虔诚、虔敬恪遵、恪守着这个"野蛮"的规矩,却似乎并无情绪反抗上的任何违心挣扎。他们对以汉族为标志的现代文明有一种强烈本能的敌视疏离感,仿佛文明的入侵就意味着他们"生命"的毁灭,所以"他们愿意自己自由平等的生活下来,宁可使主宰的为无识无知的神,也不要官。因为神永远是公正的,官总不大可靠"[1]。他们愚忠地驯从于他们自己的"神"——一个未被现代文明扭曲的充满"生命"自由活力的原始神,即使要付出"生活"上吓人的代价也毫不恤惜,于是爱情悲剧便无可逃免地悄然而至。小说中写到"两人的年龄都还只适宜于生活在夏娃亚当所住的乐园里,不应当到这'必需思索明天'的世界中安顿",夏娃亚当的乐园是个全息"生命"的世界,而当这个世界"必需思索明天"时,便俨然转化为一个"生活"的世界,"但两人业已到了向所生长的一个地方、一个种族的习惯负责时节了",表明这个来自"集体无意识"中的种族"魔鬼"规约对每一个忠实于"生活"的适时种族男女都铁律地适用,而每一个××族的儿女也同样无所怨悔地接受着,这是他们的文化基因,文化胎记,文化烙印,也是他们的文化"生命",一旦背离便会失却其叶根相属的种族文化身份认同。即便如此,××族人同样无法拒绝"人"非种族层面上的个体主我"生命"意识悸动的萌蘖,女孩子说"这世界只许结婚不许恋爱","应当还有一个世界让我们去生存,我们远远的走,向日头出处远远的走",男孩子说"有了你我什么也不要了。你是一切:是光,是热,是泉水,是果子,是宇宙的万有",这便是一种企图撇离、否弃形式"生活"(结婚)的纯"生命"(恋爱)询唤,可是这个世界容不得两颗无辜"原罪"受毁的心。向哪走成了一个问题,"非汉少数种族"似乎总有一种吉普赛人"非家幻觉"的"文化离散"心灵流浪感,"南方有汉人的大国,汉人见了他们就当生番杀戮,他不敢向南方走",表明了汉族凌戮逼压少数种族这种"记忆伤害"一直盘桓在作者的灵魂内海久久不散。西有虎豹,北亦同族,剩下的一条便是他们的"英雄"祖先走的东方惨烈"蹈死"的途路。"××人有一首历史极久的歌,那首歌把求生的人所不可少的欲望、真的生存意义却结束在死亡里,都以为若贪婪这'生',只有'死'才能得到。战胜命运只有死亡,克服

---

[1] 沈从文:《七个野人和最后一个迎春节》,选自沈从文《沈从文小说选》(上册),人民文学出版社1993年版,第72页。

一切惟死亡可以办到","又野蛮、又妩媚"的死亡便是××族人爱情"生活"与"生命"的"合题",冲突在此消弭,畸衡得以圆融,于是一场爱情"生活"与"生命"的生死较量便在男女两方双双服毒赴死的悲剧性收场中拉下了帷幕,他们"把一个诗人呕心沥血写不成的一段诗景,表演来却恰恰合式,使人惊讶"①,诚如作者结尾所暗示"月儿隐在云里去了""爱能使人喑哑——一种语言歌呼之死亡"②,爱与死果真艺术毗邻,"爱"之月隐在"死"之云里去了,信哉斯言!

第三节 乡族中"人"的"生活"与"生命"

《丈夫》:黄庄乡下多出强健女子同忠厚男人,迫于"生活"压力——"地方实在太穷了,一点点收成照例要被上面的人拿去一大半,手足贴地的乡下人,任你如何勤省耐劳地干做,一年中四分之一时间,即或用红薯叶和糠灰拌和充饥,总还是不容易对付下去"③,强健女子"就用一个妇人的好处",抛别丈夫,到得吊脚楼涨春雨的随便哪只妓船上,"热忱而切实地服侍男子过夜"。作者解释道:"船上人,把这件事也像其余地方一样,叫这做'生意'。她们都是做生意而来的。在名分上,那名称与别的工作同样,既不和道德冲突,也并不违反健康",做妓女对于"乡下人"来说竟然是一项健康而道德的事体。隐含作者主观意念里因为对乡下人"淳朴"一面气质品格的深痴迷恋而根本不愿去意识"妓女"行业对于一个个体"活人"反主体、反现代、反人道的道德罪恶,只是乡下女人"做了生意,慢慢的变成为城市里人,慢慢的与乡村离远,慢慢的学会了一些只有城市里才需要的恶德,于是妇人就毁了",城、乡仿佛是作者两个泾渭分明、水火不交容的正负向双极文化价值话语体系,一边诚然是地狱,一边俨然便是天堂,作者对于"人"本真的"生活""生命"认定却存在严重的悖谬与偏差,似乎只要保持"淳朴气质",即或卖

---

① 沈从文:《阿黑小史》,选自沈从文《沈从文小说选》(下册),人民文学出版社1993年版,第191页。
② 沈从文:《沈从文文集》(第十一卷),花城出版社1984年版,第295页。
③ 沈从文:《丈夫》,选自沈从文《沈从文小说选》(上册),人民文学出版社1993年版,第207页。《丈夫》一节后面文本引文皆选自此(第204—222页),以下不予赘注。

淫嫖娼，也可以像观音菩萨一样圣洁伟大，作者并不关心主动卖淫这种"生活"本身道不道德，而只是原教旨般盘问乡下人"生命"气质到底纯不纯洁，如若"生命"纯洁，干出再多违迕人性的"生活"勾当，作者也定然会认为那是不得已"生活"纯"生命"熠耀的胜利光辉。换言之，只要其所谓的"生命"是道德的，"生活"就无所谓道不道德了。"诚实耐劳、种田为生"的乡下汉子一开始只懂得要和平、安分地"生活"，"他懂事，女人名分仍然归他，养得儿子归他，有了钱，也总有一部分归他"，"媳妇"出去卖，他并不引以为辱，反而认为妇人为他挣得一份"像城市里做太太的大方自由"的体面。"银链"富商睡过"媳妇"后，"丈夫"自主本真的"生命"意识并未苏醒，他有些原始"淡淡的寂寞袭上了身"，只"一个人睡了"，"他愿意转去"（回家）可并没有转去，"媳妇""一片糖"体心的精神慰藉，便足以有了"丈夫把糖含在口里，正像仅仅为了这一点理由，就得原谅媳妇的行为，尽她在前舱陪客，自己仍然很平和的睡觉了"的"生活"无冲突逻辑的自洽性。紧接着自称是"媳妇"干爹的水保貌似宽气地与乡下汉子谈了话，还喊他做朋友，答应请他喝酒，随即他便"猜想这人一定是老七的熟客。他猜想老七一定得了这人许多钱。他忽然觉得愉快，感到要唱一个歌了，就轻轻地唱了一首山歌"，"丈夫"为可能会给"媳妇"的生意带来大大钞票这一"生活"想象事体感到前所未有自足的欢欣与荣光。直至记忆起水保"当到一个丈夫面前说"的嘱咐（"告她晚上不要接客，我要来"）时，一种"原始人不缺少的情绪"——愤怒甚至羞辱便开始要了乡下人内在精神主体性自尊"生命"的命，"丈夫"开始妒忌了，"按照一个种田人，他想到明天就要回家"，于是"媳妇"开始进献第二件"定心"武器——一把新买的胡琴，乡下汉子"先是不做声"，紧而古拙朴讷的"拉琴人便快乐的微笑了"。我们说一个"生命"感健全的人必须"对自己的命运具有符合理性的自我认识与自觉驾驭，并将这种对人生的认识推及自己经验范围以外，有理想，有志气，'超越习惯的心与眼'，为人类的向上做出不懈努力"①，而"丈夫"的"生命"精神自主认知依然微茫得可怜，他没有一种从精神自在状态上升到自为状态的自觉认识，他没法切实把握自己

---

① 凌宇：《从边城走向世界》，岳麓书社2006年版，第119页。

"生命"本真的航向。而戏剧的发展远未结束，第三拨"损害与侮辱"者的入侵——包括两兵士强行占有"媳妇"的粗野蛮暴行为以及"巡官要回来过细考察（睡）她（媳妇）一下"——把丈夫从"生活"的耻辱状态中电激起来，起先"男子摇头不语""不明白这脾气从什么地方发生""一切沉默了。男子在后舱先还是正用手指扣琴弦，作小小声音，这时手也离开那弦索了"，到最后"媳妇"奉出第三件"定心"武器——兵士给的嫖资想再次安慰"丈夫"情感受挫的心时，乡下男子却发生了心灵风暴，他"摇摇头，把票子撒到地下去，两只大而粗的手掌捂着脸孔，像小孩子那样莫名其妙地哭了起来"，小说以两夫妇终于一齐"回转乡下去了"收尾。"生活"被"生命"打败了，"生命"昂起了高贵的头，沈从文似乎也来了一次"五四"周作人似的"辟人荒"，在小说中文本化地诠释了一则发现了"人"之尊严如何艰难"立"起的故事。沈从文曾在其颇有自况味道的小说《不死日记》中说过："许多思想是近于呆子的，越呆越见出人性"，这一结局象征了"丈夫"本真"生命"意识回归的优胜，也就是作者所礼赞的"呆性"人格范式"礼崩乐坏"的挽歌。吊诡的是，恰恰也正是这一结局同时掷地有声地回应了作者小说开头乡下妇人"健康""自然"卖淫"生活"观的应然不合理与不道德，这是作者文本叙事层面内在的言说裂缝，沈从文用"回家"这一行为意象并不自觉地作了一种可能交代性的罅隙弥合，即"生活"与"生命"最水乳交融谐和的场域就是"家"——那个也许并不"生命"神性、太过"桃源"道德化的"古典美"乡下！这种深层意蕴结构的"浮上文本地表"大概是隐含作者人为制造的"为了把我们生命解释得更美一些"的初衷因为错位所始料未及的吧。

第四节 军族中"人"的"生活"与"生命"

《连长》：连长管领百余子弟于某地清闲驻扎，无有战事便"真是简直闲到比庙里的和尚还少事做"[1]，"生活"的寂寞无聊无论如何抵不得青春"生命""力比多"的驰驱。连长年轻位尊，"按照通常习惯，一个长

---

[1] 沈从文：《连长》，选自沈从文《沈从文小说选》（上册），人民文学出版社1993年版，第3页。《连长》一节后面文本引文皆选自此（第1—11页），以下不予赘注。

官总比其他下属多有一倍或是数倍机会得那驻地人民尊敬和切齿","切齿"的事沈从文避而不谈,便有一位年轻美艳的寡妇因了"尊敬"主动献"身"投"嘴子",于是连长便"成了一个专为供给女子身体与精神两方面爱情的人物了",男女动物性的兽性交合是最自然不过的天然"生活"一部分,沈从文"发现了那种原始的、非伦理的活力(原始爱欲),并把它奉为正宗"[1],从而人为诗性地拔高了那种自然主义层面的"生活",以为它便是一种美丽"生命"内在、形上的浪漫。这无疑与沈从文一生的"清新壮丽"之"生命"诉求南辕北辙,在其标榜的人文志念中,"'生活'所指代的实质上是一种粘滞于现状而满足物质享受与性的满足的生存状态,是一种尚未脱离兽性与物性的生存状态,是人性在萎缩、神性在缺席的典型表现。相反,'生命'之于人类,则代表一种健全的、符合人性、具有神性的精神状态,指向人类精神性的生存体验,是人之为人的一种本质性标志"[2]。非但不本真追求,作者甚至不无矫情地辩称道:"从连长年龄体貌上作价,都正适宜于同一个妇人纠缠为缘。命运把他安排到这小地方来,又为安排一个年龄略长的女人在此地,这显见连长再要把爱情关闭在心中,也不是神所许可的事",依沈从文的生命哲学,"神"便在生命中,"神"就是一种"美","神"便是一种"美"的"生命",连长与寡妇"露水"肉体的火热缠绵不期而然便升衍为一种"爱情",这就是作者所谓的"健康、自然、优美而又不悖乎人性的生命形式",着实让人怀疑叙述者的"生命"情商。用学人刘永泰的话说:"沈从文的作品不是表现了人性的优美健全,恰恰相反,他的作品表现的是人性的贫困和简陋"[3],他赞叹的是旺盛的生命原欲活力,"看重人的自然属性而轻视乃至排斥人的社会属性和精神属性"[4],这简直可以称为弗洛伊德"力比多"主义的"本我"唯性论,马克思早在一百多年前就讽刺过,"留恋那种原始的丰富是可笑的"[5]。作者继续说:"要一个纯粹青年军官受过良好军人

---

[1] 金介甫:《沈从文传》,符家钦译,国际文化出版公司2005年版,第124页。
[2] 吴投文:《沈从文的生命诗学》,东方出版社2007年版,第123页。
[3] 刘永泰:《人性的贫困和简陋——重读沈从文》,《中国现代文学研究丛刊》2000年第2期。
[4] 同上。
[5] [德]马克思、恩格斯:《马克思恩格斯全集》(第46卷)(上),人民出版社1975年版,第109页。

教育的上尉，忘了自己的生活目的，迷恋妇人到不顾一切，如同一个情呆子，仍然是不可能的事情"，显见，这句文本"台词"里的"生活"指的便是军人职事，却把与妇人三日五日一隔的情爱缱绻定为"生活"以外的活当，或者就"情呆子"一词中不无尊敬的轻讽意绪来探察，也很可以知道作者怎样把连长升格为"在这事上头（装作查哨溜到妇人处宿），是一个诗人又是个英雄"的礼赞动机了。"只有'生活'而无'生命'，便与动物无别，只不过是一种兽性的表现。'生命'使人摆脱单纯的兽性，它包含着人之所以为人的'人性'和超越具体的人生形态的'神性'，即'理想'。'人性'与'神性'，是生命发展的两个阶梯。从'人性'到'神性'，这是生命的一种飞跃。"[1] "性"久生"情"，不知是"连长"独独的个案，还是人类"生命"情事的应然规律，连长某一次心血来潮"感伤"想到"开差"（"奉到上司旅长命令，开拔到边界上去"），不禁引起"两颗心"无涯岸的"忧愁分量"，正所谓"无意中把开差事情嵌进到这一团火热的胸中，两人要拔出这虚无的刺却不是一时可作得到了"，在反着雪"哑的沉静的光辉"的某个黑晚的雪天，连长借酒浇愁，"平常为功名，为遇合，为人生牢骚，得用酒来浇，如今为女人，连长以为最好为酒淹死了"，行文到此，连长（"美丽强壮像狮子，温和谦驯如小羊"[2]）似乎有了迥异于纯"性""生活"的"生命"感动，一尽开始在"把身子去殉情恋的道路上徘徊"起来，于是有了妇人白脸上浓哭流泻的泪，从谎称无有酒不让连长愁酌到妇人自己一口气苦笑将余酒饮尽，妇人也在"露水"情恩中开始培育起一朵恋恋难舍的"生命"爱花，"若是连长真为烧酒淹死，则妇人非把身子泡到泪中不可了"。让读者大跌眼镜的是，连长最后"哄嚯"抚慰妇人的方式竟然又重新回到"用嘴擦妇人腮边的泪，两人莽莽撞撞抱着了"的纯动物性满足层面，不禁让我们十分怀疑隐含作者简直已将"生活""性"事完全等价于"神光清莹""生命"之爱恋，精神高度痴浓的"情"远远敌不过"身体低度"犷悍的"性"，两颗同样似乎单净的心，相当遗憾地只配在此岸"生活"下流徙倚。美国汉学家金介甫曾评断说："同沈从文其他早年作品比起

---

[1] 凌宇：《从边城走向世界》，岳麓书社2006年版，第119页。
[2] 沈从文：《龙朱》，选自沈从文《沈从文小说选》（上册），人民文学出版社1993年版，第42页。

来，他写军队生活的早期作品具有惊险、神秘、稀奇古怪的成分，然而情节既合乎情理，又很感人，跟别的作品不大一样"①，要说"稀奇古怪"，良有以也，但若说"合乎情理""感人"，我们不免要深度三思，至少在《连长》这篇小说里。

第五节　城族中"人"的"生活"与"生命"

《八骏图》：按照学界似乎已约定俗成最一般、也是最权威无可移易的阐释，《八骏图》与《边城》构成了沈从文两个憎、爱心灵想象世界二元抗衡、截然对立的艺术化意象代表之缩图，一边是对城里人，尤其是城里知识分子的鄙蔑与冷讽，另一边则是对纯净"乡下人"无尽温情、诗意的歌赞，甚至连作者本人也作如是解②。然而细致打量、省思文本《八骏图》，我们可以剀切地发现：里面固然有对达士先生以外"七骏"城市知识分子人性"阉寺病"（庸俗、阴猥、圆巧、鬼祟）的揭露与嘲笑，因为作者似乎"永远不习惯城里人所习惯的道德的愉快，伦理的愉快"③，然而对于周达士这个文本叙述者，我们万不可掉以轻心，人云亦云，甚至即便作者事后呈有白纸黑字的陈述辩称亦不天然可靠，达士先生明显属于作者所谓"八骏"之列这一界定当属无可争议，然而"八骏"是否就必然是一个十足扁平的讽刺对象体我们却切不可作简单化的估断，经常很可能的是，作者会有矫情的一面，明明有某种写作意图却会极力否认或作"顾左右而言他"的掩饰遮蔽；还有一种情状，作者确乎无此写作意旨然而文本内蕴却挑衅般地溢出了其心流把控，这是连作者"自意识"也无法正确自动捉知的。本文认为达士先生最后的留"海"宣言并非隐含作者决绝的冷嘲热讽，却充满了其温暖之怀的理解与认同，或者说在一种犹疑低徊的暧昧叙述姿态中，作者不自觉地寄寓了一种皈依不舍的同情式意绪流连，下面试将分析之。

"七骏"的"生活"无疑是"情感发炎"的，"这些人虽富于学识，

---

①　金介甫：《沈从文传》，符家钦译，国际文化出版公司2005年版，第41页。

②　沈从文曾在其《从文小说习作选》代序中表达了这种高尚尊严的写作意旨，参见沈从文《沈从文文集》第十一卷文论，花城出版社1984年版，第44页。

③　沈从文：《沈从文文集》第十一卷文论，花城出版社1984年版，第33页。

却不曾享受过什么人生。便是一种心灵上的欲望,也被抑制着,堵塞着"[1],达士先生自信是一个人性病态疗治者,他懂得"恋爱自由"这个名词是怎样刺激、撄扰、制造着"七骏"们"生命"不圆全的悲剧,不管是教授甲"大白麻布蚊帐里挂一幅半裸体的香烟广告美女画",教授乙的"从女人一个脚印上拾起一枚闪放珍珠光泽的小小蚌螺壳,用手指轻轻的很情欲的拂拭着壳上粘附的砂子",教授丙的"好像想从那大理石胴体上凹下处凸出处寻觅些什么,发现些什么",教授丁的"欢喜许多女人,对女人永远倾心,我却再也不会同一个女人结婚",教授戊的"想把女人的影响,女人的控制,——尤其是同过家庭生活那种无趣味的牵制,在摆脱得开时趁早摆脱开。我就这样离了婚",还是教授庚的有美丽女子常拜访的"不害病",都说明了他们在"双料上帝"("女子是一个诗人想象的上帝,是一个浪子官能的上帝")"裙子下讨生活"的精神狼狈困境。这只是文本浅层、显层的意蕴征示,更重要的是文中频仍出现"海"这个别具一格的意象,这便是小说的"文眼"所在。"实际上,大海成了沈从文个人隐秘、循环往复的象征世界的一部分。1980年沈曾说过,'广阔无限的大海代表了思想的解放,感情的解放'。"[2]小说一开头便有听差怂恿达士先生看海的叙写,他说"先生,您第一次来青岛看海吗?";他说"先生,他们说,青岛海比一切海都不同,比中国各地方海美丽";他说"上了课,你们就忙了,应当先看看海";"青岛的海与其他地方的海如何不同,它很神秘,很不易懂",他甚而还说"先生,我看过一本书,学校朱先生写的,名叫《投海》,有意思",海便是一种情欲诱惑的比兴象征,它既有"生活"不尽"道德"合理的忧虞因素,又有"生命"全然纯净绽放的美丽因子,达士先生便在"海"之"心命"进与退之间取舍逦迤。起初因为没有具体诱因,达士先生表现了心境毫无尘滓的"葆真"清朗,在对未婚妻的第一封信中他写道:

  我窗口正望着海,那东西,真有点迷惑人!可是你放心,我不会跳到海里去的。假若到这里久一点,认识了它,了解了它,我可不也

---

[1] 沈从文:《八骏图》,选自沈从文《沈从文小说选》(下册),人民文学出版社1993年版,第31页。《八骏图》一节后面文本引文皆选自此(第24—48页),以下不予赘注。

[2] 金介甫:《沈从文传》,符家钦译,国际文化出版公司2005年版,第215页。

敢说了。不过我若一不小心失足掉到海里去了,我一定还将努力向岸边泅来,因为那时我必想起你,我不会让海把我攫住,却尽你一个人孤孤单单。

紧接着达士先生便看到"一个穿着浅黄颜色袍子女人的身影。那女人正预备通过草坪向海边走去,随即消失在白杨树林里不见了。人俨然走入海里去了",女人的出现便是一个实实在在的情欲诱因,于是便有了达士先生发出的"一个人看海,也许会跌到海里去给大鱼咬掉的"的担忧。当教授庚的情人"女先生"对达士先生发出情"邀请要约"的时候,这份"要约"尚未能求到达士先生对应的情"承诺",因为达士先生自信对她那"既代表贞洁,同时也就充满了情欲"的羞怯眼光是完全有自制免疫力的,直至"女先生"一封"学校快结束了,舍得离开海吗?(一个人)"的匿名诗意含蓄表白,直至"女先生"在海水浴场湿沙上写下"这个世界也有人不了解海,不知爱海。也有人了解海,不敢爱海"这样一句诉说了一种"契合"纯洁情欲的真挚"懂得"之心香时,达士先生便"沉默的沿海走去了",决然向其未婚妻发出了这样的电报:"瑗瑗:我害了点小病,今天不能回来了。我想在海边多住三天,病会好的。达士。"紧而作者意味深长、意犹未尽地加以补充道"这病离开海,不易痊愈的,应当用海来治疗"。这里全然没有刻露的仿如对前"七骏"不纯洁色欲的批斥与揶揄,而是在一种淡然灰软的语气中表说了隐含作者一种无奈的忧郁之思,对于达士先生"蹊跷的病",作者认为用"海"(人性正常情欲的满足)来疗治是正常的,并借达士先生对《离婚》这本书"会心微笑"的颠覆性翻阅姿态(第一次听差提到这本书时,达士先生"好像很生气"),隐示了与其未婚妻结婚尚未开始便似乎想要结束的微妙心迹内涵。我们可以顺理成章地推知"女先生"认为教授庚"不了解海",便自然"不知爱海",只有两心深真契合的人结合在一起才是对"生命"本真的负责,而未婚妻与达士先生异地分居、鸿雁传情的"生活"是在想象中完成的不真实的"生活",作者借达士先生向××的回信表达了这样一个"生活"理念:"一个人应当去生活,不应当尽去想象生活",想象的"生活"违悖了纯"生命"应然发展的内在逻辑,便是一种挤抑灵性的不"道德"扼杀摧残。正如作者文中所言,达士先生向往"海"("然而不知不觉,却面着大海一方,轻轻的舒了一口气")又惧怕"海"("弯腰拾起一把海沙向海中抛去。'狡猾东西，去了吧。'")的游移态度，"应当由那个拘束人类行为，不许向高尚纯洁发展，制止人类幻想，不许超越实际世界，一个极有势力的名辞负点责。达士先生是订过婚的人。在'道德'名分下，把爱情的门锁闭，把另外女子的一切友谊拒绝了"。殊不知与未婚妻凝止"正当"的"道德"之爱或许并非准乎自然"真宰""生命"流沛洋溢之爱，而恰恰偶然某时另外女子纯真的友谊情感却正是真爱"生命"可以长花的萌芽。"生命具神性，生活在人间，两相对峙，纠纷随来。情感可轻鬻高飞，翱翔天外，肉体实呆滞沉重，不离泥土"[①]，"道德"名分这个规约性的名辞遏抑了大部分"生命""海"非遮蔽性腾涌的开放性存在，由此孳生了一种非"生活""生命"之痛"病的焦躁"一般苦涩的难言惆怅，这也正是小说文本内在含蕴出现"歧义"裂舌偏差的根本所在。

第六节　女族中"人"的"生活"与"生命"

《主妇》：沈从文作品中流灌"贾宝玉情结"的对象女性都是纯净璞素的，萧萧、夭夭、三三、翠翠，似乎都带有实际生活中"主妇"（沈从文的妻子——张兆和）"黑中俏"的美质姿影，除了夭夭比较更加活泛机敏，四个少女似乎都是作者一怀湛蓝天际邈洁流云诗思的化衍，对爱情懵懂、蒙昧得可谓天然愚痴，却也倍添了不少美丽得让人心碎的忧愁，清新的朦胧，幽净的惆怅，"生活"与"生命"一样的单粹，演绎场场近乎无事的悲剧。这些女主人公性格都透心地明亮，仿佛不含任何渣滓的玲珑水晶，因了"生活"某些不可测的人事嬗变，水晶被打破了，碎出一地依然粹美的珍珠，虽是不成圆全的支离，却更加勾起读者十二分惜弱的悯恋与爱怜。如果说她们是作者作为一个诗人的幻梦童话杰作，那么《主妇》则是作者作为一个散文写手创作的一个更为接近真切实"生活"的、超离天真善良的"女性体味"现实主义思考报告。远远告别幻想的激情，以近旁刚刚新婚不久的妻子做模特，去记录沈从文对其最亲近女性最本真的悲欢照察，想象与现实的冲击，诗情与冷思的冲撞，外在实"生活"

[①] 沈从文：《沈从文文集》（第十一卷），花城出版社1984年版，第286页。

与内在梦"生命"的冲突，将沈从文对女性生存的认识与理解导入到一个更为复杂渊洞的视域阈限，从而将其"生命"女性观并不"隔"地在作品小说中文学形塑，耐人寻味不可谓不深且巨。

《主妇》写了一对年轻夫妇结婚三周年纪念日一天里的所行所为、所思所想，小说以男主人公为视角叙述者，字里行间弥漫着一股微带蜜灰色忧愁的怀旧"伤寒"味，是轻恋，更是凝忧，即使两夫妇末终依旧琴瑟相谐，却也免不了鲁迅《伤逝》里子君怪怨涓生大男子主义的悲哀和曹禺《北京人》里曾文清、愫芳精神隔阂孤独的怆伤。"主妇"的"生活"是单薄的，"她想起她的生活，也正仿佛是一个不可把握的幻影，时刻在那里变化……她很快乐。想起今天是个希奇古怪的日子，她笑了"[①]；"主妇"的"生命"是被动的，"三年前同样一个日子里，她和一个生活全不相同性格也似乎有点古怪的男子结了婚"。单薄的快乐仅因为一个三周年结婚纪念日，她想起了一些单薄的愉快往事，便"关不住青春生命秘密悦乐的微笑"[②]；被动地接受仅因为她是一个宿命里就应该被别人追求的"守心"对象，她觉得"一切都是偶然的，彼一时此一时。想碰头太不容易，要逃避也枉费心机"，她扮起一个新娘子，"心甘情愿给一个男子作小主妇"，也就完结了一个女性应当如此"生活"最"生活"的使命。她不去追问为什么，也倦于去盘缠"一切若不是命定的，至少好像是非人为的"那些抽象无谓的无稽思考。日子过去了，生儿育女了，她有时也对"她是不是也随着这川流不息的日子，变成另外一个人呢"生发些许芒昧的怅然自失感，"因为孩子，她忘了昨天，也不甚思索明天。母性情绪的扩张，使她显得更实际了一点"，叙述者显然有些令人气闷的"朦胧"怨怼情绪。"主妇"恋爱时，也不过借各样男子的情信催给自己"一点秘密快乐，帮助她推进某种幻想"，一切都是被别人精神"催眠"的，偶尔主动时，也不过想用什么法子使男子那点能让一个女子的心保持鲜新"醉""敏""灵"的痴处保留下来，成为她生命中一种装饰，据说"一个女人在青春时，是需要这个装饰的"，"生活"永远是男子的天，女性

[①] 沈从文：《主妇》，选自沈从文《沈从文小说选》（下册），人民文学出版社1993年版，第59页。《主妇》一节后面文本引文皆选自此（第59—72页），以下不予赘注。

[②] 沈从文：《劫余残稿》，选自沈从文《沈从文小说选》（下册），人民文学出版社1993年版，第296页。

自己的爱愿充其量好比青蛙死呆的珠眼，只有男子的"跳"才会引起自己并不热络的"灰情"关注。"主妇"因了男子全盘格外地对己"惊异"美痴恋的迷狂（久持幼稚的狂热），便决心开始学做家庭与社会双料的"模范主妇"，她尽力去适应男子的生活习惯，却没有对男子性灵深处成熟"理解"的体心，"她才二十六岁，还不到能够冷静的分析自己的年龄。也为了爱他，退而从容忍中求协妥，对他行为不图了解但求容忍"，她希望男子生活样式"长处保留，弱点去掉"，却也不能够了然"一个人的性格，在某一方面是长处，于另一方面恰好就是短处"的"生活"哲学之双律背反，听完男子的心声吁求，主妇便有了"一种属于独占情绪与纯理性相互冲突的矛盾"，她没法驾驭男子精神幻想高飞的内意倾向，便不去理解那些深度的"生命"根柢情综，而是在力求简单的现实"生活"追求中找寻最"化零为整"的慰安。"她承认现实，现实不至于过分委屈她时，她照例是愉快而活泼，充满了生气过日子的。"三年的结婚生活让她意识到很多引起轻微惆怅与惊讶的变迁，然而唯有一事让她"觉得希奇（似乎希奇）"——自己一种好像毫不改变的东西（青春美丽的常驻），她为自己经年不逝的美貌与美德尚能给予一些熟悉的陌生人一点烦恼抑或幸福而感到由衷的快乐，女人"生命"的全部价值意义或许仅仅在此。她害羞地想起一个诗人所说的"日子如长流水逝去，带走了这世界一切，却不曾带走爱情的幻影，童年的梦，和可爱的人的笑与颦"，女人"生活"的全部快乐积储或许也仅仅寄存于这条诗意的想象，然后"主妇"对男子天然叫一声"你不知道我如何爱你"这一其唯一安身立命之精神维系口号，男子却伴着"一缕新生忧愁侵入他的情绪里"，"他觉得她太年轻了，精神方面比年龄尤其年青。因此她当前不大懂他，此后也不大会懂他"。这便是易于满足渺小愉快的"主妇"悲剧之所在，也是沈从文成熟期对真实女性的一种文学思考观察，女人似乎永远逃不脱一生被拴在男子裤腰带上的命运（女人的话题一生都是男子，谈他、爱他、怨他、希望他"完全属于她"……永无终了），而我们的男子却在思想：作为"生活"插曲之一的女人，其琐屑轻薄的"生活""边角料"悲剧性地缠缚了几乎所有男子心心念念欲求内在"生命"圆、粹、美、全升造伟大梦想的一生可能性光荣。

结　语

沈从文的"人"释"五族"体系并非毫不牵粘，相反紧密相连。"乡族"在某种文化寓意上正是"种族"的象征，"凌宇在沈从文的主要小说中，发现了'乡下人'这一形象，他把'乡下人'分析为自然人、未开化人、陌生人等要素，并且得出了'乡下人'并非'一般意义的乡下人，而带有明确的少数民族含义'的结论"[①]；"军族"（通常被误视为湘西野蛮土匪的一群）是作为"乡族"特殊一分子而存在的，"在'汉族'被视为国家'中国'形成的一个默契的前提的当时社会，'湘西的非汉民族'所唤起的印象自然只会是'野蛮的''土匪'"[②]，从这种意义上说，"军族"又与"种族"相契，由此我们可以了然推知，"乡族""种族"和"军族"实际上是一个大的文化象征意义层面之命运同构体；"城族"作为"乡族"的对立参照物衍生，其与"种族"和"军族"自然也会有文学上精神文化层面内面世界相抗衡的隐喻指涉；对女性品性塑造的"文学精神指数"几乎是古今中外所有作家用来评断其作品"人文"程级等次最精准的风向标，沈从文的"女族"世界也毫不例外，它是"人族"世界的一半，自然也是前面"四族"世界的"半边天"，由此才能完全地为文学阐释"人"供上圆满的句点。"五族"中的"人"之精神"位格"诠解是在沈从文的"生活"与"生命"艺术世界里演绎的，而关于沈从文文学世界之"生活"与"生命"的美学诠释，美国学者金介甫是这样申说的：

　　他（沈从文）在40年代初就在散文和用含糊笔名发表的诗歌中写过两种生命力量，一是"生活"，即人跟动物一样的生命存在，它需要的是食与性。另一个更高级力量是"生命"——也就是他所要求的"抽象"。他跟主张食色性的孟子和性心理学家弗洛伊德一样，不主张人要排斥物质生活，而主张把生命提高到不仅仅为了生活。他

---

① ［日］今泉秀人：《"乡下人"究竟指什么——沈从文和民族意识》，陈薇译，《中国现代文学研究丛刊》1992年第3期。

② 同上。

忽视物质上的小小得失，而重视更高的理想。生命有如发疯，只有它带有神秘性。用泰戈尔的比喻说法，沈把生命看成泛神的精灵——它有如焰火，照亮了别人的生命。①

盘点沈从文一生，不论尘寰"现实"世界，还是文学"理想"世界，他都在心尖上舍命竭蹶，一面为"生活"所揪，一面又因冲突的"生活"而"生命"不调和，待等"生命"开始沉静，"生活"亦转至深秋——"虚空明蓝""澄清见底"，沈从文才为自己的"生命之沫"浇奠了几许清明理性、深致辽远的禅思，"离开自己生活来检视自己生活"②，甚至"在晚春的蓝天燠阳里"也"觉得有灰色的冬的暗淡"③ 的侧蚀。正如美国批评家考利曾用评论福克纳作品的话来评论沈从文的作品说："他的每部小说，不论中篇或短篇小说，所揭示的内容似乎都比他明确指出的还要多，主题也要深刻得多。所有独立的作品都像一个矿坑里开采出来的一条条大理石，全都能看出母矿体的纹理和疵点"④，而"生活"与"生命"正是沈从文文学精神矿藏的"母矿体"。沈从文曾苦心喟叹："诗人为了生活这件事，有韵的感情终将为无味的'事物'所代替"⑤，"生活"与"生命"是沈从文对照的两极，就显性意义层面而讲，沈从文鄙夷"生活"，却偏爱"生命"，为此沈从文有一段诗性的表达：

> 名誉、金钱或爱情，什么都没有，这不算什么。我有一颗能为一切现世光影而跳跃的心，就很够了。这颗心不仅能梦想一切，而且可以完全实现它。一切花草既都能从阳光下得到生机，各自于阳春烟景中芳菲一时，我的生命上的花朵，也待发展，待开放，必然有惊人的美丽与芳香⑥。(《水云》)

---

① 金介甫：《沈从文传》，符家钦译，国际文化出版公司2005年版，第221页。
② 沈从文：《沈从文文集》第十一卷文论，花城出版社1984年版，第294页。
③ 同上书，第9页。
④ 考利：《福克纳简介》，转引自金介甫《沈从文传》，符家钦译，国际文化出版公司2005年版，"引言"第3页。
⑤ 沈从文：《沈从文文集》第十一卷文论，花城出版社1984年版，第23页。
⑥ 沈从文：《水云》，选自《沈从文散文选》，人民文学出版社1982年版，第297页。

"人如何使用生命力,如何使自己的生命更有意义,是沈从文表现人性美时努力探索的重要课题。他认为'知生存意义,不仅仅是吃喝了事',而应该追求一种生命的'美','生命之最大意义,能用于对自然或人工巧妙完美而倾心'""然而,社会上多数人并不这样,他们无任何理想,'仅知生乃吃喝,生儿育女''生活得很像一个生物了',可是'思想平凡而自私''剩余生命的耗费'就用于玩牌之类,沈从文认为,这些人就不懂得生命的意义"①。沈从文对那种"生活"无目的、"生命"无性格、"生存"无幻想的"生物学上的退化现象"进行了一种揪心沉痛的批判,沈从文自言对一切皆无信仰,却只信仰"生命",灵质的"生命"便是他心系的上帝,即使"生活"再怎么坎陷,他也要在"生命"星子上放光,"生活或许使我平凡与沉落,我的感情还可以向高处跑去;生活或许使我孤单寂寞,我的作品将同许多人发生爱情同友谊"②。隐性意义层面而言,"生活"与"生命"在沈从文的艺术世界有时又是糅合同构的,"我们生活若还有所谓美外可言,只是把生命如何应用到正确方向上去,不逃避人类一切向上的责任。组织的美,秩序的美,才是人生的美!生命可尊敬处同可赞赏处,全在它魄力的惊人"③。可见,"生活"与"生命"在沈从文的文学思想里并非全然一贯是斩钉截铁的二元对立,美丽、纯洁、智慧的"生命"应用到人生正确方向去的"生活"也是作者尤为深衷歌赞的。

"不折不从,亦慈亦让,星斗其文,赤子其人"是对沈从文一生最典范的评价,而沈从文晚年则自称"浮沉半世纪,生存近偶然","生活"和"生命"的"偶然与情感乘除"构建了沈从文一世的文学精神笔录图谱。沈从文死后墓碑正面碑文上刻有他自己亲写的手迹:"照我思索,能理解'我';照我思索,可认识'人'。"这是作家一种内在精神清醒的吁求,也是作家一句玄学与灵气交织绾合的偈语。所谓的"思索"便是其"生活"与"生命"的逻辑哲学"写意"辩证,这种意识上健康、风格上新鲜、态度上严肃的"文心"哲学并非明晰锐化的直线性前进,里面有冲突,有流溯,有撕裂,有梦魇,有线团式的纠结,有神秘化的晦影,

---

① 吴立昌:《沈从文——建筑人性神庙》,复旦大学出版社1991年版,第132页。
② 沈从文:《水云》,选自《沈从文散文选》,人民文学出版社1982年版,第36页。
③ 同上书,第57页。

更有沈从文自己也备感迷惘的抽象"黑洞"。然而沈从文时时刻刻深爱着其人格灵透的"生命",也时时刻刻宝重着自己被灵透"生命"光焰大面积浸照的"生活",诚如作者自己宣言:"一个人生命之火虽有时必熄灭,然而情感所注在生命处却可以永不熄灭"[1],"深心孤独者"的沈从文在庄严情感"生命"处栖居,其"生活"也在庄严情感"生命"中寄植,即使有许多人事悲剧的侵扰,却依然没有难倒一个文学沙场上的"兵士"精神上永远纯洁、悲悯的凯旋。

---

[1] 沈从文:《沈从文文集》第十一卷文论,花城出版社1984年版,第53页。

第四章　从"误读"走向"正解"：老舍《小坡的生日》新释

与老舍"文化叙写"北京传统市民社会的写作风规迥异，老舍1930年从英国伦敦假道"南洋"新加坡时写了一中篇小说——《小坡的生日》，因其分量和主题都与"经典老舍"游离甚远，此小说在文学史的话语构塑中通常一笔带过。文论界一般将其视为"童话"小说①，一方面有评论认为其内容不够精彩，既不像童话，也不像成人读物，充其量只是"一片浮浮泛泛的梦呓而已"②；老舍本人也直言《小坡的生日》是自己"脚踩两只船"的产物，因为"幻想与写实夹杂在一起，而成了四不像了"③。另一方面也有学人认为老舍"生平写下的几部儿童文学作品，都足以达到这个创作领域内的上乘水准"④；老舍基于一种"童心"的情怀系恋也表示了自己对这部小说的格外喜爱："可是我对这本小书仍然最满意，不是因为别的，是因为我深喜自己还未全失赤子之心——那时我已经三十多岁了""希望还能再写一两本这样的小书，写这样的书使我觉得年轻，使我快活；我愿永远作'孩子头儿'"⑤。总而言之，两个方面的评述

---

① 注：夏志清在论老舍著作中只用一个句子把《小坡的生日》交代过去，他说这是"给儿童写的童话"，关纪新在《老舍评传》中也称"《小坡的生日》属于儿童文学"（参见关纪新《老舍评传》，重庆出版社2003年版，第138页）。此外以"童话"主题论及《小坡的生日》的论文还有张江艳的《儿童的乌托邦世界——由〈小坡的生日〉看老舍的儿童本位思想》、马亮静的《试论〈小坡的生日〉创作动机——兼析老舍儿童文学观》和张宗顺的《浅谈〈小坡的生日〉的儿童情趣》等。

② 马森：《论老舍的小说》（一），《明报月刊》第68期（1971年8月），第41—42页。

③ 老舍：《我怎样写〈小坡的生日〉》，选自老舍《老舍全集》（第16卷）文论一集，人民文学出版社1999年版，第178页。

④ 关纪新：《老舍评传》，重庆出版社2003年版，第136页。

⑤ 老舍：《我怎样写〈小坡的生日〉》，选自老舍《老舍全集》（第16卷）文论一集，人民文学出版社1999年版，第179页。

都主要侧重于小说"童话"艺术创作层面的释读,与此不同的是,新加坡的王润华教授别出心裁,他以新加坡人的立场和眼光重新解析《小坡的生日》①,打开了老舍童话背后别有洞天的"后殖民"社会文化内涵。此后中山大学的朱崇科教授也撰文续论《小坡的生日》②,指出老舍逆写殖民帝国的另一维度可能指向别样的"暴力复制操作"。两者都剀切地提出了"后殖民"视阈的精彩洞见,却也不可避免掺杂了"自为"遮蔽的"目镜"偏执,本文力图"拨云见日",对其"迷思"做一番新释澄清。

第一节 为什么是"后殖民"文本?

王润华将《小坡的生日》称之为中国最早的后殖民文本,将"后殖民"界定为"殖民主义从开始统治那一刻到独立之后的今日的殖民主义与帝国霸权"③,我们说这无疑是有失真确的。"后殖民",顾名思义,指的是殖民之后的一种文化政治历史情状。它既是一个时间概念,针对的历史阶段一般指前殖民地国家取得政治上的独立以后;它又是一个空间概念,学人任一鸣对此有允当的解析:"后殖民研究最初研究的是后殖民国家在政治上独立以后在文化价值观和社会其他领域所遗留的殖民时代的痕迹,从字面上来理解,后殖民国家指的应该是那些经历过被殖民化过程的国家。"④ 从时间上看,老舍写《小坡的生日》时新加坡尚未获得独立,因而称为后殖民创作并不妥适。确切地说,后殖民主义可以分为三个阶段,"最早是领土占领式的殖民

---

① 注:主要集中在他的两篇论文《中国最早的后殖民文学理论与文本:老舍对康拉得热带丛林小说的批评及创作》《中国最早的后殖民文本:老舍的〈小坡的生日〉对今日新加坡的后殖民预言》里,见王润华《华文后殖民文学:中国、东南亚的个案研究》,学林出版社2001年版。

② 朱崇科:《后殖民老舍:洞见或偏执?——以〈二马〉和〈小坡的生日〉为中心》,《中山大学学报》(社会科学版)2007年第2期。

③ 王润华:《华文后殖民文学:中国、东南亚的个案研究》,学林出版社2001年版,第19页。

④ 任一鸣:《后殖民:批评理论与文学》,外语教学与研究出版社2008年版,第3页。

主义;第二次大战后独立运动后,西方转向政治控制和经济剥削相结合的新殖民主义;20世纪70年代后,非西方国家分化,有的在经济和富裕程度上超过西方,这时候西方主要采用文化优势的方法控制非西方,地缘政治学变成了地缘文化学,这是后殖民主义"[1]。《小坡的生日》属于领土占领期的创作,这一间域的殖民反抗文化叙写只能叫做"反殖民"主义或"非殖民"主义,因而老舍含有这种"逆写帝国"因素的文本创作与其称为"后殖民"文本,不如称为"反殖民"文本或"非殖民"文本更为恰确,此其一。

其二,就空间概念而言,新加坡的确是英国所属的一个殖民地国家,而老舍的文化身份是中国人,他只不过是过境新加坡的一个看客而已。即便他真有"逆写帝国"的善良意志,诚如其在《我怎样写〈小坡的生日〉》中所言:"不管康拉德有什么民族高下的偏见没有,他的著作中的主角多是白人;东方人是些配角,有时候只在那儿作点缀,以便增多一些颜色——景物的斑斓还不够,他还要各色的脸与服装,作成个'花花世界'。我也想写这样的小说,可是以中国人为主角,康拉德有时候把南洋写成白人的毒物——征服不了自然便被自然吞噬,我要写的恰与此相反"[2],这种反康拉德文化优越感(即"神化白人男性综合征")的创作初衷仅属于一个异国过客的"殖民逆写",用老舍自己的话说:"无论怎样呢,我想写南洋,写中国人的伟大"[3],这与新加坡本土知识分子的帝国反叙述话语有着本质的截然不同,与王润华所谓"后殖民文学"中老舍之"新加坡经验""本土意识"更是风马牛不相及,且不说老舍在新加坡仅仅逗留短短的半年左右时间,即便是嗣后长期侨寓于彼地,老舍的"本土意识"也不可以想当然地认为是纯粹的"新加坡意识"。因此,严格地来说,老舍《小坡的生日》既不是"后殖民"文本,而应该是"反殖民"(或"非殖民")文本;也不是正宗的新加坡本土"反殖民"(或"非殖民")文本,而应该是一个中国人借助异域经验的过客式"反殖民"(或"非殖民")文本。

---

[1] 赵稀方:《后殖民理论》,北京大学出版社2009年版,第272—273页。

[2] 老舍:《我怎样写〈小坡的生日〉》,选自老舍《老舍全集》(第16卷)文论一集,人民文学出版社1999年版,第176页。

[3] 同上书,第177页。

第二节　哪来的新加坡"本土意识"？

老舍回国停驻"南洋"，既有客观上的经济挂碍，又有主观上的心追慕想，用老舍自己的话来讲："离开欧洲，两件事决定了我的去处：第一，钱只够到新加坡的；第二，我久想看看南洋。于是我就坐了三等舱到新加坡下船。为什么我想看看南洋呢？因为想找写小说的材料，像康拉德的小说中那些材料。"① 康拉德是老舍最爱的作家②，老舍称其为"海王"，并在《一个近代最伟大的境界与人格的创造者——我最爱的作家——康拉德》一文中不遗余力地赞美康拉德绘写的"南洋"精采绝艳，天下无匹。老舍受了康拉德浓烈的情怀感染，对"南洋"世界便也充满了一种玫瑰色的激情憧憬，甚至有些炫情地说康拉德"不但使我闭上眼就看见那在风暴里的船，与南洋各色各样的人，而且因着他的影响我才想到南洋去。他的笔上魔术使我渴想闻到那咸的海，与从海岛上浮来的花香；使我渴想亲眼看到他所写的一切。别人的小说没能使我这样。我并不想去冒险，海也不是我的爱人——我更爱山——我的梦想是一种传染，由康拉德得来的"③。康拉德的人格和境界招引老舍"笔梦""南洋"，但老舍要除去他"白色神话"的种族中心迷执，"这本书没有一个白小孩，故意的落掉"④ 便是老舍《小坡的生日》逆写"康拉德"的一个雄心铁证，老舍认为"南洋"的繁荣立建与白人殖民者的统治无干，而与中国人艰苦卓绝的奋斗息息相关，用他自己豪迈的话来形容：

> 南洋的开发建设若没有中国人行么？中国人能忍受最大的苦处，中国人能抵抗一切疾痛：毒蟒猛虎所盘据的荒林被中国人铲平，不毛

---

① 老舍：《我怎样写〈小坡的生日〉》，选自老舍《老舍全集》（第16卷），人民文学出版社1999年版，第176页。

② 注：老舍有一文，题为《一个近代最伟大的境界与人格的创造者——我最爱的作家——康拉德》，文中表达了老舍对康拉德的无上热爱与崇拜。

③ 老舍：《一个近代最伟大的境界与人格的创造者——我最爱的作家——康拉德》，选自老舍《老舍文集》（第15卷），人民文学出版社1990年版，第301页。

④ 老舍：《还想着它》，选自老舍《老舍文集》（第14卷），人民文学出版社1989年版，第31页。

之地被中国人种满了菜蔬。中国人不怕死，因为他晓得怎样应付环境，怎样活着。中国人不悲观，因为他懂得忍耐而不惜力气。他坐着多么破的船也敢冲风破浪往海外去，赤着脚，空着拳，只凭那口气与那点天赋的聪明，若能再有点好运，他便能在几年之间成个财主。自然，他也有好多毛病与缺欠，可是南洋之所以为南洋，显然的大部分是中国人的成绩。①

由此可见，老舍"国族意识"的"礼赞中国人"才是《小坡的生日》一书最大的创作心脉所在。不过诚如王润华教授所言，《小坡的生日》的确塑造了一个在新加坡土生土长的第二代华人"小坡"的形象，然而"小坡"到底是以"中国人"作为创作本位，还是以本土化的"新加坡人"作为创作本位，这是值得认真辨析的。王润华认为"小坡"是落地生根的新加坡人，"老舍以这样的故事制造了一种多元种族多元文化的社会寓言：当沙文主义的父母不在家时，小坡和妹妹仙坡决定打破籍贯、种族和语文之藩篱，邀请两个马来小姑娘，三个印度小孩，两个福建小孩，一个广东胖子到屋子后面的花园游戏。他们像一家人，讲着共同的语言"②，看起来老舍好像以"新加坡意识"正统自居，而以"小坡"作为其"新加坡意识"的代言人，其实大谬不然。首先，王润华以新加坡1965年独立后的眼光去打量、看待新加坡独立前的华人生活意识世界便是十足的牵强附会。我们知道20世纪30年代的"南洋"华侨，其"落叶归根"的"中国意识"十分强烈，而20世纪60年代新加坡独立以后，由于受到政治情势及排华事件等的影响，中国政府开始鼓励当地华人由"落叶归根"转向"落地生根"，积极融入"南洋"当地的社会生活，于是才有了王润华教授所谓"南洋""本土意识"的萌蘖。而《小坡的生日》创作之期（20世纪30年代）整个华人社会的主流精神气候依然止步于"落叶归根"之"中国情结"，贸然要小说人物"小坡"承担起新加坡独立后的主流本土精神思想无疑有强人所难的"张冠李戴"之嫌。其

---

① 老舍：《我怎样写〈小坡的生日〉》，选自老舍《老舍全集》（第16卷），人民文学出版社1999年版，第176—177页。

② 王润华：《华文后殖民文学：中国、东南亚的个案研究》，学林出版社2001年版，第32页。

次，探勘小说的叙述动机主要取决于小说中隐含作者的文本态度，老舍的文本思想主要定位在"中国人的伟大"上，他要为"南洋"的中国华侨精神"翻案"，试图全面矫正中国国内人对"南侨"的不正确情感认知，老舍在其嗣后的创作谈中指出：

> 国内人只知道在南洋容易挣钱，而华侨都是胖胖的财主，所以凡有点势力的人就派个代表在那儿募捐。只知道要钱，不晓得华侨所受的困苦，更想不到怎样去帮忙。另有一些人以为华侨是些在国内无法生存而到国外碰运气的，一伸手也许摸着个金矿，马上便成百万之富。这样的人是因为轻视自己所以也忽略了中国人能力的伟大。还有些人认为华侨漫无组织，所以今天暴富而富得不得其道，明天忽然失败又正自理当如此；说这样现成话的人是只看见了华侨的短处，而忘了国家对这些在海外冒险的人可曾有过帮助与指导没有。华侨的失败也就是国家的失败。①

从这个意义上看，老舍借用"小坡"来反映中国人的国际主义精神和良善之能力的伟大也正是题中之义。王润华忽视其时老舍文本隐含作者的情感评价，而套用王润华所处年代的一种主流臆想未免断章取义。再次，王润华教授言述"小说中花园的意象经常出现，这又是暗示新加坡是一个花园城市国家的寓言"②，说"今天的新加坡人，看了小说中花园的结构，一定地深深地佩服老舍的远见。在1930年，他心目中居然就有'花园城市'的蓝图，实在不简单……所以现在新加坡被称为花园城市，完全实现了人民的愿望，而这个理想，三十多年以前，老舍就看到了"③，并且想当然认为"老舍以花园来象征小坡住的新加坡，并非出于偶然或巧合的神来之笔"，这些无疑只是一种主观的"谶纬"比附，老舍写了"花园意象"与日后新加坡"花园城市"的现代化构想完全是两码事，王

---

① 老舍：《我怎样写〈小坡的生日〉》，选自老舍《老舍全集》（第16卷），人民文学出版社1999年版，第177页。
② 王润华：《华文后殖民文学：中国、东南亚的个案研究》，学林出版社2001年版，第32页。
③ 同上书，第43页。

润华的"在地主义"文化迷恋意识使他在本土视维的"无限放大"强调方面越走越远。

第三节 反"东方主义"还是"东方主义"?

后殖民主义的先锋创始人萨义德在其名声大噪的《东方学》一书中提出了后殖民主义的一个经典概念,即"东方主义"。萨义德指出:"东方主义"既是一门东方学科,也是西方"他者化"东方的一种思维方式,更是一个西方将东方"东方化"的权力话语机制。西方言述东方,东方被西方言述,东方是西方的一种"谋生之道",西方与东方之间结实地存在着一种具有霸权色彩的权力关系和支配关系。在东方主义者看来,东方是非理性的、堕落的、幼稚的、"不正常"的,而西方则是理性的、贞洁的、成熟的、"正常"的,生命力先天不足的"东方"与生俱来地便在心智上臣属于西方。萨义德一针见血地做了回击:西方的"东方并非现实存在的东方,而是被东方化了的东方"[①]。针对强权的"东方主义",老舍可以说早在1930年写《小坡的生日》时便从精神上声援了萨义德的"义"与"德"——反对"东方主义"。《小坡的生日》中既蕴涵小孩的天真童趣,又植入了老舍心中那点不属于儿童世界的思想,"所谓不属于儿童世界的思想是什么呢?是联合世界上弱小民族共同奋斗。此书中有中国小孩、马来小孩、印度小孩,而没有一个白色民族的小孩。在事实上,真的,在新加坡住了半年,始终没见过一回白人的小孩与东方小孩在一块玩耍。这给我很大的刺激,所以我愿把东方小孩全拉到一处去玩,将来也许立在同一战线上去争战"[②]。新加坡的教书生涯限制了老舍有别样的心灵震撼收获,老舍在《我怎样写〈小坡的生日〉》写道:

在新加坡,我是在一个中学里教几点钟国文。我教的学生差不多都是十五六岁的小人儿们。他们所说的,和他们在作文时所写的,使

[①] [美]爱德华·W. 萨义德:《东方学》,王宇根译,生活·读书·新知三联书店1999年版,第136页。

[②] 老舍:《我怎样写〈小坡的生日〉》,选自老舍《老舍全集》(第16卷),人民文学出版社1999年版,第178页。

我惊异。他们在思想上的激进,和所要知道的问题,是我在国外的学校五年中所未遇到过的。不错,他们是很浮浅;但是他们的言语行动都使我不敢笑他们,而开始觉到新的思想是在东方,不是在西方。①

老舍发觉了东方并非西方"沉默不语"的他者,东方不仅可以发声,而且她要发声,发出的正义之声必将扫荡整个颓宇:

> 在今日而想明白什么叫作革命,只有到东方来,因为东方民族是受着人类所有的一切压迫;从哪儿想,他都应当革命。这就无怪乎英国中等阶级的儿女根本不想天下大事,而新加坡中等阶级的儿女除了天下大事什么也不想了。②

老舍于是在他以"小人儿们作主人翁来写出他所知道的南洋"——"恐怕是最小最小的那个南洋"③ 的《小坡的生日》里表达了其反逆"东方主义"权力凝视的坚强决心和义愤勇气,于是便有了小说主人公"小坡"在梦中与其他小孩应付共同的敌人"狼猴大战"和"猫虎大战"两节,"前者,有弱小民族若丧失团结和斗志便免不了遭到强敌践踏的寓意;后者,则有着只要各个被压迫民族协力抗争就能夺取胜利的寓意"④,其间明显预示了老舍所谓东方弱小民族联合起来反对西方殖民主义的"抵制文化政治学"。

除了这种"大人"思想的开宗明义,老舍写《小坡的生日》事实上还寄寓了另外一个追慕"南洋"的浪漫欲梦——"写点新加坡的风景什么的"⑤,我们说康拉德的"诱惑"自然是其中一个十分显豁的原因(前文已交代),正是因了这层"南洋梦"的精神力内驱,才促使老舍不自觉地有了"猎奇"和"消费""南洋"异域情调的隐性文学冲动,诚如他

---

① 老舍:《我怎样写〈小坡的生日〉》,选自老舍《老舍全集》(第16卷),人民文学出版社1999年版,第180页。

② 同上书,第181页。

③ 同上书,第178页。

④ 关纪新:《老舍评传》,重庆出版社2003年版,第138页。

⑤ 老舍:《还想着它》,选自老舍《老舍文集》(第14卷),人民文学出版社1989年版,第31页。

第四章 从"误读"走向"正解":老舍《小坡的生日》新释

自己所说,写《小坡的生日》"即使仅能写成个罗曼司,南洋的颜色也正是艳丽无匹的"①。萨义德在论述东方主义时区分了两种"东方学",一种是显在的,一种是隐伏的,"显在的"是明确的陈述,而"隐伏的"的却几近于一种"润物细无声"的"集体无意识"内化,西方笔下的东方既可以"被抓握、被借用、被简化、被编码",也可以"被经验,被作为一个充满丰富可能性的博大空间而加以美学的和想像的利用"②。老舍对充盈着梦想与幻象的"南洋"之绮色神秘主义的痴迷,似乎也有些微"南洋化"(取"东方化"之意)"南洋"之嫌。老舍在《还想着它》一文中作过这样的交代:自己在新加坡生病后,"早晚在床上听着户外行人的足声,'心眼'里制构着美的图画:路的两旁杂生着椰树槟榔;海蓝的天空;穿白或黑的女郎,赤着脚,跂拉着木板,嗒嗒地走,也许看一眼树丛中那怒红的花。有诗意呀。矮而黑的锡兰人,头缠着花布,一边走一边唱。躺了三天,颇能领略这种浓绿的浪漫味儿,病也就好了"③。这种"浓绿的浪漫味"正是老舍心心念念向往徜徉其间的一种"南洋"风情文化氛围,这种文化情氛具有鲜明的女性气质,笔触阴柔、华丽而优雅,诗意的"南洋""母体"浸恋甚至治好了老舍"痧疹归心,不死才怪"的红疹病。老舍接着还在《还想着它》一文文末进行了续"色"的抒情:

> 到现在想起来,我还很爱南洋——它在我心中是一片颜色,这片颜色常在梦中构成各样动心的图画。它是实在的,同时可以是童话的,原始的,浪漫的。无论在经济上,商业上,军事上,民族竞争上,诗上,音乐上,色彩上,它都有种魔力。④

这段近乎活色生香的情思表达隐秘地襮露了老舍内心无法释怀的一种"南洋主义"情衷,我们说这种隐在的欲梦化"南洋"的"南洋主义"

---

① 老舍:《我怎样写〈小坡的生日〉》,选自老舍《老舍全集》(第16卷),人民文学出版社1999年版,第177页。

② [美]爱德华·W. 萨义德:《东方学》,王宇根译,生活·读书·新知三联书店1999年版,第234页。

③ 老舍:《还想着它》,选自老舍《老舍文集》(第14卷),人民文学出版社1989年版,第28页。

④ 同上书,第31、32页。

心结与老舍逆写"东方主义"的欲为东方"南洋"鼓与呼的义愤情志构成了一种甚不和谐的"异音对弈"之悖论情境,这种悖论情境在"东方主义"与反"东方主义"的精神张力中十分尴尬地形筑,这恐怕是老舍先生自己也无法自知的。

第四节 有大中华"文化殖民"吗?

也许是受业师王润华教授"新加坡本位"文学思想的亲炙影响,学人朱崇科似乎也有了泛"去中国化"心态的学术警惕,其在《后殖民老舍:洞见或偏执——以〈二马〉和〈小坡的生日〉为中心》一文中表达了这样另类的观察见地:

> 为了抵抗白人或殖民者文化以及统治的暴力与历史话语霸权,老舍在其中以童话建构了一个崭新的本土新世界,成为新加坡的建设预言,其逆写姿态值得表扬。但同时,需要提醒的是,《小坡的生日》中,也有一种大中华心态或者文化殖民倾向。[①]

这样的说法是值得商榷的,这倒不是作为一个华人企图"绑架"族性自尊来狭隘"意气用事",我们说任何文化霸权都值得声讨和批判,中华文化自不例外,只要它有文化殖民"帝国之眼"的"权力侵略"事实。但是何谓事实文化殖民,文本又怎样真确体现之,是值得我们客观依实作出理性判断的。

王润华在论及新马华文文学时曾提出过两种后殖民文学:"侵略"和"移民"。他指出:"新马的华文文学,作为一种后殖民文学,它具有入侵殖民地与移民殖民地两种的后殖民文学的特性。在新马,虽然政治、社会结构都是英国殖民文化的强迫性留下的遗产或孽种,但是在文学上,同样是华人,却由于受到英国文化与中国文化之不同模式与典范的统治与控制,却产生了两种截然不同的后殖民文学与文化。一种像侵略殖民地如印度的以英文书写的后殖民文学,另一种像澳大利亚、新西兰的移民殖民地

[①] 朱崇科:《后殖民老舍:洞见或偏执?——以〈二马〉和〈小坡的生日〉为中心》,《中山大学学报》(社会科学版) 2007 年第 2 期,第 17 页。

的以英文书写的后殖民文学"①。接着他申述道:"当五四新文学为中心的文学观成为新马文化的主导思潮,只有被来自中国中心的文学观所认同的生活经验或文学技巧形式,才能被人接受。因此不少新马写作人,从战前到战后,一直到今天,受困于模仿与学习某些五四新文学的经典作品。来自中心的真确性(authenticity)拒绝本土作家去寻找新题材、新形式,因此不少被迫去写远离新马的生活经验。"② 王润华的言外之意便是中国文学对新马本土文学行施了移民式的文化殖民,正因为有中国文学在新马的强势"在场",才使新马本地意识、本土作品无以正常地非干扰、非压抑成长。这种观点本身值得深度再研究,我们说任何自足、自恰的文化体系都应该是一个开放、多元和活性化的过程,如果将之对象化思维便成"死物",不再鲜活。王润华将中国文学视为新马文学一个异质力量和绝对化的"他者",事实上便犯了文化本质主义的错误。中国文学对新马文学的大力影响不假,但这并非"文学殖民",新马本土文学对中国文学进行创造性转换,本身便是一种"扬弃"的"凤凰再生"。它汲取中国文学的优秀营养,紧而融熔本地独异的"南洋"风质,自成一格,就像中国的佛教取自印度佛教却不与之同一一样③,新马文学本身就是一种开放活性化文学实践的"自新"典范,而并非"搬尸公式主义"的机械挪用。说新马文学属于中国文学海外的分支诚然有"大中华主义"之嫌,说中国文学对新马文学实施了"文学侵略"也是意气过于激切之偏论。

---

① 王润华:《华文后殖民文学:中国、东南亚的个案研究》,学林出版社2001年版,第118页。

② 同上书,第118—119页。

③ 注:关于印度佛教与中国佛教的承传关系,德国历史学家斯宾格勒有十分经典的评述:"甲完结了的行为仅能由乙借着甲自身的存在使之振作起来,而且凭借他自己,他的内在特性,他的工作和他自己的一部分,变成乙的行为。并没有印度传入中国的'佛教'运动,而仅有印度佛教徒的丰富的表象中的一部分被具有某种宗教倾向的中国人所接受,他形成了一种对于中国佛教徒且只对于中国佛教徒有意义的新的宗教表现形式。在全部这些情况中,重要的并非各种形式的原始意义,而是各种形式本身,它们将寓于观察者自己的创造力之中的种种潜伏方式揭露给观察者的能动感受性与领悟。内涵是无法转移的。两种不同文化的人,各自存于自己精神的孤寂中,一条无法逾越的深渊把他们隔开。尽管印度人与中国人在那些日子里双方都认为自己是佛教徒,但是他们在精神上仍然离得非常远。一样的经文,一样的教仪,一样的信条——但是心灵却并不相同,他们各走各的路。"参见:[德]斯宾格勒《西方的没落》,张兰平译,陕西师范大学出版社2008年版,第40页。

朱崇科秉承其师王润华的大中华"文化殖民"逻辑，以《小坡的生日》为实验解剖样板，于是便有了下列所谓"暴力复制操作"的讲论：

（一）"小坡"的"父亲板着脸，郑重其事地打了国货店看门的老印度两个很响的耳瓜子"[①]，朱崇科认为这里呈现了华人"统治者的暴力"[②]的一面。这种分析显然有失妥当，因为"隐含作者"的文本态度是站在"小坡"立场上的，而小说中"小坡"将看门的"印度"视为"伟人"[③]，显而易见，"小坡"喜欢并同情"老印度"，而对于他父亲，却隐在地存有一种反感、抵制的心向，"小坡"的态度亦是文本"隐含作者"的态度，因此所谓华人"统治者的暴力"一说确实有过度阐释之嫌。

（二）"哥哥是最不得人心的：一看见小坡和福建、马来、印度的小孩儿们玩耍，便去报告父亲，惹得父亲说小坡没出息。小坡郑重地向哥哥声明：'我们一块儿玩的时候，我叫他们全变成中国人，还不行吗？'而哥哥一点也不原谅，仍然是去告诉父亲。"[④] 朱崇科认为"小坡""尽管主张并实践多元种族主义，其上述言行依然没有摆脱中国中心主义"[⑤]。这种说法也很有问题，上述句段的原文后一句是这样写的："父亲的没理由，讨厌一切'非广东人'，更是小坡所不能了解的。"[⑥] 这清楚地表明"小坡"向哥哥"我们一块儿玩的时候，我叫他们全变成中国人，还不行吗？"的声明并非"小坡"的本意，更非"小坡"的"中国强心剂"作怪，而恰恰是一种对父亲"专制淫威"的不得已妥协，也就是说，"小坡"的父亲持有中国中心主义心态，而"小坡"的态度亦即"隐含作者"的态度事实上表示了对父亲"中国中心主义"的不理解和质疑。

（三）"小坡"有一宝贝"红绸子"，"红绸子"可以帮助"小坡"装扮成各个种族的人，以实现"小坡"各族群人"平等谐存"的善良理念，

[①] 老舍：《小坡的生日》，人民文学出版社2000年版，第4页。

[②] 朱崇科：《后殖民老舍：洞见或偏执？——以〈二马〉和〈小坡的生日〉为中心》，《中山大学学报》（社会科学版）2007年第2期，第17页。

[③] 注："看门的印度，在小坡眼中，是个伟人"，选自老舍《小坡的生日》，人民文学出版社2000年版，第4页。

[④] 老舍：《小坡的生日》，人民文学出版社2000年版，第16页。

[⑤] 朱崇科：《后殖民老舍：洞见或偏执？——以〈二马〉和〈小坡的生日〉为中心》，《中山大学学报》（社会科学版）2007年第2期，第17页。

[⑥] 老舍：《小坡的生日》，人民文学出版社2000年版，第16页。

有一天"红绸子"遗落学校，可学校已经关上了大门，"小坡""央告看门的印度把门开开"① 遭拒后喊来庶务员和住校先生才把事情解决，他跑出校门时"就手儿踢了老印度一脚；一气儿跑回家，把宝贝围在腰间，过了一会儿，他告诉妹妹，他很后悔踢了老印度一脚。晚饭后父亲给他们买了些落花生，小坡把瘪的，小的，有虫儿的，都留起来；第二天拿到学校给老印度，作为赔罪道歉。老印度看了看那些奇形怪状的花生，不但没收，反给了小坡半个比醋还酸的绿橘子"②。朱崇科认为"小坡"踢"老印度"的行为和后来把瘪的、小的、有虫儿的花生送给"老印度"表示歉意显现了"小坡""华人中心主义"的倾向。这种观点也是站不住脚的，首先"小坡"踢"老印度"事出有因，同时反映了孩童"小坡"顽皮、任性的一面，"小坡"事后马上有了悔意，又反映了"小坡"心性无比的天真善良，接着还送东西给"老印度"赔礼道歉，而"老印度"自己非但没收却反而给了"小坡"礼物，这表明"小坡"对"老印度"的爱重和"老印度"对"小坡"的谅解与爱怜，至于说送的花生的瑕疵性，只是小孩可爱"恶作剧"的一种意真体现，朱崇科所谓小坡"华人中心主义"的过度挪用倾向，显然有失轻率。

（四）老舍在《还想着它》一文中有下面一段长度的论述：

> 本来我想写部以南洋为背景的小说。我要表扬中国人开发南洋的功绩：树是我们栽的，田是我们垦的，房是我们盖的，路是我们修的，矿是我们开的。都是我们作的。毒蛇猛兽，荒林恶瘴，我们都不怕。我们赤手空拳打出一座南洋来。我要写这个。我们伟大。是的，现在西洋人立在我们头上。可是，事业还仗着我们。我们在西人之下，其民族之上。假如南洋是个糖烧饼，我们是那个糖馅。我们可上可下。自要努力使劲，我们只有往上，不会退下。没有了我们，便没有了南洋；这是事实，自自然然的事实。马来人什么也不干，只会懒。印度人也干不过我们。西洋人住上三四年就得回家休息，不然便支持不住。干活是我们，作买卖是我们，行医当律师也是我们。住十年，百年，一千年，都可以，什么样的天气我们也受得住，什么样的

---

① 老舍：《小坡的生日》，人民文学出版社2000年版，第11页。
② 同上。

苦我们也能吃，什么样的工作我们有能力去干。说手有手，说脑子有脑子。我要写这么一本小说。这不是英雄崇拜，而是民族崇拜。①

朱崇科认为老舍此处"民族崇拜"之所谓是"狭隘的民族沙文主义倾向和可能的中国中心主义倾向（从异族角度换位思考尤甚）"②的体现，认为"这种族群优越感也可视为一种文化殖民"③，如果单纯就老舍上述言论来看我们说朱崇科的定论确实有一定的理据，问题是老舍没有在《小坡的生日》里真确地体现其上述思想，恰恰相反，紧接上段思想陈述，老舍在《还想着它》中表达了自己有心无力的遗憾："可是，我写不出。打算写，得到各处去游历。我没钱，也没工夫"④。也就是说，作者"想写"与作者实际"写出来"完全不是一回事，《小坡的生日》的文本呈现事实上背离了作者"大中华心态"的述志，其动机用老舍的话说便是："表面的写点新加坡的风景什么的。还有：以儿童为主，表现着弱小民族的联合"⑤，《小坡的生日》便是这种"弱小民族联合"创作动机而非上述"民族崇拜"创作臆想的文本化结果。朱崇科一则将作者事后的声明完全等价于文本自足的"发声"体现，没有将两者明晰地分开审察；二则断章取义，没有注意到作者后文对前文的一个颠覆态度，因而根本是不足为训的。

---

① 老舍：《还想着它》，选自老舍《老舍文集》（第14卷），人民文学出版社1989年版，第30页。

② 朱崇科：《后殖民老舍：洞见或偏执？——以〈二马〉和〈小坡的生日〉为中心》，《中山大学学报》（社会科学版）2007年第2期。

③ 同上。

④ 老舍：《还想着它》，选自《老舍文集》（第14卷），人民文学出版社1989年版，第30页。

⑤ 同上书，第31页。

主要参考文献

1. 刘勇、尚礼:《20世纪中国文学研究·现代文学研究》,北京出版社2001年版。
2. 温儒敏:《中国现代文学批评史》,北京大学出版社1993年版。
3. 方正耀:《中国古典小说理论史》,华东师范大学出版社2005年版。
4. 谭桂林:《百年文学与宗教》,湖南教育出版社2002年版。
5. 林辰:《神怪小说史》,浙江古籍出版社1998年版。
6. 杨义:《中国古典小说史论》,人民出版社1998年版。
7. 曹文轩:《二十世纪末中国文学现象研究》,作家出版社2003年版。
8. 毛峰:《神秘诗学》,台北扬智文化事业股份有限公司1997年版。
9. 夏志清:《中国现代小说史》,复旦大学出版社2005年版。
10. 洪子诚:《中国当代文学史》,北京大学出版社1999年版。
11. 陈晓明:《无边的挑战——中国先锋文学的后现代性》,广西师范大学出版社2004年版。
12. 朱立元:《天人合一——中华审美文化之魂》,上海文艺出版社1998年版。
13. 宗白华:《美学散步》,上海人民出版社2005年版。
14. 朱光潜:《文艺心理学》,安徽教育出版社1996年版。
15. [德]鲁道夫·奥托:《论"神圣"》,成穷、周邦宪译,四川人民出版社1995年版。
16. 樊星:《当代文学新视野讲演录》,广西师范大学出版社2007年版。
17. 陈思和:《中国当代文学史教程》,复旦大学出版社2004年版。
18. 杨匡汉:《20世纪中国文学经验》,东方出版中心2006年版。
19. 曹雪芹、高鹗:《红楼梦》,人民文学出版社1982年版。
20. 王又平:《新时期文学转型中的小说创作》,华中师范大学出版社2001年版。

21. 杨义：《中国现代小说史》，人民出版社1998年版。
22. 蒋孔阳：《美学新论》，人民文学出版社2006年版。
23. 路文彬：《视觉时代的听觉细雨——20世纪中国文学伦理问题研究》，安徽教育出版社2007年版。
24. 陈忠实：《白鹿原》，人民文学出版社1993年版。
25. 郑万鹏：《中国当代文学史》，北京语言大学出版社2000年版。
26. 吴投文：《沈从文的生命诗学》，东方出版社2007年版。
27. 吴立昌：《沈从文——建筑人性神庙》，复旦大学出版社1991年版。
28. 沈从文：《沈从文文集》，花城出版社1984年版。
29. 沈从文：《沈从文小说选》，人民文学出版社1993年版。
30. 金介甫：《沈从文传》，符家钦译，国际文化出版公司2005年版。
31. 凌宇：《从边城走向世界》，岳麓书社2006年版。
32. 关纪新：《老舍评传》，重庆出版社2003年版。
33. 王润华：《华文后殖民文学：中国、东南亚的个案研究》，学林出版社2001年版。
34. 赵稀方：《后殖民理论》，北京大学出版社2009年版。
35. 任一鸣：《后殖民：批评理论与文学》，外语教学与研究出版社2008年版。
36. ［美］爱德华·W. 萨义德：《东方学》，王宇根译，生活·读书·新知三联书店1999年版。
37. 老舍：《小坡的生日》，人民文学出版社2000年版。
38. 老舍：《老舍文集》，人民文学出版社1989年版。

附　录

理 论 篇

第一篇　女性哈姆雷特主义论略：中国现代文学深度写作"问题系"研究

一　论题精神内核

狭义而言，女性哈姆雷特主义是女性主义文学批评的一个建设性深入的发展，女性文学只有达到一种"哈姆雷特"式的思想深度和普世人文价值才有可能成就不刊经典；广义而言，女性即"内在的亲切性"，哈姆雷特即"普遍的永久性"，女性哈姆雷特主义即"内在的亲切性"与"普遍的永久性"的合一。女性文学如何取得人类性经典的高度，男性文学如何进行"双性同体"的丰盈抒写，是广义女性哈姆雷特主义所要承索的研究对象。

二　文学视境

（一）文学本位、史学思维、文化视角。

（二）究天人之际。

（三）文学整体观。

（四）世界文学意识。

（五）文学互文性。

（六）人类同一性。

（七）文学精神"内在的归一"。

（八）灵魂诗学。

三　问题意识

（一）《文心雕龙》以还，中国现当代文学便几乎没有了系统性、文学性、精邃性、独创性的文学理论命题的建构。

（二）传统文论的神髓如何现代复生。

（三）异域文论的蕴义如何本土通化。

（四）性别文化意识如何进行文学性整合。一方面男性类特性依然执"文化普世价值"的牛耳；另一方面女性"单边主义"的偏执解构愈演愈烈，男女各说各话，两性众语喧哗，怎样精神对话性地、"同情之理解"式地兼容与弥合。

（五）文学史写作模式如何创新。以"史"为载基对文学现象进行研究，事实上本身就无异于画地为牢。单纯的"史"仅仅只是文学研究可能性的一个纵向、历时的维度，文学研究的对象是"整体文学"全部的丰富性和深邃性，应当把文学看成一个圆形、浑成、系统的有机生命体，这就需要用多个可能性维度去把握其繁复丰饶的"意义网络"文学价值。除了时间历史维度，还应该整合空间共时维度、文化维度、性别维度以及超时空隐形精神维度等才能做文学丰赡、立体、本真意义之"完设还原"。此外文学史的写作应该具有"瞻前顾后"的延展性，比如中国现代文学史的写作除了外国文学资源的参引利用，既需要动用中国古代文学精神、史料资源的植入又需要延展到其对于中国当代文学的流变影响，因为文学既是整体的，又是动态的。另外"一切历史、一切思想史都是当代史"，文学史的写作义理应该饱含丰富的当下人间性文化思考情怀之眷注。

（六）如何发掘优秀文学世界性、人类性的精神、心理、情感、思想之基因，借以复兴中华文学之"人文骚雅"，濡润虚华漂浅、病瞀悖躁之人心，重建诗意栖居和谐精神家园。

四　核心概念（作为"文心"统筹全局）

（一）黑洞意识

"黑洞"也叫坍缩星，是天文学概念，指演变到最后阶段的恒星，由中子星进一步收缩而成，有巨大的引力场，使得它所发射的任何电磁波都无法向外传播，变成看不见的孤立天体，人们只能通过引力作用来确定它的存在，所以叫作黑洞。渐次无限缩小的体积载承一定无限大的质量，最后收缩成看不见的"空无"，便是黑洞的内涵。"黑洞"应用于文学是一种类譬的创化，文学上的"黑洞意识"标示一种文学精神的深邃，或者说就是文学极致的深度。一定无限大的人的生活、生命人文质量经过文学思维极境的淬火酵化无限凝缩成渐趋"虚空"的"文学精神核"，最后臻于化境，便是文学"黑洞意识"，比如托尔斯泰的"阿尔扎玛斯忧惧"；陀思妥耶夫斯基的"心灵辩证法"；莎士比亚的"哈姆雷特情综"；鲁迅的"反抗的绝望"；穆旦的"丰富的痛苦"等。

(二) 宇宙情怀（人寰天感）

宇宙情怀是一种精神"小我"（个体）融入精神"大我"（世界，亦即宇宙）的神圣心灵感知状态。宇宙情怀要求人对人自身及身外宇宙的思考建基于把人放在大宇宙情境中作心灵化照察，追求寻觅一种人在宇宙中的生命价值及生存意义，面向浩瀚宇宙，省视深眇人心，个体的灵魂与宇宙的灵魂水乳交融，"内宇宙"与"外宇宙"相契合、相浑化，从而激发出一种内在超越式的精神升华感，这种升华感隶属于一种生命原初崇高的人类性永恒，因而它是人文情愫范畴里的一种终极、无限的庄严心理体验。"天人合一"是宇宙情怀，"梵我同一"是宇宙情怀，大和式禅境的幽玄"物哀"是宇宙情怀。庄子的"天地与我并生，而万物与我为一"是宇宙情怀，屈原的"天问"是宇宙情怀，司马迁的"究天人之际"是宇宙情怀，曹雪芹的"悲凉之雾，遍被华林"是宇宙情怀，泰戈尔的"人神合一"是宇宙情怀，哈姆雷特的"to be, or not to be"是宇宙情怀。

(三) 历史直觉（感性）

既要有个性化灵动的对于精神个体内在情感诗意直觉式的细腻精微体认表达，又要从中见有"意识到的历史内容"之丰厚底蕴，比如哈姆雷特的"自觉的痛苦"或称"痛苦的自觉"。

(四) 双性同体写作

"穿裙子的莎士比亚"寓示了一种"双性同体"写作的可能，伟大的文学天才大抵都有一个"雌雄同体"的大脑和一颗"双性同体"的心，文学写作中成功的"易性表达"往往使文本更加生气灌注，丰盈饱满。

(五) 本真可能性

加缪说，重要的不是活得最好，而是活得最多（丰富性），文学宇宙多层次、多向度、多方位的拓展与丰富靠的是一种启示录般生活的想象性以及本真可能性的维度，文学的深度通过"本真可能性"来表达。

五　论文结构

导言：总论

上篇：静水流"深"——现代女性作家深度写作研究

"静水"是女性典范文学的一个象喻，"流深"意味着女性文学如何走向文学人类性经典的高度和深度。

绪论

红樱桃——萧红

红辣椒——丁玲

红罂粟——张爱玲

（拟以上面三位作家为核心，配以男性"文心"比照，历时兼共时地表述整个女性现代文学深度写作的得失精神文化史。）

下篇：高山上的"花"环——现代男性作家深度写作研究

"高山"是男性典范文学的一个象喻，"花"是女性内在经验情感的文学表达，两者的组接意味着男性文学如何整合进女性本真情境的抒写从而达到一种文学丰盈饱满度的"双性同体"写作的可能。

绪论

小说的深度——鲁迅；散文的深度——周作人

戏剧的深度——曹禺；诗歌的深度——穆旦

（拟以文学体裁作为体例结构，以分析上面四位作家作品的深度精神密码为主骨核心，配以女性"文心"比照，历时兼共时地表述整个男性现代文学深度写作的得失精神文化史。）

论文语言结撰特色：深度个性化灵动。

第二篇　中国当代女性主义文学批评症候式分析

摘　要：基于对西方女性主义批评中国化带来的关于异域性与本土化问题的思考，分别从伪命题的炮制、语词符码的辨误、性别意识症候式分析、关于"身体写作"的流变四方面进行了深刻的文化剖析，为差异化、平等化、和谐化的当代男女文化精神建构的健康发展提供了有所裨益的精神批评参照。

关键词：女性主义批评、伪命题、语词符码、性别意识、身体写作

一　引言

鲁迅曾经鞭辟入里一针见血地詈骂过中国国民积重难返的劣根品性：外国人用阿片治疗精神疾患，中国人却把它当作美味吃食；外国人用火药铸制洋枪洋炮遍地殖民，中国人却在爆竹的闹热中悠悠然将时间抛入忘川。本真地说，中国人最懂得羞辱感，但从不正视，只一味将其"阿Q"化，就像为即将入殓的死尸涂脂抹粉一样，雅洁倒雅洁得很，却难掩惨白腐肉的恶臭。比如外国有了什么前卫花哨的理论，便争先恐后，趋之若鹜，生怕自己不够代表"中国先进文化的前进方向"。也不管是蜘蛛还是螃蟹，便眉毛胡子一把抓着饕餮，或者将别人的夜壶当作炖鸡钵，或者将别人的肥佬装当作睡袍，欣欣然乌烟瘴气显摆折腾一阵后，嫌炖鸡钵有臊味，嫌睡袍设计不合理，便率然将它们一概宣判"死刑"。结果夜壶盛了腌鸭蛋，肥佬装套作"古董箱"的防尘衣，而尿桶还是稳占斗室的"半壁江山"，"夜夜浓臊壁上闻"；睡袍依然促仄逼窒，"年年苦恨压肉身"，这确然是中国学术的悲哀！将西方专有的女权运动和驳杂不堪的女性主义诗学捆绑起来漂洋过海介绍到中国"套餐消费"，究竟能吸摄什么养分呢？我看泻肚药用在阑尾炎病患者身上是没有任何值得炫鬻的"贪天"助益的！

二　伪命题的炮制

究竟有没有所谓的女性主义批评或女权主义批评，这是一个值得思考的问题。

在女权制社会，女人享有文化话语霸权，男人作为第二性在女人虚伪制造的镜城中饱带着男奴意识成为"无言的他者"，这时候才有女权主义批评，因为女权是主导，是支配，是统御男人的主角，男人只有"享受"林之洋（李汝珍《镜花缘》）惨苦经历的份，女人言说的声音便是权力的主流象征载体。那么男人的批评算什么呢？男人的批评充其量只能算作反女权主义批评，而不能称之为男权主义批评，因为在女人的世界里，男人处于附属品的地位，他根本没有支配性言说的"男声"，如果偶尔带着不满发出了对女权愤懑的呐喊，那便是反女权的声音，而不是男权自主而雄强的压伏性宣言。因此，在女主男奴的女权主义社会，才有所谓的女权主义批评和反女权主义批评两种批评言说方式。

同样地，在以男权中心意识为标志的父权制（男权制）社会，男人属于"无主名的杀人团"，女人作为第二性在男人"置换了所指的空洞能指"中烙带着女奴根性成为"在场的缺席者"，这时候才有男权主义批评，因为男权是真理，是上帝，是辖制女人的主角。女人"脚下受着缠足之苦，腰际遭'片面贞操'压抑，脑盘被'三从四德'洗礼"，男人的话语便是理所固然的文化霸权。那么女人的批评算什么呢？女人的批评充其量也只能算作反男权主义批评，不能称之为女权主义批评，因为在男人的世界里，女人属于陪衬体，她根本没有支配性言说的"女声"，女人的抗争是内化了男权文化基因的抗争，而不是女权的不贴任何男权精神标签、不受任何男权话语威慑的主动而非劣势声音的"畅响"。因此，在男主女奴的男权中心社会，只存在着男权主义批评和反男权主义批评两种批评言说模式。

至于男性主义批评（或称男性性称批评）和女性主义批评（可称女性性称批评）却似乎只存在于"撕碎角色的文化服装"的前俄狄浦斯社会和"双性同体"、男女和谐的完美理想社会。因为只有在那样的社会里，两性才有权力上的实质而非形式的绝对平等，男性的批评视阈里渗透着"理解女性自身生命逻辑"的情感体认，女性的批评视阈里包孕着"尊重男性生命本体价值"的合理因子，因而两者才是不带任何男权和女权意识形态的"男女两性主体性平等，在主体性平等的前提下尊重性别和个体的差异性"的乌托邦童话想象。男性主义批评和女性主义批评也只有在完全解构了男女二元对立的社会才能得以生诞。

简而言之，认为当今社会是女权制社会无疑是天方夜谭，认为当今社会已经完美地"双性同体"也不过是痴人说梦，认为当今社会仍然是男权制社会才是合乎现实的普遍共识。然则在男权制社会只有男权主义批评和反男权主义批评两种批评言说方式，而现在所谓的"女权主义批评"是根本不存在的，更遑论"女性主义批评"失却"双性同体"社会土壤培植依托的文化荒谬了。因此，现今社会所标榜的所谓"女权主义批评"和"女性主义批评"是一个瞒天过海、掩人耳目的超级伪命题，其实质只不过是反男权主义批评罢了。反男权主义批评却包上了女权主义批评或女性主义批评的甜美糖衣，给我们可敬的女同胞营造了一个虚幻自慰的精神温床，其冠冕堂皇秘隐的伪装性，是尤为值得我们加以厘析澄清的。更何况女性主义是月亮，它自己不发光，而是从其他太阳那里偷来的借光（有多少种主义，便有多少种女性主义）。

三　语词符码的辨误

我们姑且承认女性主义批评一说，请注意，我没有使用女权主义批评这一称谓，因为即使大部分女性倡导者们也有所畏葸，她们或者不敢用这么激进的语词唯恐招致男权社会的高度敏感，或者压根儿自己也耻于女权主义者这一"光荣称号"，这些现象本身就表明了女权主义理论"突进"的不彻底性，她们在这种忌讳那种忧虑中仍未摆脱菲勒斯中心主义阴影的牵缠，因而其批评理论仍然是从"父胎"中钻出来的产物。既反男权，在某种程度上又为男权所羁縻，就像是拔着自己的头发想离开地球一样，免不了在一种荒诞滑稽的悖论语境中艰难尴尬存生，我们说这种"英雌"的策略豪举无疑是不明智的。

女性主义论者认为我们现在所传承的文字是"男性视角""男性观点""男性声音"的"代名词"，"父权（男性）话语等同于人类话语"，这种说法有欠科学。众所周知，文字远古时代便已经朦胧问世，而远古时代则是一个男女自然和谐平等的"大同"社会，那时候根本没有男女歧视观念，男人捕猎，女人采摘野食，分工纯然基于生理机能构造（男人强壮，女人柔韧）。而捕猎终有机运环境风险的制约，采食则相对比较稳定恒常，所以有时候男人还得向女人"乞食"，女人的受尊重程度丝毫不亚于男人的受尊重程度，试问作为原始发端的雏形文字负载得起"男性执文化霸权之牛耳"这么沉重的理念吗？这里要么以偏概全，要么"断章取义"（泼污水的时候也把"真理"婴儿给泼出去了）。我的理解是文字是人类集体智慧的结晶，人类当然包括男人和女人，由于无迹可考，我们说女人在共同创造文字的流程中所发挥的主动姿态作用就一定低于男人们吗？不一定！至于神话想象中的文字发明者男性仓颉也完全是到了男权社会以后由于男权主流意识的"雄强"侵渗而附会催生的。

女性主义论者称"男"字是"生产力主导着经济社会地位象征的刻画"，"女"字则是"跪屈的人生人格状态的从属物象征的刻画"，这绝对是无稽之谈。"男""女"作为最原始的象形甲骨文，其刻画的表象显征完全在于描摹形貌："男"字显得很沉实阔重，展现的是男人肩膀的阔实及躯体的有力；"女"字则显得曼妙轻灵，征示的是女人顾美柔婉的身材。这两个字是根本没有先验的贬贱女人的寓意的。即使在其他语种里也概莫能外，英文中的"MAN"和"WOMAN"，女性主义论者的解释是女人是男人的一根肋骨化育的，是男人的骨中骨，肉中肉，因而才有"WOMAN"的得名。但就英文拼写而言，"WOMAN"五个字母，"MAN"三个字母，"MAN"恰恰是从"WOMAN"身上抽取的，这又做何解释呢？这或许有点诡辩，然而女性主义者不也是主题先行地择取有利的论据层面进行自圆其说吗？其偏颇不客观处是不言自明的。

周易里究竟是否存在性别歧视？也是一个值得我们商榷的问题。《易经》里阴阳互易、阴阳相济、刚柔互补、以柔克刚的朴素辩证理念里并不存在具有专制性质的阳文化暴力霸权倾向和所谓的"阳尊阴卑"潜涵歧视性的阴阳二元角色分工。恰恰相反，从"以柔克刚"的太极图谱精神展示中便可以洞若观火地看出，阴柔一方在一定程度上反而益加彰显了某种主导姿态的消解阳质、制服阳性的内化涵容力，而根本不是相反，要知道我们古慧的祖先是崇奉阴柔的。"天行健，君子以自强不息""地势坤，君子以厚德载物"[①] 这一确凿可信的易辞便充分剀切地体现了易经里任何一方都不可偏废的阴阳生态平衡谐美理想的平等文化内涵。值得注意的是，由于后人附会的增删，尤其是封建士大夫的横加"修葺"，《易经》里许多辞段已经完全背离了其元文化的魂髓而不幸沦为"专制文化符码工具"了。因此我们必须睁大眼睛厘清真伪，还历史以本来清朗面目，而不能像女性主义论者那样想当然地"拿棒槌当针（真）"使。

[①] 古敏主编：《易经》，北京燕山出版社2001年版，第4、13页。

女性主义论者为了让女性"浮出历史地表",从而"走出男权传统的樊篱"①,不惜将美丽的仙子嫦娥进行想象性的丑化,并且把这种丑化情结"放之四海而皆准"。制造谎言说:在集体无意识中,我们一提到嫦娥,便首先联想到丑陋的癞蛤蟆,想到一个忘恩负义、欺昧良心、胸襟窄小、自私绝顶的坏女人,想到一个唠叨、抱怨、小心眼、虚荣、撒谎、偏信、歇斯底里、不可理喻的妖妇。这种惊世骇俗的言论真叫人怵栗寒心,其目的只不过想证明在远古神话中就已经泅渗进男权文化意识因子:把男人后羿塑造成英雄,却把女人嫦娥贬损为无耻的泼妇、悍妇。然而这恐怕只是她们一厢情愿的臆想罢了,一提到嫦娥仙子,我们原初情境的感觉并不是厌恶,而是又悦赏又悲悯,悦赏的是她的花月容颜,悲悯的则是她在广寒宫中的凄清落寞,就算是做梦,也绝计不会把嫦娥梦作母夜叉,可见女性主义论者是在人为地强奸舆情和阉割民意。此外,"托身于月,是为蟾蜍,而为月精"为什么不写成"托身于月,是为癞蛤蟆,而为月狐狸精"呢?我们说蟾蜍的确就是癞蛤蟆,但不同的历史语境会有相异的文化含义,蟾蜍其时也许是一种美丽的图腾,它可以制药助人疗伤,在古人们的意念中是决然没有恶憎的心想的,"蟾宫""蟾光"美妙语词的使用就证明了蟾蜍与当今文化视域中的"癞蛤蟆"意象根本就是风马牛不相及;而"月精",乃月之精华也,更与所谓的"成精成怪"说相去甚远。

由此观之,女性主义论者这种"欲加之罪,何患无辞"翻案式的夸张"无理取闹",非但没有支持其"抵制被书写历史"的初衷,反而在无形中架空了其高妙构论,我们说这是缘木求鱼一点也不为过。

四 性别意识症候式分析

女性主义论者认为中国现代男性叙事中的天使型女性形象是"男性对女性主体性的消解",是父权制文化对女性的奴性审美"镜像期待",是作为第二性文化符码的"没有生命痛感的美丽木偶",这种论断其实是将片面性扩大为真理,导致了宏观观照下的极其幼稚的谬误,因而自然是不攻自破的。

一部作品总有一个核心主角,如果作家设计的核心主角是男主人

---

① "浮出历史地表""走出男权传统的樊篱"分别借用孟悦、戴锦华之著作《浮出历史地表》和刘慧英之著作《走出男权传统的樊篱》两书的标题。

公，自然男主人公是行文轴心，一切以他为转移，非但笔墨多铺染，且心理视角、心理流程也不能不是男主人公执牛耳，毋庸置疑，男主人公这种主体性的强势逼人是无可厚非的，并且也是构文所必需的，否则难免导致头重脚轻的弊病。既然核心男主人公是重镇，那么非核心女性人物肯定相对轻描淡写，否则也有喧宾夺主之嫌了。我们说这当然只是一种撰文基本策略——一切为中心人物服务，以期使人物性格丰满典型。因而在此类作品中，不能因为多写了些男主人公的生活形象，多从男主人公心理视阈看世界了，便不负责任地一口咬定这是对女性主体性的不尊重和淡漠消解，顶多也只说明作家不懂"双声话语"，复调性意识不强，或者可能是作家别样风格构思的设虑，而绝对不是所谓的对女性主体性的蓄意"草菅人命"。反之，如果一部作品的焦点人物是女性，则行文也必然一切以她为转轴，女主人公在通篇作品中纵横驰驱，一切男性客象自然也须在女主人公眼光的主动扫描下存活跃跳，这种凸显中心人物的密集式描写司空见惯，如果按照女性主义论者的逻辑，是不是也有"女性对男性主体性消解"的嫌疑呢？丁玲的作品《沙菲女士的日记》中的女主角沙菲便是一个鲜活的明证，可见这种立论是极其片面的，因而也是根本站不住脚的。

　　男性作家写美好女性人物，自然是"男性视阈对女性的期待性想象"。男人写，就没办法苛求男人是"变性人"，而作品本身便是虚构的艺术性想象结晶，所以男性的"美丽镜像期待"是无须上纲上线的，至于父权制文化浸染下的所谓贪赏天使的"奴性美感"，更是一种先入为主的文化复仇式的假说。波伏娃说："一个人之为女人，与其说是天生的，不如说是形成的（或者说是社会文化造就的）"[1]，我们也可以同样说："一个人之为男人，与其说是天生的，不如说是形成的"。男人之期待温柔美丽纯洁的天使正如女人期待有绅士风度的仁慧猛男一样，女人是不是也在消费男人的"奴性美感"呢？这并非意气之言，男人视女人的贞静童洁为美，后现代的女性主义论者便带着"解构"的勇猛姿态说那是男人强加的奴役镜像，要砸碎，要反叛，那好啊，个个都去做"假小子"得了，让整个世界在超级开放的大腿间疯狂堕落。男

---

[1] ［法］西蒙·波伏娃：《第二性》，中国书籍出版社2004年版，第251页。

人素以忠厚老实为美德，现在不也有"男人不坏，女人不爱"的奴役男人的镜像吗？甚而女性的被压制大多更来自于"同室操戈"，曹七巧式的女人难道还少吗？关于此点早有评论家充分论证，本人不予赘述。因而当务之急，我们要的是建构，而不只是拼命解构，解构的极致只会导致"走火入魔"：说异性爱乃父权制文化的产物，因此要抵制男女同床，要让女同性爱的"正义"大纛"易帜"高扬。这无疑是一种畸形，也是一种变态，既然天生男女，何苦"棒打鸳鸯"，任何违逆生物界自然定律的行为无疑是玩火自焚。也就是说，即便男女再怎么平等，也必定存有一种生物性的性征区别不可消弭，女人的乳房终不能化变成男人的胸大肌，男女性征的完美互补，恰恰是和谐男女的题中之义，而不要妄图把男女都改造成中性人或无性人，或者干脆从一个极端走向另一极端：男人的亢盛阳刚得"下岗"，女人的婉媚阴柔须"离线"。于是乎愫芳哀静嫌不够锋芒，钱梅芬幽悒嫌其奴性……如果每个天使女人都成为伯沙·梅森，似乎才遂了女性主义论者的愿心，这将是十分可怕的"独裁"。我们说"静穆冲澹"有"静穆冲澹"的美，"金刚怒目"有"金刚怒目"的美，艺术美本来就具呈丰富的多样性，又何必刻求一同呢？

此外，女性主义论者将天使型女性"都只会忘我地去爱"归结为性别意识层面的"奴性化的爱的哲学"，这也值得辨析商榷。第一，现实生活的本真状态就是如此，男作家秉承清醒现实主义精神将这种现象如实呈现出来，这难道有所谓的高姿态的"厌女症"过错吗？女性主义论者把社会罪愆转嫁给客观反映的作者，这是张冠李戴，冤枉好人。例如，《围城》里钱锺书并没有贬损丑化孙柔嘉等女性，他只是把他所见的、带有真实缺点的女人们可信地表现出来而未加以理想化罢了，设若说有歧视女性的嫌疑，也自然含有歧视男性之嫌，因为李梅亭、高松年等男性的被讽实在毫不逊色于对苏文纨、孙柔嘉等女性的讽刺，叙述作者的隐含态度无论怎么说委实也是同等的。第二，男作家不仅将温润如春的琴、瑞珏等视为天使，也同样将繁漪、赖大嫂等视为另类天使，女性主义论者似乎只看到前者而根本忽略了后者，个中缘由乃她们本身中"男权"毒素太深，因负面男权文化基因内化于心，才会将男权社会的所谓"主流"声音理解为男性作者作为隐含作者在作品中的真实声音，殊不知隐含作者在人文情志层面已批判性地超然于"主流"。第三，女性主义论者认为"男性作家借助美好女性的苦难遭际向自己敌对的封建制度、剥削阶级制度提出控诉"①，美好女性只不过作为男性人物失去的"所有物"而借向社会抗议发难的一个象征性革命道具，这种说法极为偏颇。巴金《家》里面的梅和瑞珏死的悲剧是对社会的控诉，觉新生命委顿的悲剧也是对社会的控诉，要说是道具，两者皆然，就控诉意义而言，两种道具颉颉平行，而并非"一个借助另一个"的包容关系。也就是说，觉新生命委顿的悲剧并不是梅、瑞珏死的悲剧直接造成的，它们之间没有因果关联。就性别意识而言，叙述作者也没有将觉新的性别身份强行凌驾于梅、瑞珏之上，设若梅、瑞珏不死，难道觉新的性格悲剧意义对社会的控诉就无关痛痒了吗？

申而述之，从天使型女性到恶女型女性再到种种其他，女性主义论者总是规避政治文本而专在性别意识片面文本里面鸡蛋里挑骨头，即"主观而抽象地预先设定女性必然遭受男性压迫的历史处境，从而本末倒置，使文本成为了女性历史与文化宿命的图像性佐证"②，其逻辑的片面性是一以贯之的，也是昭然若揭的，因而卑之无甚高论，是不必我们宝重为铁律金箴的。

五　关于"身体写作"的流变

出于"置疑和颠覆父系意识形态的策略和方法"，法国女性主义者西苏提出了"身体写作"理论，力行轰毁男性权压下无形建造的"黑暗王国"，"通过身体将自己的想法物质化；用自己的肉体表达自己的思想"③，冲决男性卑琐的眼光和世俗可鄙的偏见，大胆地描写躯体，表现属于女性自己的美的体验，让女性从专制的"文化彼岸"回到身体，"用自己的牙齿去咬那条男性语言的舌头，为自己创出一种嵌进去的语言"④。我们说这是一种"具有高度政治使命感与文化批判锋芒的"批评策略，其初衷不过是试图"打破阴茎—权力—话语权三位一体"格局，试图通过拆解男性中心主义的价值体系而实现女性生命本能力量的觉苏，而在中国却演

---

① 李玲：《中国现代文学的性别意识》，人民文学出版社2002年版，第32页。
② 杨莉馨：《异域性与本土性：女性主义诗学在中国的流变与影响》，北京大学出版社2005年版，第254页。
③ [法]西苏：《美杜莎的笑声》，张京媛主编：《当代女性主义文学批评》，北京大学出版社1992年版，第194页。
④ 同上书，第202页。

化成一场场赤裸裸的色情展演和私人生活秀。"差之毫厘，谬以千里"，这种纯粹女性领域的生物本质主义立场只是一种堂吉诃德式的"愚蠢的天真和狂颠的善良"，因而最容易不自觉地陷入男性操控的意识形态怪圈而悲剧性地走向自己的反面。

正如卫慧在《上海宝贝》答记者问中所说："我不用身体写作而用电脑写作，但有人用身体而不是头脑在看"[①]，在存续着、进行时的男权社会，在父权意识价值体系尚未分崩离析之前，木子美式的媚俗"身体激情"演绎，不过是迎合男性情欲肉欲恶性膨胀的触媒；而"私生活田地里"的个人化写作，也不过被正常视为色情泛滥成灾的推波助澜催化剂。我们说不破不立精神可嘉，矫枉过正则难辞其咎。对女性身体的大肆渲染，对性别价值的火烈标榜，偷天换日为"推销横陈肉体，将陈旧的颓废淫靡装扮成新潮先锋的广告词"；"只关心自己，而对自己以外的一切淡漠而疏远，使文学成为作家对于小小自我无休止的抚摸"[②]；有闲精神贵族在"女性与城市"的不食人间烟火的小资奢侈中咀嚼私人一己"哀欢"，抛却群体性别意识漠视底层劳动苦妇血汗淋漓、负重挣扎的人生惨难；这些都是为人所诟病的。"一个女性作家的作品如果不能让男性读者也从中读到自己的灵魂，而只是满足着男性的某种窥视欲和好奇心，这种作品就无法达到人道主义的层次，而将局限于传统女性特有的狭隘、小气、自恋和报复心理"[③]。女性主义推崇的文化意义将被彻底"妖魔化"，主体的身体被"下半身写作"物化成色情消费的对象，跌入"性爱神话被体制化、性被寓言化、私人经验被偶像化了"的绝对化、简单化、片面化的迷误陷坑。而女性写作的"亚文化"作品依然是被拉康"象征性的秩序"所污染的"滴满了处女血"的展览床单，与男性一道同构着集体"共名"的狂欢，而终没有成为那充满了女性崇高自尊的隶属于"女性谱系"范畴的所谓"空白之页"和"无字碑"。

"女性主义在中国就如同时装表演中女性身体上的比基尼，它的内容

[①] 杨莉馨：《异域性与本土性：女性主义诗学在中国的流变与影响》，北京大学出版社2005年版，第236页。

[②] 王家新、孙文波编：《中国诗歌90年代备忘录》，人民文学出版社2000年版，第242页。

[③] 杨莉馨：《异域性与本土性：女性主义诗学在中国的流变与影响》，北京大学出版社2005年版，第238页。

不多也不少——它是遮蔽，也是呈现。但我们不能把比基尼夸大为旗帜"①。从"身体写作"到"私人化写作"再到"下半身写作"，西方女性主义的理论精神在中国已彻底异化，女性变得有"性"无"女"，再加之商业化进程合谋造就的主流话语的"裂舌"与多元，中国女性主义"肠胃"由于水土不服及"外来药物"的过分乱用滥用而出现了"呕吐恶心"等怪异症状，我们说如不及时抢治，恐怕难脱休克夭折之宿命！

六 结论

西方女性主义批评的风起云涌自有其异域性的女权运动"政治诗学"历史语境，而"中国有史以来从未发生过自发的、独立的妇女解放运动。妇女的解放从来都是从属于民族的、阶级的、文化的社会革命运动"，从来都是在"宏大叙事""民族寓言"的男性启蒙"阳影"下被动成长。马克思主义认为：内因是根据，外因是条件，外因只有通过内因才起作用，加之西方女性主义本身就流派纷呈，芜杂不堪，且内部多有龃龉，因此滞后而片面地笼统拿来未必适用于中国。当然，未必适用也并不意味着不可以汲取其精神文化的强益因子，比如性别意识的合理阐扬，比如文化"将女性的血肉之躯变为钉死的蝴蝶的文明暴行"② 性质的深刻反省。然而我们既不能昏昧回到过去，在女性主义的幌子下依旧承袭"精神奴役创伤"的男性言说理式，又不能妄想飞到未来，企图不切实际地摒弃现有母语而自创一套独属女人的文字来重新言说历史；既不能只在狭隘的性别意识孤立文本中搜抉可怜的证据"为我所用"，也不能缺乏理论建树的一味耽溺于"男权文化"的盲目解构。一言以蔽之，解构更要建构，消解更需和解，感性更得理性，只有这样，合性合理合情，不温不火，既批判又自我反思，才有助于差异化、平等化、和谐化的当代男女文化精神建构的健康发展。

---

① 杨莉馨：《异域性与本土性：女性主义诗学在中国的流变与影响》，北京大学出版社2005年版，第129页。

② 戴锦华：《人·鬼·情——一个女人的困境》，《上海文论》1992年第1期。

第三篇　后殖民理论综述

摘　要：后殖民思想大体可以分为殖民主义批评（反军事殖民）、新殖民主义批评（反经济、政治殖民）、后殖民主义批评（反文化殖民）和内部殖民主义批评（反少数话语殖民）4个阶段。后殖民理论与后现代理论、女性主义理论、民族主义理论有密切的渊源关联，但也存在诸多异差之处。后殖民思想在中国的"理论旅行"既取得了一定的文化反响，引起了中国文化界一度的批评热潮，然而因为理解的不到位和某些学人的剑走偏锋，又出现不少"硬伤"性的歧误偏差。

关键词：后殖民主义；后现代主义；女性主义；民族主义；理论旅行

一　四种"后殖民"

首先需要梳理一下后殖民理论的知识谱系，就流变期段而言，后殖民思想大体可以分为殖民主义批评、新殖民主义批评、后殖民主义批评和内部殖民主义批评4个阶段，当然这4个阶段并非是线性历时的演进，而是有共时性叠合交叉的。

（一）殖民主义批评

殖民主义批评的代表人物主要有马克思、列宁、霍布森、法侬等。马克思是西方乃至世界反殖史上的思想鼻祖，列宁继承马克思反殖思想的衣钵，石破天惊地贡献了其"帝国主义"的著名论断——"帝国主义是资本主义的最高阶段，是垄断的、腐朽的、垂死的资本主义，是社会主义革命的前夜"，"马克思虽然大力支持殖民地的反抗斗争，但他的理论建立在欧洲工人阶级革命的基础上，并未过多地涉及殖民地革命的问题"，列宁则"大力支持殖民地人民反抗帝国主义的民族自决运动，将殖民地革命与整体推翻帝国主义的革命问题联系在一起，并最终将殖民地革命定位于无产阶级世界革命的一个组成部分"[①]，列宁讨论帝国主义，并不在宗主国与殖民地之关系，而侧重于研究帝国主义国家间的殊死搏斗和军事武

[①]　赵稀方：《后殖民理论》，北京大学出版社2009年版，第3页。

装争夺，讨论殖民地只是把它视为反帝国主义统治的起义和革命之前沿爆发地，然而列宁的思想依然是"欧洲中心"的。霍布森首次从市场需求的角度论述帝国主义，他在《帝国主义：一项研究》一书中一针见血地指出帝国主义的扩张并非是所谓的文明输入，而是起因于贪婪的经济需求。而真正以殖民地为本位谈论殖民主义问题的是出生于加勒比海的黑人学者弗朗兹·法侬，法侬对于民族文化的非本质主义看法，对于黑人/白人主体身份相关性的辨析，为后殖民主义批评提供了源始性的思想镜鉴。

（二）新殖民主义批评

新殖民主义是指第二次世界大战以后，多数殖民地国家在经历了长期的斗争后获得了独立，但他们发现自己并没有最终摆脱殖民统治。西方国家、特别是前殖民统治国家，以种种方式继续其对于独立后国家的殖民控制，这种主要关涉独立后的殖民控制问题的批评称为"新殖民主义"，"新殖民是一个经济理论的术语，表示西方对过去的殖民地国家在获得表面的政治独立之后仍维持着经济方面的控制"[①]，其批评模式侧重于经济、政治和社会发展角度的论述。新殖民主义批评的代表人物主要有恩克鲁玛、萨米尔·阿明和阿契贝。1965年出版的恩克鲁玛的《新殖民主义：帝国主义的最后阶段》一书是新殖民主义批评最早的代表性著作，此书侧重于经济控制的分析，虽也谈及帝国主义的文化控制问题，但仍属于一种意识形态政治统治的范畴论说。恩克鲁玛之外，令人瞩目的新殖民主义论述是发端于美国、主要由拉美学者构述的"依附理论"，"依附理论"将"中心—外围"的经济控制与依附的分析转化成了一种普遍性的社会发展理论，非洲"依附理论"的主要代表人物是埃及学者萨米尔·阿明，其观点精髓是：发达状态与不发达状态是同一枚硬币的正反两面，而这枚硬币就是'资本主义扩张'，资本主义的扩张既是资本主义发达的原因，也是外围国家不发达的原因。新殖民主义批评的另一位人物阿契贝从某种意义上说可以称得上是一个后殖民主义批评家，他早在萨义德之前就开始批评文化上的欧洲中心主义，并且独具慧心地分析了康拉德与殖民主义的关联，但由于萨义德首次对后殖民理论作了较为系统的表述，而且阿契贝缺乏后殖民理论的一些共同特质，如对于西方解构主义"高雅理论"（指

[①] [英]博埃默·艾勒克：《殖民与后殖民文学》，盛宁、韩敏中译，辽宁教育出版社1998年版，第10页。

福柯、德里达、拉康等的思想理论）的运用，因而将其划归新殖民主义批评家的范畴。不过，将阿契贝称为后殖民理论的先驱，却是毫无疑义的。

（三）后殖民主义批评

后殖民主义批评的代表人物主要有萨义德、斯皮瓦克、阿希克洛夫特、罗伯特·扬和霍米·巴巴。萨义德是后殖民批评的开山人物，其《东方学》标志着后殖民主义的诞生，Orientalism 在萨义德那里有三重意思：一为一个传统意义上的学科"东方学"；二为西方的东方主义思维方式；三为西方将东方"东方化"的话语机制。《东方学》一书详细考察了古代东方学和现代东方学的不同阶段的特征，探讨了东方主义的运行机制。东方主义是一种话语建构，而话语则是一种权力技术。在萨义德看来，作为欧洲的"他者"，东方从来都是欧洲文化一个内在的组成部分，"东方学作为一种话语方式在文化甚至意识形态的层面对此组成部分进行表述和表达，其在学术机制、词汇、意象、正统信念甚至殖民体制和殖民风格等方面都有着深厚的基础"[1]，诸如理性、发展、人道、高级的西方和反常、落后、愚昧、低级的东方这种想象和构建东方的模式，体现的是东西方被书写与书写的权力关系。"斯皮瓦克从两个方面填补了萨义德的不足，一方面是殖民话语的性别视角分析，另一方面是对于反殖民话语的探讨。萨义德的东方主义话语分析固然精彩，但男性身份却让他在性别上成为盲点。斯皮瓦克从女性的立场出发，对于西方女性主义进行了后殖民解读和批判，代表作有《一种国际框架里的法国女性主义》（1981）和《三个女性的文本与帝国主义批判》（1985）等，她与胡克斯、莫汉蒂等人一起，形成了女性主义后殖民批评"[2]。在反话语方面，萨义德基本上无所建树，他的东方主义论述完全限制于西方话语，基本上将东方看作沉默的他者。斯皮瓦克写于 1985 年的《庶民能说话吗？》一文，主要探述了东方作为西方的"他者"角色能否自主发出自己内在声音的问题，在学界引起了热烈的广泛关注。她质疑了让庶民主体发声的做法，认为被压迫阶级很难精确定义，殖民统治者、本土精英与下层大众之间其实存在着

---

[1] ［美］爱德华·W. 萨义德：《东方学》，王宇根译，生活·读书·新知三联书店 1999 年版，第 2 页。

[2] 赵稀方：《后殖民理论》，北京大学出版社 2009 年版，第 6 页。

一个广大的模糊不清的地带，大众之间也存在性别、职业等完全不同的情形，由此产生的意识也不尽相同。更重要的是，印度所谓庶民研究小组的知识者代表成员如何能够代表大众也是个疑问，因为其西方学术背景昭示着他们与西方知识暧昧不清的关系。针对这一问题，阿希克洛夫特在其《逆写帝国》一书中表达了这样的观点，即后殖民文学事实上运用殖民者的语言，经由"重置语言"和"重置文本"等挪用、变形、转换修辞方法，呈现出小写的殖民地地方英语对于大写的西方中心英语的抵抗效应。针对萨义德的另一个重要缺陷（除了忽略"东方"的反话语）——忽略西方内部的反殖传统，来自于西方内部的白人学者罗伯特·扬在其2001年出版的《后殖民主义：一个历史的介绍》一书中专门辟有"欧洲的反殖民主义"一章，指出西方的历史书写的确反映整体化和单一化的倾向，然而内部依然存有差异，他认为当代西方思想其实不乏观念上的突破者，例如列维纳斯和德里达。与前面的学者质疑角度不同，霍米·巴巴认为萨义德的主要问题在于他没有从殖民者/被殖民者、自我/他者关系的视维来论述殖民主义话语，没有看到殖民话语内在构成的十分复杂性，也无法察识由此内爆性生发的反殖民话语的某种可能（阿希克洛夫特的"混杂"说似乎受了霍米·巴巴的影响）。霍米·巴巴试图翻覆这种主体/客体、自我/他者、本质/现象的一元单维辩证关系，而代之于"杂交""模拟""第三空间""模棱两可"等术语。

（四）内部殖民主义批评

内部殖民主义批评的代表主要有海克特等。所谓内部殖民，是指这样一个事实现象：从地理上看，东方不仅仅外在于西方，同时也内在于西方。所谓内在于西方，指的是居住于西方国家内部的东方人以及其他少数民族。殖民主义事实上不仅仅限于外部，也同样体现在内部主导民族与少数民族的关系上。从理论上说，内部殖民应该是外部殖民的缩影，但由于涉及不同民族在一个国家内部的平等谐存，内部殖民存在着自身的独特问题。最早涉及内部殖民主义理论的，是列宁的《俄国资本主义的发展》和葛兰西的《南方问题》，而最为有名的则是1975年出版的海克特的《内部殖民主义》一书，它后来成为论述内部殖民主义最权威的著作。七八十年代之后，内部殖民主义的模式式微，代之而起的是多元文化主义。这种变化大致是平等政治向差异政治转折的结果。与内部殖民主义不同，多元文化主义的重点不在于揭露种族压迫，而在于强调国家内部不同文化的平等地位和少数文化的独特价值。多元文化主义的讨论事实上主要落实在自由主义及其内在矛盾上，对于少数民族本身事实上并没多少讨论。于是"少数话语"理论应运而生，少数话语认为应该以少数文化的概念替代多元文化主义，原因即在于多元文化主义只是讨论自由主义能否容纳少数族利益，主要是站在主流文化角度说话的，而少数话语则以少数文化为主体。从内部殖民到多元文化，从多元文化再到"少数话语"，大抵是内部殖民主义的一个流变历程。

二 "后殖民"与当代理论

（一）"后殖民"与"后现代"

"后殖民"与"后现代"理论的关系。阿希克洛夫特等人认为："后殖民"与"后现代"在理论上有相像之处，"后现代"对于欧洲文化逻各斯中心主义宏大叙事的解构与"后殖民"的拆毁帝国中心话语几乎是内在一致的，但在实践上却截然不同，"后殖民"并不是一种简单的"后现代政治"，它持续地关注殖民和新殖民社会的帝国主义过程，检验颠覆这一过程的物质和话语效果的策略，而"后现代"却往往并没有欧洲以外的视角，因而可能成为后殖民的批判对象。然而经过"后现代"的洗礼，"后殖民"理论没有将后殖民文学带回到民族主义抵抗的老路上，而是持非本质主义的态度，强调混杂的处境，寓反抗于挪用之中。萨义德在《东方学》一书中运用了福柯的话语理论作为基本方法，同时还运用了葛兰西的文化领导权的概念，这两个互相制约、互相矛盾的概念表明了萨义德接受后现代的踌躇。在"东方主义"三部曲的后两部《巴勒斯坦问题》和《报导伊斯兰》中，意识形态批判基本上代替了话语理论。萨义德说：福柯与权力结盟，认为权力话语不可抵抗；另外福柯所结盟的还是欧洲权力，并不具有殖民地的视野。在德里达与福柯之间，萨义德倾向于福柯，他认为"德里达的批评让我们陷入文本之中，福柯则使我们在文本内进进出出"。到了1994年为《东方学》新版写"后记"的时候，萨义德已经明确地区分后殖民与后现代。他认为：后现代与后殖民建立在不同的历史经验之上，后现代仍然存在着严重的欧洲中心倾向，这正是后殖民所批判的；后现代强调启蒙宏大叙事的消失，强调历史碎片的拼贴和消费主义，后殖民却仍在批判霸权，追求解放。霍米·巴巴较萨义德要"后现代"得多，拉康有关主体构成中自我与他者不可或缺的关系的看法，是他的理论基础。此外，对其产生重要影响的还有福柯、本雅明等后现代人物。霍米·巴巴认为：后现代主义反思西方现代性的问题在于不能脱离西方自身的视野，这种自我反省的结构无法挣脱西方自身的逻辑系统。斯皮瓦克同意萨义德对于福柯的批评，认为福柯过于注意微型权力而忽略了诸如阶级、经济、反抗等大的结构，福柯更大的问题在于，他没有认识到非西方世界的方面，因而事实上站在"国际劳动分工的剥削者的方面"。不过，斯皮瓦克不同意萨义德对德里达的批评，她认为萨义德没有理解德里达要取消文本和语境之间差别的意图，由于早期德里达曾对于历史上的欧洲中心主义有过批评，斯皮瓦克认为德里达较福柯要好得多。最推崇德里达的是罗伯特·扬，《白色神话》对于西方反殖历史的梳理，德里达是其点题人物。罗伯特·扬指出：人们通常注意到德里达对于一般知识的批评，却没有注意到他对于"西方"知识的批评；人们只是注意到他对于欧洲逻各斯中心主义的批评，却没有注意到他对于西方种族中心主义的批评。马克思主义者阿罕默德和德里克等人却坚持将后殖民与后现代归为一丘之貉。阿罕默德认为，在马克思主义、民族主义不再吃香，解构主义风行时，西方移民者迅速开始从民族主义到后现代的策略性转变，萨义德是始作俑者。德里克则认为：如果说，后现代主义是全球资本主义的意识形态，那么后殖民主义就是后现代在第三世界的配合者，它将后现代主义延伸到第三世界来了。

（二）"后殖民"与"女性主义"

后殖民与女性主义理论的关系。女性主义后殖民批评最早可追溯到美国黑人及有色人种对于女性主义白人中心的质疑，时间甚至大大早于萨义德的《东方学》（1978年）。早在1970年，也就是凯特·米利特《性政治》出版的同一年，黑人女性主义者弗朗西斯·比尔就有文章《双重危险：作为黑人和女性》问世，比尔指出第二波女性主义仅仅提出了男性/女性的性别对立，却并不注意女性内部的种族差异，因而它只是一场"白人女性的运动"。美国较有影响的黑人女性主义者是贝尔·胡克斯，胡克斯从黑人角度所进行的种族批判，有两个特征值得称道：第一，她深入到精神和心理的层面，批判内在种族主义；第二，她将批判付诸行为，讨论反凝视、发声等实际的反抗方法。她1981年的第一部著作《我不是一个女人吗？黑人女性与女权主义》，开始了黑人女性主义的系统论述。同一年斯皮瓦克发表了著名论文《一种国际框架里的法国女性主义》，就克里斯蒂娃的《关于中国妇女》一书展开了对于西方女性主义东方论述的后殖民批评。斯皮瓦克认为克里斯蒂娃对于中国的称赞，事实上是站在西方立场上"他者化"中国的行为，体现了其背后的西方本位和优越感，因而最需要反省的是种族的"他者化"问题——西方女性主义将"女性主义""自由"等看作西方世界的产物，与第三世界女性并无关系。莫汉蒂于1984年发表了著名的《在西方的注视下：女性主义与殖民话语》一文，试图较为全面地梳理西方女性主义的东方话语。阿普菲尔—马格林则追溯了历史上西方女性主义与殖民主义的共谋关系。就共同反抗西方社会的男性统治来看，西方女性主义者好像与第三世界被殖民者精神立场一致，其实不然，西方的男性与女性在海外事实上存在一种奇妙的同盟关系。20世纪以后，殖民主义的历史逐渐结束，西方有关第三世界的话语由殖民性转为现代性，现代化的发展理论取代了"文明教化"，马格林认为其中殖民主义并没有消失，只不过变得更加隐晦而已。女性主义者进入后殖民理论领域后，一方面发现了西方女性主义者的种族中心主义，另一方面又同时发现了殖民批判家的男性中心主义。斯皮瓦克认为马克思的阶级理论，特别是国际分工理论，能够带来对于西方殖民主义更为清楚的观察和较大结构的抵抗，不过她同时从女性主义的角度质疑了马克思。凯图·卡特拉克批评了法侬言述中的性别问题，指出法侬忽视了被殖民地的女性，而瓦莱丽·肯尼迪则批评了萨义德言述中的忽视殖民宗主国女性的弊病，然而这不意味着萨义德正确对待了被殖民地的女性。

（三）"后殖民"与"民族主义"

后殖民与民族主义理论的关系。"民族主义是反抗殖民主义最有力的工具，因而殖民主义与民族主义通常被看作对立的范畴。不过，后殖民主义与从前反殖民思想的差别，恰恰在于超越了这种简单的二元对立"[①]。法侬认为：民族性并不意味着僵化和排外，而应投入到战斗的现代民族文化中去。"如果说，民族主义在反抗和争取独立的革命斗争中尚有其价值，那么在殖民地国家独立建国后，它就值得警觉了。从逻辑上看，民族主义与帝国主义是一致的，只不过方向相反而已。因而如果听任民族主义的发展，那么独立后的帝国主义结构仍不能消除，只不过由本土人做首领

[①] 赵稀方：《后殖民理论》，北京大学出版社2009年版，第33页。

而已"①。萨义德支持法侬提出的从"民族意识"到"社会意识"转变的观点，他也认为民族主义在本质主义和二元对立的思维方式上与殖民主义完全一致，因而在独立之后如果仍然坚持狭隘的民族主义，无异于重复殖民主义的结构。萨义德在其《文化与帝国主义》一书中重点分析了文化抵抗的主题，但他在支持民族文化抵抗的同时，同样反对文化的隔离和对立，而强调交错和渗透。霍米·巴巴几乎言必称法侬，他激赏法侬的地方在于法侬很早就提出了文化身份构成不确定性的思想。法侬的名言是："所谓的黑人不过是一个白人的人工制品"，霍米·巴巴高度评价这一论述，并进一步分析了身份形成的动态过程。在民族主义方面，霍米·巴巴是当然的解构者，"在霍米·巴巴看来，文化和民族的形成都不是由其自身决定的，而是在与其他文化交汇过程中形成的。因此文化的特性就是差异，其他民族的特性塑造了自己民族的特性，没有一种文化不是多元文化的产物"②，他的第一部著作《民族与叙事》肯认了现代民族国家意义"构成"性质这一知识的不稳定性，由此联系到了"模棱两可"及"差异"的概念，他将这部书的标志概括为"文化差异的交叉融合，在这里反民族主义的模棱两可的民族空间变成了一种新的转换的文化的十字路口"③。关于东方民族主义，后殖民主义者更有惊人的发现：察特吉和杜赞奇等人认为"东方民族主义在政治上与殖民主义、帝国主义相对立，但在思想前提上却往往不自觉地沿用了西方民族主义的思路。察特吉研究印度，他认为在主题方面，东方民族主义者接受和采纳了与殖民主义同样的建立在'东方'与'西方'区别基础上的本质主义概念；在问题方面，虽然东方民族主义试图反抗，却因为'主题'方面的约束而戏剧性地成为一种'翻转的东方主义'"④，即东方民族主义者思想中的客体依然是东方话语中描绘的本质主义东方性，只不过不再是被动的、非参与性的，而被视为可以有所作为的主体性；杜赞奇研究中国，其《从民族国家拯救历史》一书详细地分析了近代以来西方国家主义史学逐渐成为中国史学主导的过程，并打捞被国家史学所压制从而逐渐被人们遗忘的"历史"，

---

① 赵稀方：《后殖民理论》，北京大学出版社2009年版，第34页。
② 任一鸣：《后殖民：批评理论与文学》，外语教学与研究出版社2008年版，第55页。
③ 赵稀方：《后殖民理论》，北京大学出版社2009年版，第36页。
④ 同上书，第36、37页。

西方民族国家的历史意义设定具有"虚假的同一性",在中国,早在前现代时期事实上便有了民族国家的观念义涵。杜赞奇认为,"西方启蒙进化的历史观是西方达尔文主义的结果,它同时是一种西方种族性的话语,以这种民族国家建构历史,必然意味着接受这种西方/东方、进步/落后的等级秩序和西方中心观念,同时这种叙述结构压抑和消除了其他历史叙述,其后果是让我们今天习惯于倒果为因地将现代中国历史简化为民族国家生成的历史"①,也就是说,民族意识不应等同于政治文化意识,不同种族、阶级、性别民族意识的认知并不天然一致,统一的历史主体说仅是殖民主义史学垄断性规制的伪命题。

三 "后殖民"在中国

(一)"后殖民"前期在中国

20世纪八九十年代之交,中国的"第三世界文化理论"是后殖民理论在中国旅行的开始。张京媛发表于1989年第6期《当代电影》上的一篇名为《处于跨国资本主义时代的第三世界文学》的译文最早将詹姆逊的"第三世界文化理论"带入中国,而第一个受詹姆逊启发而走向"第三世界文化理论"的中国学者是张颐武,1990年他在接受采访的时候开始谈到后现代主义的局限性:"德里达解构主义理论中提出要瓦解中心,消解二元对立,但是有一个'二元对立'他也没能消解掉,即第一世界和第三世界的对立"。接着他发表了第一篇阐述中国后殖民情境的文章《第三世界文化:一种新的批评话语》,文章指出:第一世界掌握着文化传媒和知识生产的绝对权力,而第三世界的文化则处于边缘的、被压抑的地位。有关后殖民理论在中国的翻译介绍,首先要提到的是北大的张京媛,其筹划的《后殖民理论与文化批评》一书于1999年1月出版。集体翻译的后殖民主义文选,还有罗钢、刘象愚主编的《后殖民主义文化理论》,此文集于1999年4月出版,同年5月萨义德的《东方学》(王宇根翻译)由三联书店出版,三个月后,谢少波、韩刚等人译的《萨义德自选集》出版,收录了萨义德《世界、文本、批评家》《文化与帝国主义》两书中的其中一些篇章,这些书籍的出版直接促助了后殖民研究在中国的

---

① 赵稀方:《后殖民理论》,北京大学出版社2009年版,第37页。

蔚兴。

"作为一种反省西方现代性的理论,后殖民批评为我们提供了另外一种看待20世纪中国文化的眼光,由此解释中国的一些文化现象,颇让人有茅塞顿开之感"[①]。旅美学者刘禾对于"国民性"的思考解述和部分中国学人对于"张艺谋现象"的正气批判可谓后殖民批评在中国的先声。刘禾在其《跨语际实践》一书中指出:"国民性理论系由西方传教士传入中国,鲁迅国民性思想的主要来源是北美传教士史密斯的《支那人之气质》,而《支那人之气质》正是萨义德分析的'东方学'的一个部分,这一殖民主义话语被苦苦寻求中国积弱根源的鲁迅等人拿了过去,反过来成了批评中国的理论武器"[②],实在是中了"东方主义"的毒。关于张艺谋现象,受后殖民理论的启示,一些知识学者如陈晓明等指出:张艺谋的电影叙事策略无疑是为了强化它的"民族性"和"东方他性",《大红灯笼高高挂》的获奖乃因为那些大灯笼"实为西方权威贴上的消费性文化标签,看上去像是第三世界向发达资本主义文化霸权挂起的白旗,而其间不厌其烦的民俗仪式,则无异于一次精心安排的'后殖民性'朝拜典礼"[③],法依认为,习俗乃民族文化的退化,从这个意义上说,生硬、过量、夸张地使用中国民俗学材料去刻意满足西方欲望对东方情调的"窥淫"式猎奇的确有"奴奸内贱"之嫌。

(二)"后殖民"后期在中国

在后殖民批评的巨大效应中,一些学者开始走得更远。学者张宽认为,"近代以来的中国文化主潮一直未能摆脱殖民话语的诅咒和西方霸权的控制,五四新文化运动否定传统、崇尚西方在一定程度上是中了后殖民主义的圈套"[④]。中国批评界对于后殖民的理解,至少有一半原因归之于詹姆逊,詹姆逊对于第三世界文化本质有一种经典的概括:第三世界的文本,总是以民族寓言的形式来投射一种政治——关于个人命运的故事包含着第三世界的大众和社会受到冲击的寓言。这种二元对抗言说模式必然导

---

① 赵稀方:《后殖民理论》,北京大学出版社2009年版,第263页。
② 同上书,第264页。
③ 陈晓明:《后东方视点——穿越后殖民化的历史表象》,张京媛主编:《后殖民理论与文化认同》,麦田出版公司1995年版,第89页。
④ 赵稀方:《后殖民理论》,北京大学出版社2009年版,第265页。

致本质主义,而本质主义却又必然推导出民族主义。1993年,中国学者郑敏批评了詹姆逊民族主义的批评导向,指出这种过"左"的立场在今天的中国不合时宜。张颐武在《第三世界:新的起点》一文中也质疑了詹姆逊,但却是嫌其民族主义得不够彻底,正面表达其主张的是"中华性"概念,这一概念明确显露了其"本质主义"与"中心主义"的偏隘意识,"中华性"无疑走到了后殖民批评的反面。后殖民理论在西方语境中是站在边缘立场质疑西方主流文化,采取文化批判的精神姿态,在中国却不然,中国一向"救亡"压倒"启蒙",民族主义是主流,现代性话语却处于边缘,后殖民批评在中国俨然成了主流对于边缘的压抑。

1995年,在香港的《二十一世纪》上发生了一场有关中国的"后学"和"第三世界文学批评"的争论,争论主要发生在海外学者赵毅衡、徐贲等人与大陆学人张颐武等人之间。赵毅衡批判了西方的"后学"在中国引起的新保守主义思潮,他指出:当代中国的"后学"不一定要将批判的矛头对准西方,而更应该对准中国内部的"体制"文化。徐贲则针对中国的"第三世界批评"做出了自己的回应,他所持的观点是:第三世界国家中的政治、经济和文化的结构性压迫并不总是来自第一世界外部,更多的时候往往来自第三世界国家内部集团和阶级利益的冲突与对立,这种内部压迫还常常以民族主义加以掩饰。他认为着眼于现代化的文化批评,"现代"与"前现代"的区分比"民族/外来"或者"东/西"的区分更重要。而这里的"现代化"是否就是"西方化"的代名词是值得反思的,另外,"现代"与"前现代"的区分其实恰恰就是后殖民主义所批评的东方主义词汇。总之,徐贲仅仅强调内部本土反抗,却忽略了西方/东方、第一世界/第三世界的外部审视维度,无疑容易走向另一个极端。

四 结语

总而言之,"后殖民"理论的概念和界定不可能是全面定准的,它活性发展,变动不居,具有相当的不确定性,处于新新不停、生生相续的理论"自新"流衍中。"后殖民"文学、文化批评理论被广泛地运用于人文社科研究中,作为一种理论新视维它给文论界灌注了不可低估的新的活力,然而也正由于它自身微妙、复杂的含混性而引起了很多歧误性的争议。"后殖民"理论将不断地以新的创造性生命力迎接历史时间新一轮的考验性挑战。

第四篇　《文化与社会》读书札记

本文试从以下诸关键词中去观照、理解、透视和阐释英国雷蒙·威廉斯所著《文化与社会》一书。

一　背景

19世纪以后，英国本土一批文化保守主义者强势取得了当时社会的文化主导权威，阿诺德成书《文化与无政府》，痛批"群氓"（Populace）、"市侩"（Philistine），吁请政府及时监护贵族文化"新宗教"，利维斯成书《伟大的传统》，鼓吹精英文化，厥定道德完美化楷模。20世纪30年代，英国左翼运动高涨，左派文化开始浮出历史的地表，雷蒙·威廉斯1958年著书《文化与社会》，有意反拨阿诺德的精雅"文化"观，使草根文化和民众记忆入主"文化"殿堂。

二　内容

《文化与社会》主要讲述工业革命起至第二次世界大战后的英国文化变迁，雷蒙·威廉斯从头考察"文化"概念，梳理批评传统，他发现：①英国文化批评从埃德蒙·伯克开始，一路扩散演变，其中既有卡莱尔、罗斯金和艾略特等一类保守文人，也有潘恩、欧文、莫里斯、奥威尔等进步人士；②在早期文化批评家那里，文化与社会发生裂变。也就是说，他们相信"文化"蕴含知识、道德与精神生活，"社会"却指向工业文明负面影响，诸如礼崩乐坏、物欲横流、阶级冲突等；③针对精英论，雷蒙·威廉斯认为文化是平凡的，是一种普遍的"情感结构"，是一种整体的生活方式，而并不仅仅是一个时代高级的精神和艺术产品，以此范畴来坚持他信仰的一种有机的平民精神的存在。

三　概念

在重视经验的基础上，雷蒙·威廉斯概括了文化的三种界定方式。第一种是理想的文化定义，这种定义把文化界定为人类完善的一种状态或过程，在这一项下文化是指我们称之为伟大传统的那些最优秀的思想和艺术经典。第二种是文化的文献式定义，根据这个定义，文化是知性和想象作品的整体。第三种是文化的"社会"定义,文化是一种整体的生活方式,正是这最后一种定义,奠定了文化研究的理论基础。文化的"社会"定义不仅涵盖了前两种定义,而且包括了被前两种定义排斥的,在很长时间里根本就不被承认是文化的众多内容,它们包括生产组织、家庭结构、表现或制约社会关系的制度的结构、社会成员借以交流的独特方式等。

四 经验

"经验"是雷蒙·威廉斯《文化与社会》中大面积出现的一个核心关键词,他认为,某一文化的成员对其生活方式必然有一种独特的经验,这种经验是不可取代的。由于历史或地域的原因置身于这种文化之外,不具备这种经验的人,只能获得对这种文化的一种不完整或抽象的理解。这种为生活在同一种文化中的人们所共同拥有的经验,雷蒙·威廉斯称作"感觉结构",他指出,所有的文化都拥有这种独特的生活感受,这种"独特和有个性的色彩""这种感觉结构就是一个时期的文化"。

五 语境

《文化与社会》一书极力突出"语境化"的论述思维,结合每个特定历史时间,每个精神姿态迥然的作者及思想家,以及每一种具体化文本实践语境,雷蒙·威廉斯都给予了"体证式的理解"(杜维明语),从而将各种历史语境的无限复杂性深透而趋近客观地展示出来。他在文末指出:"我们当代的共同文化,将不是往昔梦想中那种一切一致的单纯社会,而是一种非常复杂的、需要不断调整和重新规划的组织",这种将文化定位为一种动态成长的"经验共同体"的构想本身便是对文化进行的一种"极度语境化"的诠释。

六 建构

雷蒙·威廉斯抛弃以往庸俗的马克思主义"经济、阶级化约论"(即把社会、政治、道德和艺术维度简单化约为经济和阶级结构),采用一种更复杂的方式来处理文化与经济、阶级的关系,他把文化看作社会过程本身,而把经济、政治仅仅看作这一过程的构成因素。此外,与早期阿诺德、利维斯等文化精英主义者推崇"甜美而光明"的文学艺术、批评大众文化不同,雷蒙·威廉斯并不沉湎于传统古典的"有机和谐",而是肯认大众传播，欢迎通俗文化，指出"群众＝多数人"不能被随便与"群众＝群氓"错误等同起来，其目的是立建"民主的共同文化"，从而将大众文化的"日常生活"地位拨乱反正地予以了正名和提升。

七　局限

（一）《文化与社会》采用的方法用雷蒙·威廉斯自己的话来说：不是考察一系列抽象的问题，而是考察一系列由各个个人所提出的论述；探讨的框架是全盘性的，但具体的方法是研究实际语言的个人论述。一方面作者强调"经验"的无比核心重要性；另一方面作者不是通过"民族志"——"参与观察"的方法去做社会个案实地考察，而把研究建基于作家及思想家们可能作了策略处理或变相挪用、与实际生活"经验"可能隔了几层的想象创造性作品言述上，本身便背离了"经验"的本真确实性。

（二）作为左派批评家，雷蒙·威廉斯"文化马克思主义"不够彻底，一方面他在《文化与社会主义》一书中专辟"马克思主义与文化"一章，将文化研究与其潜在生产系统挂钩，即文艺是社会组织的一部分，后者深受经济影响；另一方面他对利维斯的批判却有所保留，即肯定有机社会，同时"不断扩展传统文化概念"。汤普森干脆批判说英国文化从来就不是什么"一整套生活方式"，而是一整套斗争方式，从而指斥了雷蒙·威廉斯向文化保守主义传统的妥协投降。

（三）将"文化"中性化定义为"一整套生活方式"，有简单化概约之嫌。除了忽略"阶级"的差异，也将性别、种族等多元、差异文化等量齐观，从而阉割了文化的丰富复杂性及其中动态的权利博弈过程。这样的后果是看不到"文化"内部的支配/从属权力对抗关系，从而会使某种强势主导文化的霸权主义自然合法化，造成天然统治/奴役的文化不平等结构。

（四）如果将雷蒙·威廉斯与萨义德作对位阅读，我们会发现雷蒙·威廉斯缺乏一种国际主义的观瞻视野，从而造成他对大英帝国文化殖民的无反思盲视。雷蒙·威廉斯仅仅局囿于英国本土作文化审视，而萨义德的"东方主义"却有了文化思考的东/西方视维。由于视野的狭隘，雷蒙·威廉斯没有检视到自己英国文化对于其被殖民国家造成的已然霸权侵略事实，当然也不可能有洞察文化政治权力不平等的反思能力。如果以"后殖民"视之，雷蒙·威廉斯事实上也参与了西方对东方的"东方主义"文化殖民，其结盟的是欧洲权力，并不具有殖民地的视野，其文化话语本质上亦是一种殖民话语，他没有认识到非西方世界的文化层面，因而事实上站在了"国际劳动分工的剥削者的方面"（马克思语）。

（五）"文化"概念视维单一。与结构主义文化研究相比，雷蒙·威廉斯所谓文化是一种感觉"经验"的提法比较"小器"，因为结构主义注重表象背后一种深层整体的构造关系探索，而"经验"仅仅是结构当中很小的一个部分；与后期非本质主义问题关联域的研究模式相比，"经验"文化更是"文化场"（布迪厄语）"协同关系网"（詹姆逊语）中微乎其微的一环。因此，就整体而言，将文化比拟为一种经验"情感结构"是有所欠缺的。

第五篇　文明、文化、文心与史、思、诗：汉、唐精神思想图式比较谈

摘　要：汉、唐黄金时期是我们民族时代的骄傲，从文明、思想、文化、文学四个层面散点交叉地对汉唐深层精神图式做比较的观照与论析，指出其病态、缺失处以及荣光、辉煌的精神内核所在，力图更加深湛、辩证地把握汉唐精神。

关键词：孝；佛；"羽人"；"飞天"；价值采择

汉、唐两个朝代在中华文明史图上占据着无可替代的并且让世界为之出彩的光辉而独异的显著地位。它们在某种程度上已经像"龙"成为中国唯一普适的崇拜图腾一样双子星座般瑰玮地成为中华文明的某种优势精神的隐喻象征史符。今天的中国字叫汉字，今天的中国语叫汉语；今天的美国有唐人街，今天的日本有唐装，汉唐对后世的影响比我们想象的似乎还要积极而伟大。毋庸置疑，汉、唐时代生机勃勃地创造了无与伦比的思想文明和多姿文化，精神气象博大恢宏，为中华民族精神气质的沉积形塑做出了不可磨灭的无上巨美的贡献。正因为其精神气魄的动地惊天，所以与汉、唐同时代的外夷殊邦莫不为之景慕宾服乃至浸溉良深，汉唐俨然成了我国古代历史上一种"开放"理念的最具完美的时代诠注载体，它播撒着文明的靓丽和馨香，同时也让整个世界绚烂芬芳满园！

作为一种历史的良性选择记忆，汉、唐固然是我们民族时代的骄者，然而剥蕉抽茧地内剖检视其精神图式之深理构质，不难发现其若干悲剧性的病态与缺欠。此外，就汉、唐两代平行比较研究而言，我们也可以得出一些非常有质感的"似是而非"或"似非而是"的现象内核，从而更加深邃地把握汉唐精神，为现今新时代的历史精神价值采借提供一些可资助益的理性思考资源。汉承秦朝，秦朝前期是纷纭战乱，秦灭六国，遂成为中国历史上第一个大一统的帝国，然而秦朝仅二世而亡；唐承隋朝，隋朝前期亦是分裂的战乱，隋兼并南北朝短暂统一后亦二世而亡，此其一。其二，汉代的霸气时代位于西汉前期的汉武帝，中有王莽的短期新朝复辟，后有东汉的重继复兴；唐代的繁盛时代亦处唐朝前期的唐太宗，中有安史之乱，后有李唐的短暂"中兴"。其三，两汉后是三国鼎立的割据纷争，

大唐后是五代十国的兵燹频仍，凡此种种都明晰地表明汉、唐两代的前后历史背景几乎如出一辙，历史惊人地相似注定要促激汉、唐思想文化某些生成因子质素的类同或接近，比如"取我所需，尽为我用"的大家气象即是。本文拟从文明、思想、文化、文学四个层面散点交叉地对汉唐深层精神图式作一番别异的观照与论析，力图坚确地刷新普通民众因惰性盲从而可能被蒙蔽、麻痹的理解层面上的"空心"视域。

一 孝与佛

"孝"作为一种人伦理念，在先秦的儒家经典中散溢着一股温暖的情调，对于道德自觉理性的和谐生成，对于家庭社会的运作秩序，皆起到了举足轻重的润滑剂的效用。"孝"的根本作用在于"每一个人，若能有以孝悌为纽带，亦即以爱的精神为纽带的一个安定和乐的家庭和家族，与其他许多社会自治体并立并存，一方面可使每一个人在社会利害的竞争中，有一个没有竞赛气氛的安息之所，一方面在许多利害角逐的团体中，渗入一点爱的温情，以缓和两极的情感，让人与人的竞争，不仅是靠法的限制，同时也可以得到温情的调和"[①]。然而到了汉朝，"孝"与"忠"胶粘并提，十分不幸地沦为了统治者肆行专制的一个观念工具，"亲亲"的本真内涵渐次向"尊尊"过渡，"孝悌"精神俨然成了"忠君"思想的替代性别名符码，这就是"君子之事亲孝，故忠可移于君"之说的依据，乃至才有东汉时期名士韦彪的"求忠臣必于孝子之门"的理所固然的逻辑思维定位择念。"孝"观念在汉朝的隆重疯长一方面为家国同构的古中国奠定了独裁辖治"合情合法"的精神础基，另一方面也为"三纲五常"运施"强势社会霸权"鸣锣开道，亲睦的家族内部关系在亲缘报恩的幌子下开始走上了压抑人性人格尊严的不光彩行路，以致有了"五四"期间全面批判传统首当其冲的"反孝"遭际命运。"孝"以《孝经》为圭臬，而《孝经》却根本是杜撰的。《孝经》的"伪造"据专家考证大抵始于汉朝，作为政治的绝对附庸，"亲其亲，长其长"以温爱为精神内核的"孝道"从此变味成为后来历代封建王朝牧养愚民的专制"软"棒。鲁迅先生借以讽骂"伪孝"的《二十四孝图》即是汉朝极力弘扬孝道楷

[①] 徐复观：《中国思想史论集》，上海书店出版社2004年版，第172页。

模的"时代空气"的客观物化了的精神化石见证。众所周知,刘邦作为西汉的开国皇帝,原本是一个臭名昭著的痞子气十足的大流氓,匪夷所思的是他却依然葆有所谓"乌鸦反哺""羔羊跪乳"的恩孝情结。虽然起身草莽无甚文化大老粗一个,但是自马上得天下后其敬老尽孝的身体力行不能不说是活色生香。"对于巧妙地提醒他当尊其父为'太上皇'的人,他给予赐金五百斤的厚赏。在重返故乡之时,他'悉召故人父老子弟纵酒',在他们面前歌舞抒怀,以至于涕泣不止,并与'父兄诸母故人日乐饮极欢,道旧故为笑乐',没有任何以天子自居的矫情举动。据传说,为了安慰老父迁居都城后的思乡之情,刘邦还独出心裁,在京城按照原貌复制了故里村镇,使其父有归乡之感。从这些尊礼长者的细节,可以体会到刘邦充满人情温馨的一面"①。这里固然有其舆论上开行"尽孝"精神风气、"佐天下子孙孝养其亲"的敦睦民俗之表率姿态,也有刘家为安定自身以期万世垂统的政治功利良苦用心,我们可以从一个微妙的细节得到切实有力的证明:汉朝几乎从惠帝始,每个皇帝庙谥前都贯加一"孝"字作为治世方略牌标,其用意正如《汉书》所言"汉之传谥常为孝者,以长有天下,令宗庙血食也",洵为诛心之论。随着刘汉"孝治"理念的官方传扬,以及傀儡精神产物《孝经》的广泛布播,加之汉朝"罢黜百家,独尊儒术"儒学家庭伦理对"孝"本然眷注的题中应有之义,"孝行孝说"在汉代可谓是天下翕然,蔚然成风,由是演变为一种内化了的精神文化基因潜隐民间并根深蒂固展衍开来。"这样,孝已经不再是单纯的家庭伦理,而扩充为社会、政治伦理的基石"②了。

佛教作为一种外来宗教于汉代传入中土,当时作为神仙方术的一种仅是纯然附丽于主流的巫风习尚,经过魏晋南北朝时期不断地融溶涵摄,到了唐朝臻达鼎盛。与汉代的"孝"观念一样,"佛"也成为李唐统治者"为我所用"的一个宗教法码,非常有意思的是"佛教作为一种宗教说,要求佛教徒必须'出家',认为这样才可以把自己的要求和欲望降到最低限度,以致到最后什么欲望和要求都没有了,从而达到涅槃的境界"③。这样的话"不知君臣之义,父子之情"的佛教由于其"不忠不孝,削发

---

① 孙家洲:《中国古代思想史·秦汉卷》,广西人民出版社2006年版,第157页。
② 同上书,第160页。
③ 汤一介:《佛教与中国文化》,宗教文化出版社1999年版,第183、184页。

而揖君亲"的文化特质，恰恰走向了"孝"的对立面，然而"孝"与"佛"在汉、唐各自时代所发挥的政治功用却近乎相同。佛教在隋朝业已成为一股巨大的社会力量，李唐反隋功业的政治成功无疑借助了这股统战"旋风"。唐武德三年，李世民攻打洛阳王世充，不得不联合当时的少林寺僧众；武德五年，李渊在马邑（山西朔县）沙门中募兵二千余，这些历史事实都鲜明地印证了李唐利用佛势的政治功利心。除了战斗力上的佛徒参与，佛教精神感召力上的动员也在武则天手里得到了炉火纯青的强化，所谓"圣母临人，永昌帝业""化佛从空来，摩顶为授记"的附会谶语为武则天的顺利登基提供了宗教层面神化合法化的舆情依据，佛经传文中大肆渲染的奉承之语更是肉麻弥天。李唐初期作为一种"政治必要"攀附道教主李耳为祖先以提高其出身门第这一尴尬情势到了"牝鸡司晨"的武周年代便遭遇了无比沉重的覆颠，武氏一即位便宣布"释教开革命之阶，升于道教之上"，于是乎"铸浮屠，立庙塔，役无虚岁"，佛教达到了绚极一时的高度繁荣。伴随着佛教鼎于一尊地位的牢固显赫树立，唐人很自然地掀起一股崇敬佛祖"真身"的社会思潮，"如果说，佛教徒虔诚的'真身'情结，是佛教思想长期熏陶使然，那么，李唐诸帝对'真身'的崇拜，则在佛教思想影响外，还掺杂着世俗的价值观念和直接的功利内涵"[①]。唐懿宗三十九岁生日时唐朝一僧人献上了一尊"真身"菩萨像，菩萨手捧金匾上鎏刻的发愿文有"圣寿万春，圣枝万叶，八荒来服，四海无波"十六个字，从某种程度上也证实了"佛"与政治媾和"联姻"的本真面相。"由于佛教属方外之福田，故对方内世界的秩序建设始终未予关怀，而其资生之给往往又有取于方内世界，因此就导致了方内世界两个阶层人士的反戈之击"[②]，即官方与学界。事实上唐朝统治者们大多是根本不相信所谓的佛教教义的，以致很自然会发生后来武宗灭佛这一不同寻常的吊诡惨剧。沿波讨源我们可以察见：经济上，所谓"天下僧道，不耕而食，不织而衣""劳人力于土木之功，夺人利于金宝之饰"，唐彭偃形象将其定名为"人害"之灾；政治上，出于维护儒教正统地位的立场，韩愈、杜牧等人也对佛教进行过不遗余力的猛烈抨击。由此一来，经济、政治效用都趋于危机破产的佛教便必然要走向无人虔信的末

---

① 李斌城：《中国古代思想史·隋唐五代卷》，广西人民出版社2006年版，第259页。
② 关长龙：《中国学术史述论》，四川出版集团巴蜀书社2004年版，第188页。

途。既然社会上层虔敬佛教被打上了大大的问号，那么民间的普遍信仰果为全真乎？也不尽然。由于僧尼受到唐政府的高度庇护和优待，既能免除兵役，又可以不用交租赋，由是带动了民间一大批汹涌的"度佛"热潮，他们皈依佛门是假，世俗功利却是真。由此视之，唐朝佛教的繁兴是挟带"泡沫"的繁兴，是具有"水分"的繁兴，是名不副实、"人心伪造"的繁兴。

通过"孝"与"佛"的比较，我们可以洞幽烛微地把捉住汉唐思想图式的一角隐秘所在：一、"孝"与"佛"是内在冲突的，行"孝"则不能出家，信"佛"则不能尽孝；二、汉人行"孝"大抵是真，而且有时真得令人毛骨悚然，这是汉朝的历史悲剧。唐人信"佛"大抵为伪，而且有时伪得让人啼笑皆非，这是唐朝的历史喜剧；三、"孝"与"佛"虽属一对不能兼容的思想矛盾体，却历史预约好了一般地分别成为刘家天下和李家天下巩固政治威权基础的有着相同政治功途的观念役使工具；四、"佛"滋生于刘汉而繁响于李唐，"道"遗续在李唐却胜荣于刘汉。在汉唐两个意识形态时空比武场上，"佛""道"相碰相争，汉"道"显而"佛"微，唐"佛"盛而"道"隐，道"无为"而慕"升仙"，佛"寂然"而重"轮回"，一个在笃静中飞动穿越"彼岸"的世界，一个在禅静中安然守护"因果"的天堂。

二 "羽人"与李白

秦始皇时期，江山破天荒首次辉煌大一统，大一统既是铁硬的权威，亦是野心餍足的莫大荣耀，从此天地为之变色。帝王天风海雨般地拥有了一切：国土、臣民、瑶宝、珍奇、美姬、强权，"独制于天下而无无制"，生杀予夺可以为所欲为，然而对于自己的生命处置却无能为力，于是原始巫教的浸濡在秦朝大展身手，借用一道"劾神役鬼"的"符"把当时的人心震慑得五体投地。秦始皇为了享尽天上人间一切威福，不惜派人前往仙山（蓬莱、方丈、瀛洲）寻找长生不老药以遂遑其愿欲，致使神仙、方士、炼丹士得以大行其市，道教也由是萌蘗。比及汉朝，巫风不减，谶纬炽炎，巫术的"灵验"让上至皇帝、下至百姓者虔心膺服，莫敢违迕。然而神仙之说仅为虚妄之言，即使是秦始皇也依然没有避免尸腐臭亡的难堪悲剧，汉代的帝王，包括赫赫有名的汉武帝，却无法消除其长生不老的顽固祈念。因汉朝有"泰山治鬼"与"北斗司命"的"集体无意识"情结，汉代皇帝每次到泰山封禅祭典，除了其政治上扬威显名的设虑，便是其"永生登仙"欲想的赤裸暴露。汉人以为仙界、人间、冥府三处相通，只要潜心修炼即可得道成仙，东岳泰山乃治鬼之所，亦是登仙理想胜地，一个帝王"囊宇括宙"的浩浩雄心也只有在这里才能得享无极。"成仙之道固然很多，汉代人对'羽化成仙'似乎情有独钟、津津乐道。在先秦时期的《山海经》《楚辞》中，就有'羽人'之说，王逸在为《楚辞·远游》作注时说：'《山海经》言，有羽人之国，不死之民。或曰人得道，身生毛羽也。'这里反映的正是汉人的观点"①。羽化者，乃"体生毛，臂变为翼，行于云，则年增矣，千岁不死"②，汉人崇奉羽化升仙，很自然这种瑰奇的观念想象便会在实物具像层面体现。"著名秦汉史研究专家王子今先生在《史记的文化发掘》一书中，收录了陕西咸阳周陵乡出土的西汉羽人天马玉雕，它尽情显示了羽人联系天界的神秘意蕴。以研究中国古代文化而蜚声海内外的北京大学中文系李零教授，在其《中国方术考》一书中发表了'汉代鎏金羽人铜饰'，这件艺术珍品再现了汉代对羽人的想象，体现出当时对羽化成仙的仰慕之心"③。从"恶死重生"的原始观念本真推究，无论秦汉，人总是惮恶死亡的，而恰恰是奢欲无餍的皇帝"开历史风气之先"将"升仙"意念精神导入、影响民间，从而引起一股准宗教式的文化心理崇拜。也就是说，先秦"敬鬼神而远之"的草昧思想正是因为有了秦汉朝统治者们"长生"奢想的推波助澜而递嬗为"恶鬼敬仙"，从此堕入一味追求浪漫不死的神话"仙圈"。

李白是唐朝著名的诗仙，亦是大唐生命元气淋漓绽放的文化精魂，他的诗具有壮丽、豪逸、洒脱、飘潇的"天外飞仙"的神韵特色，他便是诗国幻生的"羽人"。贺知章称他为"谪仙人"，杜甫说他"身有仙骨"，李白本人也自诩"臣是酒中仙""青莲居士谪仙人"，不可否认，李白是受道教和道家思想影响最典范的天才诗仙。"五岳寻仙不辞远""愿游名山去，学道飞丹砂""道教神仙思想对李白的诗歌创作影响很大。不仅他的诗中充满了真诀、灵书、羽人、太微、餐霞、太清、步虚、金液等道教神仙思想的名词术语，更重要的是这种思想引发了对虚无缥缈的神仙世

---

① 孙家洲：《中国古代思想史·秦汉卷》，广西人民出版社2006年版，第297页。
② 同上书，第298页。
③ 同上书，第299页。

界、神通广大的神仙无限遐想,从而极大地增强了李白的形象思维,使其艺术才华得到了最充分的发挥。其诗若天马行空,奇思异想,魅力无穷"①。汉代"羽人"是一种世俗的生命形而下满足的瑰丽想象,唐代"羽人"是一种诗国的生命形而上满足的瑰丽想象,不容置疑,此间固然有一种道教思想播扬流布的传承关系维绾串联,然而作为一种标志性的文化精神元素,它们堂皇自足的巧合一致却并非偶然,这里需要做一番点睛式的说明:第一,"羽化成仙"的发明者是皇帝,这是他们企愿享尽永生永世荣华富贵奢欲的精神"凝华"物,秦始皇始为雏形发端,汉朝帝王繁殖加剧之并始有"羽人"命名,流波所及,人间百姓"风靡从之",于是最终成为一种集体自觉自为的深固风俗情势;第二,"羽化成仙"既是汉帝穷奢极欲的虚妄狂想,另一方面也证实体现了汉朝雄强宏大的精神气象,生命委顿的朝代是断乎不可能具有这种瑰奇飞逸、灵气跃跳的精神诉求的;第三,诗仙李白的气质是大唐精神气质的一张"名片"标符,而唐诗则为唐朝的一枚文化"舍利",说诗仙的"仙诗"是唐朝典型的最为灵动的"羽人"精灵是最为恰切不过了,这里便将唐朝—诗—李白—"羽人"精神—汉朝水乳交融地串接起来,从而新颖而不失学理地达到了"异而同"的文化研究鹄的;第四,汉朝的"羽人"想象是一种最原初的基于生理生命的一种世俗祝祷,而唐朝的"羽人"追求是一种升华了的基于心灵生命的一种精神寄托,二者虽说都有其元气淋透、光鲜飞奇的表象的一面,内里却深层地展示了两个朝代迥然不同的精神质地图景异差。

三 汉赋与唐"敦煌"

每个伟大的朝代都有一种与之相匹应的伟大的语言艺术,同样地,每个伟大的朝代也都有一种与之精神相契合的其他艺术天才。汉代文采斐然的赋予唐代敦煌莫高窟里瑰丽无边的绘图、雕塑作品可谓美轮美奂,珠联璧合。

大赋是汉赋里的典型形式,以枚乘的《七发》和司马相如的《子虚上林赋》为上乘代表,写的主要是天子贵族畋猎攀夸之盛况。赋作结构宏伟,想象富赡,"在艺术表现手法上,主要以铺排夸张、描摹渲染的手

---

① 李斌城:《中国古代思想史·隋唐五代卷》,广西人民出版社2006年版,第279页。

段来叙事写物。其赋以'体物'为主，集中笔力来描绘物类、物象、物态，并追求辞藻的博富和绚丽。正如刘勰所说：'赋者，铺也；铺采摛文，体物写志也。'夸张的描写，细腻的描摹，层层的渲染，以及色彩绚丽的文辞，大有穷形尽貌之势。可以说是达到'写物图貌，蔚为雕画'的境地"①。大赋闳侈巨衍，气象万千，骋彩飞辞，润色鸿业，的确将大汉帝国"包括宇宙"、超迈洋溢的精神气度展映得淋漓剔透，巨细无遗，汉朝盛世图貌由此管窥，让人不得不惊叹其意气飚发、豪情健志的恢宏与瑰玮。与此相比照，唐朝敦煌莫高窟辉煌的外在形制及内里气势如虹的佛教画灿烂呈示亦让我们瞠目结舌、叹为观止。唐代洞窟迄今现存232个，经变画现存400余幅，"高度开放的大唐帝国对外来文化，以博大的胸怀与气魄，一股脑儿地拿来，从物质内容到文化习俗，从精神方式到宗教信仰，转瞬便幻化成一个雄浑的唐文化。表现在壁画上，出现了通壁经变画，规模宏大，色彩绚丽。如220窟的《阿弥陀净土变》，展现了富丽庄严、气象万千的极乐天国，为唐代贵族生活的真实写照；楼台殿阁是帝王宫阙的仿照；乐舞场面反映了当时豪贵之家伎乐之盛"②。其宏丽之处大可以与汉赋里铺饰的宫苑畋猎、崇楼杰阁画面相比肩媲美，在展示王朝富丽堂皇的壮伟面影上可谓有异曲同工之妙。然而富足靡丽如果从另一面反思观照也就意味着豪奢的穷欲和天物的暴珍，准此观之，汉唐气象其实在其最可观的"黄金时间"就已经隐伏着一种"回光返照"式的"体气"膨胀的危机。

汉赋大抵以虚构为创制，"子虚""乌有""亡是公"皆其想落天外的非实指谓。夸饰的铺藻，亦且极尽想象之能事，在某种程度上几乎完透性穷尽创作者博富想象极致之潜能，表现出其驰骋艺术天国、"神思飞扬"的无尽自由，虚构成为汉大赋的一大显征。此外，汉赋能以开放的姿态，在南方楚文化《楚辞》的胎脱下，兼采《诗经》的表现手法和先秦散文的文体形式，逐渐演化成一种介于散文与诗歌之间的用韵铺叙文体。"赋既有诗歌讲求押韵和形式整饬的特点，又有散文句型自由，无严格的格律限制的特点。兼具诗歌与散文的表现功能，是两者的综合性文

---

① 李少林主编：《汉代文化大观》，内蒙古人民出版社2006年版，第241页。
② 李少林主编：《唐代文化大观》，内蒙古人民出版社2006年版，第299页。

体"①。大赋是汉朝的文魂,由赋想见其"时代精神气候",汉朝纵横寰宇、兼容并包的帝国大气便灼灼然呼之欲出。与之相比照,唐代莫高窟经变画里最炫人心目的"飞天"形姿轻盈曼妙,灵动婉美,飘逸绝尘,动人心旌,展现了艺术家优裕的精神翱翔和心灵自由。汉赋乃想象之自由,心灵还受太多规约;唐"飞天"却灵心飘举,毫无沾滞挂碍,艺术想象与艺术灵心达到了若合符契的水乳交融。"敦煌飞天是印度佛教天人和中国道教羽人、西域飞天和中原飞天长期交流、融合为一,具有中国文化特色的飞天"②,"飞天"形象无疑亦是唐代文化开放心态的艺术想象复合体。统而视之,心境与思境的高度开放从某种程度上也便侧面征示、印证了汉唐气象"襟怀旷达"的文化本质内涵。

汉赋事实上分为三种,即初期的骚体赋,中期的散体大赋和后期的抒情言志小赋。赋文情调的移转与朝代的兴衰迁变有着密切的关联。骚体赋作为一种草创期的过渡雏形可以忽略不计,而大赋到小赋的明显递转便完全烛照出汉代精神嬗化的模影。大赋如渔阳鼙鼓,铿锵浩阔,寓示出大汉刚刚统一时的励精图治、雄志勃勃的"心理才能"以及摆脱生民涂炭、乱离战殃后整个社会重归安定昌荣的浸漫于讴吟礼赞的盛世氛围。大赋虽然在某种程度上有一定讽喻的创作意想,而正所谓"劝百讽一",主要还是歌功颂德的内容居显,至少在阅读期待功能影响层面如是。大赋里绕大弯、反话正说的规谏意图最终仅沦为颂时应景的帮闲媚语,也难怪汉武帝看完司马相如的《大人赋》后"飘飘有陵云之志",大赋所起的实际效果只会让不可一世、好大喜功的帝王们在所创打的伟大江山宏业中迷醉逍遥。时移世易,小赋从体物走向缘情,侧重抒写个人的内臆心志,其中当然也有感情激切讽世之作,如赵壹的《刺世疾邪赋》,但已不再是大赋温吞傀儡之言,其嬉笑怒骂之质,沉髓入骨,牢骚气冲天飞,火药味十足浓,间接披露出汉王朝腐败陵夷之趋态。小赋多为诗情化之作,精巧灵沁,清丽可喜,张衡的《归田赋》便是小赋中的翘楚,"此赋作于顺帝永和三年(138年)于河间相任上'乞骸骨'时。由于深感阉竖当道,朝政日非,豪强肆虐,纲纪全失,自己既'俟河清乎未期',又'无明略以佐时',使他从《思玄赋》所宣泄的精神反抗中顿悟到'徒临川以羡鱼',

---

① 李少林主编:《汉代文化大观》,内蒙古人民出版社2006年版,第237页。
② 李少林主编:《唐代文化大观》,内蒙古人民出版社2006年版,第302页。

不如退而织网，于是决心'超尘埃以遐逝，与世事乎长辞'，以归隐田园的实际行动表示对黑暗政治的决绝与抗争了"①。艺术风格大抵最能体现一个时代的政治、经济、社会情状，告别堆垛虚夸，凝板损情的大赋气象，《归田赋》从一个心灵息影的侧面和盘托出汉代的衰意走向和委顿面神。与汉赋相比，"唐代前期的飞天具有奋发进取、豪迈有力、自由奔放、奇姿异态。变化无穷的飞动之美。这与唐王朝前期开明的政治、强大的国力、繁荣的经济、丰富的文化、开放的国策、奋发进取的时代精神是一致的"②。"唐代后期的飞天，在动势和姿态上已没有前期时那种奋发进取的精神和自由欢乐的情绪了。在艺术造型上，衣饰已由艳丽丰厚转为淡雅轻薄，人体已由丰满娇美变为清瘦朴实，神态已由激奋欢乐变为平静忧思"③，从清娇奋振到面萦悲戚，反映了唐代后期国力弱败，国人意志衰沉的精神景象。赋予"飞天"艺术内质的深刻流迁真晰地显露了汉、唐国势由盛而衰的历史倾变痕迹。

有一个微妙的现象值得注意：汉朝的赋家类似弄臣俳优，文化身份酸窘贱卑，一如杂耍丑角，至多也不过是御用文佣，精神主体性受到极度压抑。赋体也大抵只是消闲"雕虫""壮夫不为"，很少有因为赋才得而名利显荣的，那时的文人要么发愿诅咒"鸾凤伏窜，鸱枭翱翔"的不合理社会现状，要么浩叹"悲士不遇"一生潦倒不称志。而与此相反，唐朝礼遇天才，推崇佛事，大唐艺术在点燃大乘佛教辉煌的同时，也结晶了莫高窟壁画的辉煌，敦煌天才创制者大抵和唐朝的天才诗人一样因为其生命动感的绚彩自由化创造受到了包括政府和民间的无限尊重和歆赏，并且膺享很高的社会威名。同为盛世，同为艺术天才，汉赋家和唐壁画创制者受到的历史待遇可谓天壤之别，究其原因主要是：汉朝乃处于"野蛮阶段"的盛世，其时历史"急聘"的是"工具理性"执行员，精神文明的提升根本没有雄厚物质基础做"催生婆"保证，文人受冷落自是不言而喻；而唐朝乃处于"文明阶段"的盛世，历史呼唤的是"价值感性"发明家，因此只要是天才几乎都没有受到历史不公正的"薄幸"和遗忘。

---

① 李少林主编：《汉代文化大观》，内蒙古人民出版社2006年版，第249页。
② 李少林主编：《唐代文化大观》，内蒙古人民出版社2006年版，第303页。
③ 同上书，第304页。

四 汉唐精神思想的价值采择

汉、唐文明为中华后世留下了无比荣耀的物质宝藏和无比风采的"心的耕种",汉唐已然成为内聚性中华文化势能渊薮的"文化丛结"和"文化母体",用今天现代的眼光对之进行一番理性抚摸和审视别择,我们可以获致以下良性文化思想"内传统"供现实参鉴。

开放进取精神面貌。大一统的历史背景使汉、唐两代泱泱大国能以无比开放的思想政策对待外来文明与文化,借此史无前例地实现了多民族积极的大融合,海纳百川,兼蓄并包,为盛世的开辟营造了十分有利的"软环境",正所谓"泰山不让土壤,故能成其大;河海不择细流,故能就其深"。统一与开放的政治格局有助于造就滋培奋发踔厉、自由进取的精神面貌,社会文化由此达到了前所未有的登峰造极境界。不必说汉赋、唐诗的大放异彩,也不必说蔡伦的造纸术,张衡的浑天仪,张仲景、华佗的医术,单是唐朝出神入化的书法、绘画和乐舞就足以让整个世界为之心醉倾倒,而所有这些伟大的成就都是伟大时代的伟大人民昂扬进取精神物化的伟大智慧结晶,诚如鲁迅先生所说:"那时我们的祖先们,对于自己的文化抱有极坚强的把握,决不轻易地动摇他们的自信力;同时对于别系的文化抱有极广阔的胸襟与极精严的抉择,决不轻易地崇拜或轻易地唾弃。这正是我们目前急切需要的态度",斯言确矣。

天人合一、茶道思境。在汉代思想史上董仲舒提出了一个十分重要的理念即"天人合一","天人合一"的奥义所在便是将"天"定义为一种具有超验宗教意义的人格神,董子关于天欲、天心、天仁、天意、天德等概念的炮制出炉即是其所谓人格神意志的别种说法。除了"君权天授"的政治化图解以外,"天"作为一种"至善的道德化身",包含更多的应该是一种"伸天屈君"的伦理内蕴。"正如韦伯(Max Weber,1864—1920)所指出的,在古代中国,'保护着一种永恒的秩序'的,是伦理理性化了的'天'"[①]。"天"融摄伦理与政治,并且调和它们之间可能存在的冲突与张力,以取得圆满的秩序"大同"。君主对"天"的道德承负着应然的义务,否则便有"灾异"来"谴告"示警,这也就是所谓"省天

[①] 孙映逵、单周尧主编:《汉唐文学与文化研究》,学林出版社2004年版,第7页。

谴，畏天威"的效果。这种效果对于我们今天的生态环境破坏不啻为一种理性的劝示与启迪，"天"是一个大宇宙，人是一个小宇宙，天人合一，同质同构，人只有与"天"（社会自然环境）和谐共处，才能找到终极意义上理想的精神家园，才能"诗意地栖居""澄明之境"，否则迟早要遭到"天谴"的报复。唐代"茶道"精神与汉朝"天人合一"思想可谓一脉相承。众所周知，中国是茶的故乡，是茶文化的发祥地，而茶文化的繁荣时期无疑在我国古代唐朝。著有《茶经》的一代茶学鼻祖陆羽便诞生在唐朝，陆羽因有功于"茶"而荣享"茶圣"之尊誉。饮茶行为始于南方，后因"唐朝佛教禅宗盛行，禅宗重视排除所有的杂念，专注于一境，以达到身心一致。而茶则有提神养心之用，既能促进思考，又能减轻饥饿感，所以佛家就首选茶作为其饮料，于是寺院饮茶之风大盛，并直接影响到社会的各个层面和全国各地"[①]。佛"茶"提供了一个"物人两忘、心灵澄空"的顿悟境界，从此茶文化得到广泛的推广和传播。而文人嗜茶最早可追溯到汉代，"魏晋以来，天下骚乱，文人无以匡世，渐兴清淡之风。于是就转向好茶。因为茶是提倡廉洁、对抗奢侈之风的工具。也是引发思维以助文兴的手段"[②]。白居易有"尽日一餐茶两碗，更无所要到明朝"的吟唱，僧皎然有"丹丘羽人轻玉食，采茶饮之生羽翼"的奇想，卢仝有"一碗喉吻润，两碗破孤闷，三碗搜枯肠，惟有文字五千卷"的豪兴，茶对于唐朝文人的文化影响由此可见一斑。茶文化（亦即茶道）的精魂乃"清净"二字，清绝如水，澡雪如冰，灵魂在冥想开悟中融入山水、自然之中，茶便成为"山水自然"的一个精神象喻，而"天人合一"的境界自是"茶道"思境的题中应有之义。比较而言，"天人合一"侧重的是人与社会、人与自然的和谐，"茶道"侧重的是人心内在的和谐，两个和谐相生相成，互为基础，只有共同促成两个和谐的"和谐"，我们当今的"社会主义和谐社会"才有可能得到充分完满的实现。

史、诗文学忧患传统。忧患意识是古代士人涵养的一种深厚而高贵的精神品格，"忧"国家，"患"民瘼，"忧"殇史，"患"病心，从《诗经》《离骚》开始便树立了一种悲天悯人、兼济天下的让人肃然起敬的情

[①] 李少林主编：《唐代文化大观》，内蒙古人民出版社2006年版，第179页。

[②] 同上书，第181页。

操传统,到了汉朝的司马迁、唐朝的杜甫,更是将这种忧患品格发扬传承得沉髓入骨。"究天人之际,通古今之变,成一家之言"的《史记》是司马迁的血泪"发愤"之作,寄寓了作者的身世遭际之悲。司马迁一身浩然正气,为李陵作公正的辩护而罹宫刑之耻,受耻后忍辱负重,以如椽大笔结撰《史记》,为自己高洁的忧患之魂做了最生动的传照。其中既有对封建统治者恶行的无情批判,即使是当朝皇帝也毫不避讳,义正词严;也有对人民苦痛的深切同情和对人民反抗精神的拥心礼赞;既有对无私爱国者热情洋溢的歌颂;也有对最底层人民的理解式称扬甚至为之树碑立传,其忧患之心可与日月争光。只有历经厄难的人才有真切的忧患心魂,唐朝爱国诗人杜甫曾有过"朝扣富儿门,暮随肥马尘,残杯与冷炙,到处潜悲辛"的人生惨难,长安十载之行,"使杜甫历尽人生辛酸,他看到了生民疾苦,关心着国家安危。忠君恋阙,仁民爱物的情怀,在这颠沛辛酸生活里不惟未曾衰退,反而更加强烈了。这对于他的诗歌创作来说,是意义巨大的"[①]。杜甫的诗素有"诗史"之称,沉郁顿挫,情调悲慨,满纸浸渍愁悴忧怀,字字饱韫仁懿深爱,表达了作者一心系念国家人民命运的高尚道德情怀。"动乱的时代,个人的坎坷遭遇,一有感触,则悲慨满怀。他的诗有一种深沉的忧思,无论是写生民疾苦、怀友思乡,还是写自己的穷愁潦倒,感情都是深沉阔大的。他的诗,蕴含着一种厚积的感情力量,每欲喷薄而出时,他的仁者之心、他的儒家涵养所形成的中和处世的心态,便把这喷薄欲出的悲怆抑制住了,使它变得缓慢深沉,变得低回起伏"[②]。可见,无论是司马迁的"史诗",还是杜子美的"诗史",都有一种沉烈的民族精神力量与人本忧爱品格洋溢其间,而正是这种力量和品格让忧患灵魄"暖灯之光"生生不息地烛照历代天下苍生,永无凋逝。"人格是主体内在化了的外部文化世界"[③],忧患意识无疑属于汉、唐深厚文化体系中最重要的精华部分,因而值得我们现代人好好采借继承。

[①] 李少林主编:《唐代文化大观》,内蒙古人民出版社2006年版,第44页。
[②] 同上书,第46页。
[③] 杨善民、韩锋:《文化哲学》,山东大学出版社2002年版,第136页。

作 家 篇

第一篇 谈钱理群之《曹禺戏剧生命的创造与流程》

摘 要：钱理群先生秉着"作家的文学史研究"这一多向、多维的理论研究方法，对曹禺及其戏剧作品作了一次"心灵史"的精神巡礼。其批评措语中存在一些错谬及疏漏处，作为批评的批评，对其中的一些缺欠问题进行探源性的思考和驳难。

关键词：曹禺；戏剧；钱理群；《曹禺戏剧生命的创造与流程》

曹禺是中国现代戏剧界一个瑰美而邃赜的伟大奇迹。他用他"明慧""哀静"而略带"文弱"的善感灵心谱就了一阕阕精丽宏深的生命活水之曲，就像浩瀚夜空中唯美而神洁的锦绣星象，让世人驻足流连敬瞻，除了仰叹它的仙姿灵态，我们更多的是内在精神交感之叶的萌蘖生芽。当"一千个读者便有一千个哈姆莱特"这句普世经典艺言不再具有"陌生化"灵效时，面对"万物之灵长，宇宙之精华"的曹禺和他那些精邃的饱满着生命张力的丰神之作，我们一直带着神秘的好奇梦和严谨的治学心不断去解读阐释，或者一斛情志的感思灵悟的清淌，或者满纸意识形态化的肢解磔杀，或者深毁，或者高誉，众说纷纭，莫衷一是，可谓蔚为大观。就像一座金碧辉煌、美轮美奂的雄巍宝殿，我们永远也无法穷究它卓荦幽绝的神奇光色；又仿如"冰山一角"却潜涵无量的巨美的精神矿藏，我们永远也无法掘尽其宏伟珍丽的在在所有。钱理群先生秉着"作家的文学史研究"这一多向多维学理思想尝试之旨归，对曹禺及其作品作了一次炫人心魄的精神巡礼，实现了对以往孤立的单向度扁平化的文论批评方法理论勇气方面的胜利"破冰"。

即如作者所言："既将作家的精神产品作为一个生命有机体，关注作家自身内在的精神结构与本文结构的关系及其演变轨迹，更将作家个体精神创造置于整个文学的、社会历史的关系中，研究其接受过程以及这种接受与作家创作之间的复杂关系；试图通过这两个方面的考察与研究，达到对作家作品生命以及作家自身生命的创造与流程的动态把握，进而从一个特定的角度揭示时代精神历史的某一侧面。"钱先生将心理学、社会历史学、接受美学、意识形态学等多种批评视角有机拿捏融合,从动态的生命层面为我们展现出一幅呼之欲出的曹禺及其剧作精神发展历程的概貌画,比较完满而富有创见地"制造"了另一个"哈姆莱特"的美丽"神话"。其中行文有得有失,但仍然不失为一个前瞻性、综合性、深刻性超绝冠群的圆美范本。

一

钱先生首先指出了曹禺1932年初始创作《雷雨》时的时代氛围和戏剧创作趋向,分别以田汉、洪深、夏衍三位剧作家的戏剧理论及戏剧创作作为外因支撑点,达到了对当时戏剧创作历史情境的社会历史阐释学方面的较为正确合理的内在背景把握:即"日趋革命化政治化的接受对象要求的新的戏剧创作规范、批评规范"的降生;在"时代话语""共名理念"等"集体无意识"的潜在影响和规约下,剧作家大体狭窄地走上了一条逼仄的"理性主题先行"、以"抽象观念"为精神内核圭臬的木乃伊般僵化的靠拢革命"火血"的政治美学化道路。

然而钱先生却武断地宣称23岁的曹禺其时只"沉浸在《雷雨》生命创造里""他当然不知道,在那里曾经和正在发生什么",将曹禺及其"生命之诗"与"进行时态"的时代关系戴防毒面具般地密封离隔,这难免有失偏颇。我们知道人是社会人,在现实本质上是社会关系的总和,不管作家怎么规避、逃遁和抵制,都无法不濡染一层社会现实的色衣,或者说这种规避、逃遁和抵制本身在终极意义上便是参与"历史"的最佳确证。钱先生的初衷无疑很明显:只是为了说明在曹禺的前期生命创造流程中没受"历史系统"的现实侵入而自足地保持了尊重其主体意识的本真"薄发"。然而削"真理"之足适"极端"之履,我们说自然不可避免地要犯常识性的不应有的谬误。

钱先生接着评论道,《雷雨》是作者内在"性情"("生命本性的一种莫名的困惑、恐惧、憧憬与诱惑")外化(戏剧化)的构拟,从而形成一种雷雨式的"郁热"情氛,这种情氛不仅是戏剧氛围的渲染,更是人物内心灵魂躁郁与悖动的显征。在对生命的深度观照考察中,细微地发掘出"生命挣扎"这一文学原型母题。至于"序幕"与"尾声"的设置,钱先生则认为是剧作者"摆脱不了对于'沉静''超越'生命形态的深层诱惑"的杰作,通过悬置一双宗教式的高高在上的"悲悯"的"眼"的神性观照,将内中紧张激烈的戏剧效果全然消解颠覆,从而达到一种更高意义层面上的情感(生命)净化升华的"间离性"清醒。钱先生从"理解生命"的角度出发得出了就剧本内容而剧本内容的毋庸置疑的合乎情理的终极人文解释,肯定了"序幕"与"尾声"的不可替代的作用,从而对"可有可无赘疣论"的庸俗观念进行了一次精神刷新,然而这里面是否有剧作者形式上的从"第四堵墙"(生活幻觉)到布莱希特"陌生化效果"(假定性)的沟通糅合的更多考虑,是尤为值得商榷和推敲的。

当《雷雨》作为"个体生命创造"皈依社会大众受者,在普遍性的高度政治化情绪中衍化为"社会生命体"时,"接受者"拒绝了"序幕"与"尾声"的超然意义,自然也就不会体认曹禺希望"听神话般地,听故事似的"以一种诗性"距离感"与"悲悯感"参味品看的"沉静""节制"而"含蓄"的演出期待。于是在"强大历史惰力与惯性"的传统阐释规范既成模式的"施暴"下,剧作家不得不徘徊于"得历史风气之先"的"伟大孤独"和"丰富痛苦"中,精神白炽化地走向了《雷雨》"郁热"之路:在无人理解的天才"阵痛"中抗议挣扎。出乎我们意表的是,或许仅仅出于一种权宜策略,曹禺事后又勉强默认了"时代话语"种种"注释"的合理可能性,钱先生在接受美学的视域里洞幽烛微地看到了剧作者创作动机中潜意识(作者追认为"暴露大家庭的罪恶")与显意识(纯然的一种超阶级的人性永恒的"'生命冲动',对宇宙间压抑着人的本性的神秘的不可知的力量的惊奇与恐惧")阴差阳错的"后前景"倒置,这无疑是一种很有创思性的发现。然而事实上曹禺对"潜意识"的默允并非是外力硬性强加的所谓"妥协",而只是隐隐一种真实郁愤情感外化的当然归趋,这一点在相当程度上被人曲解。此外,所谓的显意识与潜意识两者之间的关系也并非泾渭分明的二项对立,而是你中有我、我中有你的水乳交融叠映关系。钱先生关于曹禺"显意识地自觉追求,因为与时代意识形态、已成规范相背离,而遭到拒绝,被推到'后景'中;相反,潜意识里的不自觉指向却因为与'时代话语'暗合,而被接受者(包括评论家)强化,推到'前景'位置"的评断无疑有点不够辩证的线性思维的印痕,是应该值得我们特别注意的。

二

钱先生指出，《日出》是曹禺的第二个生命创造，在"生命流程"（历史链条）中剧作者固守了其情性立场，在"蛮性的遗留"（一种神秘的对于生命本体的巫性窥探）等内在方面取得了继承《雷雨》表达的一致性，曹禺精神层面的"悲悯"情结又导出同样令人战栗的"被捉弄"与"生活自来的残忍"的惊心母题。在戏剧结构内容上，曹禺摒弃了前剧"太像戏"的刻意贪求，"开始沉醉于契诃夫深邃艰深的艺术里"，转向一种"沉静"气质的但仍保留内在张力的"生活化"或称之为"散文化"戏剧"横断面"的抒写。就接受美学而言，作者指出曹禺不是那种必静的甘于寂寞进行"纯艺术"创造的作家，"损不足以奉有余"这一社会主题的提出无疑是向时代规范"妥协"的一种趋奉。然而剧作者尤为珍视的包孕有"生命"意蕴的第三幕却仍被演出舞台给无情"腰斩"，这似乎是艺术家苦心孤诣的宿命，日趋狂烈的"政治革命组织化"的剧本批评"尖刀"已向曹禺的"生命谬斯"蠢动肆虐。

这里有几个问题值得商讨：第一，钱先生认为《日出》的创作是"创造主体另一种内在气质的苏醒"，这就是说曹禺这位天才既有"郁热"的心性，又有"沉静"的情怀，两者同时统化于一身，然而钱先生尔后又指出"从向原有创作规范的冲击，到自身新的规范的建立与被确认，是一个相当漫长的过程，而曹禺却完成两个剧目于两三年之间，这不能不说是格外地显示了曹禺的创作天才的"，既然剧作者同时兼有两种心性、两种情怀，像大多数天才"多面手"作家一样，是完全可以左右开弓的，今天写浓丽，明天写清澹，因了情采意蕴向来功底的丰美醇厚，双双同时臻于炉火纯青是绝对可能的，我们说这里更多的是一种空间兼容关系，而并非纯粹的时间线性接续关系。所谓"另一种内在气质的苏醒"与"是一个相当漫长的过程"两者并不构成逻辑必然，恰恰相反，在某种程度上是相互龃龉冲突的。第二，钱先生指出曹禺创作《日出》时"剧作家并不能绝对自由地选择他的戏剧生命样式，而必须受到特定的主客体关系的制约""他只能在戏剧结构上进行局部的革新"，这种说法是不符合实际的。众所周知，《日出》除了结构的创新外，内容也转向了"渐远渐微"的"忧郁"与"喜悦"相调谐的"沉静"的风致情韵，并且正如钱先生自己所承认：主题也开始投向关注"损不足以奉有余"的社会问题。

这些都是《日出》中不落窠臼的创新，钱先生却似乎熟视无睹，造成了批评文本逻辑上的裂缝和纰漏。

三

钱先生将《原野》称之为曹禺"生命三部曲"的最后一部，"《雷雨》是开始，经过《日出》的顿挫，至《原野》才真正得到淋漓尽致的发挥"。似乎与生俱来，曹禺的"内在生命要求"想望建造一个"原始蛮性的世界"，对于偏见的"压力"他置若罔闻，开始情绪上的"文学复仇"，将外在社会情势（1937年抗日战争的爆发）给彻底"放逐"，孜孜埋醉于灵台彼岸性的真朴呼唤，精心精致地结撰了《原野》这首蛮性生命之歌，从而达到了对自己"心曲"的圆融"践诺"。在这部戏剧中，曹禺写的是"复仇主题"，人的超常态"欲望与魔性"在这里都得到了极致的展映。从外在形构看，剧作者显然从易卜生、契诃夫走向了写意派奥尼尔，表现主义式的"形而上"的"心理""非现实"因素与外在戏剧冲突中的写实要素相结合，达到了一种逼肖鲁迅《野草》风格的拥有诡丽森然灼人意象的象征效果。可以想见，"生命"气逼人的《原野》的被"打入冷宫"是一点也不足为奇的，因为在当时的历史情境下，根深蒂固的大众"接受"保守性在中国只会"阴魂不散"或者"变本加厉"而根本不会是其他，我们说钱先生的理解无疑是妥切熨帖的。

然而通过剧本细读，我们又从中发现一个问题：钱先生赞誉"此时的曹禺不愧为一个独立的艺术家，他全然不顾这些外在的'压力'，只倾听自己心（灵魂）的呼唤"，而在《日出》的评述中又说"曹禺不是那类甘于寂寞，进行'纯艺术'创造的作家，时代的'热闹'对他有着无法抵御的吸引力"，并且下定言"曹禺在大时代的冲突下，比较容易放弃自己而认同于时代的传统规范"，这里的矛盾是很明显的。一会儿说曹禺的内在气质属于沈从文式的"疏离社会"型，一会儿又说曹禺的内在气质属于郭沫若式地"拥抱社会"型，这不可谓不让人费解。诚然，这里有个时间的问题，一个是1936年创作《日出》时的曹禺，一个是1937年创作《原野》时的曹禺，但我们都知道所谓的气质是指人的相当稳定的个性特点，那么这种短时间内的极其突兀的两种互相对立的情性指向显然不能称之为精神气质，然则曹禺的内在气质究竟又是怎样的呢，钱先生有点顾此失彼，不能自圆其说，只是仅仅根据其行文需要而主观地牵强附会式地"断章取义"罢了,对曹禺创作个性意脉上的把握显然失之轻率或考虑不周详。

抗战的激情,《原野》的"失利"很快动摇了曹禺"对人的生命极深处的涌动"的执守,天真的戏剧"诗人"也很快被浮躁的时代所同化,我们很难相信"文艺作品要有时代意义,反映时代,增加抗战的力量"便是"诗人"自己喉舌的声音。紧接着,两部相当粗糙的"观念"之作相继应运而生:1938年的《全民总动员》以及1940年的《蜕变》,然而它们无一不是"更加政治化、现实化和通俗化"茅盾《子夜》式的先验戏剧理念的形化。饶有兴味的是胡风先生当即著文指出如果天真的"'梦'('理想')不能'伸入历史发展底方向',变成对'胜利远景下面'的'历史性的困难'的'回避',甚至用'善恶到头终有报'的'大团圆'来欺骗自己与别人,那就可能因'过于兴奋'而'滑倒'"。我们说胡风当然是一位极其敏锐的"超前"的"接受者",其主体灵性化声音的呼吁尽管显得很孤立,也很微弱,但在当时无疑是"鹤立鸡群"的清醒独见。这种久违的内在心灵的艺术体认十分难能可贵,然而遗憾的是,却与同样敏锐的"超前"戏剧家在时代的不自觉的冲击裹挟下不幸失之交臂。就这一点而言,钱先生的洞察力不可谓不精到锐敏。

四

战争进入相持阶段,浮躁激进之气渐渐被"筛滤",一种"理性清明"的学术"沉思"氛围转而营造,此时的曹禺似乎又回归了自己的"精神家园"。钱先生诠释道,邓泽生(方瑞)的到来催生了曹禺另一种"秋天的忧郁"气质的复苏,激生了曹禺"对人的日常生活内在神韵、诗意的开掘",在爱情的润滋下,曹禺写出了"秋阳般温暖、柔和,又略带着忧伤"的《北京人》。这里揭示的生命主题是"孤独",一种生活化的诗意"孤独",命运残忍性的一面已退居其次,更多的则是一种体认情怀上的悲凉的温馨感、哀凉的温暖感和凄凉的甜蜜感。除了"精神隔阂之孤独"生命母题的阐发,剧文中还有一种老舍式的潜在文化忧思隐痛的体现:封建士大夫文化是怎样戕残毒蚀人心,造成"人的生命的彻底浪费,人的个人与社会价值的彻底丧失"的。外化为戏剧结构,曹禺破天荒地创造了一个别出心裁的"舞台奇观":代表三个时代不同文化的"昨日""今日""明日"北京人"联袂"献台,除了反衬"昨日"北京人文化生存方式的朽腐荒谬外,也同样是《雷雨》"序幕"与"尾声"设计的全然"复制",在"超然"神性的"悲悯"体察中添增嘲讽,将悲剧设构"间离化"为喜剧模式。自然而然,这种"写意"的"超然"情结无法得到时代同人的谅解与拥赞,这既是意识形态化批评(文艺必须为抗战服务)肢解的悲剧,当然也有社会心理传统审美阅读习惯"作祟"的与西方人文心理相悖的"国情"因缘。钱先生只看到前者,而把后者忽略。

1942年,曹禺写出了生命的"青春之歌"——《家》这个洋溢着鲜丽"青春诗意美"的剧作,同精神兄弟巴金的小说《家》相比较,重心虽有所偏移,但就精神层面而言,对青春力量的生命礼赞则是一脉相承的,它们都是"宇宙与人性的歌颂""阳光灿烂的人道主义的精华",无疑,此时的曹禺走向了莎士比亚式的人文主义憧憬:"着力写人的醒悟,写人在他的命运中一种悟到的东西,把人的思想感情升华起来,把许多杂念都荡涤干净而显得更加美好"。主流的意识形态化的批评"场"努力将曹禺的创造纳入"现实主义的艺术成就"这个片面化的定位框范内,批评更多的则是硬性编派的所谓"一体化"社会思想主题上的苛求,"悍然"地指出作者"挫败"的最终归因乃"艺术家的立场观点方法问题"(裹带浓厚殖民气息的对"欧美资本主义"艺术的眷恋)。

新中国成立后,在建国文学"统一、独立、建设"精神气氛的感召下,像所有"灵魂漂浪"的孩子归依母亲温爱的怀抱一样,"剧作家自愿放弃自己的独立意志与独立思考",彻底与"政治"同构,充当了"廉价乐观"的新社会的天真"号手",50年代写作的《明朗的天》(关于"知识分子的改造"),60年代的《胆剑篇》(关于"自力更生,奋发图强"),70年代创作的《王昭君》(关于"民族团结"),这些应制之作借用张庚评《洪深与〈农村三部曲〉》的话来说,"和一篇'社会问题'的论文没有途径上的差异"。要命的是,1959年"被捉弄"的曹禺对其《雷雨》作了一次毫无价值的扭曲式的调改,从而使其获得了一种"紧绷'阶级斗争'弦"的"新解释"和演出上的"新模式",钱先生称其为"引人深思"的可怕"怪胎"。"怪胎"过后则是十年浩劫的"空白",所谓"劫波渡尽是顿悟",当新时期姗姗到来时,曹禺对于"解冻"后的《原野》作了艺术心声的最后告白:"《原野》是讲人与人的极爱和极恨的感情,它是抒发一个青年作者情感的一首诗,它没有那么多的政治思想",

"无辜式的剖情"总算为"曹禺戏剧生命的创造与流程"画上了一个发人深省的尾符。

这里有几个问题我不敢苟同：第一，钱先生说曹禺的"创造活力正是建立在他的自信心之上：他坚信他的剧作拥有众多的观众，并且给观众以积极向上的引导"，这种说法是对"真实"的不负责任的违迕。我们知道创作《雷雨》《日出》后，曹禺便声誉炽盛，征服了无数的观众，如果他的创造活力是建立在自信赢取观众的层面上，那么在"权威阐释家"们苦口婆心的规劝下，在"美学接受者"们的强烈心理期待下，他绝对不会贸然创作《原野》这个剧本，因为既不"卖座"，又似乎"吃力不讨好"。简而言之，《原野》的"出炉"纯粹是剧作者一种"纯精神"坚持与守候的产物，对于革命情绪高涨的"受者"的"期待视野"，曹禺是根本不以为然的，他只受他内在灵魂的驱遣。第二，1949 年以后曹禺创作态度"向自己的'接受者'——和权力结合在一起的批评家的'权威解释'全面'认同'，也即向自己力图反叛的既成规范的模式归依"，钱先生不加甄别地便认为这是剧作者不加强迫的已内化于心的"真实意愿"，这是毫无现实依据的。在高度政治化的年代，这里面是否有更多违心的"委曲求全"的策略考虑，我们不得不仔细辨准。退一万步讲，就算是剧作者真实心境的体现，那么 1983 年曹禺关于《原野》的"不要用今日的许多尺度来限制这个戏，它受不了，它要闷死的"这样"翻案式"的强烈呼吁以及嘱咐收信人不要将信发表这种"不敢说真话"的后遗症式的恐惧忧虑感的表达，钱先生又做何解释呢？

五

钱理群先生通篇论文脉络清晰，条理显明，虽也有一些行文逻辑舛误，便大体上瑕不掩瑜，在"曹禺戏剧生命的创造与流程"这个核心主题的系统阐述中不时有显豁鲜明的洞见。其论文观点主要是：一、就剧本内容层面而言，指出了《雷雨》与易卜生，《日出》《北京人》与契诃夫，《原野》与奥尼尔，《家》与莎士比亚戏剧风格上内在的显而易见的"血脉"沿承关联，并分别从中发掘出"挣扎""被捉弄"与"生活自来的残忍""反抗绝望的复仇""精神隔阂的孤独"等生命母题，尤为难得的是悉心惊察到这些生命母题对于曹禺创作期间的精神困境情状竟然完全应验的"戏剧化"巧合。二、就读者反映层面而言，曹禺的剧作体现了自主创作意识主体精神与时代规约传统束缚条范之间的对立"磨合"挣扎史,分别历经了"无视规约"(如《雷雨》)——"有意靠拢规约"(如《日出》)——"完全背离规约"(如《原野》)——"绝对同化于规约"(如《胆剑篇》)四个波荡起伏的阶段。

  值得置疑的是,鄙人认为曹禺先生从来就是一个至情至性的伟大剧作家,他的目的只在于"创造出一种合理慰情的意象世界"(朱光潜语)。从其整个戏剧生命历程来看,他都一直保持着一颗独立自足的尊重其主体个性的"赤子之心",应该说从未动摇过,如果说有,那也不是动摇,而是一种"政治钢刀"下违背心衷的权宜性"妥协",在表象"妥协"的背后,一颗"滴血"的艺术良心却无时无刻不在愤怒地燃烧,并且生生不息。"野火烧不尽"率真文格,"春风吹又生"笔性灵花,正所谓"一叶蔽目,不见泰山",如果真有一颗像曹禺一样善感的艺术灵心,能够微妙地体察到这"一光"艺术"灯镜"摄照下的本真心性,恐怕我们的钱先生不免要愧恧汗颜了。

第二篇 在天才与自杀之间：关于王国维"死"之心质断想

摘　要：王国维作为一个国学大师，其文化天杰的生命精神特质崇高而伟岸，从"知与情的悖反""深刻的忧郁""修'天爵'的求索者""真"与"真理"的精神"掐架"和"先行到死，向死而生"四个方面进行深度探示，从而揭橥王国维在天才与自杀之间"死"之本真文化心质。

关键词：王国维；天才；自杀；天爵；先行到死

知识分子之死，尤其是大师级知识分子之死，总会在世俗流漫的庸常此岸性生活大海里激涌起精神龙卷风一般的轩然大波。真正的知识分子勇毅地担当起人类前途"十字架"去往路向的高贵文化使命，他们本真、实诚、严肃、寂寞地生，他们沉邃、忧重、黯苦、不为人所觉解地死。"询"与"殉"构成了他们孤独生命世界的两极，一面是天问般的精神"叩询"，一面是西西福斯般的心志"死殉"，他们以"征服峰顶"的卓绝人格努力，砌一块精神遗嘱墓碑去浸照尘寰所有孱弱的灵魂，他们是一群无时无刻不深刻痛苦着的人间大爱者。然则一个为人类而死的文化天杰应该具备哪些应然的生命精神特质呢？下面即以王国维之自杀为例，浅尝剖示殉"人类"而亡文化大师高贵灵魂的内在生命精魂基因。

一　知与情的悖反

柯勒律治有句名言：伟大的头脑都是半雄半雌的。"雄"主邃密理性、知性之思考，其枢机在"脑"；"雌"主深郁感性、感情之体察，其枢机在"心"。王国维可谓"知""情"兼胜，是一位感性与知性兼长并美的天才，其哲学研究中所谓"可爱者不可信，可信者不可爱"之"可爱者"乃情性缱绻心醉之所在，之"可信者"乃智性思致之所恋栈栖园。以此鉴之，几乎所有伟大天才的心质似乎都具有这种"心脑并全""雌雄同体"的通约化趋态。然而异质的双极"情""思"设若不能在精神张力搏突中获得谐衡，便会致生悖论情境式的灵魂撕裂碎骨之痛，盖亦静安先生所言："余之性质，欲为哲学家则感情苦多而知力苦寡，欲为诗人则又苦感情寡而理性多"。睿智与灵光和照，便会祥生异彩；深智与灵想揆离，固引"血光之灾"。无论是做"学问"抑或行"人生"，王国维都在一种"去之既有所不忍，就之又有所不能"的"知""情"矛盾困垒中进退维谷，这种无法攘解的生命冲突就直接构筑了他"自杀"精神密码至关紧要的一环。

二 深刻的忧郁

天才心性大抵纤敏、孤僻，他们欢喜一种"内倾恋独"的人格范式，这种冷藏情热、酷爱冥思沉想的心格灵式直接促成了他们深刻悒郁的精神面相。天才大抵与世俗违离对垒，是因为他们惊察到俗世自我毁灭的宿命苦伤；他们愿意以羸弱之躯在钝痛中担承人类一切最"原罪"的非常厄难，先天下之恸而恸，是因为他们有一颗泛爱众生的大心，他们乃时代自杀之际最悲天悯人的心灵大哭如雨者。他们是超前的，他们是预言的，他们是先知的，而俗夫"末人"庸常之辈仅汲汲于灵魂暗夜里蝇头微利、蜗角虚名算计式功利的渺小"爬行"，他们根本没有爱的能力去领解一颗为他们馨香祷祝祈福的天才伟大的心。最惨绝人寰的莫过于那群铁铸般冥顽不灵的庸众似乎总是凝然冷视、侮辱甚至要钉杀那位意欲拯拔他们自己于水火的精神导师、良心天才，这就不能不使一颗卓绝千古的心无奈含泪泣血地深刻孤独忧郁起来。王国维的精神思感凤契冥符于叔本华哲学者久矣，叔本华在其《天才论》中讲说道："天才所以伴随忧郁的原故，就一般来观察，那是因为智慧之光愈明亮，便愈能看透生存意志的原形，那时便会了解我们人类竟是一副可怜相，而油然兴起悲哀之念"，而王国维在其《静安文集续编自序》中也自我坦言："体素羸弱，性得忧郁，人生之问题日往复于吾前"，静观耽思的忧郁性使他的天才观也深深地浸渍着悲哀绝伦的苦涩色彩，王国维在其《叔本华与尼采》一文中是这样诠解天才的："呜呼！天才者，天之所靳而人之不幸也……若夫天才，彼之所缺陷者与人同，而独能洞见其缺陷之处，彼此蚩蚩者俱生，而独疑其所以生。一言以蔽之，彼之生活也与人同，而其以生活为一问题也与人异；彼之生于世界也与人同，而其以世界为一问题也与人异。"天才之不同于凡众者乃在于其深邃的洞察知力和一种清醒到刿苦的极致质疑精神，质疑的结果便是虚无，便是绝望，人生全无救赎之光，忧郁便在一种天启般的悲观主义深刻中走向殄灭。为"人类"代言的人格高尚者大抵都有一种苦胆般忧郁的心怀，他们不系恋于尘世的怡愉怪乐，倒是心心念念往悲剧里去殉文化"真知"的崇高，诚如陈寅恪在《王观堂先生挽词并序》中所说："凡一种文化值衰落之时，为此文化所化之人，必感苦痛，其表现此文化之程量愈宏，则其所爱苦痛亦愈甚；迨既达极深之度，殆非出于自杀无以求一己之心安义尽也"，王国维以一颗忧郁的天才之心，全生命瘁然拥抱了殂逝文化的崩然殒绝，其椎心泣血者，非在"殉清""尸谏"，乃在一湾心灵文化亭亭净植的"干净土"，哲人其萎，惕厉永存！

三 修"天爵"的求索者

天才都有一种纯澈、深彻的"本真"理想追求，他们往往执迷于一种形而上超验生命净河"至福幻象"的寄栖，那里有他们生命的"根"，那里有他们"内曜"的魂，一如海德格尔所言："诗意地栖居澄明之境"，他们对于纯粹至真、至善、至美理想的执着拥心可谓肝脑涂地、呕心沥血。设若用吴宓的话来说：他们是一群修"天爵"的理想主义者，所谓修"天爵"即是摒弃"人爵"实利的钻营附膻，舍"多"（"多"即现实世界和社会中的相对价值）而守"一"（"一"即绝对精神价值），他们信仰一种纯净的永恒主义，这种永恒主义的志意求索便是要发掘人生"浮象"中湮埋的"至理"，披沙拣金，成就崇高之不朽。人生之求"多"乃事功、实利、情欲无止无休的魔乱牵缠，人生之求"一"乃"专焉力索宇宙之真理"的抱负，王国维认为："天下有最神圣、最尊贵而无与于当世之用者，哲学与美术是已。天下之人嚣然谓之曰无用，无损于哲学美术之价值也。至为此学者自忘其神圣之位置而求以合当世之用，于是二者之价值失。夫哲学与美术之所志者，真理也。真理者，天下万世之真理，而非一时之真理也。"这也直接体现了他一贯的"知力上之贵族主义"情意结。王国维看不起同时之人学术研究中的功利投机倾向，批评严复之译《天演论》云："严氏所奉者，英吉利之功利论及进化论之哲学耳。其兴味之所存，不存于纯粹哲学而存于哲学之各分科"，同时又指斥康有为之《孔子改制考》及谭嗣同之《仁学》种种著述政治"卖身契"的贱鄙嘴脸。即便如此，王国维死后仍被有些人妄误为开历史倒车的反动"遗老"，这实在是燕雀不知鸿鹄内在伟大的情志特操，生命沉默的跪泣见证了精神至高无言的痛楚。"为天地立心……为往圣继绝学"虽说是封建士大夫的一种并不现代意识的期求，却自有一代学人圣洁的精魂遗珠，秉持一种"独立之精神,自由之思想"的文化节操,作"宗教"式崇奉,静安先生血泪浇灌的"理想主义"学术之花确然可与天地同久,万世其芳,共三光而永光!

四 "真"与"真理"的"精神掐架"

"真"是诗性的灵美,是内体验的亲贴冥思,是心感世界里最渊深的行吟。而"真理"则往往以概念化的知性面相呈显,它是逻辑王国的"格式塔",是智慧思考力凝冻的哲学性建筑。荷尔德林有诗云:"谁沉冥到那无边的深,谁将热爱着这最生动的生","真理"如若在"真"中映现,才是情慧生命最本真的敞亮,王国维一生追求学术"真理",心理向性上又缱绻于"真"的诗思发际,故时有陷入思想触机上悖论漩涡的灵意挣扎。就"真理"而言,王国维反对唯实唯利的政治化国民性教育操作,其在《教育偶感》中感喟道:"生百政治家,不如生一大文学家",对于当时耽于"器"而远乎纯"道"的"长技"学趋鹜,王国维极度反感,他认为中国人之所以无欧人深邃伟大之思想者,盖出于功利主义之心太贪滥,国人全无哲学之理趣、兴味,而肯研究冷漠干燥无益于世之思想问题的人更是寥若晨星。由此他冀望"纯然淡漠"之"真理"、真知在中国学界萌蘖、发轫。另一方面王国维又受尼采超人学说影响,特重天才教育,"天下大事,多出于英雄天才之手,蚩蚩者直从风而靡耳。教育不足造英雄与天才,而英雄与天才,自不可无陶冶之教育"(《论平凡之教育主义》);"天才之可贵,因与常人相异""若夫天才,彼之缺陷者与人同,而立能洞见其缺陷之处,彼与蚩蚩者俱生,而独疑其所以生"(《叔本华与尼采》),如此弥罩澎湃之活力的锐气推崇表达了其诗化想象的天才观,事实上也是王国维"心神气分"底渊处蓬勃的"真"音在其性灵教育维度上的撄触发机。"真"与"真理",或者说"真"的情感与"真理"的情感两相暌离,一旦无法形构"亲在""缘在"的统觉意义心脉磁场,便会发生如席勒所言"材料冲动"(自然)与"形式冲动"(精神)的不谐和断裂,最后走向"心"的"可然性"(亚里士多德语)"自杀"。

五 先行到死,向死而生

海德格尔将人的生存状态厘定为两个范型:一为非真正的存在,此等人"沉沦"异化于庸琐芸众事体当中，精神内在的优越性被恶浊世俗所泥塞遮蔽，因而无法走向一种孤怀卓荦的"殉真"；二为真正的存在，亦即"此在"，此等人真正作为他自身而存在，他时刻省视个我作为人类一分子的本真"活命"处境，从而获得一种"举世皆浊而我独清、众人皆醉而我独醒"的内在超越感。天才的"存在"都命定为"此在"，由而多对平庸"日常"之痼弊大加訾议挞伐，由而多与猎新骛奇俗尚之举念大相径庭、分道扬镳。时值新旧文化激变之交，当文化守成主义势力甚嚣尘上时，王国维用西学的天火烹煮自己的"文化之肉"，喂养勇于革新前驱的"精神界之战士"；当新学欺世盗名，变成为权柄造谣起势的工具性帷幌、坎陷天下苍生于板荡险衅之中时，王国维又毅然从文哲研究趣向文化"考古"，用一种"守旧"的学人担当廓洗新风的流弊，沉潜于传统古雅文化精魂里为堕落了的浇漓人心衰相跪泣啼血，此乃天才"此在"本色最自然的流光溢彩，以凡眼目之，则怪然不可思议耳！

　　海德格尔将对待"死亡"的态度也分为两种：一为"非真正的为死而在"，用一种惊惧、"我执"的心态"停留在死的可能性末端"，将"死"视为一种黑洞性的绝望之物，从而把去意识"死"的所有积极启示意义完全抹杀，只尸狗一般嗒然垮伏于腐败髑髅之上，忘却了本来不必忧心忡忡、"自我精神"恒在久存的光明人间。与此相反，另一种对待"死亡"的态度则是"真正的为死而在"，海德格尔认为"死是此在的最本己的可能性"，一个人只有"向死而生""先行到死中去"，他对"生"才可能有一种更深真的体认与理解，瞬时感念到"我己"的死亡以及死后的虚空，才会遽然警识到自身独一无二、不可复制之价值，从而清凌地渴想在自己有生之年去实现自我所特有的那些生命可能性，把一个人真正鲜明的丰富性存在个别化到他身上来，捐弃现世"异化""歧误"的生活耽恋，积极重新设计自我，最终清明地开展出人生"最本己的能是"前途。王国维自杀赴水前一天上午犹与人谈下学期清华招生一事，神色未异，并无心悸焦惧的绝望反常，足见其死意的从容无"粘滞"，死后遗嘱亦只寥寥数语，清坚如玉："五十之年，只欠一死；经此世变，义无再辱……"显而易见，王国维生时便在省思"死"的不可超越可能性。"非真正的为死而生"怯懦地为逃避"死"而苟活，"真正的为死而生"却勇敢地"先行到死中"去精神勘察"生"之真谛奥义，王国维真实体验到一种

"生之死"味后,便"打断了每一种坚执于所已达到的存在上的情况",从而获致了生命的大欢欣和大自由,这种大自由的大欢欣境界便是"死"之"无"所憟然启示出来的原始"本真"情怀:个人返皈自身,瞬间制就永恒!

第三篇　深情"殉美"与伪情"秀丑"：从《世说新语》看魏晋"七贤"和"八达"

摘　要：关于《世说新语》中的魏晋风流，以往所做的研究有许多错失处，对之重新作一番新视维的彻照和阐析，加深对魏晋人物精神内涵的理解。《世说新语》中的"七贤"与"八达"既有深情的"殉美"者，又有伪情的"秀丑"者。

关键词：《世说新语》；"七贤"；"八达"；深情"殉美"；伪情"秀丑"

《世说新语》是南朝刘宋临川王刘义庆及其文宾幕僚（据学者考证主要有袁淑、鲍照等人）精美集撰的一部鲜活生动的志人小说史，是一部诗化的既饱蕴散文情调又深涵戏剧风采的审美"宏大叙事"，它真切反映了汉末魏晋时代多元而深刻的世俗精神风貌史图，《世说新语》"记言则玄远冷隽，记行则高简瑰奇"[①]，"捃摭逸事，宏奖风流，隽旨名言，溢于楮墨"（参见易宗夔《〈新世说〉序》），里面刻画的小说人物个个逼肖活脱，栩栩如生，"人心里面的美与丑、高贵与残忍、圣洁与恶魔，同样发挥到了极致"[②]，既有深情"殉美"式的"七贤"，又有矫揉造作式的"八达"，在构文之前有必要做如下说明：本文所指称的"七贤"并非指所谓"竹林七贤"七个人，而是指将贞粹而美懿的"魏晋风度"真正内化于心，或者说真正名副其实地体现了"玄心、洞见、浓情、妙赏"魏晋风流精神气质的隶属于"世说新语时代"的"真高贤"，即所谓深情"殉美"者；同样地，本文所指称的"八达"也并非由所谓元康"八达"之阮瞻、王澄、谢鲲、胡毋辅之、庾凯、光逸、董昶、沙门于法龙八个人所组成，而是指那些附庸效颦魏晋风雅惺惺作态得其皮毛而贻笑于大方之家的隶属于"世说新语时代"的乡愿式"伪达士"，即所谓伪情"'秀'

[①] 鲁迅：《中国小说史略》（释评本），周锡山，释评，上海文化出版社2005年版，第51页。

[②] 宗白华：《论〈世说新语〉和晋人的美》，载王岳川编《宗白华学术文化随笔》，中国青年出版社1996年版，第130页。

丑"者，此其一；其二，《世说新语》事起后汉，止于东晋，这是一段社会板荡、杀戮无息、风雨如磐、暗无天日的"非常态"历史，作为"非常态"历史"精神生活化石"的"世说"之人物也必然火烙其"非常态"文化之基因。具体到每个人身上，便是双重人格与分裂人格的权舆。也就是说，我们所称许的"七贤"并非就贤得玲珑透底，我们所哂嗤的"八达"也未必就猥卑到家，"七贤""八达"只不过是两种相对立情质的类符标识。林林总总、千姿百态的魏晋人物图景展现了一个陆离瑰异、诡谲斑斓的三棱镜般特操"狂飙"涌溢的具象世界，"虽不过丛残小语，而俱为人间言动"①。然而由于历史渊久，残简漫漶，以往一些粗糙的文评或目光如豆，以偏概全；或管窥蠡测，百密一疏；或人云亦云，附丽寡臼；或杂碎丛脞，不得要领。本文试加明慧钩沉，作一番颖异通透的彻照和厘析，对于魏晋人物精神内涵理解的矫误与深化，或有涓埃之裨益！

一 "七贤"之瑕玷

《简傲》篇第3：锺士季精有才理，先不识嵇康，锺要于时贤俊者之士，俱往寻康。康方大树下锻，向子期为佐鼓排。康扬槌不辍，傍若无人，移时不交一言。锺起去，康曰："何所闻而来？何所见而去？"锺曰："闻所闻而来，见所见而去。"

嵇康是当时的清谈领袖，遐迩闻名，其任诞放达之情性，海雨天风，家喻户晓。仗着一贯的简傲作风，他是从来便清高自许、目下无尘的，对于像钟会这样的卑污宵小更是不齿得很（"钟会虽有才理，而人格卑鄙，故为名士所不齿"②）。钟会"率团"慕名造访，巧值嵇康打铁，吃"闭门羹"自然不言而喻。正如故事所讲嵇康果然旁若无人，表现出内在高洁人格不屑的从容风操。钟会素知名士标格，见嵇康不加理会，便径直打道回府，以此观之，也算识相得干净利落。可是"超然独达，遂放世事，纵意于尘埃之表"的嵇康却耐不住内心寂寞，偏要向钟会讨言，这种行为举动便有失名士操范。"真人"是能栖守清寞的，嵇康外表佯装与世隔

---

① 鲁迅：《中国小说史略》（释评本），周锡山，释评，上海文化出版社2005年版，第50页。

② 孔繁：《魏晋玄谈》，辽宁教育出版社1991年版，第83页。

绝，不食人间烟火，内里却渴望得到别人的眷注，哪怕是平素嗤之以鼻的小人，他也要用可怜的目光去搜求可怜的关注，既然都"移时不交一言"了，到最后还是"师心使气"乖乖主动"交言"，可见其清高得极为做作，至少不够"炉火纯青"。钟会不然，后发制人显出了高度的智慧，就交锋情境而言，以漂亮的"无语而归"取得了主动的言说制高点，嵇康无疑处于绝对的劣势，不管其动机出于击破内心之寂寞还是想让钟会淋辱难堪，钟会在无言中"无声胜有声"，赢得了内心闲静冲淡的"外交"胜利。我们设想假如嵇康的驳难隽语能够果如其然折辱钟会倒也不失名士风度，偏偏钟会一句"闻所闻而来，见所见而去"的绝妙答词不仅将嵇康问语潇洒"盖帽"，而且将其置于"哑巴吃黄连，有苦说不出"的灰色"失语"哽塞境地，嵇康的才隽形象便无疑斯文扫地得一塌糊涂了。

《排调》篇第4：嵇、阮、山、刘在竹林酣饮，王戎后往。步兵曰："俗物已复来败人意！"王笑曰："卿辈意，亦复可败邪？"

阮籍和王戎俱属"七贤"（后人自有置疑，谓王戎年岁与其他六贤相差天文，故七贤乃后人杜撰），阮籍高蹈倨傲，王戎年小位浅，并且未能脱俗，从《俭啬》篇所反映的小气劲我们自可以略知一二。当时以高迈超蹈为贵，王戎自然属归俗品。具体到文本，阮籍的问语本来无伤大雅，因为阮籍确实"越名教而任自然"，属于高品清流一族，王戎也确实有些俗不可耐，同样先发难语，阮籍并没有上面嵇康遭遇的灰色境调，意气铿锵主动，制挫快意，咄咄逼人。然而要命的是，俗人王戎自有敏思捷对，"卿辈意亦复可败邪？"，徐震堮释云："第二身称代名词，侪辈之间称'君'，年爵较尊者称'公'……下于己者或侪辈间亲昵而不拘礼数者称'卿'"①。且不说"卿"用于同辈间含有鄙意，其妙对也诚然反唇相讥得无懈可击：真正高蹈之士的灵圣意趣是别人无可败毁的，既然你们的意趣可以被人败毁，自然也同我王戎一样是凡夫俗物无疑了。"不以荣辱介意，而能无故加之不怒，卒然临之不惧"②，王戎的回答巧用哲学推理，

---

① 徐震堮：《世说新语词语简释》，《世说新语校笺》，中华书局出版社1984年版，第499页。

② 孔繁：《魏晋玄谈》，辽宁教育出版社1991年版，第146页。

非常精妙而不失分寸地把"俗物"这顶"帽子"奉还给阮籍，同时让阮公尴尬无语，真让我们为"高士"捏汗惭恧。

一篇为"七贤"外斗，一篇为"七贤"内讦，都让我们两位"正始之音"的"形象大使"颜面扫地，郁闷得几近"发昏章第十一"。嵇康有假清高之嫌，阮籍有杰慧"短路"之忧，可见"七贤"也并非处处占上风，终有马失前蹄时。

《政事》篇第8：嵇康被诛后，山公举康子绍为秘书丞。绍咨公出处，公曰："为君思之久矣！天地四时，犹有消息，而况人乎？"

山涛曾于正始年间荣利出仕，后惧于朝政翻覆频乱便辞官息影与嵇、阮作竹林雅游。待司马氏篡位掌权，他便很快贪仕心起、鄙态复萌，汲汲乎利用与司马懿妻张氏的中表亲关系，谋得了禄途的稳步迁升，由于善于官场钻营，最后得以位至三公之列。嵇康因恚恨其"禄蠹"人格曾作《与山巨源绝交书》以划清畛界，耻于与之同流合污。嵇康一死，山涛又开始怂恿其子嵇绍为官，嗾使之词冠冕堂皇，以致发生最后为惠帝挡箭愚忠受死的惨剧。其任官已入浊流，还千方百计撺掇嵇子入仕，以行报复其父狷傲断交之私恨。人品滑鄙阴污，忝列"七贤"，实在有辱"高名"，诚如孙绰所讽："山涛吾所不解，吏非吏，隐非隐，若以元礼为龙门，则当点额暴鳞矣"（见《晋书·孙绰传》）。

《任诞》篇第10：阮仲容、步兵居道南，诸阮居道北。北阮皆富，南阮贫。七月七日，北阮盛晒衣，皆纱罗锦绮。仲容以竿挂大布犊鼻裈于中庭。人或怪之，答曰："未能免俗，聊复尔耳。"

晋人旧俗七月七，法当晒衣。北阮殷富，"纱罗锦绮"烂然盈门，阮咸家贫，为争竞傲富，率挂"大布犊鼻"自取其辱，实非真名士所为。此处所说真名士"是指得道之人，故能排遣秽累，即不以外物累心，而能齐荣辱、生死，驰驱于辽廓寂寞之域，细宇宙，泯是非，逍遥自在"①，

---

① 孔繁：《魏晋玄谈》，辽宁教育出版社1991年版，第117页。

内心高洁，自应恬然超蹈，而无须以此种惊世骇俗的"行为艺术"为自己张目标名，究其里质，滥俗而已矣！阮咸还有"居母丧"借驴追婢的美谈，时人目之为"纵情越礼"，今人目之为对婢女的情深，实乃"色鬼"贪鲜之冲动也。居丧行房事古人视为"不净"，阮咸避脱伦理缚束与姑婢交，兽性使然；所谓"人种不可失"之借口，乃为保种承继香火设虑，而根本没有对婢女"越礼"的深情尊爱，否则为什么不说"爱婢不可失"呢？（《任诞》篇第15）。《任诞》篇第12阮咸与猪共饮，恣性而诡诞，学的亦是嵇、阮之皮相，画虎不成反类犬，徒然见笑大方之家！

此外，王戎"性好兴利"之贪吝（《俭啬》篇第2、4、5）；刘伶"陶兀昏放"之溺酒；"向秀以《庄子注》显明于世，而其行迹未能先后一贯"①，都昭显了"七贤"人格粗鄙的"瑕玷"。如果将"魏晋风流"人格化为一仙姝美女，那么"七贤"的识器瑕点能否譬喻为美女嘴边的"美人痣"呢，我们恐怕啼笑皆非，不得而知了。"文变染乎世情，兴废系乎时序"②，晋人人格、人文优雅与暴激之两极扭合，实乃时代"精神气候"所钟毓孳乳，"这是强烈、矛盾、热情、浓于生命彩色的一个时代"③，此文试加披露并非扬丑骂短，而恰恰是为了真切揭橥晋人情性之立体复杂，从而不为以往所作的"扁平单向"之精神形塑所灌醉蒙蔽。

二　醉翁之意"正"在酒

"任诞行为离不开酒。酒是魏晋风度的核心。"④ 果其然乎？不可尽信！

> 《任诞》篇第3：刘伶病酒，渴甚，从妇求酒。妇捐酒毁器，涕泣谏曰："君饮太过，非摄生之道，必宜断之！"伶曰："甚善。我不能自禁，唯当祝鬼神自誓断之耳！便可具酒肉。"妇曰："敬闻命。"供酒肉于神前，请伶祝誓。伶跪而祝曰："天生刘伶，以酒为名，一

---

① 孔繁：《魏晋玄谈》，辽宁教育出版社1991年版，第72页。
② 刘勰：《文心雕龙·时序》，王峰注，华夏出版社2002年版，第275页。
③ 宗白华：《论〈世说新语〉和晋人的美》，载王岳川编《宗白华学术文化随笔》，中国青年出版社1996年版，第131页。
④ 张万起、刘尚慈译注：《世说新语译注》，中华书局出版社1998年版，第715页。

饮一斛,五斗解酲。妇人之言,慎不可听!"便引酒进肉,隗然已醉矣。

刘伶耽溺饮酒是出了大名的。其"使人荷锸而随之"言"死便埋我"的狂诞遗音至今依然撼人心魄。正所谓"放弃了祈求生命的长度,便不能不要求增加生命的密度,对死的达观正基于对死的无可奈何的恐惧,而这也正是沉湎于酒的原因"[①],至于这一篇所写,则不过是烂醉的酒鬼讨巧骗酒喝的故事,与魏晋风度根本便是风马牛不相及的。酒在这里根本不是所谓全身远害的道具,在刘伶面前根本没有朝廷精神侵迫的威逼,反而是爱妻一片眷眷关爱之意。酒在这里亦非达到"远离自己""引人著胜地"的道学追尚,因为刘伶骗酒前已经喝了如许酒"病酒"而"渴甚"了,醉酒后身体不适接着还想滥饮,要"形神相亲"早已"出神入化",骗酒只是为疯餍一己之口欲,"虽然事实上也已一样变成了纯粹的麻醉性的享乐,但表面上却还挂着一块'谓得大道之本'的通达自然的招牌"[②],这是典型的酒"流氓"行为,与魏晋风度无涉,非但不属风度之举,反而有失风度之纯美。

《任诞》篇第5:步兵校尉缺,厨中有贮酒数百斛,阮籍乃求为步兵校尉。

阮籍身为名士,不屑做官,区区为了百斛好酒便降格求为步兵校尉,要说喝酒为了忘世远祸而阮籍偏偏为酒踏临"狼穴殃窝"主动招祸上门,其动机纯粹只是"瘾君子"综合征发作。酒不但不是麻醉远害的媒介而恰是招惹麻烦的诱饵,这里显然自相矛盾得甚为说不通。由此观之,此处"半杯之物"乃阮籍恶嗜,并非借以张扬魏晋风流的"清物",实为秽亵魏晋风流的浊滓,因此须加以厘清辨识。

但具体问题需作具体分析,也不可一棍子打死。

《任诞》篇第2:阮籍遭母丧,在晋文王坐进酒肉。司隶何曾亦

[①] 王瑶:《中古文学史论》,北京大学出版社1998年版,第167页。
[②] 同上书,第181页。

在坐,曰:"明公方以孝治天下,而阮籍以重丧显于公坐饮酒食肉,宜流之海外,以正风教。"文王曰:"嗣宗毁顿如此,君不能共忧之,何谓?且有疾而饮酒食肉,固丧礼也!"籍饮啖不辍,神色自若。

"士大夫们既然强调'各适性以为逍遥',自然可以不守各种礼法的约束,其结果是蔑视许多道德规范而流于放荡"①,阮籍当值母亲病丧,违逆名教在统治者面前喝酒,这酒喝得便风神倜傥,喝出了魏晋风流的气质,"魏晋人以狂狷来反抗这乡原的社会,反抗这桎梏性灵的礼教和士大夫阶层的庸俗,向自己的真性情、真血性里掘发人生的真意义、真道德。他们不惜拿自己的生命、地位、名誉来冒犯统治阶级的奸雄假借礼教以维持权贵们的恶势力"②,连司马昭也不得不同情激赏为之喝彩。魏晋真名士非但不以喝酒佯醉保身,反而以喝酒去抵逆风教,意气慷慨,义无反顾,"礼岂为我辈设也",不借酒全命,偏以酒撞命,是为"真人"!

《任诞》篇第9:阮籍当葬母,蒸一肥豚,饮酒二斗,然后临诀,直言:"穷矣!"都得一号,因吐血,废顿良久。

魏晋的人生观"反对人生伦理化的违反本性,而要求那种人生自然化的解放生活……这种人生观的特征,我们可以名为人性的觉醒"③,阮籍打破"伪礼教"桎梏的行举,便是自由解放的人性觉醒的典范行为类型,在这里酒是投枪,亦是匕首,深情存乎内心而非表外,酒是宣泄,更是宣传,"以热烈的怀疑与破坏精神,推倒一切前代的因袭制度、传统道德和缚住人心的僵化了的经典"④,从而彰显人性的悲怆与灵魂的高贵。"魏晋时代,崇奉礼教的看来似乎很不错,而实在是毁坏礼教,不信礼教的。表面上毁坏礼教者,实则倒是承认礼教,太相信礼教"⑤,阮籍无疑

---

① 曹道衡:《南朝文学与北朝文学研究》,江苏古籍出版社1999年版,第171页。
② 宗白华:《论〈世说新语〉和晋人的美》,载王岳川编《宗白华学术文化随笔》,中国青年出版社1996年版,第146页。
③ 刘大杰:《魏晋思想论》,林东海,导读,上海古籍出版社1998年版,第103页。
④ 同上书,第19页。
⑤ 鲁迅:《魏晋风度及文章与药及酒之关系》,载洪治纲编《鲁迅经典文存》,上海大学出版社2004年版,第103页。

属于后者,"因为他们生于乱世,不得已,才有这样的行为,并非他们的本态。但又于此可见魏晋的破坏礼教者,实在是相信礼教到固执之极的"①。

《任诞》篇第28:周伯仁风德雅重,深达危乱。过江积年,恒大饮酒,尝经三日不醒。时人谓之"三日仆射。"

"三日仆射"今为贬义词,意指只知饮酒不做事的宰相,过江之际周伯仁深明时势艰危,动辄得咎,醉酒三日不醒以明哲保身,是为明智耳!"实际的社会情势逼得他们不得不饮酒;为了逃避现实,为了保全生命,他们不得不韬晦,不得不沉湎……那么最好的办法是自己来布置一层烟幕,一层保护色的烟幕"②,"才质愈是聪明,情感愈是锐敏的人,(人生)幻灭感愈是深切"③,而要安抚这种消极的幻灭感,酒便成为了远遁政治残险的"不二法门",诚如王导所言"人言我愦愦,后人当思此愦愦",此魏晋灼然风姿也。

《任诞》篇第18:阮宣子常步行,以百钱挂杖头,至酒店,便独酣畅。虽当世贵盛,不肯诣也。

鲁迅先生曾经一针见血地指出:"因为我们知道从汉末到元朝为篡夺时代,四海骚扰,人多抱厌世主义;加以佛道二教盛行一时,皆讲超脱现世,晋人先受其影响,于是有一派人去修仙,想飞升,所以喜服药;有一派欲永游醉乡,不问世事,所以好饮酒"④,然而阮修喝酒不屑诣拜权贵,非其厌世思想作祟,实乃酒魔缠身,贪口腹之欲耳!倘若其酒不曾上瘾,阮修极有可能夤缘贵胄;抑或倘使贵盛之家以好酒相邀,恐怕第一个飞奔而去的便是阮修无疑。

---

① 鲁迅:《魏晋风度及文章与药及酒之关系》,载洪治纲编《鲁迅经典文存》,上海大学出版社2004年版,第104页。
② 王瑶:《中古文学史论》,北京大学出版社1998年版,第175页。
③ 刘大杰:《魏晋思想论》,林东海,导读,上海古籍出版社1998年版,第6页。
④ 鲁迅:《中国小说史略》(释评本),周锡山,释评,上海文化出版社2005年版,第253页。

《任诞》篇第33：王、刘共在杭南，酣宴于桓子野家。谢镇西往尚书墓还，葬后三日反哭。诸人欲要之，初遣一信，犹未许，然已停车；重要，便回驾。诸人门外迎之，把臂便下。裁得脱帻着帽。酣宴半坐，乃觉未脱衰。

"名教陵毁，士风寝坏"，谢尚没脱丧服便喝酒自然属于违迕风教，但这并不必然代表谢尚不齿礼教狂放不拘，只不过嗜酒胜命已似鸦片矣！对谢尚来说，"饮酒只是为了'快意'，为了享乐，所以酒的作用和声色犬马差不多，只是一种享乐和麻醉的工具"[1]，从"初遣一信，犹未许，然已停车；重要（邀），便回驾"这个活脱脱的细节便可知晓，后人张冠李戴误为放达，实不明其原委也。

申述之，"何晏王弼阮籍嵇康之流，因为他们的名位大，一般的人们就学起来，而所学的无非是表面，他们实在的内心，却不知道。因为只学他们的皮毛，于是社会上便很多了没意思的空谈和饮酒"[2]，《任诞》篇第20张翰的"使我有身后名，不如即时一杯酒"；第21毕卓的"拍浮酒池中，便足了一生"；第24孔群的"今年田得七百斛秫米，不了麴糵事"，尽属阮修、谢尚令名"歪打正着"一族，循名责实，其实难副！诚如王孝伯所言："名士不必须奇才，但使常得无事，痛饮酒，熟读《离骚》，便可称名士。"(《任诞》篇第53)，"他们在行迹上追拟'竹林七贤'，但既没有忧患的背景，也没有幽邃的玄心，所以得其貌而不得其神"[3]，透过"盛名"的虚假烟幕，他们只不过是一群"酒囊酒袋"难兄难弟罢了，与其归入真情《任诞》篇，倒毋如放入纵欲《惑溺》篇更为恰切。

三 伪情"秀"丑

《德行》篇第12：王朗每以识度推华歆。歆蜡日，尝集子侄燕饮，王亦学之。有人向张华说此事，张曰："王之学华，皆是形骸之外，去之所以更远。"

---

[1] 王瑶：《中古文学史论》，北京大学出版社1998年版，第168页。
[2] 鲁迅：《魏晋风度及文章与药及酒之关系》，载洪治纲编《鲁迅经典文存》，上海大学出版社2004年版，第105页。
[3] 范子烨：《〈世说新语〉研究》，黑龙江教育出版社1998年版，第266页。

晋人推重识度超异之人，一时追风猎尚，趋之若鹜，如蚁附膻。华歆怀握真德，乃其内在品韵清迈高绝，内精外化为行止，便无往而非卓荦非常。王朗学东施效西施之"捧心"，实在滑天下之大稽。盖得其形骸之外，所以去之甚远也。就好比鹦鹉学舌，不管再怎么逼真终乏人气神韵；又好比邯郸学步，最后赵人步法愣没学会倒把自己原来的行步也忘了灰溜溜只有狗爬的份了。晋人邀名，提高"品藻度"是关键，品藻的主审当然是社会舆论，而社会舆论又倚靠名流掌持，一登龙门，便身价百倍，王朗学华歆表演"燕饮"无异一场最为蹩脚的"行为贿赂艺术"。

《德行》篇第23：王平子、胡毋彦国诸人，皆以任放为达，或有裸体者。乐广笑曰："名教中自有乐地，何为乃尔也？"

我们首先看另外两则有关"裸体艺术"的故事与之作比：《任诞》篇第6刘伶脱裸乃任其本真，在自家屋中率心任情地享受"空气浴"，干卿底事？并非为了显摆张扬想出风头以标榜卓异；《晋书》云阮籍"嗜酒荒放，露头散发，裸袒箕踞""盖由于当日人士的易遭祸患，而当日所谓君子者，又多是'饥则啮'之流，故鄙不屑为，自成一种消极的人生观"[①]，当时的社会以"真名教"为幌子却肆行其"伪名教"恶秽之行，阮籍对此深恶痛绝，便有些孩子气逆反心理地以夸张的反常之裸去抗议"伪礼"来维护"真礼"的洁贞。阮籍放诞，却放诞得真朴，"贞素寡欲为其内心世界，此乃名士之精神本质。如果仅有不拘礼法，则不过是狂人，是不能成为真正的名士的"[②]，王澄一干人不明就里，非有苛政暗压，也不懂名教真义，在大庭广众，光天化日之下"脱衣服，露丑恶，同禽兽""痛苦的背景没有了，光明的向往取消了"[③]，非为自修，纯然炫怪立奇，祖述先贤，也近乎囫囵吞枣，实哗众取宠、沽名钓誉张狂之愚举。"'达'乃真实性情之流露，'达'而要'作'，即'作达'，那末这种'达'就不是真达了"[④]，这种恣纵裸裼的"光荣"行为不是所谓的"风流放达"，

---

① 容肇祖：《魏晋的自然主义》，东方出版社1996年版，第40页。
② 孔繁：《魏晋玄谈》，辽宁教育出版社1991年版，第74页。
③ 王瑶：《中古文学史论》，北京大学出版社1998年版，第180页。
④ 孔繁：《魏晋玄谈》，辽宁教育出版社1991年版，第124页。

却是跳梁动物式的无耻羞丑。

《德行》篇第38：范宣年八岁，后园挑菜，误伤指，大啼。人问："痛邪？"答曰："非为痛，身体发肤，不敢毁伤，是以啼耳！"

八岁小儿伤了手指，哇哇大哭本也无可厚非，人性本能也。人问他是不是很疼，他"老人家"却跟你来个石破天惊："并不是因为疼，是因为身体发肤受之父母而我却将之毁伤以致大哭"。乍一听，我们不禁哑然失笑，滑稽得近乎荒唐。杀人礼教的灌育内渗把人性的生命痛感都泯灭得麻木无觉了，可见"死教"荼毒之剧深。退一步讲，成年人若此倒也可以牵强理解，区区一个乳臭未干的黄口小儿便"登峰造极"到如此田地，实在叫人匪夷所思，而晋人竟以此为德行之美大加颂赞推崇，当时的社会病态到何种程度便不言而喻了。

《方正》篇第15：山公大儿着短帢，车中倚。武帝欲见之，山公不敢辞，问儿，儿不肯行。时论乃云胜山公。

山涛作为司马炎的下属，言听计从其情可鉴，而山涛之子"不肯行"，自有小孩畏难怕生的因素，因此牵强附会诠释为禀性孤傲，不齿权贵，未为恰当。小儿习得甚浅，稳定的气质人格尚未塑铸成形，"不肯行"有三解，一为不屑行，二为不敢行，三为不愿行，迂执曲解为不屑行只是一种概率微乎其微的可能性，因为身为小孩，如果按常情揣测，"不敢行"慑于权威、畏怕生人的解释似乎更符合事实情境。而"时论乃云胜山公"，更是迂腐的谬论，即使是"不屑行"，也不能想当然妄下结论说他父亲没有儿子那般人格"峻洁坚挺"。山涛因于人事尘网，瞻前顾后的违心屈从心理可以理解，而一个小孩没有任何利益瓜葛牵缠，即便说话大破天也是小儿诳语，无人会矫情苛责，更何况一个无语的"不肯行"呢？时人有此迂论，可见俗透入骨，以俗人之语品评高人，更是差之毫厘，谬以千里！

《雅量》篇第1：豫章太守顾劭，是雍之子。劭在郡卒。雍盛集僚属自围棋，外启信至，而无儿书，虽神气不变，而心了其故，以爪掐掌，血流沾褥。宾客既散，方叹曰："已无延陵之高，岂可有丧明之责！"于是豁情散哀，颜色自若。

"清流名士要树立风声，使天下之士奋迅感慨，则主要是以精神感人"①，顾雍闻儿死，面不改色心不跳，唯"以爪掐掌，血流沾褥"，盖为"风声"（风誉名声）而"疯神"也。大抵而言，晋人任真尚情，鄙恶矜饰，顾雍如此做作实在有损风度。忝列《雅量》之间，实在不如"矫情"形容之更为入髓。"己无延陵之高，岂可有丧明之责"，这句话便显征了顾雍的俗伪。延陵季札"达死生之命者"，丧子几至忘情，顾雍自然难以匹敌；子夏丧儿失明，礼记云"丧不虑居，毁不危身"，丧亲而危身灭性乃大不孝，顾雍首鼠两端，也不敢舛挑风教。于是才上演这么一场小丑般的伪饰闹剧，不能越名教任真，方寸有哀不号，心府溢痛不抒，抑压做饰，唯"风礼死教"马首是瞻，生怕有悖时流被人訾议，这种拘执泥僵"冬烘"守道者实无雅量可言。《伤逝》篇第12，为示风流雅量，郗公死儿当众不哭，临殡才"一恸几绝"，和顾雍相较可谓异曲同工，"汉末之流，已重品目，声名成毁，决于片言"②，晋人之死要雅面实已堕入泯灭人性之途。

《方正》篇第48：孙兴公作《庾公诔》，文多托寄之辞。既成，示庾道恩，庾见，慨然送还之，曰："先君与君，自不至于此。"

孙绰作为玄学诗鼻祖之一，其清远高玄之情应该是不容置疑的，庾亮死，他写《庾公诔》，"文多托寄之辞"，写得可谓辞胜于情，然而要么是为文造情，此乃文人之通病；要么是套近乎附骥"死人"借此显名，最后被庾道恩酸刻地反讽了一顿。晋人往往"自相标榜，坐致虚声，托名高节"，乃至"未离乳臭，已得华资；甫识一丁，即为名士"（参见（清）李慈铭《越缦堂读书简端记》），名流尚且如此鄙俗，晋人士风之浇漓由此可辩。其姊妹篇《轻诋》第9，孙绰听闻刘真长逝世，便痛哭流涕惺惺作态地说："人之云亡，邦国殄瘁"，其猫脸般的媚态又被褚太傅恶

---

① 孔繁：《魏晋玄谈》，辽宁教育出版社1991年版，第9页。

② 同上书，第50页。

狠狠揶揄了一番。《轻诋》篇第22依然是孙绰的"攀尸"之情，王长史死后他再一次伪饰做态写诔文，述念交情抬高自己，可谓别人结婚他送花圈——纯凑热闹！一句"余与夫子，交非势利，心犹澄水，同此玄味"，写尽了孙长乐的不害臊嘴脸，落得被王孝伯微言讽骂！综而观之，孙绰虽有才学，其心性却如此恶俗，实在是矫情到可以做"酸菜"的地步。晋人"方生"之才俊全靠"未死"之宿达引拔致显，如果没有"伯乐"的慧眼称扬，才美不外现之"千里马"终竟只有老死槽秣的份，孙绰由此频频与"死名人"攀情，也不过想沾名士的一点光实现其未遂之志罢了。

《任诞》篇第46：王子猷尝暂寄人空宅住，便令种竹。或问："暂住何烦尔？"王啸咏良久，直指竹曰："何可一日无此君？"

这是一则非常著名的故事，也多为评家所引，普遍认为"何可一日无此君"一语最为生动炽情地体现了晋人高雅的情操，实则大谬不然也。刘义庆按"九品中正"法则循序编排《世说新语》三十六篇，四篇为一等级，《任诞》篇排序二十三忝处"下中"位置，已属低末之品，其心性标格对应的精神"所指"依时人观念已不显扬，此则故事放入《任诞》篇便本自暗含微贬，此其一；其二，刘孝标参《中兴书》注曰："徽之卓荦不羁，欲为傲达，放肆声色颇过度，时人钦其才，秽其行也"①。王子猷品行丑秽，时人尚且"秽其行"，今人能穿凿以他为高洁君子吗？；其三，所谓"心静自然凉"，心中有竹自清雅，非得赖役于实物，便堕入俗贱末流了。总而言之，王子猷所谓的任诞言举是值得我们深深鄙夷的，如果反却标榜为嘉言懿行，笑掉人牙也！心有幽竹气自雅，同样的，腹有诗书气自华，王子猷心内无竹，即或种竹亦是神调卑琐之徒，《排调》篇第31中的郝隆"日中仰卧"晒肚中书，肚内无书便是晒他空空如也的大腹皮了，此二人"行"异而"神"不异，可谓是同族兄弟，精神上殊途同归，然而在真名士看来，却似乎都是引人轻鄙的笑资！

四 "审美化"的贪欲

《识鉴》篇第21：谢公在东山畜妓，简文曰："安石必出，既与

---

① 张万起、刘尚慈译注：《世说新语译注》，中华书局出版社1998年版，第752页。

人同乐，亦不得不与人同忧。"

今人只要提到东山之志，必会遥想谢安当年的高蹈情怀。隐逸本是一种灵洁的情操，谢公居然"在东山畜妓"，"纵心事外，疏略常节"倒也本实，泡入淫糜声色之中却是内质。一个人但凡出了名，且不管是窃是劫是诓，头上便有一种灵光圈能够呼风唤雨，能够指导乾坤，芸芸众生大抵盲昧，自心俗鄙不值好尚，逮到稻草秆便当黄金条奴颜膜拜，盖因生活无聊，心有寓寄总比郁郁昏浊强。于是某人成偶像了，放屁也是香震连天。谢安名为隐遁，实际却在"安乐窝"里俾昼作夜，玄远得确乎"飘飘欲仙"。外人艳羡其高名，自然会想当然地人为拔高他的一切，即使是最坏的鄙行也有最美的谎言为其遮羞。司马昱一句"既与人同乐，亦不得不与人同忧"实在是冠冕堂皇极了，以此推断，当今的嫖客应该都大大地"与人同忧"了，低等嫖客自然无资忝列其间，只有那些头戴"明星"徽号光环的"超级快乐"之主才能"与人同忧"，当家国倾覆之时，他们便是舍我其谁的"必出"救世主了。由此观之，晋人对名达的宠爱可谓无所不用其极！

《豪爽》篇第2：王处仲，世许高尚之目。常荒恣于色，体为之弊，左右谏之，处仲曰："吾乃不觉尔。如此者甚易耳！"乃开后閤，驱诸婢妾数十人出路，任其所之，时人叹焉。

王敦也是"明星"级人物，"世许高尚之目"，实乃金玉其外，败絮其中。其荒恣女色，恬不知耻；旁人规劝小心"精亏体毁"，他非但若无其事，并且振振有词。几千个婢妾被他蹂躏戕害后便扫地出门，置她们的血惨生活于不顾，其残忍本性可略见一斑。事实缘由也许出于喜新厌旧，纯然打发旧女再招新娇供其淫享，晋人却以"豪爽"目之，就好比为荡妇设建贞节牌坊，荒谬可耻得让人寒心。当今的"明星"大抵不以"豪爽"自居了，却代以"给予粉丝自由"为名，行其肮脏龌龊之德，可谓一丘之貉也。

《容止》篇第7：潘岳妙有姿容，好神情。少时挟弹出洛阳道，妇人遇者，莫不连手共萦之。左太冲绝丑，亦复效岳游遨，于是群妪齐共乱唾之，委顿而返。

"人的精神、风度、气质是内在特质的外在表现，既可以表现为才华横溢，天才神悟，又可以表现为容貌举止的韵味，表现为一种独特的人格之美"①，潘岳长得漂亮，时妇因此共爱之。众所周知，晋人不仅"重才情，崇理想，标放达"，而且"赏容貌"（李泽厚语），其风俗舆情好尚美男子是出了名的，"看杀卫玠"便是经典的经典。才子左思，貌丑口讷，也想效仿出街希图得到女人的欢赏眷爱，结局落个"齐共乱唾，委顿而返"是预料中事。怪只怪他东施效颦，毫无自知之明！以往都这么看左思，我却自有异议：众所周知，晋人爱女人般漂亮的男人是事实，晋人也爱神悟般清远的天才，潘岳以貌称扬于世，左思以才风誉远播，何以潘岳见赏，左思被辱？才貌在当时受欢迎的等次可谓一目了然，赏心终竟敌不过悦目，与当下视觉消费时代的情形并无二致。左思欲想骋"才"比"貌"，不料输得一败涂地，那是时代天才的悲哀！而其雄"才"抗表的英胆与勇识，实在是精神可嘉也。今人错怪误读左思，确是文化品位的悲哀！

《栖逸》第12：戴安道既厉操东山，而其兄欲建式遏之功。谢太傅曰："卿兄弟志业，何其太殊？"戴曰："下官不堪其忧，家弟不改其乐。"

弟弟隐居，哥哥做官，表面看来"志业太殊"，究其实质，半斤八两也。哥哥做官志在仕途，图的是荣华富贵，不能忍受隐居的忧愁，隐居有何忧愁，在哥哥看来便是"孔方兄"匮乏以致生活贫苦不堪。戴逯隐遁，也不想改变隐居的快乐，隐居有何快乐？一是徒享高逸的令名，二是有别人全盘"买单"也。第二点似乎不为哥哥所晓，才会滋生盲目自得的喟叹！但只要看看《栖逸》第15便会恍然大悟：每一个成功的栖逸者的背后都有一个不错的免费"慈善"赞助者。此等清福美事，晋人不趋之若鹜才怪。斥资百万，起宅精整，一个人美妙无偿地享受着如此"豪华别

---

① 黄少英：《魏晋人物品题研究》，齐鲁书社2006年版，第153页。

墅",比起哥哥戴逯累死累活得到的那点俸禄油水蝇头微利来不知要受享多少倍。"尽管时代风气使得一般士大夫都希企隐逸,但一个'心迹双寂寞'的真正隐士底枯槁憔悴生活,却不是生活在富贵汰侈圈子里的一般名士和门阀子弟们所能忍受的"[1],所以才有康僧渊"声名大兴"后耐不住寂寞蹿出山(《栖逸》篇第11)、许询欣然不拒"筐篚苞苴"(《栖逸》篇第13)、支道林花钱"买山而隐"(《排调》篇第28)的笑话。为隐而隐的人,"反抗气已消得干干净净了,单剩着个人的矫厉的清高"[2],盖假隐也,希图名利才是他们的本初愿心!《栖逸》在《世说新语》中排序十八,依"九品"体例位属"下中",可见时人对于"栖逸"的标格也并非格外尊崇褒赞,由此观之,隐逸在很大程度上只是那些自封为"钓徒樵子"的才士高人的"啖饭之道"抑或"终南捷径"罢了。

《雅量》篇第42:羊绥第二子孚,少有俊才,与谢益寿相好。尝早往谢许,未食。俄而王齐、王睹来。既先不相识,王向席有不说色,欲使羊去。羊了不眄,唯脚委几上,咏瞩自若。谢与王叙寒温数语毕,还与羊谈赏,王方悟其奇,乃合共语。须臾食下,二王都不得餐,唯属羊不暇。羊不大应对之,而盛进食,食毕便退。遂苦相留,羊义不住,直云:"向者不得从命,中国尚虚。"二王是孝伯两弟。

羊孚和谢混要好,经常到谢处蹭饭吃,王熙、王爽见之不悦想叫他早些滚蛋,羊孚却一脸无赖置若罔闻,等到吃饱喝足便抬腿要走,二王刮目相看后强要挽留,不料羊孚饭后吐真言:刚进来时您二位赶我走之所以没敢从命乃因鄙人"中国尚虚"(腹中空空也),现在鄙人牙祭既然已打完,便没有你们什么事了。吃"霸王"餐还如此理直气壮者,天下古今羊孚一人也。这与其说是一种"雅量"精神,倒勿如说是一种"无赖"精神!

《任诞》篇第44:罗友作荆州从事,桓宣武为王车骑集别,友进,坐良久,辞出,宣武曰:卿向欲咨事,何以便去,答曰:"友闻白羊肉美,一生未曾得吃,故冒求前耳,无事可咨。今已饱,不复须

---

[1] 王瑶:《中古文学史论》,北京大学出版社1998年版,第202页。
[2] 同上书,第191页。

驻。"了无惭色。

罗友当然也是骗吃者，不过表现更多的是一种贪嘴嗜性，说得好听一点叫"超级美食家"，其"今已饱，不复须驻"，并且"了无惭色"与羊孚的"无赖"竟如出一辙。羊孚只求温饱，而罗友则是素闻白羊肉鲜美才"枉驾屈尊"的，可谓是"食不厌精，脍不厌细"一族，在"嘴巴口感审美"等次上显然要比羊孚略高一筹。

《排调》篇第10：陆太尉诣王丞相。王公食以酪。陆还，遂病。明日，与王笺云："昨食酪小过，通夜委顿。民虽吴人，几为伧鬼。"

陆太尉更可以说是贪食"痞子"，自己因为太馋嘴吃奶酪过多而生病，却还要郑重其事写信奚落抱怨热情好客的主人，这里自然有南北歧视心理作祟，但更是所谓"自己脸脏怪镜子不净；得了便宜还卖乖"是也！

统而言之，"魏晋人虽都有厌世的观念，并没有厌生的观念，人生的意义虽是否定，生活的意义并没有否定"①，于是我们便看到以上各种五光十色得匪夷所思的贪欲和享乐。通观以上故事得知，晋人性情易走狂暴之极端，且好在极端中病态品赏一种"人化审美评价"的情结，与美化他们的深情爱欲一样，丑的嗜欲同样被晋人唯美地涂脂抹粉，表面装潢的似乎是光壮壮的气度，内里掩没的却是暗昧人性并不唯美的真。

五　结语

"汉末魏晋六朝是中国政治上最混乱、社会上最苦痛的时代，然而却是精神史上极自由、极解放、最富于智慧、最浓于热情的一个时代"②，从《世说新语》中我们可以略见一斑。魏晋人出奇地狂放，"实际上，那些'狂放之士'也有其原因。一是因为汉末以来的军阀混战，统治者的互相残杀，汉朝皇帝只成了曹操等人的工具，根本不起作用，于是士人们也无守节的必要和可能；二是东汉末年的'党锢之祸'以及曹操杀孔融，

---

①　刘大杰：《魏晋思想论》，林东海，导读，上海古籍出版社1998年版，第113页。
②　宗白华：《论〈世说新语〉和晋人的美》，载王岳川编《宗白华学术文化随笔》，中国青年出版社1996年版，第130页。

司马昭杀嵇康更使人认为马融说的'生贵于天下'正确,更无意于清议,把'口不论人过'作为全身之道。他们这样做,倒可以被人视为'方外之士'得以保身"①,然而明显的是,竹林之"放"与元康之"放"却迥异不同,刘孝标注引曰:"是时竹林诸贤之风虽高,而礼教尚峻,迨元康中,遂至放荡越礼……彼非玄心,徒利其纵恣而已"②;"晋人向外发现了自然,向内发现了自己的深情"③,"其情真,其情钟,其情深,皆发情自然,无所掩饰,故能感人"④,辩证地看,有深情真情者必有矫情伪情人,且真情有多深矫情就有多伪,正因为有矫伪情的衬比才显突真深情的光鲜亮丽;黑格尔认为"每个人都是一个整体,本身就是一个世界,每个人都是完整的有生气的人,而不是某种孤立的性格特征的寓言式的抽象品"(参见黑格尔《美学》),魏晋人的性格更可谓双重甚至多重,狷士嵇康作谙世故、与世偃仰之《家戒》,枭雄桓温抱"木犹如此,人何以堪"之深情,悖论式的矛盾心结怨鬼似地纠缠着他们痛楚诡激的一生,"他们各自一副任诞颓丧的面目,其实却都深藏着一颗难以言说、丰富、敏感、深沉甚至是痛苦的心"⑤,这是魏晋时代精神气候使然,"中国文人生命的危险和心灵的苦闷,无有过于魏晋,然而他们却都能在多方面找到慰安,或是酒色,或是药石,或是音乐,或是山水,或是宗教,这些都是他们灵魂的寄托所"⑥,有了这样的情灵逋逃薮,"真纯浑澹"者于生命诗意中栖居一世,"走火入魔"者从心愫寄寓变味走向生命纵欲,"矫揉造作"者却永远在"作达"中苦苦挣扎。这是一个苦闷的时代,从而造就了诸多苦闷的象征,"生命力受压抑而生的苦闷懊恼"(参见[日]厨川白村著,鲁迅译《苦闷的象征》)折磨着每一个心灵病苦的魏晋人,"在那放达的行为方式之后,

---

① 曹道衡:《南朝文学与北朝文学研究》,江苏古籍出版社1999年版,第79、80页。

② 张万起、刘尚慈译注:《世说新语译注》,中华书局出版社1998年版,第724页。

③ 宗白华:《论〈世说新语〉和晋人的美》,载王岳川编《宗白华学术文化随笔》,中国青年出版社1996年版,第137页。

④ 黄少英:《魏晋人物品题研究》,齐鲁书社2006年版,第169页。

⑤ 程章灿:《世族与六朝文学》,黑龙江教育出版社1998年版,第173页。

⑥ 刘大杰:《魏晋思想论》,林东海,导读,上海古籍出版社1998年版,"前言"第3页。

蕴含着人生的血与泪"[①]。准此观之，《世说新语》里的"七贤"和"八达"们几乎都被无情抛入酷炽的精神"炼狱"中，崇礼教者不得不违心抗礼教，尚伪情者不得不矫心学真情，一样的时代，两样的人生，他们苦苦地在"殉美"与"'秀'丑"之间徙倚徘徊，"精神彼岸"永无宁静的归宿！

[①] 张方：《风流人格》，华文出版社1997年版，第149页。

第四篇　心灵"地下室"：陀思妥耶夫斯基"文心"骊探

摘　要：笔者试对俄国作家陀思妥耶夫斯基的文学深度情怀进行绵致的源流梳理，剀切地将其文影心迹概括为五个主要层面，即悯郁情怀、人性黄金、"挖坟"意识、苦难精神和"澄明、婴孩、好人"文化哲学，挖井式地明晰探照了陀思妥耶夫斯基棱镜立体性、最本真的"文心"维度。

关键词：陀思妥耶夫斯基；悯郁情怀；人性黄金；"挖坟"意识；"澄明、婴孩、好人"哲学

一　出生：阴狂与善慧的合奏——悯郁情怀

伟人的出生似乎总是"火与光的爆炸"，我们经常可以社会庸俗学式地寻绎出一些让人信服的"精神脐带"蛛丝马迹来。

陀思妥耶夫斯基之父贪淫善妒，喜怒无常，心性可谓暴戾恣睢，刚愎自用。早期的军医生涯让他眼里时常闪着手术刀一般锋冷的寒光，后期暴发户一样农奴主威权的享有，更让他那种阴狂的无耻找到了最快感的餍足，怒詈毒虐农奴，蹂躏践踏农奴女，酗酒殴妻，冷漠子女，最后的下场是在农奴报复的仇恨血泊里横死毙命，可谓生也痛快，死也淋漓。

陀思妥耶夫斯基之母天赋才性，能曲擅笔，柔慧贞娴，温文尔雅，情操像冰雪一样清澈，良心像白玉一样净洁，如此温润之女性命运却塞坎多舛。先是被丈夫疑为不忠，横加责斥，饱受心灵痛楚的捣折，偏又是诗性情怀的痴心女，像所有痴女恋无赖的苦境一样，向丈夫辩污清白的书信写得可谓杜鹃啼血，字字摧心，悱恻爱怨，声声无悔。最后不幸为病魔所房，在凄凉无望中留下了最哀苦的绝唱，可谓生也悲戚，死也悲戚。

陀思妥耶夫斯基是父母精神品性的合奏，父亲的阴狂给了他病态一般恶魔的热情与生命强力，母亲的良慧给了他一颗多情而悲天悯人的心。出生的外部社会环境是医院的病苦、贫民的弱苦以及荒村的败苦，可谓阴寒森森，满是苍凉。"阴狂"与"阴寒"的合力造就了陀思妥耶夫斯基的"阴郁"，而这种"阴郁"的心魂底色却因了母亲"阴德"（温悯的良知）的透染，便内在地镀上了一层人性黄金的光辉，是为悯郁情怀。

二 人性黄金·烧亮灵魂·烛照苍生

伟大的作家往往都有仙姿灵态伟大的个性，虽则各种千差万别、俱俱不一，却仿佛都贮藏着大爱无疆的伟大的人性黄金，可以有泥垢，可以是地窖，可以为监狱，然而总是泥垢里的金光，地窖里的鲜花，监狱里的"澡堂"。伟大的陀思妥耶夫斯基和所有灵魂眷注大师一样，为人间所有被凌辱与被损害者洒下博爱的福霖，带着深厚而又文明的人类感情，成为一个彻底崇高精神美的不幸人物的勇士，即便钉上煎心的精神十字架，也要为世人热情孜孜地展示一个干净的"处于不怕火烧的保险柜中的先知世界"，用血浸的语言去把人们的心灵烧亮，烧出一团湿淋淋、沉甸甸的真理，是爱的真理，是善的真理，亦是美的真理。苍生在真理光辉的沐浴下便不再孤独地有福了。

陀思妥耶夫斯基心的旗帜上写着："自愿牺牲，自觉自主献身，为大众牺牲自我，在我看来是人格最高度发展的标志，是人格优越的标志，是高度自我控制的标志，是最高自由意志的标志。自觉自愿为他人牺牲自己的生命，为众人而被钉在十字架上，走上火刑场被活活烧死，这一切只有在人格高度发展时才有可能"。普世的至爱的情操只为人类的精神需求服务，是高贵的万世不易的人文伟力之光，是响彻千年、生生不息的自由主义精神之火，"谁欲拯救自己的生命必定失去，而献出生命的人（舍弃生命的人）必定真正使生命生气勃勃"，除了不朽便别无选择，眼里噙着睿智忧悒的魂，踏着人间病态的荆棘道，争天拒俗，抉心自食，在苦剧的思想营养中耘植、浇奠正义的奇葩，即便骨立形销，也要用最后一滴良心的泪去雕塑人间最深情的感动。

大师，大心，有大爱！

三 隐忍·屈抑·棺材里的"挖坟"

伟大的作家有一颗忧郁的心，为时世"忧"，为人心的幸福"郁"，永远慈悯，像一位受伤的精神上帝。他的原罪意识是普遍人类性的，无论谁犯的罪孽，都用他的疚责去挽当，无论谁的悲哀，都是他内隐的愆过，他的身心时时刻刻惶恐不安，挣扎悖动，像癫痫症一样带着抽风的痉挛为普世间的"可怜"忏悔、虔祷和祈福，梦幻一般的罪心里坚扛着崇高的"天罚"，无来由地是：经常苦眼啼血。

带着一种对真知的好奇与向往以及一颗伟大的悲悯心怀，陀思妥耶夫斯基被莫名其妙裹进一桩反政府公案，又是反动思想，又是暴力宣传，触动了沙皇最阴戾的那根野蛮神经，结果是被处以极刑——死刑。就要死了，就在死前几分钟最抑压的一瞬间，陀思妥耶夫斯基的内心宁静得像一团冻火，那种欲将脱离人世的心惊肉跳的死亡意识是何等铁冷地峻烈和窒息地冥狂。我们活着的人压根是无法去还原体验那种黑洞一般恐怖的死前战颤的。所幸的是刚好轮到他的第二批执行死刑，沙皇急星急火降达了赦免诏，死刑取消了，可以活了，活着多好，一种疯狂的刺激电流一般把陀思妥耶夫斯基的心魂螫蜇得晕厥似的麻木。前面的一批友人，十分真实地，仅仅几分钟之前，血光四射地死了，也仅仅几分钟之前，他们还血肉逼真地活着，而自己，要死了又活了，这是怎样一场鬼魅的噩梦，又带着怎样千斤的怆心、惨心的恸楚。地狱啊地狱，也有一角光花的绽丽；阴森啊阴森，却也有几分歇斯底里笑的贵真；悲凉啊悲凉，那是独一无二"死亡意识"心的"挖坟"！

四 苦难中的"洗澡"与"卑爱"里的悲哀

死刑的枷锁"解套"了，迎接陀思妥耶夫斯基的是漫漫西伯利亚囚牢的苦役，天寒地冻，缺衣少裳，肮脏，阴冷，晦冥，霉臭，饥饿，冻馁……不一而足，还有心灵最荒凉的孤寂。囚徒中虽不乏黄金心灵俄罗斯善良的"英雄"朴民，当然也有杀人放火犯奸无恶不作卑鄙无耻到阴沟有多脏他的心沟就有多脏的阴鸷歹毒的流氓。"死"境是活人难以忍受的恶狱，"活"境也有死人髑髅般亲趋的狰狞。这就是苦难的真实的惨境，一方面在最恶心的野蛮中手抓蚯蚓吃嚼般丧心病狂地濡忍，另一方面又在罪犯也是不幸的人的俄国语境下（俄语中的"罪犯"与"不幸的人"同为一个单词）戒贬自心自身凭随恶害怎样冰雹般"盛气凌人"狂疯施受，接着会在泪眼淋漓的卑忏中为坏人开罪，为自己担忧，经常是几于心铰梦悖地气绝。手中只有一本读物——《福音书》，像心灵暗夜里导引希望的光明萤虫，陀思妥耶夫斯基在苦难中纵情"洗澡"，净化了所有生活处境所加以的种种非人道的人世寒凉。

世上基本上有两种爱情，一种炫心地热狂，另一种出奇地冷忍。平庸的人把热狂演绎成残暴下作，把冷忍演绎成枯漠变态，而智识天才者却通常能把热狂演绎成多情的浪漫，把冷忍演绎成内隐不作的崇高。然而除了人间的爱，还有一种天堂的爱，这种天堂的爱也会在尘世中栖寄，栖寄在圣徒一样天使美的心窝，陀思妥耶夫斯基之真爱便是这样一种天使美的崇高的深情。服完役后，这位伟大的"文化诗学"的心灵宗师爱上了一位乡野的有夫之妇，一颗饱受孤苦磨难的心终于找到了一种瑰色憧憬的爱恋，这是一种不掺杂任何私欲的全然翡翠的精神诗意，纯化到冰晶玲珑，却并非是脱远人间的柏拉图空梦绮想。爱恋的妇人跟随丈夫去了一个边城做生意，陀思妥耶夫斯基依然痴情地守望，在诗人深邃的灵魂夜空里，即使些微萤火也会烧成伟岸的灵焰。他知道他爱她，因为他那美丽得令人痛心的珍魂；他也知道她爱他，因为他那美丽得令人忧愁的灵想。妇人的丈夫最后病死，于是她成了寡妇，本来"比目鱼""双飞翼"终于可以圆美"连理枝"了，不幸，又是不幸，人生无往而非不幸，寡妇恋上了另外一个年轻的中学教员，陀思妥耶夫斯基冰冷的心湖顿时涌起阵阵绝望的苦澜。然而他爱她，爱得近乎圣洁，其实也许只是一种理想美的幻影，或者更可能是他风雨过后人生的一种永恒性无助的彩虹色期求。他希望她过得幸福，她幸福便是他生命意义中一切的一切，陀思妥耶夫斯基隐忍了心中的爱，或者说内化成一种更硕美的大爱，孜孜良苦为她的心上人——一个近乎庸俗的青年教员更有希望的前途四处奔波求情，心甘情愿，无怨无悔，像一位圣伟的基督顶礼者，俄罗斯神奇的大地上因了陀思妥耶夫斯基的"圣爱"弥漫着一股浓情苦哀的人间奇香。

五　澄明·婴孩·好人

陀思妥耶夫斯基希望价值中心的主体——人能够完美人性地走向一种人文式和谐的澄明，经常在作品中将人性不带任何面具与有色眼镜地、赤裸裸地无遮蔽呈现。这就是无与伦比的双声复调对话艺术，对于人物性格的塑造从来不线性地、全知全能地上帝式"天眼"判决，让人物与自己深心对话，驳难、指摘、决疑、释惑，在一种未完成式的心灵深度纠问拷打中鞭出其全部主体的复杂性。让主人公与假想的"他者"对话，一边厉审一边自赎，不放过任何一种精神垄断性声音的独裁，从而将内在的自主独立意识表达得"脓血淋漓"，这是一种真实人间、真实人性的真实澄明镜境。

陀思妥耶夫斯基说：谁有望成为婴孩，谁才有望走向上帝。孩子是最自在地面对当下存在的，既没有"过去"的扰攘，也没有"将来"的伤侵，实实著著地欣悦，无忧无虑地逍遥，自对着纯净的本心，映照着单纯的高贵，在毫无尘垢的清明稚目中闪射着宇宙里最珍秘的真理，谁能回归孩童原始心资，谁将被召引神界华严天堂。

最让世人惊魄的是，陀思妥耶夫斯基还有一种非常另类狂悖的人性感验：他们不好，因为他们不明白自己是好人。也就是说，一旦人们省思性地意识到自己就是真善美的"好人"天使，那么所有的人间恶罪将为之畏葸却步。强奸犯明白自己是好人了，他们不会去强奸幼女；杀人犯明白自己是好人了，他们断不会去宰杀无辜……

"当你用自己的眼泪浇灌大地，当你用自己的眼泪做礼物送人，你的愁恨即刻会烟消云散，你将感到无限的安慰"，这就是陀思妥耶夫斯基最令人感动的诗性人生文化哲学。伟哉大师，灵火永燃！

作 品 篇

第一篇 至善的文化幽怀：《野草》伦理精神价值探析

摘 要：散文诗《野草》灌注了鲁迅全部的哲学爱憎，也是鲁迅全部人格的隐喻映现。如若以伦理学为观照视窗，则可以发现，散文诗《野草》以深晦幽隐的风质内在地体现了鲁迅崇高的伦理真怀，鲁迅在《野草》中积极地表达了其"正当"的"必要恶"情怀，也隐伏地揭摅了他伟岸、全善的道德人格光辉，此外，在大面积沉郁风格的文字背后鲁迅在《野草》中也得到了某种意义上的精神"按摩"与休憩，其中便有他"内曜"终极幸福的亮色闪光，《野草》为卓杰的伟人之所以世纪伟大的至善人格提供了一份伦理精神价值上客观不偏的文本化诗意确证。

关键词：《野草》；伦理精神价值；必要恶；至善；终极幸福

鲁迅是道不尽的，而薄薄的《野草》恰是鲁迅人格凝铸的浓诗，是鲁迅邃彻绵邈的灵台之歌。篇篇杰构，篇篇灵切；字字精深，字字墨血。它吊诡谲奇，炙灼的是鲁迅真勇良知的魂炭；它郁剀逼人，潜蕴的是鲁迅为人族公义"争天拒俗"、清贵不挠的狷介之心。《野草》中的象征意象"野草"，幽邃、遒劲、顽韧、坚美，在其时漫漫无边的漆夜般的政治高压背景天幕下，闪耀着一股无与伦比的充满智性郁情的全善而伟岸的伦理之光。一个世纪以来，对鲁迅的历史评说可谓毁誉参半，既有"纸糊高冠"式的激赏，又有无所不用其极的无端谣诼与蔑污，至今犹且赓衍不息。鲁迅曾经说过："有缺点的战士终竟是战士，完美的苍蝇也终竟不过是苍蝇"，鲁迅固然有缺点，然而作为精神界不屈之斗士，他并不以此自骄自矜，反而为此谦逊沉毅砥砺，这恰恰成就了他伦理正面价值的双重美德，只有"理性和诫命才会导致人的道德明察和美德的形成"[①]，鲁迅确然躬亲践履。近年来有学者假以理性研究之名，把意识形态场域被神话化

---

① [美]曼弗雷德·S.弗林斯：《舍勒的心灵》，张志平、张任之译，上海三联书店2006年版，第1页。

的鲁迅从"神"之圣龛拉到"人"之世位,这无疑是正确的,然而却偏执湫隘地从一个极端走向了另一个似乎不够健全理性的层面。散文诗《野草》灌注了鲁迅全部的哲学爱憎,也是鲁迅全部人格的隐喻映现,本文以伦理观照为视窗,分别从为"正当"的"必要恶"、伟岸全善的道德人格光辉、"内曜"的终极幸福三个方面全面探析《野草》深晦幽隐风质中体现出的鲁迅伦理真怀,为卓杰的伟人之所以世纪伟大的至善人格提供一份伦理精神资源上客观无偏的别样观察与确证。要说明的是:文题《至善的文化幽怀》中的"文化"并不是普泛意义上的文化概念,而是特指一个人情力思感的文学化,而"至善"则既包括元伦理学上幸福的内涵,又特别指代一种优极至高的道德善,"至善的文化幽怀"即鲁迅以散文诗写作的方式表现出来的其至善伦理价值的幽郁情怀。

一 为"正当"的"必要恶"

从元伦理学定义出发,"善是满足需要、实现欲望、达成目的的效用性"[①],恶恰恰相反,指"阻碍满足需要、实现欲望、达成目的的效用性"[②],那么什么叫"必要恶"呢?"必要恶"即"自身为恶而结果为善并且结果与自身的善恶相减的净余额是善的东西"[③],"必要恶"无疑属于善的范畴,是一种非纯粹的外在善和结果善。元伦理学上的"正当"概念乃一种行为的道德善,道德善是一种特殊的善,自然也属善的一种,它"也是一种对于目的的效用性——不过不是对于某个人的目的的效用性,而是对于社会创造道德的目的的效用性"[④],"善所满足的是任何主体的需要、欲望、目的;而正当所满足的则仅仅是一种特殊的主体——社会——的需要、欲望、目的,是社会创造道德的需要、欲望、目的"[⑤],厘清了"正当"与"必要恶"的元伦理内涵,我们便可以很明晰地阐析《野草》"冷藏情热"中所内孕的鲁迅"为'正当'的'必要恶'"这一光辉"位格典范"(人类基本道德品性的一种模范图式)的精神价值意义。

---

① 王海明:《伦理学原理》,北京大学出版社 2005 年版,第 26 页。
② 同上书,第 28 页。
③ 同上书,第 29 页。
④ 同上书,第 26 页。
⑤ 同上书,第 34 页。

《秋夜》中的枣树是一种坚毅的道德善人格的隐喻物化，是一种"立意在反抗，旨归在动作"的摩罗式英雄的物格象征，面对"杀人如草不闻声"白色恐怖的邪氲高压，它"一无所有的干子，却仍然默默地铁似的直刺着奇怪而高的天空，一意要制他的死命，不管他各式各样的闪着许多蛊惑的眼睛"，枣树以"叶子落尽""皮伤"自损的"小恶"代价换取人间碧血般正义的"大善"，其间充满了乐观英雄主义气概的对"落魄"恶祟势力的无限鄙蔑。"夜游的恶鸟"是鲁迅最为衷爱的"给旧时代报丧"的猫头鹰，一"哇""震悚的怪鸮的真的恶声"要给黑絮般浓墨的残天劈出一剑勇力拔撼的战叫光芒，而无畏的夜半"吃吃"的笑声则昭然标示着一种自信胜利感的慰安与欢欣。在韧性的对"奇怪而高"的色厉内荏天空和"窘得发白"的怯懦月亮的孤独反抗"必要恶"的战峙中，"鲁迅这一时代的寻梦者在短暂的长虹一般美丽热烈的时代过去之后，置身于荒漠一般的生存环境无法协调所形成的心理空间上的沉重的压力和他绝不屈服的抗争者的性格"① 便显豁地呼之欲出。"良善的人做很多他们并不指望得到什么好处的事，只是出于正当的、道德的和合理的动机才去做"②，鲁迅对"黑暗王国"绝不"骑墙"妥协的象征性内隐讥诮，对自我生命主体人格高扬的"不克厥敌，战则不止"的犀利狠毒的戟刺"恶"，在"为正当"的公义善（救国拯民）的灵光烛照下获得了正面价值的精神升华式的美德肯认诠解。他"对人类的神圣的大爱不是表现为平庸的、小市民式的甜言蜜语，而是表现为大憎和复仇；在个体面对死亡，面对孤独，面对敌视，面对倾陷……总之，面对无可挽回的绝望之境时，他以一种独特、宁静而又狂暴的复仇与反抗的激情表达了对人类的较永久的悲悯"③，这是一种伟大的憎，一种神圣的复仇，一种热情到发冷的"恶"，一种无边的爱的灵魂的粗暴，它是正义的，是一种为"正当"的"必要恶"，因为在"必要恶"的深林里可以聆见"虽九死而不悔"的"爱"的大泉的喧响。

众所周知，鲁迅对中国卑庸麻木的"戏剧的看客"的深切精神体验

---

① 孙玉石：《现实的与哲学的》，上海书店出版社2001年版，第16页。
② [古罗马] 西塞罗：《论至善和至恶》，石敏敏译，中国社会科学出版社2005年版，第59页。
③ 汪晖：《反抗绝望——鲁迅及其文学世界》，河北教育出版社2000年版，第182页。

一向是沉痛而辛怆的，总结为八个字便是"哀其不幸，怒其不争"，也即《摩罗诗力说》中作者借拜伦以自况的"衷悲疾视"的道德心情，鲁迅在严冷愤激的理性文明批判中寄寓了其"恨铁不成钢"的沦肌浃髓的沉烈"立人"爱国情怀。在两篇构思诡丽、意蕴深包的《复仇》诗的叙写中，鲁迅不惜以复仇恶的面相姿态出现，不惜担上无辜的"好骂人"的坏名，正气凛然，义无反顾！两篇邃曲心结的《复仇》，一则是对冷漠旁观"路人"的"无血的大戮"，另一则是为民众谋福祉的先觉者耶稣对钉杀自己的"末人"们偏偏以"分明的玩味"和"痛得柔和舒服"的英挺的仇态去"悲悯咒诅"四围虚怯的"敌意"从而获得一种"永远沉浸于生命的飞扬的极致的大欢喜"的复仇。"复仇心是一种特殊的恨人之心，是恨人之心的一种表现和结果"，它指的是"对有意伤害自己的人所产生的也有意给他以伤害的心理"[①]，由此可知，"有意伤害"乃复仇的精神标识，《复仇（其二）》中卑鄙的"聋而哑，枯涸渺小"的"末人"们有意伤害了他们的精神先哲，而先哲也同样课以沉酣于精神回杀中的大欢欣加以快意"伤害"报复；而《复仇（其一）》中的无聊庸众似乎并未有意去伤害某个被旁观者，何以遭罹"他们"报以"死人似的眼光""赏鉴"干枯的仇雠呢？审思之我们便会发现，愚弱"末民"们有意伤害的乃是鲁迅那热忱敏切的为国家的"雄厉"和"屹然独见于天下"精诚鼓与呼的滚烫赤怀，这正是所谓的在大憎里其实是"根于更大的爱的"鲁迅生命哲学的伟岸所在。"复仇心所引发的行为目的，也是害人而非利己；不但不是利己，而且也往往以自我损害为手段：为了给予仇人痛苦和损害，不惜自己再遭受痛苦和损害"[②]。具体到文本：复仇者们有的寂寞地"干枯"了，有的被残酷地"钉杀"了，"碎骨的大痛楚"也"透到"了作者自己的"心髓"，这是一种"叫喊于生人中"的心灵孤立的惨痛。负着惨痛的戕伤，鲁迅是不是就此急流勇退？答案是否定的。"在鲁迅意识里，似乎始终呈现出一种深刻而未获解决的冲突，一方面既有全面的反传统的思想，另一方面却从知识和道德的立场上献身于一些中国的传统价值"[③]，在《复仇》这两则精洁精美的文本中，鲁迅恰恰自觉地躬践了孔子"内

[①] 王海明：《伦理学原理》，北京大学出版社2005年版，第177页。
[②] 同上。
[③] 张杰、杨燕丽选编：《鲁迅其人》，社会科学文献出版社2002年版，第495页。

圣外王"之生命理想,"根据这理想,每个人有两项待践履的理分。首要的是,人格的道德的完美……道德生命的完美成就圣贤人格——每个人的人生目标……另一项深奥的睿识是任何人的道德修养都不能是独善其身的。这个睿识乃涵含于'仁'的意义中……在'仁'的这项性格之下,道德生命的实现乃决定于'己立立人,己达达人'的奉献,这种对他人'道德福祉'的奉献"[①],鲁迅将这里狭义的"他人"升华为"国家民族"的至高位阶,而"'道德福祉'的奉献"便是其"中国脊梁"式的"我以我血荐轩辕"的披肝沥胆!

关于恶的界说,亚里士多德为给品性美德下定义论及伦理之恶时曾经提出了"中庸(适度)论",他指出"美德乃是牵涉到选择时的一种性格状况,一种中庸之道,即是说,是一种相对于我们而言的适当、中庸的选择性格,它为一种合理原则所规定,这就是那些富有实践智慧的人用来规定美德的原则"[②],顺理成章地推衍:"恶"便是相对中庸的正反两极,即所谓的"过"与"不及"。"例如,在情感方面,对'恐惧'的苦痛情感,选择中庸适度,是'勇敢'之美德;恐惧过分,是怯懦,恐惧不及,是鲁莽,怯懦和鲁莽为恶德。在行为方面,对'财物使用'选择中庸适度,是'慷慨'之美德;过度是'挥霍',不及是'吝啬',挥霍和吝啬为恶德"[③],鲁迅在《立论》中既摒弃了"伪士"夸扬的"这孩子将来要发财、做官"的巧滑嘴脸,也否定了"今天天气哈哈哈"的中庸之道,只说"这孩子将来是要死的",借《摩罗诗力说》高度颂扬了"真人"的敢于面折廷争的勇毅:"不为顺世和乐之音,动吭一呼,闻者兴起,争天拒俗,而精神复深感后世人心,绵延至于无已"。在亚氏看来,鲁迅的这种道德境遇中的取舍无疑是一种"恶",然而鲁迅是甘愿领受"一顿大家合力的痛打"也在所不惜的,其践诺"真勇主义"心理自我的决心与勇力如同投枪和匕首一般强硬,而对于"骑墙"和伪善的恭维态度,鲁迅则充满了神圣的鞭挞式的愤火。"他的对于'哈哈'论的中庸主义人生

---

① 王阳明:《王阳明全书·八》,上海古籍出版社1992年版,第139页。
② [古希腊]亚里士多德:《亚里士多德全集》(第8卷),中国人民大学出版社1992年版,第106页。
③ [日]河野真:《人与恶——东西方恶论面面观》,王永昌译,中国人民大学出版社1992年版,第13页。

哲学疾恶如仇,是有痛切的民族感与生命感在内的一种深刻的思想"①,心灵幕底灌注的亦是一股深沉的无私利他(民族国家)的高尚道德幽怀。

二 伟岸、全善的道德人格光辉

作为一种高级的位格典范精神诉求的践履者,鲁迅对形而上的"何为理想的人性"这个命题一直孜孜以求,上下穷索。他终生追求一种全而善美的品格人生,自己也在亲践躬行与严格自律中实现了伟岸德性的璀璨闪光,"德性的目的是高尚"②,鲁迅无疑为我们树立了一面圭璋特达的优秀人格旗帜,这面猎猎飞扬的旗帜在《野草》精神燃烧的映照下更是格外地艳丽煜目。

鲁迅是勇敢的。亚里士多德说:"勇敢的人,是在对人是可怕的东西,或者显得可怕的东西面前坚定不移""勇敢就是无畏地面对高尚的死亡,或生命的危险"③。《过客》中的主人公"明知前路是坟而偏要走"的"反抗绝望"的心性便是勇往直前的精神确证。鲁迅写完《过客》后曾经坦言:"我自己,是什么也不怕,生命是我自己的东西,所以我不妨大步走去,向着我自以为可以走去的路;即使前面是深渊,荆棘,峡谷,火坑,都由我自己负责"(鲁迅《华盖集·北京通信》),这里确乎有一点存在主义"我自由,我选择,我承担"的哲学意味,但内里决绝大勇的情操是可与天地日月争光的。过客虽"困顿"却"倔强",虽枯槁而雄强,他既不屈服于老翁"前面是坟"的警告,也不要小姑娘裹伤口布片的舍施,"然而我不能!我只得走"的心音在过客心里凝化成一个坚忍勇毅的音符,因为前面有声音在召唤他,"这声音并不是某种外在于个体的'理想'或超越实体,而是一种发自内心的呼唤——呼唤自己成为真正经过自己理性选择的、拒绝并试图超越旧世界的、负有社会责任与义务的自我"④,不管前方是死的噩影,还是流血疲乏的摧折,过客在"走"的悲剧性姿态里演绎着一种"世界上最孤立的人是最强大的人"的启蒙

---

① 孙玉石:《现实的与哲学的》,上海书店出版社2001年版,第225页。
② [古希腊]亚里士多德:《亚里士多德全集》(第8卷),中国人民大学出版社1992年版,第267页。
③ 同上书,第58页。
④ 汪晖:《反抗绝望——鲁迅及其文学世界》,河北教育出版社2000年版,第172页。

先驱者的无畏特操——勇敢。勇敢是一种"运用理性意志抵抗痛苦的危险的和恐惧的感觉能力"①,"义之所在,不倾于权,不倾于利,举国而与之不为改视,重死持义而不桡"(《荀子·荣辱》篇)。过客的勇决不停留在草率之鲁莽的层面,却是附丽睿慧之英勇,为了内心呼唤的光明与希冀,既不受老者悲观情绪的蛊惑,也不想忍受小女孩善意布施的拖累(包括感激和爱),凭着"以必胜之心临恐惧,以矜高之情临深渊"的决心和"以鹰的炯眼看透了深渊,以鹰的利爪紧着绝壑"②的勇敢,"过客就这样毅然地踏上荒凉的旷野,独自肩起黑暗的夜色,向他所为之献身的生命之路'闯进去'"③,为了"人间大爱"孤绝地完成了"勇敢"懿德最动人的心灵雕塑。此外,《这样的战士》里那个在"无物之阵"中"大踏步走""举起了投枪"的"他"也同样悲壮地演绎了这种海裂天崩般瑰玮的"勇敢"精神。

鲁迅是善于自我批评的。鲁迅曾说过"我知道我自己,我解剖自己并不比解剖别人留情面",他良心式的自恨心在《风筝》中得到了淋漓的展现。孩童时代一件微乎其微的小事使成年后的鲁迅觉出"精神虐杀"的深深罪责,其冷面严剖自心的情状达到了令人极致肃敬的程度。我们知道每个人或多或少都有遵从内在道德的愿望,"良心感是个人对于自己做一个好人的道德需要(欲望、愿望、理想)是否被自己的行为所满足的心理体验,是个人对于自己遵守道德便快乐、违背道德便痛苦的感情"④,鲁迅毁了弟弟的风筝,渴望得到良心的救赎,弟弟一句"有过这样的事么"将鲁迅打入"沉重"的"无可把握的悲哀"。"全然忘却,毫无怨恨"的表白刺戟着鲁迅单意向的自疚感怀,这种索寞的感怀无了有恕期待的回应着落,便像飘蓬的尘埃的悬浮一般使鲁迅空茫得心有戚戚焉却无所措足,这种"空心"的内疚痛感无疑属于自恨心的范畴,"自恨心,众所周知,往往是一种相当强烈的持续的焦虑,是震撼心灵的极深刻的情绪上的动荡不安;如果不能为自爱心所中和、抵消,便会以各种残害自己的

---

① 包尔生:《伦理学体系》,中国社会科学出版社1988年版,第423页。
② [德]尼采:《查拉斯图拉如是说》,尹溟译,文化艺术出版社1987年版,第251页。
③ 孙玉石:《现实的与哲学的》,上海书店出版社2001年版,第149页。
④ 王海明:《伦理学原理》,北京大学出版社2005年版,第386页。

行为来自我惩罚以赎罪，从而解除罪恶和内疚、摆脱焦虑、达到内心的安宁"[1]，鲁迅自责心深苛严剧，他无可避脱自悔暗影的磨缠，而情愿"躲到肃杀的严冬中去"，在惨冻的"寒威和冷气"中罹受良心的责罚。良心是"依据自己所认同的道德规范对于自己的行为的道德性质的自我意识"[2]，是"每个人自身内部的道德评价，是自我道德评价，是自己对自己的行为的道德评价……这种心理活动……如果是对自己行为所具有的负道德价值的否定性评价，便叫良心谴责"[3]。鲁迅在良心自谴中意识到自己压抑摧残儿童追求欢乐和趣味的天性却心安理得的行为是自己"吃"了弟弟"几片肉"的不可饶恕的"非人"大罪，这种伦理"内省"便是鲁迅对于自我良心的认知评价；紧接着"我的心也仿佛同时变了铅块，很重很重地堕下去了"，很自然地引入了作者愧悔的良心感情评价；以致最后发出"救救孩子"的真切愿心，将且"肩住了黑暗的闸门，放他们到宽阔光明的地方去"，优善地做出了正面伦理价值的良心意志评价。良心的发现与自省精神事实上就是一种美德，"良心对自己的作用与美德对自己的作用是一样的：良心就其直接作用来说，无疑是对自己的某些欲望和自由的压抑、侵犯，因而是一种害和恶；但就其间接的、最终的作用来说，却能够防止更大的害或恶（社会和他人的唾弃、惩罚）和求得更大的利或善（社会和他人的赞许、赏誉），因而是净余额为利的害，是净余额为善的恶，是必要的害和恶"[4]。在《风筝》喟惋的伤戚独白里，即便鲁迅饱受着自我灵魂磨击的熬煎，自恨中却自有至爱的志德贮藏其愧怍的心怀，这是一种温暖的爱的"灵魂拷问"，折射着美德最为高贵柔和的光响！

鲁迅是诚实的。诚实就是说真话，欺骗则是说假话。诚实"动机在于传达真信息的行为，是自己以为真的也让别人信其为真，自己以为假也让别人信其为假的行为"[5]。诚实有时是需要极大勇气心胆的，尤其是在"瞒"和"骗"蔚然成风的泥淖国度里，尤其是在说真话"吃力不讨好"

---

[1] 王海明：《伦理学原理》，北京大学出版社2005年版，第179页。

[2] John K. Roth, *International Encyclopedia of Ethics*, printed by Braun – Brumfield Inc U. C 1995，p. 187.

[3] 王海明：《伦理学原理》，北京大学出版社2005年版，第344页。

[4] 同上书，第352页。

[5] 同上书，第309页。

的价值倒颠的时代精神"季候"中。"品德端正的人听到真正理性的声音在召唤,要公正,要平等,要诚实"①,于是就有人剖胆披肝,换来轻鄙在所不恤;尽言肺腑,引来误解隐忍担受;冰雪诤谏,飞来谗祸面无惊色,他只想说真话,只想赤裸裸地展白心音,"粉身碎骨浑不怕,要留清白在人间"。鲁迅便是这样一个真诚得彻骨透心的人,他敢于披露自己内心深处的"鬼气和毒气",敢于说出自己双重人格两样人生其实是为爱青年计的隐秘心衷,在《我的失恋》这首拟古新打油诗中,为了觅得真爱,"我"给"爱人"回赠了自己偏爱的四件在他人看来粗陋寒心的礼物:猫头鹰、冰糖葫芦、发汗药、赤练蛇,作为爱情"试金石"的失败,"我"毅然别弃浪漫虚作的"玫瑰色"谎言,一句"由她去罢"的绝语见证了求爱者尊重自己主体性情感的内心真实。不唧唧呀呀无病呻吟,不涕泪涟涟夸张缠绵,只真诚抒写笃诚的心曲,哪怕花飞香逝也不曲意迎合,鲁迅对骗人的东西从来深恶痛绝、不以为然。正如其写作初衷所言:"先前是虚伪的'花呀''爱呀',现在是虚伪的'死呀''血呀'的诗,呜呼,头痛极了!"。对伪骗的恶的憎心,正是对诚实的善的皈依,诚实是一种原善,"可以说,善本身依赖于肯定价值的实现。它就像回声一样,回荡在从情感上偏爱更高价值这种行为这前意志的根源中"②,"我"喜欢自己钟爱的四样似乎上不得台面的信物却并不讳言自己爱因而送人,"我"认为爱情信物非得是香巾表索毫无道理因而并不刻意违心媚俗去做作满足,这便是诚实的善的涵含,诚实的本质在于善待他人,在必然的不理解和爱情无可逃免的亡失中,"我"并没有去自怨自艾、痛哭流涕,恰恰相反,"我"自足无愧地拥心在诚实美德的灵光下得到了伦理个体性自尊的欣安喜慰!

鲁迅是自尊的。"所谓自尊,就是使自己受尊敬的心理和行为,也就是使自己受自己和他人尊敬的心理、行为:使自己得到尊敬的心理,叫作自尊心;使自己得到尊敬的行为,叫作自尊行为"③。《腊叶》中鲁迅以病

---

① [古罗马]西塞罗:《论至善和至恶》,石敏敏译,中国社会科学出版社2005年版,第26页。

② [美]曼弗雷德·S.弗林斯:《舍勒的心灵》,张志平、张任之译,上海三联书店2006年版,第40页。

③ 王海明:《伦理学原理》,北京大学出版社2005年版,第313页。

叶自况，爱鲁迅的人为了保存枫叶"灼灼"的斑斓色彩，在"繁霜"凛冽、秋气凋冷的节候将枫叶呵护般采摘下来夹在书页里使它免遭西风摇落之苦。鲁迅知道"将坠的病叶的斑斓，似乎也只能在极短时中相对，更何况是葱郁的"，生命固然可贵，然而生命是短暂的，只有生命燎发的高尚价值之光才会生生不息，炳蔚青史！在彗星般邃逝的年光里，鲁迅毫不吝顾自己青葱生命的永存，而只求生命壮丽"发狠"地灼烧，亦且呕心沥血，不遗余力，"对死亡的无所畏惧支持了他的硬骨头精神"。"赏玩秋树的余闲"鲁迅已然无有，却在一种近乎悲苦的"刚的潇洒"里精神自殉般地践行着自己的崇高理想使命。"不言而喻，只有有所作为、有所成就、有贡献、有价值才能得到自己和他人的尊敬：'为鸡狗禽兽矣，而欲人之尊己，不可得也'"①，鲁迅这种殉志的自我牺牲的韧的刚强赢得了包括敌人在内的所有人的无限尊敬，而这种尊敬却并非鲁迅刻意去营求，在某种心性接受上，鲁迅甚至本能地要卸弃所有外在的恩与敬，爱与尊，他只想遵从内曜全然自主的个体性心声的吁请，真实地活在人间，举着投枪，"直面惨淡的人生，正视淋漓的鲜血"，度着将最高希望之爱等视生命最高理想之爱的精神性自尊的战斗的人生。正如詹姆斯所说"整个社会自我，比整个物质自我高。我们为名誉、为朋友、为然诺、为信义，应该胜过为自己体快、为自己发财。至于精神自我，更属高尚得不可以道理计、宝贵得不可以金钱数。一个人宁可抛却朋友、鄙弃名誉、丧失财产，甚至牺牲生命，也不该丢了它"②，鲁迅即使"病枯"，也不愿求温存，在《腊叶》脂厚味深的生命哲学含嚼中，我们可以清凌凌地感受到鲁迅心志蜡烛一般的精神暖燃，虽然旦夕迟早枯灭，然而其锐利的光亮却似乎要照彻整个暗冷的寰宇，这就是其伟丽的自尊精神！自尊是一种基本的善，"没有自尊，那就没有什么事情是值得去做的，或者即便有些事值得去做，我们也缺乏追求它们的意志。那样，所有的欲望和活动就会变得虚无缥缈，我们就会陷入冷漠和犬儒主义"③，准此观之，自尊愈强，其善愈大，鲁迅本可以聊且珍摄身体与生命，一面休养，一面战斗，然而他却苦虐般地选择了惊人忘我的无息奋战，将自己生命奉献的密度燃烧到了绚烂

---

① 王海明：《伦理学原理》，北京大学出版社2005年版，第313页。
② ［美］詹姆斯：《心理学简编》，商务印书馆1933年版，第23页。
③ ［英］罗尔斯：《正义论》，中国社会科学出版社1988年版，第427页。

的极致，甚而噬吃休息的时间的血，来喂养自己与黑暗搏斗的豪情，其善性的自尊大得惊天，同时也让平凡渺小的我们崇敬感动得泪流满面。斑斓的"腊叶"，是燃烧的鲜血，"黄蜡"般的"病枯"牺牲，恰恰成就了鲁迅"灼灼"式的自尊天杰！

三 "内曜"的终极幸福

《野草》郁勃流丽的毓育，是鲁迅森峻冷湛心力的薄发与散遣，无论是凝美的幽重，还是尖邃的挖讽，无论是沉涩的殷愁，还是柔盈的美情，文字成章以后都给鲁迅带来了前所未有的释怀的松欣，在松欣中有大温慰，在大温慰中有尤异的幸福，这是一种形而上的浓情的幸福，包括憎的烈的泄发，苦的剧的逐窍，情的美的醉想，爱的甘的萦怀。"幸福是值得自豪的事，而没有道德价值的东西不可能是值得自豪的事"[1]，《野草》贯终洋溢着道德价值之光辉，恰和的幸福感便在其中自豪萌蘖。而萌蘖的甜果是长在挣扎的魂灵的苦根上的，心愈劬苦情志便愈美甘，鲁迅尽管在《野草》中"炼狱"煎心，得到的确乎是精神涅槃后的幸福长喜。

幸福在"现实"中。诚如尼尔斯所言，幸福寓于自由，即"人能够进行一个人自己的选择，并且能够去自己安排的自己生活""当人生变得空虚、或者无法找到自己、或者在其自身的生活中变成局外陌生人时，生命没有幸福可言。这通常被称作异化。幸福的人生则相反，生命在此时此地是充实的；一个人有要根本的可能性、能够生活在这种可能性之中，并且对自己是在场的；这时，这个人的生活是丰富而现实的"[2]。鲁迅在《题辞》中说"当我沉默着的时候，我觉得充实；我将开口，同时感到空虚"，鲁迅生活在当下的"现实"中，对于"现实"他有一种真切而实在的敏感"在场"意识，他的理念，他的生命内容，他的感识财富，他的根本的本质，以现实的方式"不缺席"地处在其自身之内，他在个个瞬间的感觉飘闪中是"现在时"的，他便是圆足地幸福着的人。"过去的生命已经死亡。我对于这死亡有大欢喜，因为我借此知道它曾经存活"，鲁迅"现存"地牵系着过去，死掉的时间亦且逼真地"现在时"存在着，

---

[1] ［古罗马］西塞罗：《论至善和至恶》，石敏敏译，中国社会科学出版社2005年版，第153页。

[2] ［丹］尼尔斯·托马森：《不幸与幸福》，京不特译，华夏出版社2004年版，第1页。

"过去"并没有成为丧失的"缺席",也没有异化为"制造慌乱"的空虚,而是植入到"生活在那现在之中",鲁迅将往昔的精神体验内在地与"现在"的体认式情感有机整合熔融,达到一种持恒的、定位的有重心、有重量的"在场"快乐存在。快乐"是'对于自己来说真实地是在场的';但是这'对于自己来说真实地是在场的',就是这个'今天',这个'存在于今天',真实地存在于今天。'你存在于今天'越是真实,那么,在'存在于今天'中,你就越多地'对于你自己来说是完全地在场',那么那不幸的一天——'明天'对于你也就越高度地不存在。那快乐是那在场的现在时带着完全的强调:那现在在场的时间"(克尔凯郭尔《非此即彼》),空虚本是一种无法生受的煎熬的"不现实",鲁迅将"空虚"之感"今天"式地道出,便化成一种"那现在在场的时间"的"成为","那现实地存在着的主观思想者在思想着的同时持恒地模仿其存在并且把他的所有思维活动安置在'成为'之中"(克尔凯郭尔《非此即彼》),在自我"成为"、自我实现中,本真地"现实"着,"对自己在场着",便是幸福的一种形式。过去生命死亡的认知是鲁迅"回忆中幸福"的在场,同样《题辞》里也有"我希望这野草的死亡与腐朽,火速到来""去罢,野草,连着我的题辞"这样的"期待中幸福"的在场,"那幸福的现实是'中心'和'满足',或者更确切地说是一个'诸中心和诸满足之域'。它是一种正定(即肯定和设定而非否定),一种特殊的人的存在形式,并且它是对于一个人的'存在着',并且由此也是对于所有其他东西的存在的开放性"[1]。有现实便有认同,认同性亦是现实幸福的一个维度,"认同性是那人格用来认同自己,并且因此为之而生活的东西。认同性包括了那个体人生活中所具有的意义,不管从根本的意义上看它现在是有意义的还是无意义的、不管它是达成了一个统一体还是和自身分裂、不管它是本真和自由的还是不本真和不自由的、不管它是被概括在一种深思熟虑的哲学理解中还是一种感觉的松散聚合"[2],《题辞》中"我自爱我的野草"便表明了作者精神自我的高度认同,即使"根本不深,花叶不美",却也要"各各夺取它的生存",同时"我坦然,欣然。我将大笑,我将歌唱",鲁迅在经验的自我肯认里带着"激情地关注和对之有着兴趣、通过

---

[1] [丹]尼尔斯·托马森:《不幸与幸福》,京不特译,华夏出版社2004年版,第76页。
[2] 同上书,第83页。

行动而坚持和发展它，并且由此而为我的生活给出和寻求意义"①，生命在其身上持恒地"成为"和最大限度地生活着。由此可见，出自内在的、真挚的、全身心的忘却情怀去实现精神自我的"在场"张扬，便是幸福。海德格尔把人称为"向死的存在"，鲁迅"先行到死"地活着，从而获得了一种终极意义上的"存在"幸福。

幸福在谐和中。"幸福是人生重大的快乐，是长久或巨大的快乐，是对一生具有重要意义的需要、欲望、目的得到实现的心理体验"②，《好的故事》便是鲁迅沉潜在念忆里的一帘明艳唯美的幽梦，"美丽、幽雅、有趣"，在暗寞的孤影的灭静中，这个好的故事的浮映为鲁迅添增了几许"虹霓色"的心之温暖，为鲁迅播撒了一捧清莹动人的幸福。这种幸福是"带有生命喜悦的顺其自然"③，鲁迅在耕耘心灵过程中为自己的高贵本性找到了一种松快的精神补给食粮——和暖、情爱和温柔，故乡幽美的人和幽丽的景在作者心湖"参差""澄碧"地游漾，"水银色焰"的日光云锦织着"斑红花影"下的"狗、塔、茅屋、村女"，旖旎的景光游画"交错"倒映在暖心的水色的天青里，"永是生动，永是展开"，一切都那么自然调谐，一切都那么欢愉欣悦，即使最后碎影在"睁眼中"灭破，"但我总记得见过这篇好的故事"。孙玉石认为鲁迅"用《好的故事》中的美丽梦境，与'昏暗的夜'象征的社会现实的对立，写出自己当时存在于意识深处的'作绝望的抗战'的心境"④，这样的诠解似乎有更多的附会鲁迅"反抗绝望"生命哲学的凿痕。事实上在《好的故事》里，鲁迅纯然叙写的是一种艺术潜意识中幸福体验的童年记忆美丽的怀想，怀想旨归在于慰藉式的"精神按摩"，其文眼显突在"但我总记得见过这篇好的故事"上，而并非在"昏沉的夜"上，这表明作者一心浸淫的是美的情绪思感的悠游翩跹，他只想耽恋梦醒后的那怀隽永的淑丽回肠，也只想单纯地营造一个憧憬好梦寄为"怨灵"温美地憩息，即使背景有"昏沉的夜"，也丝毫不妨碍鲁迅的一种馨香甜慰幸福感的享有与满足，好梦消歇后不是怅然若失的伤惘，却是一掬绵长的亲切而沁心的怀恋美泉的洄流。

---

① ［丹］尼尔斯·托马森：《不幸与幸福》，京不特译，华夏出版社 2004 年版，第 84 页。
② 王海明：《伦理学原理》，北京大学出版社 2005 年版，第 267 页。
③ ［丹］尼尔斯·托马森：《不幸与幸福》，京不特译，华夏出版社 2004 年版，第 1 页。
④ 孙玉石：《现实的与哲学的》，上海书店出版社 2001 年版，第 128 页。

无独有偶,绚烂瑰丽的《雪》亦是一篇精彩绝艳的写景抒情散文,"与《好的故事》一样,是在严酷的现实或昏暗的灯光下,对于美好事物的向往"①,寄寓了作者"滋润美艳"的童年回忆的幸福旨想,在如此温馨的情境中,"人们不难发现这位孤独的艺术家在进行艺术的变异与创造时的陶醉感:这多少缓解了他内心的孤寂吧"②。除此之外,《一觉》里"绰约""纯真""可爱"的青年们"经了几乎致命的摧折,还要开一朵小花"的壮举也让鲁迅神往地"看见很长的梦",这个希望的好梦"夏云"般温暖感动着鲁迅灰冷的心,对于一个"人间至爱者"而言,这是一种何其"丰饶""怡然"的"静静"的幸福!

幸福在"有意义"中。《野草》核心的哲学理念便是"反抗绝望",绝望是"对于'一个人的存在中的意义破碎'的经验"③,它在人所生活的意义结构中构造出一种"丧失性"的崩溃,在"意义"破裂、坍陷的精神废墟中,绝望深深地指向人格的怀疑,也深深地指向一种"无常流转"迷失的"无意义"。"'是绝望的'就是'是不幸的'。绝望是那对于'意义匮乏'的存在性的吸收。它是一种被人生活的无意义。那'无意义的'是那与人对立的。它是那粗暴、拒绝的和无法理解的,那不仅仅是无价值而且也是有着负面价值的东西,那'不真实的'、那在其存在中是'不正当的或者无法成为正当的'的东西。无意义性是存在性的混乱"④。申而述之,绝望是"无意义"的,反抗绝望便是"有意义的",而"有意义"正是一种存在的幸福。在《影的告别》中,"我不想跟随""你"去上天堂,去下地狱,抑或去将来预支的黄金世界,"我"自知不是为黑暗所吞没,便是在光明中淡然消失,在如此绝望的生存境遇中,"我能献你甚么呢?无已,则仍是黑暗和虚空而已",鲁迅认为黑暗和虚无乃为"实有",他安静地正视了这种绝望,因而这里的绝望"就是存在的勇气,是对于自我肯定的力量的体验,是相对于'奴隶道德'的'主人道德'"⑤,这里的绝望亦是一种自主的"愿做他自己"的绝望,它"包括对人类现

---

① 吴中杰:《吴中杰评点鲁迅诗歌散文》,复旦大学出版社2006年版,第202页。
② 钱理群、温儒敏、吴福辉:《中国现代文学三十年》,北京大学出版社1998年版,第54页。
③ [丹]尼尔斯·托马森:《不幸与幸福》,京不特译,华夏出版社2004年版,第460页。
④ 同上书,第462页。
⑤ 张杰、杨燕丽选编:《鲁迅其人》,社会科学文献出版社2002年版,第296页。

状的险恶性的全部接受，以及对其本来意义上的非人性的根本拒绝。它以固有的诚实和勇气，表明存在对于处境的一种积极参与的态度，而与各式的失败主义无缘"[1]。换而言之，这种对绝望的肯认逼视其实就是对绝望的隐心抗反，在致赵其文的信中作者曾说"我以为绝望而反抗者难，比因希望而战斗者更勇猛，更悲壮"。鲁迅对于绝望的反抗，"乃从自身存在的本然处境出发，而结果也并不能消除处境的荒诞性和悲剧性，但可以在确信命运之无可避免、无可改变、无可挽回的情况上，不作屈服的表示"[2]。《希望》中那句经典的"绝望之为虚妄，正与希望相同"的引用，便是作者对"绝望"的自主质疑，鲁迅"已从承受绝望走向了承担绝望。承受绝望只是被动接受，而承担却是主动迎击"[3]，面对"绝望"与"虚无"的世界，即或"惊异于青年的消沉"，鲁迅的道德准则却一贯是"坚强的意志，直面人生的勇气，反抗与创造的精神，独立自强的自我，承担痛苦的能力和拯救世界的大爱"[4]；《死火》里的"死火"面对戮心的绝境，"毅然选择了宁肯在战斗中将被'烧完'，而不愿在冰谷中永被'冻灭'的道路。诗中的死火的犹豫和抉择，十分真实地揭示了鲁迅充满矛盾而又异常光辉的内心世界"[5]；《求乞者》中面对"四面都是灰土"的绝望境遇，"我"既不布施别人，又以"沉默"来向别人求乞，在一种近乎倔犟的"无所为"中达到了对绝望最致命的抨击。此外，《颓败线的颤动》中面对"四面都是荒野"的悖境，"那垂老的女人"一声"无词的言语"的烈颤沸吼，《淡淡的血痕中》中"叛逆的猛士"面对"废墟和荒坟"，施以敏利的洞见让"造物主"和"怯弱者""羞惭""伏藏"，让天地为之"变色"，也是对绝望的充满苦情的无畏抗争。最难解的独语体阴森寒凛的《墓碣文》里那"抉心自食"的腐尸最后一句"待我成尘时，你将见我的微笑"，同样隐然呈示着作者颠覆禳解"绝望"和"无意义"的自信宽怀，鲁迅希望《野草》（鲁迅思想精神的人格化）连同生长"野草"的"地面"（即黑暗绝望的现实境遇）一同灭逝，重整一个拥有清鲜

---

[1] 张杰、杨燕丽选编：《鲁迅其人》，社会科学文献出版社2002年版，第294页。
[2] 同上书，第301页。
[3] 同上书，第164页。
[4] 汪晖：《反抗绝望——鲁迅及其文学世界》，河北教育出版社2000年版，第179页。
[5] 孙玉石：《〈野草〉研究》，北京大学出版社2007年版，第74页。

光明的宇宙秩序和生命意义的"快乐""存在",从而实现至善幸福的持恒永生。

四 结语

综上所述,鲁迅至善的灵洁特操和文化幽怀不是"抱枝拾叶"的"轻才小慧"之徒所能懂的:其为"正当"的"必要恶"里彰显着伟岸人格的道德善,其伟岸人格的道德善里浸渍着终极意义的"内曜"幸福。一个无愧于煌煌大写的文学主体——鲁迅,"毕生工作是为人类准备一个伟大自觉的时机,为人类带来一个'伟大巅峰'"[1],"他一方面里程碑地实现了自我,却在另一方面疲牛一般地折磨着自我"[2],这种臻达虐心的自我折磨为的是人道主义式的"使人成为人"之"人义"与爱国主义式的"使民族成为民族"之公义的实现。"'义'是高于感性生活价值的道德价值,是涵养、塑造主体心灵的道德精神,是'廓然大公'的道德生命修养境界"[3],鲁迅一生"为'义'消得人憔悴""俯首甘为孺子牛",死前体重劳耗得仅存剩三十多公斤,作为一个卓杰的心灵漂流者,他用他的《无题》诗为自己作了最生动的节操传照:"一枝清采妥湘灵,九畹贞风慰独醒。无奈终输萧艾密,却成迁客播芳馨"。不管世人如何评说,"在鲁迅的生命实践中,始终怀有一种崇高的使命感,履行一项道德行动的深沉的热情。他曾经以自嘲的语调说'好像全世界的苦恼,萃于一身,在替大众受罪似的'"[4]。毁誉无眼问苍天,无论是表率的人格范式,还是创化的精神财富,谁又能践功其伟大之万一?鲁迅犹似辽浩的大海,所有肮脏的侮蔑都可以消没在他的怀里,所有擢高的神誉也同样沉泯在他的胸中,"举世誉之而不加劝,举世毁之而不加沮",鲁迅人格不朽,精神万古长青!

---

[1] 张杰、杨燕丽选编:《鲁迅其人》,社会科学文献出版社2002年版,第451页。
[2] 同上书,第187页。
[3] 孙玉石:《〈野草〉研究》,北京大学出版社2007年版,第366页。
[4] 张杰、杨燕丽选编:《鲁迅其人》,社会科学文献出版社2002年版,第297页。

第二篇　中国现代作家笔下的"南洋"女性欲像

摘　要：中国现代作家笔下涉及"南洋"故事的女性描写多呈现出"男权主义"的叙境，其中包括"景色女"的被凝视、"商人妇"的被"闺范"以及"英雄妻"附属性的被欲望化叙事，所有这一切都征示了"菲勒斯中心主义"的欲像图式胜利。

关键词：中国现代作家；"南洋"；女性；欲像

涉及"南洋"叙写的中国现代女性作家与男性作家相比可谓微不足道，仅有张爱玲、萧红、丁玲、沈兹九4人，而她们的作品中却几乎没有女性人物形象摹绘的现身。这一文本情状客观且直接决定了"南洋"女性人物形象由男性作家一手包办的文学现实。而女性主义批评认为，男权眼光打量下的女性永恒地沦为一种本质化的客体，永远是第二性，不论是被视为无道德、非理性（叔本华的观点），还是善良、仁慈（康德的观点），无论是被视为纯情天使还是恶女淫妇，都是自然抑或非自然现象控制的次等混合物，"任何关于女性的知识都已经受到性别歧视的污染。不论我们研究历史文献、哲学玄思、社会科学统计数据、自我反省还是日常生活，我们都只能看到女性躯体灌注进女性的构造时所受到的厌女主义话语的污染"[①]，文学创作更是生动体现这一专制"文化彼岸"的形象载体。女性群像在"南洋"的文学世界里概莫能外，基于性别维度的特殊观照，本文"独出"地将人物"南洋"里的女性形象作一类型化特写，从而影照出男性作家创作倾向及抒写方式里所携带的"菲勒斯中心主义"文化痕印。

一　"南洋""景色"女

有一种十分灼然的印象显现，一部分中国现代作家在叙写"南洋"时惯于将"南洋"女性化以及将"南洋"土著女欲望化、图式化，"南洋"及"南洋"女由而成为一种可供凝视的被动"景色"。这种文本表述

[①] 张京媛主编：《当代女性主义文学批评》，北京大学出版社1992年版，第11页。

涵含了"东方主义"与"男权主义"对女性的双重精神剥削。就前者而言，形象塑造者在面对"南洋""他者"时，用女性形象形容国图地貌，展现了通常"探险者"一贯的修辞策略。洪灵菲的《流亡》借主人公沈之菲的幻梦将暹罗（泰国的旧称）浓度"妇人化"："如若我们把暹罗国比作一个迷醉的妇人，这儿，是她的眉黛，是她的柔发，是她的青葱的梦，是她的香甜的心的幻影"①。马宁在《南洋风雨》中将马来亚婆罗洲的海洋高岛着意"寡妇"化："而远远地，那太平洋中的最高峰，那闻名的中国寡妇山，站在遥无边际的波罗洲大陆上，头上戴着蔚蓝色的看不见边际的帽子：晴空。奶白色的朵朵云彩，挂在她的突出的奶胸上，更加迷人更加妩媚了。不知道是谁给她这样奇特的名字：中国寡妇"②。小说家使用女性包容、吞没性"迷醉"的隐喻，唤起对不熟悉国度、地形变幻莫测神秘风姿的想象，两者都在地理面貌上毫不含糊地带上了女人的形体特征，包括洪灵菲使用的"眉黛""柔发"，也包括马宁使用的"奶胸"字眼，事实上呈露的皆是一种在"南洋"他者面前主宰性好战的征服姿态，为了将"他者"阴柔化处理，他们便会"雌化"对象的固有特质，于是暹罗国的幻影变得温柔、"香甜"，太平洋高峰的幻象也变得"妩媚"、动人，而隐含作者在这些女里女气的修饰中格外男子气概地刚健起来，从而展现了一个精神男人对肉体女人强势且无条件的遐思性占有，而"女性身体的象征捕捉住了种族上的'他者'的鲜明特性：作为肉体，它接纳感受男性，如若不然，那就需要制服"③。这是典型的欧美"东方主义"理论修辞，就"主体"中国与"他者""南洋"而言，也同样在某些中国作家的写作潜念与观念结构里应和性地呈示了其共时同态的变相复写。而"女性"作为一种符指共名却无辜地被"东方主义"的男性强权逻辑给"性剥削"式地象征挪用，尤其是马宁的"寡妇"意象更是散发着挑逗性文本"意淫"的气息。

"南洋"的土著女在中国现代作家笔下往往以一种早熟的形象呈现。陈残云在其小说《热带惊涛录》中写及小说人物文娟时这样描写道："她

---

① 洪灵菲：《洪灵菲选集》，人民文学出版社1982年版，第125页。
② 马宁：《南洋风雨》，椰风出版社1943年版，第134页。
③ ［英］艾勒克·博埃默：《殖民与后殖民文学》，盛宁、韩敏中译，辽宁教育出版社1998年版，第99页。

已经是一个成熟的少女，或者说，她和所有的南洋少女一样，她的外貌和精神状态比她的实际年龄早熟得多"①，"早熟"似乎与"南洋"气候的炎热催熟性有某种物质因的客观关联，孟德斯鸠就曾在《论法的精神》一书中格外考究过炎热地理气候与人之体质、气质的影响关系："在气候炎热的地方，女子八岁、九岁或十岁就可以结婚，所以在那些国家里，幼年和婚姻通常是联系在一起的。到了二十岁，就算是老了。因此妇女们的'理性'和'容色'永远不能同时存在。当她们的'容色'正要称霸天下的时候，'理性'却加以拒绝。当'理性'可以取得霸权的时候，'容色'已不复存在。所以妇女只好处于依赖的地位，因为'理性'不能在她们年老时为她们取得'容色'在她们幼年时所尚未取得的那种霸权"②，然而"早熟"只是一种天然存相，在文本缝隙里我们更多看到的是一双"早熟"窥淫的眼，洪灵菲《流亡》中叙述主人公凝看"南洋"女郎时这样写道："他也尝为这儿的女郎的特别袒露的乳部发过十次八次呆"③，由此显见，"南洋"女因其过度的裸露"性早熟"在作为一个欲望对象时更增添了男权情色凝视眼光无量的满足感与快感，而在性爱关系层面，"南洋"女的"早熟"特质更是赤裸裸为男权的欲望化享受准备了无量欢心的温床，巴人在《印尼散记》中写及一个"南洋"华人对"南洋"女的性渴望想象时是这样描述的："可我要是这病治好了，正正式式讨起个老婆来，我一定要找个马来婆。这有一个比方：那中国娘儿们就像一座小土山，简直是一堆尸骸。马来婆那就是一股海浪，这才是活人呢！哈哈！啊唷！"④。"南洋"女俨然单向度成了男性性欢爱满足的增味剂，在中国女"小土山""尸骸"与"南洋"马来婆"海浪""活人"的悬殊"性体验"比照中，女人仅仅是"物自体"般服务于男人的被动性工具，而"南洋"女之所以能更幸运得到男性欲念想象的认信与钦慕，亦不过因其"早熟"的品质更加快活程度地抚慰了男性对于性事高峰体验的目的期许，"南洋"女作为符指化欲望对象永恒地失却了其作为生命主体的能动本真。

---

① 陈残云：《热带惊涛录》，花城出版社1983年版，第39页。
② [法] 孟德斯鸠：《论法的精神》，张雁深译，商务印书馆1959年版，第309页。
③ 洪灵菲：《洪灵菲选集》，人民文学出版社1982年版，第119、120页。
④ 巴人：《巴人文集·回忆录卷》，宁波出版社1997年版，第339页。

二 "南洋"商人妇

中国现代作家笔下有许多"南洋""商人妇"的形象，而直接以"商人妇"为名的小说在许地山的作品中早有出现。中国早期过番"南洋"者有一大批通过经商做买卖发了洋财的男子，撇弃"唐山"的原配夫人而另娶"南洋"土女，于是"商人妇"便有了"唐妇"与"番婆"之区分，而对于此两种女性的形象塑造，往往夹带了父权与男权共谋逼视的眼光。

许地山的《商人妇》写女主人公惜官因丈夫过番"南洋"做生意十年不归，于是千里寻夫，不料丈夫在新加坡发财另娶"番婆"为妻，糊里糊涂中又被丈夫卖给一印度男子作妾，经过几番命运跌转谋得人身自由后却重新愚忠地踏上了寻找丈夫的旅程。惜官仿佛是一个承负苦难的伟大的"地母"，以宽怀的仁厚之心去接纳、涵容男子带给她的所有灾殃与不幸。丈夫赌钱输尽、借钱无方准备"过番"（闽人说到"南洋"为过番）之际，惜官"想不出什么合式的话来安慰他；更不能想出什么话来责备他"，只嗫嚅地说道"以后可不要再耍钱，要知道赌钱……"紧接着二话不说又开始"为他摒挡一切应用的东西，又拿了一对玉手镯教他到厦门兑来做盘费"[1]。当过"南洋"被丈夫卖与印度男子作妾后，也只是本能恸哭了几声却没有作任何激烈的行动抗争，为此惜官向文本的第三叙述人做了以下隐忍的回述：

> 先生，你听到这里必定要疑我为什么不死。唉！我当时也有这样的思想，但是他们守着我好像囚犯一样，无论什么时候都有人在我身旁。久而久之，我底激烈的情绪过了，不但不愿死，而且要留着这条命往前瞧瞧我底命运到底是怎样的。[2]

尔后惜官被迫嫁到印度后又对隔壁的小寡妇施以博大哀怜的同情与周济，印度男子死后，惜官本来打算按本分依印度风俗一百三十日后随便改嫁，却因其他妻妾的财产继承与嫉妒纠缠不得不选择息事宁

---

[1] 落华生（许地山）：《缀网劳蛛文集》，百花文艺出版社2006年版，第29、30页。
[2] 同上书，第35页。

人地逃离，惜官对财产的继承没有丝毫贪心的欲念，表现了其清白无邪的淳厚良心，逃亡时因念及自己与印度丈夫所生之子日后恐遭别人的折磨，遂毅然决然背负小孩冒着九死一生的累赘风险脱离虎口，显现了其母性情怀慈悲的伟大。直至后期获得人身自由并有了生活保障，还始终不相信自己的被卖是丈夫阴谋所为而继续过洋重觅亲夫。当叙述者感叹惜官的命实在太惨苦时，惜官却道出了她宽忍为怀的"地母"生活哲学：

> 先生啊，人间一切的事情本来没有什么苦乐底分别：你造作时是苦，希望时是乐；临事时是苦，回想时是乐。我换一句话说：眼前所遇底都是困苦；过去，未来底回想和希望都是快乐。昨天我对你诉说自己境遇底时候，你听了觉得很苦，因为我把从前的情形陈说出来，罗列在你眼前，教你感得那是现在的事；若是我自己想起来，久别，被卖，逃亡，等等事情都有快乐在内。所以你不必为我叹息，要把眼前的事看开才好。①

文本的隐含作者也对惜官的慈忍精神报以了钦佩的肯认，这明显浸渍了许地山消极佛学思想的宿命理念元素，从而为我们塑造了一个灵魂高度博爱且宽忍的"商人妇"伟大形象，这种"地母"式的女性包容形象十分"光荣"地契合了男性对女性的文化潜抑要求，同时却戕杀了女性"自为"命运的生气勃发之主动"心能"。

同样"南洋""弃妇"的故事，在司马文森《南洋淘金记》的小说世界里近乎复制性原装上演，而表现形式却有所不同。小说女性人物红绢闻知新婚不久即抛撇结发妻"下南洋"的丈夫小萍六七年后在"南洋"开铺子、讨番婆，一时气愤不过便追随同乡文伯前去探夫，红绢不像《商人妇》中的惜官那样随顺隐忍，而是为自己的女性遭际命运正义起声，且义正词严，结果遭到潜文本隐含作者的封杀性讪笑，而隐含作者的评价语声则通过作者肯认的一个厚道老者人物形象——文伯来代言，我们且看下面红绢与文伯的会话性精神较量：

---

① 落华生（许地山）:《缀网劳蛛文集》，百花文艺出版社2006年版，第47页。

红绢继续诉苦道:"……他们批评我不该自作主意,要去也得先写封信去,我才不会这样傻,叫他知道了好同那番鬼婆设计害我"。文伯同情地点着头,却还说:"不要把小萍想的那样坏,他还是一个好青年。"红绢气愤道:"好青年,哼,好青年会把结婚三个月的结发妻丢掉,自己又在外面讨女人",文伯道:"其实他也有困难……"红绢睁大眼睛发恨道:"就为了几个钱他把自己卖给那臭女人!"说着,她又伤心地哭起来了。"他忘了夫妻情义。"文伯道:"这又不止他一个,过了番,在山顶做小买卖的青年,哪个不讨个番婆。既到了这一个地方,就不能把事情看得那样认真。"红绢却叫道:"我可不行,我们见面后,一定要和他弄个一清二楚,要我还是要她,打死人我也不怕!"文伯道:"话可不能这样说,你得替小萍处境想一想。"红绢道:"他又为什么不替我想想呢?"文伯答不出来了,摇摇头,叹了口气:"唉!"①

这通对话显见了红绢的女性主体权益捍卫意识及文伯所代表的男权道德文化秩序的被动"失语",对话以文伯的理屈词穷告终,然而文本却张扬了红绢得理不饶人的戾气倾向并施以了"男性正义"经验化身形象——老者文伯一腔理解式的同情。"正义"本在红绢一边,却因其"正义"表达的方式过激而丧失了"正义"的文本感染力,同样的,"正义"本不在文伯一边,却因其厚道体人的表达赢得了情感正义的"凯旋",女性的天然主权吁请因不符合男权为之所设置的"闺范"而遭遇合法性危机。尔后红绢在"南洋"见到丈夫小萍,作者司马文森构置了一个与许地山《商人妇》近乎如出一辙的情节剧。《商人妇》中以女主角惜官的口吻自述道:

我丈夫回头问我说:"惜官,你要来底时候,为什么不预先通知一声?是谁叫你来底?",我以为他见我以后必定要对我说些温存的话,哪里想到把我诘问起来!当时我把不平的情绪压下,陪笑回答说:"唉,荫哥,你岂不知道我不会写字么?咱们乡下那位写信底旺

---

① 司马文森:《南洋淘金记》,人民文学出版社1986年版,第16、17页。

师常常给人家写别字,甚至把意思弄错了;因为这样,所以不敢央求他替我写。我又是决意要来找你底,不论迟早,总得动身,又何必多费这番工夫?你不曾说过五六年后若不回去,我就可以来吗?"我丈夫说:"吓!你自己倒会出主意。"他说完,就横横地走进屋里。①

而《南洋淘金记》则以小说男性人物王彬转述了红绢与丈夫小萍的"会晤"情状:

> 王彬说:"……他们在文伯店里一见了面,就吵起来了,男的问她为什么不预先通知一声,却自作主张过来。红绢哭着说:你这没良心的汉子,离了我不上三年,发了财,就在外面讨起小老婆来。遗弃了结发妻,害得我多苦呀。见了面没句好话说,倒先骂起我来。想不到她的丈夫叫她原船回去,他说她的事情只要她答应回去了,才有得说,她自然不肯,这样他们一闹就叫成条街的人都知道。"②

紧而作者借王彬之口作了以下评述:"他要求红绢回去,等到那一天,他有了钱,他们夫妇就可以重新团圆了,但你想,红绢肯听这些话吗,这个女人,也不是容易对付的,她自然要哭闹了,这一来,事情就大了"③。两相比较,惜官对丈夫林荫乔百依百顺且逆来顺受,这种"地母"式的纯厚品格受到作者的理解与钦赏,而红绢不愿做男权文化期待的"地母",结果遭到文本处理中对"恶女"不宽厚"意气用事"的隐性抨击,其中人物王彬所言:"这个女人,也不是容易对付的"明显隐含了对红绢作为一个非"地母"女人的敌意与鄙夷。对于"见弃"的不幸命运,惜官与红绢对应地表现出截然不同的反思品性。同是被男人无端抛弃,惜官首先想到的是自己有没有过错,自己没有过错并不反向盘诘男方有无错失而只说:"我听他所说底话,简直和十年前是两个人。我也不明白其中底缘故:是嫌我年长色衰呢,我觉得比那马来妇人还俊得多;是嫌我德行不好呢,我嫁他那么多年,事事承顺他,从不曾做过越出范围的事。荫哥

---

① 落华生(许地山):《缀网劳蛛文集》,百花文艺出版社2006年版,第32、33页。
② 司马文森:《南洋淘金记》,人民文学出版社1986年版,第52、53页。
③ 同上书,第55页。

给我这个闷葫芦,到现在我还猜不透",以致后期被丈夫所卖逃出虎口后还对其丈夫抱有愚忠的幻想:"我要知道卖我底到底是谁。我很相信荫哥必不忍做这事""但愿荫哥底心肠不要像自然界底现象变更得那么慢;但愿他回心转意地接纳我"①,所有这些,表达的都是惜官对她男人从一而终的无悔痴情以及和大地一样仁善宽良的淑德,作者不去指摘惜官近乎固执的愚蒙生活实践,却对她坚忍执着的生命韧力和仁性赋予近乎神性的圣美光辉。相对于惜官"地母"的忍、韧、仁,红绢却高扬起女人首先是一个"人",然后是一个"女人"的醒觉意识:

> 那红绢眼红红的,一看见大家的面就放声哭起来道:"大家都是同乡,给我作作主呀!"文伯却安慰道:"有事情慢慢商量,尽哭有什么用!"她说:"我辛辛苦苦,漂洋过海,来的是为什么呀。你想,他竟敢这样打算,说想给我几个钱叫我走路。我问他叫我走到哪儿去?他说:装傻什么,回家去!我说可没有这样便宜的买卖,钱我要来做什么,我要的是人,人,人,人!……"她越说越兴奋,一抹鼻涕,一把眼泪,叫门外的人也挤过来看热闹了。可是,文伯把他们劝走了:"一点人家私事。"一面又劝她不要这样大声,闹出去不好听,红绢反抗着叫道:"他用这手段对付我,我还替他保存面子做什么,我的理由充分,在家乡没卖过身,偷过汉子,犯了家规,他有什么理由休我,叫大家评评看,叫人评评看呀!"②

红绢不愿做丈夫小萍(扩而言之是整个男权象征性秩序)的驯顺"地母",她发出了一个"人"的声音,同时又发出了一个女人之为女人的"女人"的声音,她拒绝"地母"牌坊式荣誉的诱惑,喊出了多年被父权、男权共谋垄断的女人真正的价值"义理",将妇女"沉默集团"的性别意识高调彰显,然而正因为有了"去地母化"的精神姿态,文本才设置了"有事情慢慢商量,尽哭有什么用""不要这样大声,闹出去不好听"等来自"第一性"文化秩序的"围追堵截",最后红绢并没有如期、如意地争得自己作为一个女人全部应然的"身价"与"心价",作者以

---

① 落华生(许地山):《缀网劳蛛文集》,百花文艺出版社2006年版,第33、44、46页。
② 司马文森:《南洋淘金记》,人民文学出版社1986年版,第65、66页。

"阴茎中心主义"同谋者的身份,通过设置红绢最终误入歧途的"无出路"结局对红绢"去地母化"的女性主权行为及意识施行了男权"独制于天下而无所制"的替代性"正义"惩罚,于是作为女人的"商人妇"开始陷沦永远的万劫不"妇"。

一言以蔽之,在"商人妇"的"南洋"女性形象序列里,男性作家往往有意或无意地显露了其"男权"色彩的文化霸道,在他们利益想象的心目镜城中,一个"标准女性"应该是一位"大地母亲",是一个"好女人",一个甘于奉献和牺牲的无名"贤内助",而对于"标准女性"的所有规定性,"在一个永恒的或隐秘的角落中,男人、男性仍拥有永恒的评判权与选择权,有着他们恒定的关于'标准女性'想象。于是,一个女人必须'像女人',具有充裕的'女性气质',她才可能赢得一个男人的赞美、青睐和爱;惟有男性的爱、青睐与选择,女人才能实现她女性生命的价值。只有男人赞美的目光,才是唯一的、绝对的妇性之镜"[1],反之便会遭到"父权"与"男权"象征秩序共谋联手的文化围剿与文化屠戮,"商人妇"之惜官与红绢的两极命运世界例证了"男权主义"威权的无远弗届。

三 "南洋"英雄妻

中国现代作家笔下的"南洋"女性形象还有一类是作为男英雄主人公的恋人(最后通常都发展为妻子)或者妻子身份出现的,她们大抵处于一种工具性或道具性的装饰、陪衬地位,英雄在某种宏大叙事的理念行动中成就光荣,而"英雄妻"则顺理成章地被视为对成就伟大事业英雄的一种慰藉性奖励,最后所谓皆大欢喜的男女结合(通常以婚礼形式呈现)实质上只不过是"将女人作为一件祭品隆重地奉献在'菲勒斯'(phallus)中心的祭坛上,并由男人直接来检阅和检验她们。这是女人最辉煌最荣耀的'巅峰'时刻,女人的荣耀和喜悦是一种'物'的被归属了的欣慰和熨帖"[2]。很多现代作家的"南洋"故事都是在这种无视女性主体生命逻辑的框式下完成概念化写作的,其中以田汉的戏剧《回春之

---

[1] 戴锦华:《涉渡之舟:新时期中国女性写作与女性文化》,北京大学出版社2007年版,第161、162页。

[2] 刘慧英:《走出男权传统的樊篱》,生活·读书·新知三联书店1996年版,第78页。

曲》最为主题性鲜明。

　　《回春之曲》的故事梗概为："南洋"爪哇巴城一个华侨教员高维汉回国参加上海"一·二八"抗日战争因伤失忆,其恋人梅娘("南洋"侨生女)毅然冲破各种家庭阻碍回国精心照顾高维汉,最后使高得以恢复记忆并继续其抗战爱国生涯。首先,剧目"回春之曲"本身便概括了剧本的形象化主题,"回春"的对象是爱国义士高维汉,而弹奏此曲者恰恰是"南洋"侨生女梅娘,整个剧目的思想表现点在于"曲"上,即一阕爱国曲的跌宕起伏和经久不息,从某种程度上剧本也是当时抗战公式化"标语口号"之作,然而剧本的标目却遮蔽了"回春"的能动者梅娘的主体地位,是"她"使抗战之"春"得以复"回",女性主角的个体化生命伦理地位首先便在一种"人民性"爱国的大伦理压抑下失却了叙述的合法性。其次,男主人公对女主人公自始至终有一种先成存在的凌驾与歧视姿态,高维汉将梅娘比拟为"南洋的一朵野玫瑰"[①],并且就喜欢"野玫瑰"的刺,这是对异性新奇刺激性性征的冲动型消费,在和其友洪思训谈及梅娘时,高维汉在声气上亦征示了其对梅娘的一种精神制高点全盘垄断的话语定断:

　　　　思训:你以为她真爱着你吗?
　　　　维汉:我以为她真爱着我的。
　　　　思训:你这一趟回国去,你以为她会跟你去吗?
　　　　维汉:假使我需要她跟我回去我想她是会跟我走的,不过我不需要她跟我回去。
　　　　……
　　　　思训:不,陈的儿子三水也爱上了她,听得三水对人家说他一定要娶她的。
　　　　维汉:梅娘一定不会肯的。
　　　　思训:但是你知道在南洋也和在国内一样,女孩子是没有什么自由的。我看,可能的话,你还是劝她跟你走吧。
　　　　维汉:可是你知道,我们这一次回去,是想去参加义勇军的啊,

[①] 田汉:《回春之曲》,载《中国新文学大系(1927—1937)——第十五集:戏剧集一》,上海文艺出版社1985年版,第752页。

带她去有什么用呢？

　　碧如：不见得女人一点用处也没有。①

　　高维汉毫无疑义地认信梅娘爱着他，不会嫁三水，想叫她跟自己走便跟自己走，想叫她别跟自己走便不跟自己走，女人回国毫无用处（只在特殊情形下才有她女体及情爱抚慰的作用）……种种措语都居高临下，完全没有尊重、体认女性的内在主体性。再次，剧本对于梅娘的塑造也近乎男性所喻征的"神圣民族战争"之傀儡，而在两性关系的文本处理中作者更是将梅娘归置为类似高维汉精神抚慰器的工具角色。当梅娘之父为还债欲把梅娘许给债主之子三水时，梅娘表达了部分自己作为女性的主体声音："是的，听说我爸爸要把我出卖，但是，高先生，你相信我吧，我不是橡皮，不是椰子油，我是人呀。（她哭了）"②，而如果窥伺文本语境内涵，梅娘的反抗被卖事实上也恰好给梅娘人为"框范"为英雄之"战利品"的剧本先验主题做了一个生动的脚注。高维汉负伤失忆后，梅娘痴心护守更多的是出于对一个民族勇士的内模仿崇拜，剧本借用梅娘之口反复渲染高维汉的爱国情怀，当三水回国质疑梅娘为什么要守一具活尸，守一个痴子时，梅娘用潜意识的精神对三水做了这样的回答："可是，他总算是一个爱国者啊。他为着救国才负伤的啊。我怎么能够舍弃他呢？"③，这种"忘我"的措语表达的亦是梅娘对高维汉作为一种伟大爱国理念象征的虚幻拥抱，当梅娘以唱歌方式试图唤醒高维汉的记忆时，歌词是这样设计的："哥哥，你别忘了我呀／我是你亲爱的梅娘／我曾在红河的岸傍／我们祖宗流血的地方／送我们的勇士还乡／我不能同你来／我是那样的惆怅"④，尔后梅娘离弃自己的爹娘，离开遥远的"南洋"回到高维汉的身边，这里一方面仍旧极力刻画爱国"勇士"的精神浓彩图式，另一方面也隐示了梅娘拼力附属于男主角的孱弱无依情状，无论爱与不爱，剧本所呈示的仅是男主角高维汉"杀啊，前进"符号化的宏大爱国理念和不

---

　　①　田汉：《回春之曲》，载《中国新文学大系（1927—1937）——第十五集：戏剧集一》，上海文艺出版社1985年版，第752、753页。
　　②　同上书，第757页。
　　③　同上书，第789页。
　　④　同上书，第782页。

是出于本真现代平等情爱意识的大男子心,梅娘是一个辅次的配角,作为"英雄妻"的配角,她的生命主体性情恋"内存"仅服务于两样东西:①"英雄";②"英雄"所由以生发的已全然被符指化的空洞意识形态。"从文学领域中表现的女性形象上来说,由男性欲望出发塑造的女性形象,不过是从象征和审美意义上展示了封建秩序对女性及两性关系的种种要求、想象和描述"[①],梅娘形象"离格"的自我空洞化无疑仅是男性符号系统对女性的解释和定义,她符合了"英雄"的精神秩序需求,便顺当、和谐地融入了男权的文化象征体系,而在这种象征体系中,"'她'是被动的,是承受者,是爱的期待者而不是给予者,是可欲望的物而不是能够产生欲望的人,是需要承担的责任而不是责任的承担者"[②]。反之,"英雄"高维汉却是绝对的欲望主体,他是梅娘女性价值唯一主宰的判定人,由此宣示了戏剧文本"菲勒斯中心主义"的全面胜利。

[①] 陶东风、徐艳蕊:《当代中国的文化批评》,北京大学出版社2006年版,第203页。
[②] 同上书,第204页。

第三篇 《南洋丛林历险记》的"奥德赛"之旅

摘　要：荷马的《奥德赛》讲述了一个经典的"历险探求"之传奇故事，而中国作家黄浪华的"南洋"小说《南洋丛林历险记》可以视为古希腊"奥德赛"传奇文学的中国现代版演绎，它们共同反映了人类最普遍的经验和梦想——"探求""漂泊""发现""回归"。就"探求之旅"而言，小说奉行了"南洋"橡胶"他者为上"的文化实践；就"漂泊之旅"而言，"英雄"的磨难性荣誉恰恰成就于避离险厄之"南洋"；就"发现之旅"而言，文本在"突转"与"认知"中展现了意义的设计与审美的缺陷；就"回归之旅"而言，"还乡"的神话原型结构升华了中国人客居"南洋"异地的文化"乡愁"。

关键词：《南洋丛林历险记》；"奥德赛"；行旅；"南洋"

　　荷马的《奥德赛》讲述了一个经典的"历险探求"之传奇故事。古希腊英雄奥德修斯献"木马"计赢得特洛伊战争后，携带战利品——奴隶及珍宝荣归故里，却不幸在归国中途命运多舛，惨遭劫难，直至历经10年千辛万苦漂泊后才终于返得故乡，最后与妻儿圆满团聚。故事情节因其"旅程模式"而成为欧美文学（主要是流浪传奇小说）一个以寻求、浪游、回乡为主题内容的"原型"母题。其"典型的即反复出现的意象"是传奇，而传奇情节的主要成分是冒险，"在所有的文学形式中，传奇是最接近如愿以偿的梦幻的；正是由于这一原因，从社会的角度来看，传奇起到一种奇妙又矛盾的作用"[①]，即人类理想与现实的悖论式互激互动。黄浪华的"南洋"小说《南洋丛林历险记》可以视为古希腊"奥德赛"传奇文学的中国现代版演绎：四位有志于发展祖国橡胶事业的华侨，冒着坐牢危险，从缅甸用马帮偷运出一批橡胶籽，他们穿越缅北的原始大森林，历时四十六天，终于回到了祖国的明珠西双版纳，从此成就了祖国来之不易的橡胶志业。其"历险探求"模式就精神原型而言与"奥德赛"之旅可谓一脉相承，它是"奥德赛"之旅的中国式精神再生，我们可以

[①] ［加］弗莱：《批评的解剖》，陈慧等译，百花文艺出版社2006年版，第268页。

把这种"探险"精神的文本载体,即各种文学看作是一种社会现象和交流模式,"文学模仿人们的全部梦幻,也即模仿人脑子中那种不处在现实中心而是游弋于其周缘的思维"[1],它们共同反映了人类最普遍的经验和梦想。本节试从"探求""漂泊""发现""回家"四个意义主题层面对其进行深入的剖析。

一 探求之旅:"他者为上"

英雄主人公奥德修斯在荷马的《奥德赛》史诗中,以最早冒险家的形象,为人类摆脱蒙昧、探求新知点亮了一盏明灯。奥德修斯的回归历程在某种意义上也是探求知识的历程,"在离开特洛伊的日子里,他漫游了爱琴海中的诸多岛屿,他还遇到了不少奇闻轶事,一次次的虎口脱险,让他具备了更强大的智慧力量和超越性的英雄品质"[2],从而具现了一种人类神话学意义上的优秀人性品质"探求"——机智与勇敢,这种原初时空语境的"探求"超越个体并适用于整个人类集体,它描述了一种意味深长且十分重要的精神现实,而这种精神事实可以作为每个时代"共名"的人类性同态指归,作为一种文学整体性它"源自人类心灵深处某种不可言状的神秘区域的充沛活力"[3]。与之相匹应,黄浪华的小说《南洋丛林历险记》同样征示了一种精神指喻"探求":主人公李方舟等将橡胶从缅甸运往自己的祖国,"橡胶"在这里可以被视为一种隐喻,这种隐喻是正向的、积极的,甚至带有某种神圣的拯救意涵。广义地想象推衍,它既可以象征友谊,也可以象征中缅息息一体"被侮辱者与被损害者"的关联体命运,还可以象征某种"他山之石,可以攻玉"的"取经"标的。英国殖民者的百般阻挠设险,相当显豁地营造了中缅两国人民同舟共济的故事背景关联。

如果将缅甸视为一种人类学历史的"他者",小说《南洋丛林历险记》便是西方殖民者、缅甸"他者"与中国"主体"三者间的文化关系构造"译释"。西方殖民者向来"文化霸权",其在世界知识景观体系里扮演一种"独制于天下无所制"的主流地位,"南洋"与"中国"都是

---

[1] [加] 弗莱:《批评的解剖》,陈慧等译,百花文艺出版社2006年版,第169页。
[2] 陈召荣:《流浪母题与西方文学经典阐释》,中国社会科学出版社2006年版,第52页。
[3] [加] 弗莱:《批评的解剖》,陈慧等译,百花文艺出版社2006年版,第15页。

其认识、描述和想象世界时缺失自主性和自在性的对象化客体。而在中国和"南洋"的两极文化世界里，又有了某种"西方"与"非西方"的内化复制倾向。"我们把西方的西方和非西方这个框架搬来，对它实行'本土化'，在境内创造了'西方'与'非西方'的意象对立。在这个'本土化'世界观里，拟似'西方'的局部是作为认识和政治主体的国家和知识分子的符号资本，拟似'非西方'的局部则指那些被认识的、非正统、非主流、非知识分子、非政治家的少数民族和汉族'边缘人'（尤其是农民）。这个'本土化'的境内'西方'与'非西方'格局，又是一种所谓'现代'与'传统'的历史—时间关系格局，它将拟似'西方'的那个局部当作'现代'，而将拟似'非西方'的局部当作传统"①。任何一个群体，一个民族，若要成其社会，成其文化，则都必定有其超越"自我"且内在于"内我"的"他者"存在，"南洋"便是中国正统文明形立的一个他者化参照。自古以来，中国"周行天下"，其世界观表达方式有两种类型，其一端是"高僧式的朝圣与取经之旅，这种旅行将遥远的他者之国视作真谛的起源地，其另一端，则是唐以后及至清初活跃的朝贡主义世界观。朝贡主义世界观是一种文明中心主义的世界理论，它以自我为中心探索世界，对于世界之万物及种族之与己身的差异，怀抱着浓烈兴趣，在文明与'野性'之间，划出明晰的界限，而另一方面，却又将跨越于这条界限内外的'游人'视作是文明应有的素质（文质彬彬即被长期用来形容这种文明与'野性'之间值得崇尚的跨越）"②。与此相对应，近代西方人类学也分为两派，一派我们可以称之为"他者为上"，一派可以称之为"帝国之眼"。"帝国之眼"类同于萨义德的"东方主义"效用模型，其单边主义地制造一种权威的识认世界的方式，凡违逆者皆视为历史"野性思维"的垃圾。而"他者为上"实践的是一种观念旅行，"他们都到遥远的地方寻找作为'他者'的非西方文化，以之为理论的源泉"③。就隐喻层面而言，中国华侨转运橡胶奉行的便是一种非朝贡主义、"他者为上"式取经的天下观文化。

---

① 王铭铭：《西方作为他者：论中国"西方学"的谱系与意义》，世界图书出版公司北京公司2007年版，第149、150页。
② 同上书，第158页。
③ 同上书，第165页。

橡胶的源起，小说在第二章作了详细介绍，橡胶树的原产地在南美洲亚马孙河流域，英国人亨利·威克汉奉大英帝国殖民部命令，来到巴西收集七万颗橡胶籽后转运到英国的"南洋"殖民地试植，获得成功。从此橡胶便有了新的生长家园——"南洋"，基于橡胶经济命脉一般十分重要的战略物资地位——"天上飞的，地上跑的，身上穿的，头上戴的，脚上蹬的，你想想看，哪样东西能缺橡胶？世界上有四大工业原料，钢铁、煤、石油，还有就是橡胶"①，英国殖民者禁止华工偷运橡胶籽，违者以重法严惩。此间便有一个十分显明的道德分水岭：西方殖民者一面"偷盗"巴西，一面又"压榨""南洋"，是不折不扣的"帝国之眼"式的渔猎。而中国的华工在"南洋"帮殖民者切割橡胶却丧失了任何持有、转运橡胶的合法性，正如小说中郑延庆所骂："丢那妈，这都是我们用血汗割出来的啊，可都落到了他们英国人的手中"②，"血汗"与"南洋"这块土地系结起某种荣辱与共、休戚相关的命运共同体关联，橡胶种子在小说中便是中缅"友谊种子"的象征性陈述，橡胶迁播中国也就意味着中缅友谊缔结与巩固的完成，此其一。其二，橡胶独独能在"南洋"扎根结果，相当于"南洋"独特财富的一个文化隐喻，中国寻求这种精贵的文化种籽，奉行的正是"他者为上"的文化理念，既不作"帝国之眼"的贪觊侵夺，也不夜郎自大，故步自封，向"南洋"这个中国另一维度的文化"他者"高调取经，映证的也正是一种胸廓天下、虚怀若谷的"拿来主义"文化精神。

"以探求为题材的传奇作品与仪式和梦幻都很类似……若用梦幻来解释，描写冒险探求的传奇便是力比多或自我欲望在寻求一种满足，这种满足能将它从现实的忧虑中解救出来，但仍然包含着该现实……若再用仪式加以解释，那么探求传奇所写的等于是丰饶战胜了荒原。丰产、富饶意味着足够的饮食、面包和美酒、躯体和血液，以及男女的结合"③，就原型来说，人类学家弗雷泽所观察的仪式和心理学家荣格所观察的梦幻其实有明显的相似之处，两种象征结构是同构的，以《南洋丛林历险记》而言，主人公对"南洋"橡胶这种"他者为上"的探求既是内在欲望的一种满

---

① 黄浪华：《南洋丛林历险记》，中原农民出版社1987年版，第6页。
② 同上书，第7页。
③ [加] 弗莱：《批评的解剖》，陈慧等译，百花文艺出版社2006年版，第280页。

足,亦是"丰饶战胜了荒原",这在小说故事的结尾——橡胶的成功种植和男女主人公的欢喜结合中体现得尤为明显。

二 漂泊之旅：英雄与磨难

荷马史诗《奥德赛》讲述的是主人公奥德修斯战后漂泊浪迹、历尽劫难回家的故事。其中将近十年的历险经历压缩在最后一年传述，而前九年的海上颠簸则以倒叙方式加以回溯。按理说取得联军大捷后应当是耀武扬威，荣归故里，一代军师奥德修斯却由于遭到天神的天谴（亦即人类命运的一种原型象喻），踏上了漫长的充满坎坷的归途。而海上苦难的漂泊无疑是其中的荦荦大者，"从整体上看，奥德修斯的海上漂泊可以分为两个部分：从离开特洛伊城到踏上卡吕普索居住之海岛的漂泊；从离开卡吕普索居住的海岛至抵达故土伊塔卡岛的归程。后人往往对第一部分的漂泊历险深感兴趣，这段经历不但惊险曲折，而且充满神奇色彩，是最动人也最富有想象力的部分。在这个充满想象力的天地里，除了人类还有天神、海神、凶神、巫婆、妖女、巨人、怪物等，它们象征着人生外在的力量和内心的诱惑、疑虑，而一个有心智有毅力的人必须战胜这些具有双重意义的艰难险阻才能安然归家，才能获得完整的人生意义"[①]。奥德修斯遭遇的奇异惊险事件包括食莲人"忘忧果"事件、独眼巨人事件、风神逐岛事件、女巫魔法事件、海妖之歌事件、六头女怪事件、太阳神牧牛事件、仙女强留事件、佯装乞丐斗情敌事件……最后终于夫妻相认，以喜剧方式完满收场。所有这些磨难其实不过是人类生活经验的一种神话表述的经典浓缩，正是多灾多难的生存境遇成就了奥德修斯作为一个人的精神性英雄伟大。

《南洋丛林历险记》的小说构式也复制了这么一个英雄取经"炼狱"的传奇，与神话的"神祇""魔怪"程式相对位，小说中的英雄也宿命般遭逢九九八十一难的艰辛漂泊。英雄人物三男一女——李方舟、郑延庆、林福庚和玉香，为了祖国的橡胶事业，为了能种上自己的橡胶，历经千辛万苦，斗罢各种险难，最终将橡胶籽种上了祖国的西南明珠——西双版纳，其中主人公中的主脑李方舟的原型神话借喻式取名"方舟"事实上

[①] 舒伟：《希腊罗马神话的文化鉴赏》，光明日报出版社2010年版，第162页。

便含蕴了人物"舍我其谁"的英雄拯救大义情怀。此外,小说中更是有李方舟讲述普罗米修斯盗取天火、福佑人间典故的豪情宣谕——"普罗米修斯为人类窃火种,铁链锁骨志不移,我们为了中国能有自己的橡胶,还怕瘴疠么?我们中国有多大?有上千万平方公里的土地,在世界上占第三四位,居然没有一棵橡胶树。我们作为炎黄子孙,不感到惭愧吗?!"①,这也是奥德修斯英雄式坚忍神话精神的映证与体现。接下来与《奥德赛》林林总总的磨难考验相类仿,《南洋丛林历险记》也开始了不胜枚举的苦难历险"排比"。

首先是通关卡。英人为防止橡胶流落他国,特在紧要隘口严重关把守,英雄们可谓智勇双全,故意制造一场意外大火,冒险闯关,冲出关卡,保得胶籽。

其次是穷山恶水的考验,丛林莽莽,山路崎岖,英雄们披荆斩棘,义无反顾。

再次是缉私队的围追堵截,幸而有野人部落的善良"科览"(即"神禁")帮忙,才躲过一劫。

紧接着是山蚂蟥的肆虐,眼镜王蛇的袭击,大森林之夜的恐怖,老虎的威吓,长臂猿的鸣啸,瘴疠、恶蚊、洪水的此起彼伏、应接不暇。

再接下来是野象的追击、林福庚因"哑摆"(恶性疟疾)病亡,崇高的运胶事业不幸付出了关天人命的代价牺牲。

最后还有土匪的抢劫和英国巡逻队的阴险袭击,险些出师未捷,命丧黄泉。

小说终末也以喜剧方式圆场——祖国母亲终于种上了来之不易的胶树,橡胶籽在祖国的土地上发芽、生根、开花、出胶。

漂泊的英雄最后以回"家"(故乡)作为终极精神的无上荣耀,显见了人类精神无意识中对"亲缘"地理的母性依归,"创造家或故乡的感觉是写作文本中一个纯地理的构建,这样一个'基地'对于认识帝国时代和当代世界的地理是很重要的。一篇文章中标准的地理就像游记一样,是家的创建,不论是失去的家还是回归的家。许多文学作品中关于空间的故事验证了游记的这一规律。主人公离开了家,被剥夺了一切,有了一番作

---

① 黄浪华:《南洋丛林历险记》,中原农民出版社1987年版,第30、31页。

为，接着以成功者的身份回家"，陌生的地理（"南洋"）是给英雄制造麻烦的渊薮，而亲熟的地理（"中国"）却是给英雄制造荣誉的终地。黄浪华在《南洋丛林历险记》中标示了英雄逃离"南洋"就等于逃离"磨难"的创作图旨，就其深在意念而言，"南洋"便俨然成为对立于亲熟"中国"的一块障碍性负极"灾"地，背离"灾"地、战胜"灾"地正是英雄之所以成其为英雄的"英雄"全部性。

一言以蔽之，英雄总是传奇中的人物，而所有的传奇故事都不能匮缺纽结的"冲突"，"'冲突'是传奇的基础或叫原型主题，因为构成传奇之基础的便是一系列奇异的冒险。殊死搏斗或一场灾难，不论胜败如何，都是悲剧的原型主题"[①]。在悲剧性漂泊之旅中，英雄总归出自"冲突"的磨难，而这种"冲突"的磨难最终会以报答的姿态成就英雄，"光荣的荆棘路"这个人类集体无意识的原型精神理念就此取得了全世界范围内无远弗届的认证成功。

三 "发现"之旅：突转与认知

奥德修斯的拉丁名字为"尤利西斯"，后来便有了尤利西斯主题或尤利西斯传统，在"说不尽的尤利西斯"历时演进中，其形象塑造也发生了层出不穷、千姿百态的更易嬗变，"如公元前6世纪，尤利西斯的形象主要是个机会主义者，在公元前5世纪，主要是个诡辩家或煽动者；在公元前4世纪主要是个斯多葛派学者；到中世纪他又成为一个大贵族或者博学多才的教会执事，同时还是一个哥伦布似的探险者；到17世纪尤利西斯的形象又转变成哲学家或政治家；到了19世纪，他成为一个拜伦似的漂泊者或者一个幻灭的唯美主义者……当然，进入20世纪以后，在新旧价值观念转变的过渡时期，尤利西斯又成为一个现代都市里碌碌无为、处处失意但又心绪万端的小市民。总之，在不同的时代，荷马的尤利西斯都获得了新的表现和发展，成为欧洲文学传统的一个重要部分"[②]。奥德修斯既高贵卓越，又狡黠多智，其性格特质丰满多样，其人格情感晶莹多光，"荷马的尤利西斯绝非简单的远古历史事实的人格化，他已经成为一个活生生的、血肉丰满的人。这个性格复杂、多棱多面的人是一个具有某

---

① [加] 弗莱：《批评的解剖》，陈慧等译，百花文艺出版社2006年版，第278页。
② 舒伟：《希腊罗马神话的文化鉴赏》，光明日报出版社2010年版，第166、167页。

种人格魅力的完整的人"①。后世的作家和艺术评论家都可以与时俱进地对之进行丰富的现代阐释,从而彰显了荷马史诗无与伦比的思想生命力和艺术感染力,学者陈中梅认为:荷马给人们留下了两份"遗产","一份是壮怀激烈的豪迈诗情,另一份是推崇严谨求知的实证自觉。第一份'遗产'里有秘索思的本源精华,我们领略过它曾经怎样妙趣横生地催发了巴门尼德、品达和埃斯库存罗斯的诗性想象。第二份'遗产'挣脱了秘索思的怀抱,从古老的故事里脱颖而出,它所包含的科学和理性'基因'同样在后世学人的著述中得到了发扬光大,成为彰显希腊逻各斯精神的先驱"②。秘索思(mythos,神话、故事,亦指诗性智慧)向逻各斯(logos,理性,亦指知性智慧)的智性转变表达了希腊思想理性认知观的过渡性胜利。《奥德赛》可以说是一部探索史诗,"在《奥德赛》里,奥德修斯既探察别人,也接受别人的探察。探察会导致发现,而发现的依凭是证据,是史诗里正面人物热衷于索取的实证"③。亚里士多德在《诗学》中论及荷马史诗及古希腊悲剧时说,"悲剧中两个最能打动人心的成分是属于情节的部分,即突转和发现"④。亚里士多德进一步把发现的种类分为"标记的发现"(如奥德修斯由于脚上的伤痕而被乳母和牧猪人发现);"诗人拼凑的发现";"由回忆引起的发现";"由推断而来的发现";以及"由观众的似是而非的推断造成的复杂的发现"。而"一切发现中最好的是从情节本身产生的,通过合乎可然律的事件而引起观众的惊奇的发现"⑤。《奥德赛》故事情节的生发衍进便是在一连串"发现"中构织的,学者王焕生将这些"发现"概括为:奥德修斯被独目巨人"发现",使独目巨人知道自己受戒是命运的安排;费埃克斯人对奥德修斯的"发现",引出奥德修斯对自己的漂泊经历的追叙。王焕生指出,诗人最精心安排的是奥德修斯抵家后的"发现",包括父子相认的"发现",为以后的行动做准备;有老奶妈对故主突然归来的意外"发现",给故事带来神秘色彩;有牧猪奴、牧牛奴的"发现",为即将采取的行动准备条件。而所有

---

① 舒伟:《希腊罗马神话的文化鉴赏》,光明日报出版社 2010 年版,第 167 页。
② 陈中梅:《神圣的荷马》,北京大学出版社 2008 年版,第 371 页。
③ 同上书,第 372 页。
④ [古希腊] 亚里士多德:《诗学》,陈中梅译注,商务印书馆 1996 年版,第 64 页。
⑤ 同上书,第 52—55 页。

这些"发现"都是为构成史诗高潮的夫妻"发现"做准备。"这一'发现'涉及发现者双方，情感与理性交织，一步进一步，一层深一层，其构思之周密、巧妙，令人叹服，无怪乎受到亚里士多德的好评"[1]。"发现"便是一种实证性认知精神的开启，相对于荷马史诗《伊利亚特》偶尔出现的"质疑卜释"探察意识，《奥德赛》的理性认知追求已经取得了质的飞跃，从而也迎来了西方知性文明的大放异彩。

"发现"的两大功能——促进情节突转与促成实证认知，在小说《南洋丛林历险记》中得到了印证性的鲜明体现。就前者而言，第一是胶工郑延庆与林福庚对官家抓人告示的"发现"，其直接作为文引开始了故事延展的起始征程，正因为"南洋"华工转运橡胶籽回中国的失败被判十五年，才激起了两人的同仇敌忾以及希望割上自己橡胶的心理愿景；第二个"发现"是主人公主脑知识分子李方舟的出现，促成了回祖国种胶的动机及初始计划——种胶到西双版纳；第三个"发现"是某天中午骤然的马帮喧嚣，郑延庆为了运胶计划佯装赶马人引起了当地人的围观和镇长的赞叹、疑问以及最后被骗的恩典（通行证的签发和购买猎枪、弹的批条），这是故事前奏的一个逗引性悬念；第四个"发现"便是蓦然大火的突起和妙香姑娘的回国加入，正当关卡严检险些计划败露之际，妙香机智突放大火引起人流慌乱得以平安闯关，紧接着"计划外"的妙香也随三位英雄大哥一起护胶回国，这是小说的第一个小高潮；第五个"发现"是野人大汉的出现，正当四人碰遇缉私队追击时，野人部落的及时帮忙化解了危机，这是情节叙事"逢凶化吉"的第一个关捩性呈示，随后土匪打劫的虚惊一场和英国巡逻队围捕的化解都是前者同态小说质素的顶针式呼应；第六个"发现"是林福庚的蚊疟病亡，这是叙述虚拟内容的首次真正损失，也是不同于前面"人祸"形式转为"天灾"形式的象征性呈现，包括雨洪冲走两匹骡马，包括蚂蟥、毒蛇、老虎、野象等动物的轮番袭扰，都是第六个"发现"的副形式合奏。最后一个"发现"是橡胶的成功转运及栽植，小说是用这样的段落来表达其爱国成就感的："他也忘不了一九五二年三月里的一天，他们的胶园里突然来一群陌生人。陌生人惊奇地看着他们培植的橡胶树，发疯似地大声嚷着：'橡胶树！我们的橡

---

[1] ［古希腊］荷马：《奥德赛》，王焕生译，人民文学出版社1997年版，第3页。

胶树!'他和郑延庆、玉香一时愣住了,一问才知道,他们是中央人民政府派来的热带特种林木考察队。他们带着周恩来总理的嘱托,到西双版纳来考察能否种橡胶,没想到竟在这里见到了九十多棵生机勃勃的橡胶树"[1]。这种"政治"的"发现"明显带有了意识形态的暧昧色彩,也为全小说的主题内容定下了结论性的"国族倾向"生硬基调。

就"发现"的促成实证认知功能而言,作者在小说后记中作了这样的坦诚交代:"我试图写一部有丰富的知识性和趣味性,而格调又比较高的小说。这本书就是一次尝试。书中涉及的热带丛林和异国风情等生活,除了我在南洋亲自耳闻目睹的外,还采访了许多老华侨和植物学家,参阅了大量的有关科学著作,以力求写得准确而真实"[2]。小说无顾情节的流利通畅,硬性地加入了许多知识性的科普介绍,明显有为"认知"而"认知"的"掉书袋"炫博之嫌。这些知性的内容包括:李方舟对花草的讲解、普洱茶茶性原理的宣讲、柚木与缅甸亡国的插播、傣人竹楼与建房规矩大面积的列述、森林大世界的科普讲说……不一而足,这些实证性认知内容的知性讲述一方面的确给读者带来了丰富的知识与趣味,另一方面却由于游离情节的过度细节膨胀也导致了小说审美艺术完足性的减损。

四 "回归"之旅:家园的召唤

《奥德赛》写的是主人公奥德修斯"还乡"的故事,"还乡"作为一种神话原型结构,既是身体地理的"回归",亦是精神历史的"回归"。"人类对于自己的出生地或自己民族、祖先的出生地、发源地,总是怀着天然的眷恋,在这种眷恋中,人所要追寻的是他从何而来,从而确定自我的性质。每一个人的心中都有一方'乡土',可能是个体的起源地,也可能是祖先、种族的起源地;既是个体记忆的表征,也是集体记忆的表征;既是有形的山水,也是无形的意象。借文学的写作,抒解乡土情怀的焦虑、感伤,是人类常见的精神活动之一。世界文学中无疑存在着一种'乡土'的母题,反映着文学写作与'家园'记忆之间的独特关系"[3]。

---

[1] 黄浪华:《南洋丛林历险记》,中原农民出版社1987年版,第253页。
[2] 同上书,第259页。
[3] 饶芃子主编:《流散与回望:比较文学视野中的海外华人文学》,南开大学出版社2007年版,第308页。

《奥德赛》的主人公奥德修斯作为一个"最伟大的思乡者",在特洛伊战争结束后开始了"还乡"之旅,即便归途磨难、诱惑重重,英雄主人公义无反顾,矢志不渝。往宏大叙事上说,"民族、国家、战争、责任、英雄等往往是构成史诗宏大叙事的主要内容。然而,当我们把目光转向其中每个个体生命的历程,分明看到的是英雄充满坎坷的漂泊历程,感受到成就英雄伟业的路途中不尽的磨难和内心的孤独,在他们肉体和心灵的双重流浪中,对故乡的遥望和重建家园的信念成为史诗内在情感的凝聚点"[①],而"乡愁"是此凝聚点的核心文化精义。奥德修斯带着对故乡浓殷的"乡愁"漂泊归,支撑其坚定归乡信念的是"乡愁",促使其得以克服千难万险返家的根源也是"乡愁","乡愁是在距离中产生的牵挂和渴望,乡愁不仅指向现实的故乡,更指向精神的、情感的、文化的原乡,它包含了作为客居者对异乡的疏离感和孤独感,是现实和历史的连接,乡愁者总是陷入对现实的不适应和不安定状态,怀有难以融入和认同异乡的边缘感,总是不停地向自己的来处张望,渴望回归故土原乡"[②],奥德修斯被迫加入战争,血雨腥风后早已厌倦了战争,他和他的将士们一心想回到阔别十年的故乡,故乡对他们意味着爱、亲情与原初的美好记忆,甚至连赛壬女妖的魅惑歌声、海岛蜜甜的"忘忧果"、美丽宁芙女神的神仙生活也消释不了故乡伊塔刻对奥德修斯的深情召唤,奥德修斯的回归事实上"也是向现实回归,人生是一个长久的诱惑,回到属于自己的本来的生活状态,这是任何一个人都难以拒绝的归宿,这是对生命母体的一种报答"[③],这便是文化"乡愁"强大的内在力量,只有故乡才是英雄奥德修斯幸福情愫的终极皈依。

无独有偶,"还乡"也是中国文学的一个古老母题,中国传统就有"叶落归根"之说,"'还乡'的心理诉求来源于人们对生命的体验和思考——对从诞生到死亡的生命过程的惊颤,对肉体和灵魂分离、归栖的生命构成的想象"[④],钱中文先生说:"乡愁是离开故土、远离亲人的游子,

---

① 薛敬梅:《生态文学与文化》,云南大学出版社2008年版,第123页。
② 同上书,第127页。
③ 陈召荣:《流浪母题与西方文学经典阐释》,中国社会科学出版社2006年版,第52页。
④ 何平:《〈诗经〉〈楚辞〉"还乡"母题原型比较》,《南京师范大学学报》(社科版)2004年第2期。

对故乡的思念之情,是对关山阻隔的故乡的人事的回忆,是游子对记忆中的故乡自然景物、风物变迁的深切思念,一种亲情的诉求与幻想的祈求!……乡愁可以覆盖个人、亲人、故乡、家园而至于国家,它是对故乡的怀念,是乡恋,是亲情与故园情,是家国情的召唤,也可演化为忧国忧民的忧患意识的一个方面,是弥合国家创伤、共创统一的凝聚力的诉求,而成为我国几千年来文学创作的主题原型"[1]。小说《南洋丛林历险记》便是典型的文学"乡愁"文本现身,身处"南洋"异地,李方舟等人很难做到四海为"家",因为"家"是与栖居、照料、归属联系在一起的,更何况缅甸被英国殖民者统治,作为中国人更是饱受奴役煎熬,所以要回家,此其一。其二,主人公还负载、担待着一项光荣的国家使命——运胶与种胶,小说文末交代道,主人公在西双版纳开垦的胶园成了国家热带特种林木试验的场地和祖国发展橡胶事业的试验基地,显而易见,这便是国家使命的胜利完成。正因为归途的艰苦卓绝,以致回到故土,李方舟、郑延庆和玉香三人心潮澎湃,热泪盈眶,情不自禁:

>   三个人,三匹骡马,终于爬上了祖国的土地。河岸上,屹立着一株擎天树,树身高大通直,气势雄伟,怕有二十丈高,三四个人才能合抱。祖国啊,你欢迎远方归来的游子的,就是这株擎天树!李方舟、郑延庆、玉香突地一下扑向擎天树,死死地抱住它,就象儿女抱着母亲的双膝,嘴里喃喃着:"祖国——母亲!母亲——祖国!……"他们的泪似喷泉,从眼眶里奔涌而出,玉香更是呜呜咽咽地抽泣起来。[2]

把橡胶籽运到中国不仅是他们三人的夙愿,更是千百万华侨、世世代代漂泊异国的炎黄子孙的夙愿,"乡愁"是回家无止无息的精神动力,对于《南洋丛林历险记》来说,"乡愁"更是博大爱国情怀的一种深度媒剂。

总而言之,《奥德赛》的文学传统已然经过"神话"衍化,变成一种

---

[1] 钱中文:《文学的乡愁:谈文学与人的精神生态》,《社会科学报》2006年1月12日第6版。

[2] 黄浪华:《南洋丛林历险记》,中原农民出版社1987年版,第246、247页。

有结构的人类学象征系统，"探求""漂泊""发现"和"归家"四个主题级意象在古代与当代的历史连续性并行结构中起到了赋予人类文化精神秩序以形状和意义方式的构筑作用，其深蕴的"集体无意识"心理学意涵亘古不息，因为"在神话的深远的语义背景中隐含着人类所面临的既是时代的又具有永恒性的普遍生存境遇问题"[①]，它既是"一个伟大的记忆"，也是一种无可比拟的仪式化永恒范式，无论古今，无论中外，其神话文化学义旨薪火相传，《南洋丛林历险记》是一次中国式洗礼，作为意义的一种向心结构，其展现的"奥德赛之旅"交映光辉在世界的人文地图谱系里可谓同宗同源，熠熠共亮。

---

① 吴晓东：《象征主义与中国现代文学》，安徽教育出版社2000年版，第43页。

第四篇　陌生化中的诗意审美：浅析《夜莺颂》（济慈）

摘　要：试用形式主义方法对济慈的诗《夜莺颂》进行细致明晰的分析，立足诗歌语言（主要是审美修辞）与实用语言的差异，力图全面探究陌生化技法在《夜莺颂》中的具体体现及其带来的诗意化审美效果，从而深化对诗歌《夜莺颂》形式美层面的理解和感味。

关键词：陌生化；诗歌语言；颂歌；修辞技法

在对《夜莺颂》进行形式美层面赏析之前，有必要首先引进"陌生化"和"诗歌语言"两个非常重要的概念。

"陌生化"是与"文学性"直接相关联的俄国形式主义的一个核心概念，什克洛夫斯基提出"陌生化"来阐释语言所具有的文学性效果。"'陌生化'又被译为'奇特化'，是与'无意识化''自动化'相对的，它是使人感到惊异、新鲜和陌生的具有审美特征的语言"[1]。"那种称之为艺术的东西的存在，就是为了要恢复生动感，为了要感觉事物，为了使石头更像石头。艺术的目的就是提供一种对事物的感觉和幻象，而不是认识；事物的'陌生化'程序，以及增加感知的难度和时间造成困难形式的程序，就是艺术的程序，因为艺术中的接受过程是具有自己目的的，而且应当是缓慢的；艺术是一种体验创造物的方式，而在艺术中的创造物并不重要"[2]。如果说舞蹈是步行的陌生化，那么《夜莺颂》便是济慈一个唯美的梦经由修辞技法陌生化创制的不朽艺术精品。

诗歌语言是与实用语言（包括科学语言和日常语言）相对应的一个文艺学概念。"瑞恰兹认为，诗歌语言是一种建立在记号（而非"符号"，与科学语言相区分）基础上的情感语言，记号没有相对应的客体，所表达的是一种情感或情绪。诗歌语言中的陈述是一种'拟陈述'。拟陈述是不能被经验事实证实的陈述。诗歌的陈述目的是为了表达情感并获得读者情感上的相信。如果说诗歌也应当具有真实性的话，那么这不是科学意

---

[1] 邱运华：《文学批评方法与案例》，北京大学出版社2006年版，第142页。

[2] ［俄］什克洛夫斯基：《艺术作为程序》，见胡经之、张首映《西方二十世纪文论选》，中国社会科学出版社1989年版，第7页。

上的真实性，而是情感意义上的真实性，即诗歌的陈述应当符合情感的真，使读者在情感上相信"[1]。"显然大多数诗歌是由陈述组成的，但这些陈述不是那种可以证实的事物，即使它们是假的也不是缺点，同样它的真也不是优点"[2]。济慈关于夜莺的幻梦显然是假的，但在诗歌语言的美冶润化下便具有了一种真挚、深挚、笃挚的艺术情愫，读起来除了满口余香，读者更多的是一种灵魂上怦然的感应与共鸣。

《夜莺颂》这首诗承取的是一种颂歌形式，颂歌在欧洲文学史上占有非常重要的位置。它是一种结构精巧、体裁缜密、想象飘逸、感情淳雅、语言绮美、篇幅颇长的抒情诗，《夜莺颂》恰恰将颂歌这种诗歌构拟形式的全部优秀处表现得淋漓尽致，是颂歌极致美演绎的典范之作。《夜莺颂》写于1819年的春天，济慈偶尔听到了一只夜莺的鸣啭清音，在夜莺优美的歌唱声中油然体验到一份宁谧的久持的欢悦，当幻想袅袅升腾的时候，济慈忘情地把夜莺视为一只能够带他远离尘世哀伤、忘却俗寰惨苦的纯洁天使，他们同心并翔，一同飞到一个理想瑰美的天堂所在，在那里有的是恒久的幸福、恒久的美丽和恒久的希望。借着诗意丰润的想象灵感，济慈结构了这首如梦如幻、意境缥缈的《夜莺颂》。

《夜莺颂》全诗共八大节，每节共十行。每一大节为一大主题，与邻节形成某种意脉上的绾联对比。前四行用莎士比亚十四行诗前四行的韵脚（abab），后六行用意大利诗人彼特拉克十四行诗后六行的韵脚（cdecde）。《夜莺颂》的韵律参差糅错、腾宕起伏、轻重缓急、声情绵邈。诗形的韵律结构和柔婉节奏给人一种谐美而抑扬顿挫的舒心感受。

从语言方面看，诗歌运用了种种语言结构和修辞技巧，构筑了不同于实用语言的审美诗歌语言。

一、倒序

"哎，要是有一口酒！那冷藏……""哎，要是有一杯南国的温暖……""在这里，青春苍白、消瘦、死亡……""在这里，稍一思索就充满了……"状语从句放在主句之前，这种几乎有规律的倒序，产生了诗歌结构的建构中独具特色的排偶现象。也点明了诗人要逃避现实世界的

---

[1] 朱立元：《当代西方文艺理论》，华东师范大学出版社1997年版，第98页。
[2] ［英］瑞恰兹：《文学批评原理》，伦敦出版社1928年版，第215页。

炽烈情感力量和对现实世界忧闷的无比憎恶。

二、反复

"远远地、远远隐没，让我忘掉……""去吧！去吧！我要朝你飞去，……""别了！别了！你怨诉的歌声……"在以节省材料为原则的实用语中，我们通常只会用一个语词去修饰形容客体对象，反复地连用语词去修饰形容无疑是对情感起伏的强调，是对被反复的词的情感意义的加强。诗人对现实人间嫌恶的心怀通过反复性的情感强化得到了浓墨重彩深度的渲染，诗人意欲羽化登仙般的蝉蜕人世苦忧的极乐情境在反复情绪的抒叹下也得到了极其炫心的再现。

三、明喻

"我的心在痛……有如饮过毒鸩，又像是刚刚把鸦片吞服"。诗人以一种具象的方式表明作者麻木的痛苦，苦闷情怀跃然纸上，而且似乎感触到一种历历的困顿的痛感，把诗人痛而僵木的病心非常形象化地展映开来，达到一种惊心的震撼实感。

四、暗喻

"我要展开诗歌底无形羽翼……""这缀满了露酒的麝香蔷薇……"不写成诗歌像一只轻灵的鸟展开无形的羽翼，也不写成朝露像甜酒一般缀满香花，以暗喻直接取代明喻，除了言简意赅丰富的优美，更有一种浓缩的新鲜感灵趣供读者展开会心的思味而显得无比"含英咀华"。

五、拟人

"你呵，轻翅的仙灵，你躲进山毛榉的葱绿和荫影……""夜这般温柔，月后正登上宝座，周围是侍卫她的一群星星……"将欣快的夜莺拟人化为轻翅的仙灵，将夜莺的林间飞藏用一个人为动词"躲"字点睛；将月亮的冉冉升空拟人化为皇后荣登宝座，将群星的拱卫拟人化为月亮的侍前仆人。拟人的修辞技法将"物"人化，将"物象"心灵化，非常逼真地描摹出客体对象的灵性喻征。

六、抽象词拟人化

"……忧伤和灰眼的绝望，而'美'保持不住明眸的光彩，新生的爱情活不到明天就枯凋""别了！幻想，这骗人的妖童……""绝望"是抽象的，带了忧伤和灰色的人情色彩便彻骨地悲凉，绝望倒仿似一双凄伤的灰眼，迷蒙而悒郁，寄寓了诗人对无生气现实的深彻厌憎。"美"是抽象的，因了"明眸的光彩"的连饰便变得亲切可感，以明眸光彩的反衬，更添增了诗人对美消失疾瞬的缠恋；"爱情"是抽象的，一个"活"字把爱情写出生命来了，尤其把爱情的那种脆弱性质勾勒得活灵活现；"幻想"是抽象的，"骗人的妖童"这一鲜明象喻以嘲弄语气指涉出幻想的极其虚妄和卑鄙特征。

七、换喻性代用语

"一杯南国的温暖"象征着诗人思慕"桃花源"世界的甜美希望；"别了！别了！你怨诉的歌声……它正深深埋在附近的溪谷中……"此间借夜莺如泣如诉的歌声的消失指代诗人幻梦的现实破灭。

八、通感

"在温暖的幽暗里"，感觉与视觉杂糅；"静谧的死亡"，听觉与触感叠印，诗人追求一种音乐般的抒情感染力，从而达到方寸与四体五观混合交感的高妙情界。

九、拟人对话体（通篇）

通过诗人与夜莺对话的结构模式，将诗人情真意切的遐想栩栩如生地表露出来，造成一种恳切真挚的亲和氛围，让读者仿有身临其境之同感。

一言以蔽之，《夜莺颂》的陌生化修辞技法比比皆是，它使读者"从自动化和无意识的束缚中解放出来，去体验和感受世界的奇特性和新颖性，从而唤起人们对世界的敏锐感觉和对事物的审美体验。它使人们从感知的自动性中解脱出来，从麻木不仁的状态中警醒，重新体验第一次面对事物时的震惊感，从而获得审美的快乐和诗意的体验"[①]。实用语言一旦变为新鲜的诗语，读者感觉的力量和时间便会达到最大限度，从而获得一种奇妙的原初情境的灵滋滋的生动体验。值得注意的是，济慈描写幻梦，描写渴望超脱的情怀，可能与诗人当时的心境不无关联，但主要呈示的却是一种习常化、一般性、典型性的痛苦感受和唯美憧憬，惟其有了陌生化诗歌语言的神奇伟力，这首诗才能够流芳百世，穿越时空，丰厚的意蕴和清丽的情致宛若陈年的佳醴，愈久愈浓醇，愈久愈芳馥！

[①] 邱运华：《文学批评方法与案例》，北京大学出版社 2006 年版，第 143 页。